# 桃花坞

王尧 ◎ 著

作家出版社

图书在版编目（CIP）数据

桃花坞 / 王尧著. -- 北京：作家出版社，2025.7. -- ISBN 978-7-5212-3576-0

I. I247.5

中国国家版本馆 CIP 数据核字第 202559QC91 号

## 桃花坞

作　　者：王　尧
责任编辑：刘潇潇　单文怡
装帧设计：周　晨
出版发行：作家出版社有限公司
社　　址：北京农展馆南里 10 号　　邮　　编：100125
电话传真：86-10-65067186（发行中心）
　　　　　86-10-65004079（总编室）
E-mail:zuojia @ zuojia.net.cn
http://www.zuojiachubanshe.com
印　　刷：北京盛通印刷股份有限公司
成品尺寸：142×210
字　　数：269 千
印　　张：11.5
版　　次：2025 年 7 月第 1 版
印　　次：2025 年 7 月第 1 次印刷
ISBN 978-7-5212-3576-0
定　　价：79.00 元

作家版图书，版权所有，侵权必究。
作家版图书，印装错误可随时退换。

# 目录

引子…………001

卷一…………005
卷二…………043
卷三…………087
卷四…………123
卷五…………157
卷六…………191
卷七…………231
卷八…………257
卷九…………281
卷十…………305
卷十一………333

# 引　子

等待父母的那一刻，方后乐意识到他一生都可能是站在桃花桥上张望的少年。

1937年春节，方后乐多数时间蜷缩在房间里。落雪了，爆竹升空炸裂，像花儿般绽放，瞬间雪花黏住四散的星火黯然落下。他没有打开窗户，依稀听到爆竹残骸落在雪地上的声响。祖父去世了，方家没有放鞭炮贴春联，风雪中的春节越发冷清。

草长莺飞时，父亲还没有从"吴中文献展览会"成功举办的兴奋中缓过神来，母亲也没有再说去天赐庄东吴大学看葑溪城墙内的桃花。往年这个时节，母亲会站在景海女子师范学校教室门口张望念书时的课桌，父亲则带着他们母子到校园东边的城墙，说以前站在葑门城楼上能看到这里的桃花，看到钟楼，看到女师的屋顶。父亲站在城楼上向北眺望时，母亲还住在娄门老宅里，两位少男少女的目光尚未交接。去年方后乐在天赐庄校园看父母对视的眼神，感觉他们把相遇的时间提前了。那天方梅初告诉方后乐："我和你妈妈是在桃花桥上开始恋爱的。"周惠之羞赧地朝方梅初说："你跟儿子说什么呢。"

苏州的表情剧烈变化着。春天从上海弥漫过来的恐惧气息有形无形压迫着方后乐,他第一次体会到紧张情绪会压缩时间。梅雨了,黄青梅说,今年的杨梅有点儿酸。母亲也说是酸的。卢沟桥事变后,夏天慌慌张张到了。"淞沪会战"之后,很多城里人携家带眷逃离苏州。几个月死寂的日子在8月突然被炸翻了,16日夜间,方后乐在睡梦中惊醒,桃花坞大街上站满了人。日本人在阊门外投下了无数燃烧弹,熊熊烈火照亮了天空,房屋倒塌的声音不时响起。桃花坞大街与阊门近在咫尺,渐渐被浓烟弥漫。方后乐在黑暗中看到了一双双恐惧的眼睛,他慌张地拉着母亲的手,母亲的手也是冰凉的。

　　阊门的烈火浓烟再也没有从方后乐的眼前消逝,战争的烟尘落在他初中三年级的课本上。即便白天走过桃花坞大街,也如同在黑幕中穿行,他甚至觉得似有似无的黑色如旋风一样随时会把他卷走。黄青梅告诉他,站在平四路就能看到火车站从上海过来的伤员。在"沦陷"这两个字越来越清晰时,往城外出走的人越来越多,紧凑的小城松散了。开学后两周,方后乐发现下班回家的父亲神态轻松,这是8月以来少见的表情。方梅初神秘兮兮地问:"你们知道图书馆要去哪里避难?"母子俩猜不出,方梅初告诉他们:"明月湾。"在父亲说出这三个字后,方后乐终于看到母亲久违的笑。周惠之的表姐秀在这个村子,能避难到亲戚家中,那是不幸中的万幸。方后乐在苏州见过秀姨,但从未去过明月湾。明月湾,明月如湾,湾如明月,明月高悬天上又落在湖中。周惠之说明月湾是古村落,依山傍水,满山都是茶树橘子树枇杷树杨梅树。村前古码头延伸到湖边两三百米之外,两边停泊着各色各样的渔船,风高浪急的日子,每条船的绳索都套在码头中间的石桩上。

　　"我们很快要跟图书馆去明月湾了。"方后乐在新善桥上和黄青梅不期而遇。黄青梅说:"哦,我跟爸爸去那里写生过。"看方后乐眼神似乎在询问什么,她叹了一口气说:"我爸爸还没有离开苏州的想法呢。"方后乐不知如何安慰她,想起昨天在校园里听到的消息,便问:"如果苏州沦陷,你们学校有什么打算?我听说桃坞中学可能迁往上海。"一脸茫然的黄青梅说:"振华女中可能不会动吧。"隔天,黄青梅拿来一张写生画到了方家,递给方后乐:"你带着吧,看看我画的这座码头像不像。"方后乐看画时,黄青梅又说:"明月湾也有桃树呢。"她说她坐在岸边一棵桃树旁边写生,画好了,坐到码头,看见夕阳落在湖里了。

离开桃花坞大街前两天,周惠之把挂在客厅东墙上的两个相框取了下来。一张是她和方梅初的结婚照,一张是他们一家三口的合影。周惠之让方后乐把自己的相片也拿过来,方后乐从自己房间抽屉里找到一个信封。周惠之前几天特地去买了一本相册,把儿子的照片插进去。周惠之感觉,这样就能把桃花坞大街所有的细节打包装箱带走了。方梅初装箱时,方后乐又递过一个相框,那是方梅初兄弟和父母的合影。祖父方黎子和祖母杨凝雪坐在前排,父亲方梅初和伯伯方竹松站在他们身后。

秀姨请了同村的老吴和儿子阿发来接他们,先把两只大箱子运到船上。午后出门时,两辆黄包车已在方宅门口候着。方后乐跨出门槛时,有意无意停下脚步,方梅初和周惠之也随即驻足。午间的桃花坞大街死寂一般躺着,没有几个行人,逃难中丢弃的物件零散在路上。方后乐隐隐约约听到隔壁有关门的声音,他猜想可能是隔壁黄阿婆开了半扇门随即又关上了。周惠之随着方后乐的眼神向东望去,没有见到熟悉的身影,她猜到儿子心里想什么。方梅初轻轻拍了儿子的肩膀说:"上车吧。"

周惠之和方后乐坐上一辆黄包车,方梅初提着一只小箱子坐到另一辆黄包车上。黄包车向西两百多米,左转到桃花桥上,正要进入阊门西街口,周惠之突然说:"停,停停停。"车夫赶紧停了车,周惠之下车后对有些诧异的方梅初父子说:"我再回屋里看看,不要落下要紧的东西。"方梅初见状摇了摇头,还是跟着周惠之返回屋里。

方后乐站在桃花桥上等待父母。他背靠栏杆向东望去,瞬间的幻觉中,黄青梅似乎背着画夹从廖家巷走出来,在新善桥上张望。青梅昨天来过,说他们一家可能就留在苏州了。过了一会儿,方后乐看着父母亲空手从院子里走出来,他回过神来。一家人再次坐上黄包车,两个车夫吆喝一声,桃花坞大街就在方梅初一家身后了。

三人在山塘街北码头上了船。方梅初对摇橹的老吴说:"吴师傅,辛苦你了。"方梅初、周惠之在船舱坐下来,方后乐背朝他们站着。方梅初想说什么,周惠之拉回他伸出的手。在方后乐的视线里,码头、山塘街、阊门、石路清晰又模糊地往回退去,他和它们互相目送着。离开码头的一瞬间,他在船身的摇晃中,感觉四周熟悉的建筑和树木也在晃荡。

一念之间,方后乐眼睛湿润了,他转身挨着母亲坐下来。母亲的右手按在他的肩上,靠着他渐渐睡着了。河面开阔了,风过时,他的耳畔是母亲温和的呼吸。

卷一

# 1

　　桃花坞大街在苏州城北，虽然不比西中市，也是桃花坞一带像样的街道了。

　　方宅南枕桃花坞河，北面桃花坞大街。临近大街的门厅房，中间是过道，两侧各一间，东侧是厨房，西侧是餐厅。第二进房子临河而起，楼下是客厅和两个房间，楼上两间房，大的做了书房，小的是客房。若是客人多了，就在一楼客厅吃饭。门厅房和第二进房子之间的小庭院，东植石榴，西栽桂树，春天是石榴花，秋天是桂花。方梅初住进来时，石榴很小，一个月后，石榴好像还是那么大，母亲说：这石榴是观赏的。桂花呢，晒干了煮鸡头米。桂花开时，石榴如悬挂的小红灯笼。

　　两三年间，方梅初跟着母亲从杭州西子湖畔搬到了苏州十全街，再从十全街搬到了桃花坞大街，自己的气息也似乎从南宋到了明清。他不清楚父亲为什么执意要他到苏州念书，母亲对父亲的决定从无异议，他当然更不能问出个所以然。好在，他已经喜欢上这座小城了，桃花坞大街和十全街一样，似乎上百年没有变化过。他走过阊门西街，再从西中市大街走出阊门，这才渐次感受到了现代的光景。

时隐时现的父亲对少年方梅初来说是一个谜。据说父亲的实业做得很大，但在家里父母从来不说这些事。父亲在杭州、上海和苏州之间奔波，有时也去武汉。若是说想专心看几天书，便是待在杭州的意思。若是说有朋友写信来了，便是离开杭州的意思。母亲不问父亲去哪里，根据父亲出行时间长短收拾行李。如果用大行李箱，方梅初知道父亲至少半个月后才能回杭州。逐渐地，他从父亲带回来的特产猜测出父亲的踪迹。父亲说，这是青团子，这是枣泥麻饼，这是松子糖。母亲告诉方梅初，这些是苏州特产。父亲又说，山塘街上的海棠糕好吃，不好带回来，怕馊了。方梅初不知海棠糕的滋味，定胜糕已经让他回味无穷。方梅初在杭州很少尝到带有青草味道的点心，青团子给他的舌尖留下长久的回味。父亲也不清楚青团子的青是什么青，青团子是苏州人清明祭祖的供品。他没有去过苏州，父亲带来的糕团让他尝到了苏州的滋味。在父亲和母亲的闲言碎语中，方梅初知道了苏州的护龙街、阊门、山塘街、观前街，知道了从山塘街走过的白居易，若是再往北走，白居易就到虎丘了。

方家杭州的院子坐落在半山坡上，站在院门口可以看到西湖。这里安静得让方梅初有些惶恐，他时常站在门口东张西望。黄昏时，母亲在厨房做饭，方梅初就站在门前看西湖夕照，余晖尚未从湖面上散去，母亲喊他吃饭了。这个时候，他偶尔也盯着马路上的黄包车，想着有一辆车停下来，父亲挽起长袍下车，再走上山径。他这样的幻想常常落空，等到的是哥哥方竹松。他在仁和念小学，哥哥已经初中毕业了。寄宿学校的方竹松礼拜六回来，这是方梅初和母亲开心的辰光。方竹松颇有大哥的样子，通常上午便带着方梅初走下山坡，在西湖逛荡。午餐在外面吃，这样可以让母亲休息。在白堤西泠桥西侧，方竹松说："秋瑾之前葬在这里。"方梅初似懂非懂,父亲说起这个名字,好像认识秋瑾。方竹松看着弟弟懵懂的眼神说:"你以后就知道秋瑾了。"随后轻吟道:"危局如斯敢惜身?愿将生命作牺牲。"兄弟俩住一个房间,各卧一床。有天夜间方竹松说到自己的打算,钻到了方梅初的被窝。竹松说:"我要去上海念高中。"方梅初想起哥哥回家和母亲聊天时说到了上海,他猜想这可能是大事,不然母亲不会说等父亲回来商量。方竹松说到此事,方梅初不知如何回答,他还没有去过上海,便说:"我去上海找你玩。"

方黎子偶尔带着方梅初出门。1910年3月,方梅初跟着父亲去了西湖金沙港蚕学馆隔壁的唐庄。那是一座已显荒芜的小园子,他们走过曲水短桥,进入一座大房子。父亲和大厅诸位寒暄时,方梅初看见悬额上书"金沙泽远"。父亲落座后,方梅初站在椅子旁边,邻座戴眼镜的先生挑了几粒话梅几颗花生给他。父亲转身看方梅初惶恐,微笑着朝他点点头,他才从先生手中接过了话梅花生,给先生鞠躬。诸位先生说话时,方梅初出了门,走到香雪轩,坐在那里看随风飘荡的翠柳。回程时父亲说:"这次是南社雅集,你知道吧,明代浙江也有南社,现在这个南社是吴江人成立的,操南音不忘本。给你话梅花生的是柳亚子先生,吴江人。"方梅初不知道这些,过了些时日他在父亲书房里看到柳亚子先生的照片,觉得有些面熟,记得先生姓柳,母亲说吴江柳亚子先生。方梅初兴奋地告诉母亲:"柳先生给过我话梅呢,还有花生。"这位小学生美滋滋回味了话梅和花生的味道。

辛亥革命成功后,方梅初才知道父亲是同盟会会员,这让方梅初后来怀疑父亲说是去苏州,其实未必。民国了,父亲并不做官,兴趣和精力仍然在他的实业。1912年暑假,父亲又说从苏州回来,方梅初相信了。父亲对母子俩说:"雪妹,暑假以后,你带梅初到苏州吧,我在葑门租了房子,梅初就在苏州念书,学堂也找好了。"很有意思,父亲把母亲的名字杨凝雪简称为"雪妹",母亲则喊父亲方黎子"黎子"。母亲说:"好的,黎子。"母亲说了"好",方梅初不可能说"不"。在这个院子里,他好像从未说过"不"字,对他来说从杭州到苏州只是换一个住的院子。方梅初未问父亲让他们去苏州的理由,他知道父亲肯定有什么考虑。过了些时日,他跟着父母亲先到了上海,再坐火车往苏州。在上海外滩,他和父母亲合影了,留着小平头的他,站在父母亲中间。母亲微笑着,也许是父亲的强大,念过学堂的母亲最终没有成为新女性。他看到旧照片里短发的母亲,记不得母亲什么时候梳髻了。

从上海到苏州的铁路是新建的,坐在车厢里,方梅初像坐在新房子里。他第一次看到如此开阔的绿色平原和大大小小的湖泊,三三两两的房子散落在田野上,远处的村落似乎都在河边。风景飞速而过,方后乐知道这就是江南水乡了。从吴县站出来,方梅初第一个疑问是,怎么叫吴县站,父亲说:苏州在吴县辖内。他感觉眼前的苏州城是灰色的,这和青团子的青色反差太大。父亲告诉母亲,车站前面护城河的南岸便是桃花坞。母亲点点头,方梅初则想起桃花坞年画,便问父母亲:是桃花坞年画的桃花坞吗?父亲说是。

坐在黄包车上的方梅初由北向南看护龙街两边的房子,觉得苏州城就像县城。或许父亲看出了儿子心中的疑问,在两辆黄包车转到十全街时,方黎子让车子停下,他走到另一辆车旁,对方梅初说:这里向南,是沧浪亭,那里留有林则徐的足迹和题字。路西边是文庙,金圣叹哭庙之处。母亲笑着说:等住下来你再讲古吧。方梅初想起唐庄的细节,他认识的第一位苏州人竟是柳亚子先生：吴江离这里远吗？父亲说：不远，若有时间，我带你去吴江黎里。方梅初明白了，柳亚子先生家在吴江黎里镇。那是一个什么样的小镇呢？

　　方梅初喜欢烟火气的苏州小城，自己的脾气很像这座城市。母亲觉得这座小城安全后，允许方梅初独自出门走走，偶尔也会让女佣陪着他。方梅初常常沿着十全街向西走，临近凤凰街，向南走进一条小巷子，便是网师园。穿过凤凰街向西，靠近乌鹊桥时，便到了他就读的草桥国小。若是再向西走，就靠近南北向的护龙街了。护龙街南段西侧是沧浪亭，沧浪亭对面是可园。母亲带他去带城桥下塘的振华女校，母亲告诉他，这校园是清代织造署旧址。他早上去学堂，街上便有推着车子或担着木桶卖糖粥的。卖糖粥的声音响起，临街楼房二楼便有人应答，一个慵懒的女人打开窗户，用绳子放下竹篮。当盛了糖粥的篮子往上收时，方梅初心跳，担心那根绳子突然断了。秋天的十全街，卖花生的、炒栗子的小摊隔几百步就有。冬天，则有人推着炉子卖烘山芋。街头唯一让方梅初紧张的食物是浑蛋，那种壳里有小鸡雏形的鸡蛋。一只炉子，上面放着砂锅，烧熟的五香酱油味飘逸出来。方梅初禁不住诱惑，买了一只浑蛋，他吞下去后，便感觉一只小鸡在嗓子里上蹿下跳。

　　他的活动范围很小，几乎就在十全街。他偶尔拐弯走到百步街，那里有一个庭院，东吴大学教员的宿舍。百步街的尽头是东吴大学的南校门，方梅初曾经站在门前的望门桥向里张望。母亲去博习医院就诊，方梅初坐车陪母亲，第一次顺着东吴大学的围墙到了同学说的望星桥。就诊出来后，母亲站在医院门口对方梅初说：东边挨着的就是东吴大学，这地方叫天赐庄。母亲停顿了一会儿又说：校园里还有一所学校，景海女塾。天气晴朗时，方梅初常常登上已经凋敝的葑门城楼。向东望去，是朝天湖，那里是每年荷花生日游客的聚集地。向南，是觅渡桥，据说那里是苏州护城河水位最深处。母亲对他唯一的叮嘱是，不要去觅渡桥下游泳。向北望，便可看到东吴大学的钟楼和景海女塾的教室了。方梅初目光所及，在一片粉墙黛瓦的衬托下，东吴大学和景海女塾成了苏州的西洋景。方梅初想，东吴大学南门前面的望门桥，也许是望葑门的意思，站在那里望不到葑门了。

他在黄昏的城楼上或者在夜间会听到笛子悠长婉转的声音。母亲说是昆笛，演奏昆曲的笛子。他循着声音往十全街西门走去，在百步街路口东侧的宅子门口停下。他确定，吹昆笛的是这户人家。母亲看方梅初听昆笛声的眼神，猜测儿子喜欢上了。她托人打听，吹昆笛的是位姓曹的先生。母亲问方梅初："你确定想学昆笛？"方梅初点点头。中秋节的那天晚上，母亲提着一盒月饼、一袋螃蟹，带着方梅初，轻轻敲开了曹先生家的门。

方黎子在苏州城的一次出行，让方梅初第一次贯穿城南城北，苏州比他想象的要大得多。他们从护龙街转到了景德路，再往阊胥路。在山塘街，父亲说，再往虎丘走，就是张公祠了，南社第一次雅集之处。父子俩走到了张公祠，方梅初定神看了看关着的大门，父亲问他：你还记得1910年3月，我带你去唐庄吗？那是南社的第二次雅集。方梅初记得，当晚柳亚子先生好像醉酒了，他在另一条船上听到柳先生不时开怀大笑。父亲说，柳先生是喝多了，那天泛舟西湖，醉而有作。方梅初后来知道，父亲说的醉而有作，便是柳亚子先生的《金缕曲》。

他们是坐着黄包车从葑门到七里山塘的。在车上看着不断后退的风光，方梅初再次感觉到了苏州和杭州的不同。山塘街一头连着阊门，一头连着虎丘。近阊门的这段，小贩子的叫卖声倒是婉转，方梅初觉得像是唱戏，父亲说，这就是市井。山塘河过往的船只有摇橹的，有撑竹篙的。方黎子那天心情很好，在山塘街走了一段返回阊门时，他对儿子说，《红楼梦》就是从阊门写起的。方黎子想去唐伯虎的桃花庵旧址，又带着方梅初从阊门去了桃花坞大街。途经桃花桥，方黎子驻足了。方黎子告诉方梅初，西北面就是桃坞中学，沿着桃花坞大街向东不远便是昆曲传习所。曹先生就在这里吹笛子？父亲说是。方梅初问：不去桃花庵了？方黎子说：不去了，以后再去，我们过一会儿看看这一带的房子。

站在桃花桥上，方梅初问方黎子：既然叫桃花坞河，河边怎么没有桃树？方黎子告诉儿子：“你以后去看《烬余录》，唐宋时此地遍植桃花，现在没有了，不知桃花庵里有没有。”方梅初还没有回神，父亲又说：“桃花坞的妙处就在没有桃花。你想象哪里有桃花，哪里就桃花灼灼。”

或许就是这次漫步桃花坞大街让方黎子有了在此置房的想法。1915年夏天，方黎子跟着母亲搬到了桃花坞大街，他即将就读的桃坞中学离家只有数百步。方梅初读到南宋《烬余录》了："入阊门河而东，循能仁寺、章家河而北，过石塘桥出齐门，古皆称桃花坞河。河西北，皆桃坞地，广袤所至，赅大云乡全境。"桃花坞河上有许多桥，从宝城桥向东，依次是桃花桥、新善桥、日晖桥和香花桥，方宅在桃花桥和新善桥之间。新善桥向东，街道渐次宽敞，桃花庵、五亩园都在桃花坞大街的东段，再向东就是护龙街，站在桃花坞大街东头与护龙街交接处，就能看见报恩寺塔。

在桃花坞大街住了一段时间后，一天父子俩又站在桃花桥上，方黎子对儿子说："你闭上眼睛。"方梅初觉得一片漆黑，然后有一丝光亮,他仿佛听到落英缤纷的声响。方梅初睁开眼,吟诵道:"自开山寺路,水陆往来频。银勒牵骄马,花船载丽人。芰荷生欲遍,桃李种仍新。好住湖堤上,长留一道春。"方黎子笑笑:"初儿会背白居易的《武丘寺路》了。"

他在桃花坞河的每座桥上看日落,他想看日出,早上起不来。在桥上看落日,但太阳好像落在阊门外面什么地方了。余晖下的桃花坞大街,宁静温馨,在傍晚的嘈杂声中,昏暗的路灯衔接了散去的余晖。这个时候,他看到桃花坞河两岸人家的灯火亮了。

## 2

三年以后,初中毕业的方梅初重返杭州,就读浙江省立第一师范学校,母亲也随他回到杭州。他带着苏州的气息,去重温杭州的旧梦。同学问他哪里人,他脱口而出"苏州人",说完他想起父母亲的故乡诸暨。母亲不奇怪,觉得儿子的苏州话比诸暨话说得更好。

方黎子告诉方梅初,一师是所不错的学校,以前叫浙江官立两级师范学堂。说到校长经亨颐,父亲大赞道:"子渊先生是位大教育家。"方梅初在校园里见到了经亨颐、陈望道等先生,也见过学长俞秀松、施存统等。他拿着《新青年》在校园漫步,鲁迅的《狂人日记》太让他震惊。鲁迅看史书的感觉竟然是满本都写着"吃人"二字。方梅初请教周鹤声先生,这位从国立武昌高等师范学校毕业回到杭州教书的先生,讲授历史课和文献课,方梅初很喜欢听周先生讲课,还悄悄模仿他的板书。周鹤声回答这位学生说:"鲁迅就是之前在这里教过书的周树人先生。"看着满眼疑惑的方梅初,先生说:"历史有不同的读法。"方梅初逐渐喜欢上了古典文献,沉迷于故纸堆,常向周先生请益,周先生说:"你是读书的种子,好好读书。"

他没有去过遥远的北京,但感觉一师校园应该像北京了。五四运动爆发,他自己的血也热了,跟着杭州学生联合会组织的游行队伍上了街。在市区集会时,他第一次看到俞秀松。这位戴着圆边眼镜的英俊学长慷慨激昂,演讲结束时高呼"打倒日本帝国主义!""废除不平等条约!"他应声举起了手臂。走了大半天,方梅初觉得累了,便回到教室,坐在那里没精打采翻书。这天是周鹤声先生的课,教室里只有三三两两几个学生。他无聊地朝室外张望,周先生进了教室。几个学生立马站起来,周先生说:"我随便来看看的,不上课了,你们自己看书吧。"周先生随后走出了教室,方梅初也起身跟过去,两人一路闲聊。周先生课上不苟言笑,中山装的风纪扣从来都是扣着的。课余周先生与学生谈笑风生,判若两人。听说方梅初从苏州来,周先生说:"我是诸暨人,和西施同乡,这样说来,我们很有缘分。"方梅初告诉周先生,母亲也是诸暨人,邀先生假期可以去灵岩山看看,周先生说:"想去苏州的,我很喜欢采芝斋的松子糖和乌梅饼。"周先生无意间说的话,方梅初记在心里了。

礼拜日回家,父亲问方梅初:"你上街游行了吗?"方梅初如实告诉父亲:"跟随同学走了半天,又回教室看书了。"方梅初看父亲的表情,好像是点头又好像是摇头,一向爽快果断的父亲没有给他明确答案,这反而让方梅初内心忐忑。晚餐时,父亲没有再和方梅初说学校的事。方梅初主动问父亲这情形如何自处,父亲说:"该游行就游行,该读书就读书。"方梅初觉得父亲这话没有给他答案,反而释然了。他想起周鹤声先生说的话,便问母亲家里有没有松子糖,母亲说,有的,装在瓶子里。方梅初说周先生喜欢松子糖和乌梅饼,母亲说,没有整盒的了,下次准备吧。

暑假回苏州,方梅初便去了一趟观前街的采芝斋。回到学校,方梅初提着两盒松子糖两盒乌梅饼,慌慌张张去了教员宿舍,轻轻敲敲周鹤声的门。周先生见状说:"我随便一说,你倒记住了。"他爽快地接过松子糖和乌梅饼,随即打开盒子,含了一块松子糖,连连点头说:"是这个味道,是这个味道。"方梅初站在门口,不知所措,急急巴巴地说:"先生喜欢就好。"周先生说:"你给我送了礼物,我请你晚餐。"

翌年3月,一师风潮正酣时,方黎子托人捎话让方梅初尽快回家一趟。方梅初匆匆赶回,见到父亲,问有什么急事。父亲问:

"你读过施存统的《非孝》吗?"

"读过。"

"你对教育厅的行为持什么态度?"方梅初没有想到父亲喊他回来是说这事,他告诉父亲:"我拥护经校长,反对开除施存统,反对解聘陈望道先生,反对解散一师。经校长说了,讲错了可以纠正,总比不讲好得多。"

对儿子这一回答,方黎子没有即刻表态,又问周鹤声先生是什么态度。方梅初说:"周先生大概也是这样的态度吧。"方黎子明快地点点头说:"我赞同你和周先生的态度。"方梅初很诧异,这是父亲第一次肯定他。他描述了学校的情景,很多学生围坐在操场,与军警对峙,不肯散去。

"你去操场了吗？"

"我在外围看了看，没有静坐，但我赞同同学们的口号。"

"什么口号？"

"我们情愿为新文化而牺牲，不愿在黑社会中做人。"

方黎子没有继续问下去，微笑着说："你可以回学校了。"方梅初起身时，方黎子又说："我昨天见过经校长了，没有说你是他的学生。"方梅初觉得父亲这样处理很好，他问父亲："您和经先生也熟悉？"方黎子点点头。

方梅初走后，方黎子对杨凝雪说："这孩子也不是一点不像我，有是非，不付诸行动，是半个革命者。让我放心的是，他不会激进，也不会堕落。"或许杨凝雪并不希望儿子像父亲那样，便说："为什么非要像你呢，尊重梅初的选择吧。竹松像你吧，又如何？"方黎子不吭声了，他也不晓得方竹松在上海干什么。不久前去上海见竹松，父子俩匆匆忙忙说了差不多一刻钟的话。竹松和他道别时，他再次意识到，这孩子和他的信仰并不一样。最像他的儿子竹松，突然又不像他了。

在一师校园门口，方梅初遇到出校门散步的周鹤声。周先生介绍身边的一位先生说："这是朱自清先生。"方梅初赶紧趋前："朱先生好，听说您在写新诗。"朱自清先生微笑着和他点点头："你是周先生的高足。"朱先生是年初任职一师的，讲授国文。方梅初已经修过国文课，他知道朱自清先生从北京大学过来，便去旁听了朱先生的几节课。朱自清先生性格平和中正，从无刺激的言辞。朱先生喜欢穿一件青布大褂，矮胖的身躯，方正的脸上架着一副眼镜，说扬州官话，方梅初不能完全听懂。朱先生的样子让方梅初无论如何都无法与"金刚"这两个字联系在一起，和朱先生一起来校任教的还有俞平伯、刘延陵、王祺，学生称赞他们为"后四大金刚","前四大金刚"夏丏尊、陈望道、刘大白和李次九,他只见过陈望道先生,也旁听了陈先生几节课。他告诉周先生,去听了几节朱自清先生的国文课,周先生说:"好啊,朱先生中道平和,在一师有调和作用。"

方梅初知道学潮之后,一师好像也复杂了。风潮落幕,学生赢得胜利。方梅初在校园没有再见到陈望道先生,周先生告诉他,陈先生离职了,有人在义乌看到陈先生。陈先生还好吗?方梅初心想。

毕业前夕,方黎子把方梅初叫到自己的书房。方黎子在方梅初的平庸中看到了安稳。方竹松去闯荡了,他想让方梅初到一个安稳的地方去过安稳的生活。坐在书桌前的方黎子将一张手札装进信封里,递给方梅初:"你去苏州,找张馆长。"方梅初看看信封上的名字,知道父亲说的张馆长是江苏省立苏州图书馆的张先生。他问父亲,我不去学校做老师了?父亲说,我觉得你可能更适合在图书馆工作。方黎子之前问过周鹤声先生方梅初适合什么工作,周先生以为方梅初对国文和文献学有兴趣,未必去教书。方梅初觉得图书馆的工作也许适合他,至于在杭州还是去苏州工作并不在意,父亲让他回苏州工作的原因是什么呢?

方黎子让方梅初坐下,然后说:"此事我考虑久矣。你不像竹松那样对政治有兴趣,这没有什么不好。共和几年了,时局动荡。你也几年没有见到竹松了,他在闯荡。苏州自古是温柔之乡,可大可久。你去苏州,先立业,再成家。"如果早几年父亲这样说,他会以为这是父亲对他的失望,此刻他觉得父亲的考虑符合他的性格。父亲语气恳切,似乎是在拜托他去做一件什么大事。方梅初有些动容,欲起身给父亲倒茶,父亲以为他要离开书房,又摆摆手让他坐下。方梅初后来意识到,他自己的一生似乎都是在父亲摆摆手中尘埃落定的。

已经西行的阳光从窗户照进来,方黎子从书桌前走到窗边的藤椅上坐下,方梅初随即也坐到旁边的小红木椅子上,面对父亲。这是他们父子少有的温馨时刻,父亲五十岁以后变得温和许多。他看着父亲,就像读着一本书,他自知并没有完全读懂父亲。父亲在革命和实业之间游刃有余,自己可能更像母亲,温顺安静。坐在藤椅上的父亲闭目说:"你的性格不像我,安然一生就行。"父亲从椅子上站起来,双手抱了抱方梅初。方梅初神态别扭,父亲似乎从来没有这样温存过。

杨凝雪捧着两碗冲调好的藕粉进来,一碗放在藤椅旁的茶几上,一碗放在书桌上。方梅初一直对母亲冲调藕粉的水平赞叹不已,稀稠适度,且没有一个疙瘩。母亲告诉他,得先用冷却的开水调匀藕粉,再用滚开的水冲泡。方梅初按照母亲的说法试过几次,还是达不到母亲的水平,也不知哪个环节出了问题。看见母亲进来,父亲说:"以后我们若去苏州,就不住桃花坞大街了。"母亲望着方梅初诧异的神态说:"那是我们给你准备的婚房。"方梅初回答:"这是哪一天的事呢。"父亲认真地说:"你下一次回杭州,最好带未婚妻一起过来看我们。"

方梅初不知所措,拿着父亲的信札,没有再接话。母亲看出了儿子的尴尬,笑着问方梅初,是不是吃了晚饭再回学校?方梅初告诉母亲,周鹤声先生约了他见面,现在就准备回了。出门时,母亲说:"这是周先生喜欢的乌梅饼,你带给周先生。"

提着乌梅饼的方梅初在学校门口遇见了周鹤声。周先生说:"这么巧,本想和你说说工作的事。"方梅初说:"我也想向先生请益,家父希望我去苏州工作。"周先生拍了拍他的肩膀说:"苏州很好啊。"方梅初邀请先生到苏州做客,先生说:"我可能要离开这里，有机会去苏州。"方梅初问去哪里，周先生说："定下来再告诉你。"

## 3

1920年暑假后，方梅初到江苏省立苏州图书馆上班了。方梅初专长是古典文献，他和初中同学徐嘉元在典藏股，两人同一间办公室。图书馆设在城南沧浪亭可园，这个园林式的图书馆，机构之复杂实在超出方梅初的预期，差不多用了半年时间才熟悉了各部门的职能。

基本熟悉了图书馆的状况后，方梅初写信给周鹤声先生。浙江一师任教之后，周鹤声又往台州任六师校长，再到宁波四中任教。一个月后，周先生回函说，朱自清、夏丏尊、沈雁冰、丰子恺诸先生也在四中任职，诸公俱凤麟，愧我独樗栎。周先生鼓励方梅初：你有目录学文献学基础，在图书馆可以用己所长，不妨安居乐业。周先生笔锋一转说："你已过弱冠之年，可重读司马相如之《凤求凰》。"

方梅初下班回到屋里，想起周先生信中的话，有些浮躁起来。夜间他推开一楼客厅的窗户，三三两两的人从桃花桥上走过。他拿起昆笛，想吹什么，又放下。这天入眠很晚的他做梦了，但没有梦到桃花，好像是隔壁的黄阿婆站在门口。是给他说媒吗？方梅初觉得自己的释梦有些荒唐，早晨上班时倒是见到了站在门口的黄阿婆，朝黄阿婆笑笑。坐到办公室，方梅初觉得自己那会儿笑得很尴尬。徐嘉元问他：你好像心神不宁啊。

方梅初是在图书馆总务部办公室见到周蕙芝的。张馆长介绍说:"这是皋桥国小的周老师,她想请我们一位先生本周六下午去学校给老师讲一次国学,刚才问了嘉元,他礼拜六没空,就有劳你了。"方梅初答应下来,周蕙芝随即谢过。方梅初问周蕙芝:"周老师,你看讲什么好。"周蕙芝说:"我们想做国学系列讲座,内容请方先生定。"方梅初说:"我想想,明天给你回话。"周蕙芝在一张纸条上写了学校电话号码和自己的名字:"您想好题目了告诉我,还有三天时间,有些紧了。抱歉抱歉。"

正好是下班时间,方梅初夹着一把雨伞和周蕙芝一起走出图书馆大门。到了护龙街上等黄包车时,突然飘起了细雨。春天的苏州就是这样,说落雨就落下来了。周蕙芝问:"方先生去哪里?"方梅初说:"我去桃花坞大街。你不用称我先生,朋友们都叫我梅初。"说话时,一辆黄包车过来,周蕙芝说:"车来了,我到娄门下车。"方梅初这才想起手中的雨伞,连忙递给周蕙芝,周蕙芝来不及推辞,带着雨伞匆匆忙忙坐上了车。站在路口的方梅初感觉周蕙芝上车后好像回转身朝他的方向看了一眼,他的心里有了一丝莫名的紧张。

黄包车从视野消失时,方梅初心里还在斟酌,让周老师称他梅初那句话是否得体。他看看纸条上的名字和号码,随手写的,可工整娟秀。回到桃花坞大街,雨已经停了,天边的残阳温和地散去,方梅初觉得这个春日的黄昏心情特别好。他原本想做饭的,走进厨房,刷了一下锅,还是走出大门,到对面的"三月三"馄饨店坐下。在等馄饨的片刻,他不自觉地从口袋里拿出那张纸条,默默念出上面的三个字:周蕙芝。店主把一碗馄饨放到桌上,喊了一声"方先生",方梅初赶紧回过神来把纸条塞进口袋。

礼拜五下班前,张馆长来到方梅初办公室,交代他明天上午可以不来上班,在家里准备好讲课内容。方梅初谢了张馆长,说已经准备得差不多了,明天还是中午从这里去皋桥国小。馆长说,你自己看吧。周蕙芝供职的皋桥国小,坐落在西中市路南,从桃花桥穿过阊门西街便到了西中市路。方梅初礼拜三电话周蕙芝告知讲题,那厢说,我在学校门口等先生;这厢说,不用,我能找到你的办公室。回家晚餐后,方梅初出门散步,鬼使神差竟然往皋桥方向去了。皋桥在西中市路上,朝阊门西街过去很近。方梅初还是怕走错了路,先去勘探一下。走到皋桥国小门口时,方梅初开始怀疑自己的智商,周六下午他是从图书馆来这里,路线并不一样。

恍恍惚惚中就到了周六,草草午餐后方梅初在路口叫了黄包车。方梅初穿了长衫,坐在车上看看皮鞋有没有灰尘,便摘下眼镜从皮包里拿了一块事前准备好的绸布条擦了擦皮鞋。车到皋桥国小门口,方梅初透过眼镜看到周蕙芝和她的一位同事在候着。他提着长衫下摆下车时想着怎么和她们打招呼,周蕙芝已经走到面前对同事说:这是方先生。周蕙芝齐耳短发,明亮的眸子,上装着倒大袖浅蓝色麻布衫,下装是藏青色裙子。周蕙芝注意到了方梅初的眼神,笑着说:"我没有方先生讲究,穿的还是景海女校的校服。"方梅初嘴上回答说"非常之好",心里想这周老师可能是位"五四"女生。

讲座差不多持续了一个半小时,方梅初讲的题目是《国学入门之书目推荐》。这是他和徐嘉元商量的题目,他们准备做一个系列,这一讲之后再由其他同仁讲《国学入门典籍研究之一》等。方梅初引言时先对"国学"的概念作了一番叙述,他说国学不是一个科目,也非一门学问,而是学问之综合体。在这个系列讲座结束后,主持讲座的周蕙芝对方梅初的评价是:学识渊博,提纲挈领,深入浅出。方梅初的特点是一旦进入角色就如在无人之境,他感觉临场发挥比提纲要好。但进入讨论阶段后,方梅初看上去还比较从容,但心里颇有些慌乱。

周蕙芝请教的问题是:国学确实很重要,那新文化的意义在哪里?他听周蕙芝这样一问,感觉回到了前几年的新旧文化论争了。方梅初略为思考后说:"这涉及中国文化的发展方向问题,以在下之学识恐难作答。"他想起在一师读书时周先生的名言"不以旧定义新,也不以新定义旧",便引用这句话发挥了一通。

在学校门口欲告别时,周蕙芝问方梅初:"我给您叫辆黄包车吧。"方梅初说:"不用,这段时间坐久了,我走回去,不远。"周蕙芝便问方梅初尊门何处,方梅初说桃花坞大街,桃花桥的东侧,离这里不远。

"那我们同路,先生如不介意,我们一起走。"

方梅初想起第一次见面时周蕙芝说她住在娄门,路线倒是相同,但娄门还是稍微远些。

周蕙芝以为方梅初有些犹豫:"没事没事,我们各行其道。"

"不是这个意思,我怕你走得太远会累着。"

周蕙芝微笑着说:"您不知道,我念书时的体育强项是长跑呢。"

方梅初看看周蕙芝,这才注意到她穿的是黑色方口布鞋。

两人一路几乎无话,方梅初努力和周蕙芝保持恰到好处的距离。方梅初觉得这样有些尴尬,到了西中市路上,他停下来问:"我们是向右转,还是向左拐?"周蕙芝笑笑:"好久没有走过桃花桥了,我们从阊门西街过去吧。"临近桃花桥时,方梅初停下脚步看看周蕙芝:"这家店的生煎包子很好吃,还有骨头汤,要不要一起吃点?"周蕙芝说:"之前听说过,下次吧,姑姑在家等我晚餐。"方梅初心里咯噔了一下,怎么说姑姑在等她。

站在桃花桥上,周蕙芝先朝西再朝东望去,在风中捋了捋头发说:"出了齐门,便出了桃花坞,我是桃花坞的邻居。小时候我到这附近看苏云阿姨,一直想看桃花。记得我站在桃花桥上东张西望,就是找不到桃树,好失望。"方梅初说:"文献上记载,唐宋时期,这里遍植桃树。"周蕙芝倚着栏杆朝新善桥方向望去,站在身后的方梅初感觉周蕙芝听出了他心跳加速。周蕙芝回过身来问:"方先生的府邸是?"方梅初指着北岸在桃花桥和新善桥之间的房子说:"那个有小码头的地方就是寒舍。"

从家门路过时,方梅初说:"你如有兴趣,下次请你看看我父亲的书房。"周蕙芝笑笑说:"看来今天不邀请了。"方梅初一下子不知道怎么接话。周蕙芝又笑了笑:"姑姑等我回家晚餐。"方梅初发现周蕙芝说话时总是微笑着,刚才的尴尬也在微笑中淡了下去。

周蕙芝走后,方梅初还愣着,怎么说姑姑等她回家,妈妈呢?好奇怪,躺在床上,方梅初眼前不时闪过周蕙芝的微笑,那微笑好像是对着他的。这样一想,他在心里自嘲道:礼拜六的鸳鸯蝴蝶梦。

# 4

方梅初和周蕙芝分别后便没有了联系,心里不时出现她的微笑。偶尔过来串门的黄阿婆,看见朵朵石榴花儿,对方梅初说:"你今年要有喜事上门哉。"方梅初晓得黄阿婆不是随意过来的,赶紧说："托您老的吉言。"果然，黄阿婆说她前天去横塘乡下了，见到镇上的黄家小姐，还待字闺中，便想到了方先生。黄阿婆介绍道："黄小姐识文断字，针线活做得又出色。"看方梅初没有接话，黄阿婆说："方先生有意中人了？"方梅初若说不是，过个礼拜天可能就得跟黄阿婆去横塘，便结结巴巴说："是的，是的。"黄阿婆有点失望，还是微笑着走了，嘴里说："是我在瞎起劲哇。"在桃花坞大街，黄阿婆是个角色，她在调解邻里纠纷时常说的一句话是："我也是花花轿子抬进黄家的。"方梅初见过那种小轿子，童养媳过门，能坐轿子的极少，想必黄阿婆横塘娘家也是殷实之户。

当年方梅初跟着母亲住到桃花坞大街时，守寡的黄阿婆独自带着儿子黄天荡。他去杭州念书，黄天荡成家了。从杭州回来，黄阿婆又独自带着孙子黄鹤鸣，儿媳妇产后一年染病身亡。方梅初非常同情黄家之不幸，也为他们的坚韧感动。黄天荡在吴苑茶馆担水，这家茶馆在城里最早挂出"洞庭茶，胥江水"招牌。苏州大街小巷古井无数，新挖的井也不少。如果在空中鸟瞰，这些井就像棋盘上的棋子一样。老百姓的日常生活还习惯用井水，临河而居的人家则靠水吃水。城里人喝惯了碧螺春，若是用城里的河水泡，会喝出泥土的味道；若是用井水，那些老茶客会在舌尖上感觉到茶水的沉滞。聪明的茶馆老板想到胥门外的胥江，伍子胥主持开凿的运河。太湖水经胥口、木渎，过横塘，再进胥门。远处，京杭大运河在横塘古驿站与胥江交汇；近处，胥江与外城河相融。这样说来，胥江的水，便是太湖水。黄天荡是桃花坞大街起得最早的人，每天凌晨五点，他悄悄起身，掩门，在门外简单做几个伸手、扭腰、踢腿的动作，然后担着两只空水桶一路小跑。在胥门口的面条店，他进去坐下来，店小二说稍等，过会儿端上一碗素浇面。如果他自己不说换个浇头，店小二每天都照例给他一碗素浇面。黄天荡每天都是吃完头汤面，就去担水，日复一日，年复一年。

  送走黄阿婆，方梅初在双树堂漫无目的地翻着书，心里若有所失。也就是两个礼拜吧，他和周蕙芝的两次交往就像风吹过一样，开始有几片叶子落在河里，然后随水而逝。方梅初黄昏时站在桃花桥上发呆，世事往往是这样，不期而遇，又幡然而过。周蕙芝的各种眼神轮番在方梅初眼前闪烁，他不停回放，想从眼神中分析出什么来。当他心里对周蕙芝有了一丝念想时，他意识到自己的生活轨迹也许在发生变化，但他不知道另外一条轨道会在何时何地交叉。这样想，方梅初觉得自己的念头太唐突了。

  又过了一礼拜，徐嘉元去皋桥国小讲座。徐嘉元起身时，方梅初说："请嘉元兄代我向周老师问好。"徐嘉元愣愣地说："你陪我一起去吧。"方梅初"呵呵、呵呵"回应了两声。周一上班时，徐嘉元没有说起在国小讲座的情景。到了快要午餐时，方梅初忍不住问道："周六下午顺利吧。"徐嘉元不知有意还是无意，就是不提有没有代问周老师好，他只是说了声"挺好"，便催方梅初一起吃饭去。方梅初建议徐嘉元一起到植园边上新开的面馆吃面条，徐嘉元说："好啊，你请客。"方梅初拉着徐嘉元出门："当然当然。"到了面馆，两人面对面坐着，闷声吃面条。方梅初感觉徐嘉元有什么心事，先说了句："今天的脆鳝口感很好。"徐嘉元没有应答，方梅初便关心地问他是不是有什么烦心事，徐嘉元说没有什么，在张罗婚房，结婚这事好辛苦。方梅初笑笑："等着吃喜酒。"出面馆门时，徐嘉元想起什么事了："忘记跟你说了，周老师也问你好。"方梅初悬了一上午的心即刻放下来，他顿时觉得面馆门前的街道宽敞了许多。

几天的雨水洗过后,最早开出的石榴花已经褪为橙红色,有些叶尖已经发白,转眼间就要立夏了。下了班,方梅初清扫地上的落红时,听到敲门声音,以为黄阿婆又来做媒了。方梅初提着扫把匆忙去开门,见周蕙芝提着一只小网袋站在门口,先愣了一下,再急忙说:"请进请进。"周蕙芝笑着说:"先生手里还拿着扫把,不像迎客的样子。"方梅初这才放下扫把,做了邀请进门的手势。

周蕙芝将网袋放在餐桌上:"快要立夏了,我让姑姑煮了几个咸鸭蛋。"方梅初谢过,请周蕙芝去客厅喝杯茶。周蕙芝说:"不用麻烦的,方先生有时间的话,我们出门走走。"方梅初立刻说:"有时间,有时间。"

出了门,周蕙芝说去昆曲传习所看看如何。方梅初没有想到她喜欢昆曲,有点喜出望外。沿着桃花坞大街向东,进了廖家巷,再右拐不远就靠近五亩园了。周蕙芝突然停下来问方梅初:"有次过桃花桥,听到昆笛声,是你吹的吗?"方梅初惊讶周蕙芝竟然听到了自己的笛声:"你听到的是什么曲子?"周蕙芝笑而不答,随即做了个甩水袖的姿势。

方梅初定睛看看周蕙芝,那个一瞬间的动作如梦如幻。方梅初告诉周蕙芝,住在葑门时,邻居曹先生是戏班子的,他隔三岔五跟着先生学了几年。周蕙芝问哪位曹先生,方梅初说曹冠云先生。周蕙芝想了想说:"我见过曹先生,他和苏云阿姨熟悉。"

传习所关门了。两人停留片刻,从传习所折回,一路走到阊门,方梅初说:如果不介意,我们一起晚餐。周蕙芝笑笑,方梅初理解成同意了。晚餐选在阊门外新开的一家广东餐馆。方梅初问周蕙芝想吃什么,周蕙芝说随意。随意,这让方梅初没有了主意,便喊店小二过来。周蕙芝看出方梅初的用心和紧张,又说了：真的是随意。方梅初跟在后面说：随意随意。方梅初点了一罐汤，一盆炒牛河，一条清蒸鲈鱼。方梅初问如何，周蕙芝说足矣足矣。方梅初还是让周蕙芝加道菜，周蕙芝犹豫了一下：青菜吧。上鱼时，店小二解释说：鱼是苏州的，广式做法。方梅初接过话说：我父亲说，越向南，做的鱼越好吃。周蕙芝点点头：大致是这样，但北方做鱼也有特色。方梅初问她去过北方哪里，周蕙芝说在景海女师念书时和同学去过北京。方梅初说，我还没有去过北京，有机会我们一起去看看。周蕙芝听到"我们"心里动了一下，脸上露出羞赧之色，没有再接话茬。

两人面对面坐着，方梅初第一次细看了周蕙芝，他感觉这面孔似乎有些熟悉。在周蕙芝不语时，方梅初给周蕙芝又盛了一碗汤，他对周蕙芝：“我之前好像见过你，但一时想不起来了。”周蕙芝认真看着方梅初说，"这样啊，也许在图书馆借书时遇见过。"方梅初似乎想起了什么，他问周蕙芝：“去年春天，你是不是参加了过云楼雅集？”周蕙芝说：“我去怡园听古琴了，先生也在场？”方梅初有点不好意思地回答说：“我现在想起见过你。”周蕙芝说：“先生的记忆力真好。”这样一说，方梅初的脸一下子红了。

慌乱中，方梅初突兀地说：“那我们错过了1919年的怡园琴会。”

周蕙芝顺着说：“哈哈，那会儿你也不在苏州吧，我刚从景海女师毕业呢。”

方梅初笑笑："哦哦，我在杭州。是的，女塾现在改成女师了。"他似乎在1919年怡园雅集现场，兴致勃勃告诉周蕙芝，琴会盛况空前，与会者三十三位。周蕙芝惊讶地看看方梅初："你怎么晓得的。"方梅初说："川派琴家李子昭绘制了《怡园琴会图》，吴昌硕撰写了《怡园琴会记》，其中有'与会者凡三十有三，同声相应，千里逢迎，殆亘古未有焉。'"说完，方梅初觉得自己好像在卖弄，赶紧说："我们吃饭。"周蕙芝笑着说："我倒想有机会看看这幅《怡园琴会图》。"

说到过云楼，周蕙芝的话倒是多了些。她问方梅初可知道苏州第一个女子曲社幔亭曲社就是在怡园成立的，方梅初说这倒不知道，但见过顾文彬先生的曾孙顾则久。听说方梅初见过顾则久，周蕙芝好羡慕："这样啊。我和顾先生都是在天赐庄念书的，不过，我念书时他早已从东吴大学毕业了。苏云阿姨说顾先生得俞宗海大师真传，唱功了得。"

方梅初问："你看过顾先生的戏？"

周蕙芝摇摇头："顾先生很少演出，听说他精于三出戏，《琵琶记》之《辞朝》，《白罗衫》之《看状》，《荆钗记》之《见娘》，坊间称他'顾三出'。"周蕙芝说完，若有所失。方梅初注意到，周蕙芝沉默的眼神中有一丝忧郁，他又在她的忧郁里看到了晶莹的光亮。

沉默片刻，周蕙芝问方梅初最近在看什么书，可否推荐给她。

"我一直在揣摩《浣纱记》，你肯定看过。"方梅初说，"不用见笑，我想修改这个本子。"

周蕙芝眼神里晶莹的光亮照耀到了方梅初的脸上："哦哦，期待期待。"

方梅初有些兴奋，低声念白："我乃是太湖中的渔翁。昨日范老爷吩咐，渔船已泊在胥口。请问这是要前往何处？"

周蕙芝和方梅初瞬间对视，垂首答道："我要去接我的娘子。"

在这问答之间，方梅初有些飘忽了，仿佛泛舟湖上。烟波里。傍汀蘋。依岸苇。任飘飘。海北天西。

## 5

小城已经万家灯火了。桥上没有灯,阊门西街和桃花桥路上三三两两的灯光,从两边漫漶过来,到了桥上已经若有若无。方梅初一直记得周蕙芝那句撞击他心房的话:"我时常梦见流血的母亲。"

周蕙芝从来没有见过母亲陈小蕙,母亲生她时难产走了。父亲周实并没有多说难产的细节,但周蕙芝后来夜间做梦,时常梦见母亲血流如注。母亲难产去世后,住在浒关的姑姑接走了她。她和大她半岁的表哥轮流喝奶,喝着姑姑的奶水长大。原本在城西发电厂工作的父亲,为了应对这样的变故,到浒关的蚕桑学校谋了会计室记账的差事。周蕙芝不怎么外出走动,对这个小镇印象模糊了,只记得父亲偶尔带她去校园。校园有桑田,父亲会摘下桑葚,带回家。她很喜欢吃桑葚,父亲说,你擦擦嘴巴,都是紫色呢。

要念小学了,周实带着周蕙芝从浒关回到了娄门。周蕙芝印象中从来没有这座小城,在父亲说快要进城时,周蕙芝不知道那座小城和这个小镇是什么差别。走进娄门那幢在襁褓中告别的小院子,周蕙芝异常胆怯,这里好几年不住人了,阴暗中散发着潮湿的气象。她跟着父亲进了院子,进了客厅,站在父亲身边,看父亲白色的上襟,才见到亮光。

周蕙芝开始学会的是叫姑姑,她不知姑姑和妈妈的区别。在听到别的孩子叫妈妈时,她问父亲,妈妈呢?姑姑不是妈妈?父亲给她看了妈妈的相片。这是她第一次见到妈妈。回城里后,父亲将妈妈的相片放到了客厅的供案上,对她说:你去上学前,朝妈妈鞠躬,放学回来后也要朝妈妈鞠躬。在客厅没有大人时她会盯着妈妈的照片,再循着妈妈的眼神走出客厅,感觉那温和的眼神落在小院子的中央。父亲在院子里放了一张藤椅,说妈妈怀她时经常坐在这张椅子上晒太阳。春光明媚的一天,周蕙芝坐到藤椅上,她闭上眼睛,感觉坐在妈妈的腿上一样。姑姑一家过来住了一段时间,周蕙芝适应了这里后,他们又回到浒关。姑姑后来没有生孩子,周蕙芝明白,这是为了照顾她。

识字后,周蕙芝认出了父亲挂在书房的匾额:又佳斋。她不懂父亲为何取了这样的名字,也从来没有问过他。有一天,她看到一本字帖里有个"难"字,她不认识,老师说这是"難"字的俗写,颜体字帖也这样写的。回到家,她看看匾额,突发奇想将"又"字和"佳"字拼贴在一起,才发现这两个字组合在一起像"难"字,难产的难。她一下子明白,爸爸在追思难产离世的妈妈。从那天,她隔一段时间会站在小椅子上,用鸡毛掸拂去匾额上的灰尘。记得一次从椅子上下来时,父亲对她说:"你长大了。"她看看亦喜亦悲的父亲,轻轻说:"这是个难字。"他哭了,从来不哭的父亲哭了。她告诉父亲,昨天梦到跟妈妈在桑园采桑了。

从浒关又回到阊门外发电厂的周实,照顾女儿的日常生活。这个时候,一个叫苏云的阿姨出现在周蕙芝的生活中。父亲是昆曲的票友,偶尔也会带她去听昆曲。一次看《牡丹亭》结束后,那个在台上唱戏的女主角走到了父女俩面前,周蕙芝兴奋,又不知所措。父亲说:这是苏云阿姨。周蕙芝腼腆地看看苏云,苏云摸摸她的脸说:蕙儿,阿姨好看吗?周蕙芝真心地说:阿姨好看。父亲忙不过来时,苏云阿姨会协助照顾她,有时带她在外面吃饭，有时在娄门做好饭菜，等她父亲回来后再离开。渐渐长大的周蕙芝开始觉得苏云阿姨几乎替代了姑姑的角色；有时像妈妈，但她从未见苏云阿姨和父亲亲昵过。苏云阿姨也从未留过宿，即使父亲很晚回来，苏云阿姨还是回到下塘街。她去苏云阿姨家住过，知道阿姨单身。她无法理解父亲和苏云阿姨的关系，在她多少明白了大人的眼神后，她在父亲和苏云阿姨对视的眼神中看到了彼此的光，这时她念小学六年级。

苏云给周蕙芝带来了另一个世界。昆曲传习所一次雅集时，她跟苏云阿姨去了，见到许多父亲口中的名角和社会人士。他们谈笑风生，她紧张得一直拉着苏云阿姨的衣袖。在回去的路上，苏云阿姨说："你可以学昆曲，我教你，但你不要做戏子，你好好念书。"晚餐时，父亲问她："今天是不是大开眼界？"她说："我想学昆曲，苏云阿姨说，她可以教我，但不要我做戏子。"父亲的脸色一下子阴沉下来。几天后，她去苏云阿姨那里学戏，阿姨问我："你跟那个神经病说了什么？"她一下子没有反应过来，阿姨接着说："你爸爸到我这里来乱吼了几句，也不知道哪根神经搭错了。"她这才明白"神经病"是爸爸，惶恐地说："我说苏云阿姨让学昆曲，但不要做戏子。"苏云便没有再吭声，转过身去哭了。周蕙芝紧张得也要哭时，苏云说，不说了，过了今天我带你去朝天湖。

朝天湖是苏州城里人逢荷花节必到的地方。每年6月24日前，湖里的画舫小船便多了起来，24日当天早晨，很多人在湖边占了位置，富贵人家在傍晚前就登上早已预订好的画舫喝酒探月赏花。黄昏时分，湖面上已经有昆曲和弹词的旋律，随风而散。每年此时也有尴尬的事情发生，富家小姐过跳板上船时，颤颤巍巍，跌落到湖里。好在湖里淤泥渐多，又临岸边，不会游泳的女眷,落在水里也无性命之虞,但人会吓得半死。

周蕙芝跟着苏云阿姨去赏月。她从码头上跳板,一只脚在跳板上,另一只脚悬空,摇晃了几下,落到湖里了。周蕙芝扑通扑通挣扎时,岸上的一个小伙子三步两步冲下来,把她拉到码头上,喊岸上的姑娘:阿珍过来帮忙。阿珍挽着周蕙芝到家里,拿了自己的衣服给她换上。换了衣服从房间出来时,那个小伙子说:像阿珍的样子呢。阿珍说,这是她哥哥阿牛。惊魂未定的周蕙芝谢了阿牛,跟着苏云再回到船上。

隔了两天,周实带着周蕙芝到了阿珍家,阿珍母亲看看她,好生喜欢地说:"我收你做寄囡伍。"周实连忙跟女儿说:"号稍点,拜寄娘。"干妈家住在码头附近,荷花节这天,阿珍和阿牛会站在码头上看赏花的人。阿珍留意女人的装扮,感觉就像去了阊门。后来看邻家姐妹,篮子里装着莲子沿着湖边叫卖,她也学着,早晨约了哥哥划船采莲,傍晚时提着篮子在码头对着行人摇晃。那天阿珍听到有女孩的惊叫声,回头看,阿牛已经到湖里救人了。周蕙芝从此多了一门可以走动的亲戚,她和阿珍就像亲姐妹一样。

周蕙芝时常跟父亲去听堂会,听苏云阿姨唱昆曲。父亲是昆曲的票友,是苏云阿姨的票友。他记得父亲若有闲暇,无论情绪高昂还是低落,都会在书房里吟唱几句。苏云阿姨一辈子没有嫁人。周蕙芝一次甚至感觉,苏云阿姨看父亲的眼神,就像是母亲看父亲的眼神。她看过苏云阿姨扮演的杜丽娘,真的让人为之倾倒。她从父亲与苏云阿姨的对视中,感觉到了柳梦梅的眼神。苏云阿姨终身未嫁,这是否与父亲有关,周蕙芝心里一直有疑问。念初中后,她几次想跟父亲说,她可以接受苏云阿姨。但这句话一直没有说出口,她在父亲的眼神中看出了种种拒绝。

就像周蕙芝突然落水一样，平常的日子也突然打翻了。周实平时下班，总是进阊门，一路走到娄门。那天他觉得浑身不舒服，看到有黄包车在厂子门口，便坐车回来了。周蕙芝从学堂回来，看到厨房毫无动静，父亲的皮包放在堂屋的桌子上。她突然听到父亲在房间里喊蕙芝，他听到女儿放学回来的声响。躺在床上的周实脸色苍白，周蕙芝伸手摸摸父亲的额头，发烧了。她出门买了鸡汤馄饨，照顾父亲吃好，再出门去阊门外下塘街找苏云阿姨。

父亲见到苏云后首先说："你记下蕙芝姑姑浒关的地址，这几天联系她们，让她全家到城里这边来住。"苏云说："蕙儿上学，我可以照顾你，也许是伤风了，过几天就会好呢。"周实催周蕙芝去书房拿来纸笔，写下了地址。父亲的举措有些反常，以往发烧他并不在意，如果第二天没有退烧，通常会去看附近的中医。但这次父亲对苏云阿姨说："我明天想去博习医院看医生。"也许父亲有什么预感，周蕙芝不敢多想。

周蕙芝和苏云阿姨陪父亲去了博习医院，临近医院时，父亲指着天赐庄说：景海女塾就在东吴大学校园里。周蕙芝告诉父亲，她去学校玩过。父亲说：我想让你明年考这所学校。隔了几天，当姑姑举家搬到城里时，父亲各种检查的结果出来了。诊断的结论是周蕙芝和姑姑、苏云阿姨从来没有听说过的一种病——白血病。

周实清醒的时候拿出一包东西，把周蕙芝和姑姑叫到书房里。父亲对女儿说："这是你母亲的耳环，就算给你的嫁妆。"又对姑姑说："这是老先生留给我的遗产，两根金条，你要供蕙芝读完学校。"父亲跟跟跄跄站起身，朝姑姑鞠了一个躬，几乎要跌倒在地上。

这个时候苏云阿姨来了,她见状便说:"不至于,不至于,我们说好了,还要一起唱戏的呢。"父亲平静地对苏云阿姨说:"我会听你唱戏的。"苏云阿姨再也控制不住自己,她蹲下来,伏在父亲的双膝上失声痛哭起来,父亲的双手落在苏云阿姨的头发上。

## 6

桃花坞的风景变了,方梅初和周蕙芝经常一同出入桃花坞大街。黄阿婆站在门口,看见两人走来,朝方梅初招手。原本挽着方梅初胳膊的周蕙芝松了手,朝黄阿婆鞠了一躬。黄阿婆凑近说:"姑娘啊,你生得标致的来。"周蕙芝红着脸拉起黄阿婆的手,黄阿婆又说:"到辰光我帮你们铺婚床。"方梅初谢过黄阿婆。这里的风俗,有儿孙的长辈给新人缝被子铺床褥。

方梅初给杭州的父母写了封信,说了周蕙芝的情形,说了自己准备去周家看长辈。这有点像通报而不是问父母之命,方黎子看完信大喜。回信落款"父母字",方梅初看笔迹,知道是母亲的手笔。母亲说:普通人家的女子受过新式教育好,为吾儿高兴和祝福。又说新青年也要懂旧礼数,提醒梅初上门时需要备些礼物。

商量日子时,方梅初建议六月初六,周蕙芝觉得这个日子好。到了六月初六午时许,姑姑和姑父站在院门外等候方梅初了,看着一位戴眼镜的书生提着袋子走过来,虽然没有谋过面,两人判定这越走越近的书生便是方先生了。姑姑朝门里喊了一声:"方先生来了。"方梅初应声赶紧上前称呼姑姑姑父。

六月初的苏州已经很热了,方梅初穿着长衫,又紧张,额头直冒汗。周蕙芝站在门口,递给他一把芭蕉扇。周蕙芝朝她笑笑,他好像在她透彻的眸子里看到了自己的脸庞。周蕙芝对姑姑说:"你叫他梅初。"僵着的方梅初连忙说:"对对对。"

方梅初按照母亲的指点,去了观前街乾泰祥,给姑姑买了绸缎,给姑父买了呢绒哔叽。周蕙芝见方梅初给姑姑姑父分送礼物,心里甚是开心。之前在观前街闲逛,路过乾泰祥时她说了一句,什么时候给姑姑姑父扯几尺布料,不想他倒记住了。

落座后,姑父对方梅初说:"你吃杯清凉茶,荷叶是我早上采的。"方梅初谢过,先给姑姑和姑父倒了茶水。方梅初喝了几口茶,对周蕙芝说,我想上支香。对着周蕙芝父母遗像上香后,方梅初欲下跪,周蕙芝一把拉住:"不用行大礼。"方梅初便鞠躬致意,周蕙芝侧身拭了拭眼睛。姑姑见状说:"今朝是开心日脚,你阿哥本来想从湖州转来,就不过该两日实在忙不过呀。"

周家的午餐给方梅初印象深刻,荷叶粉蒸肉和绿豆汤,色香味不亚于酒楼。姑姑对方梅初说,这是蕙芝的手艺。方梅初惊讶地看看周蕙芝。周蕙芝告诉方梅初,糯米、糯米粉、绿豆都是阿珍姐姐春节前从消泾送过来的,她昨天在阊门买了冬瓜糖、金橘和红绿丝等。方梅初起身对着大家说:"有劳你们了。"周蕙芝笑笑说:"我路过桃花桥时,看你房间的窗户还没有打开呢。"方梅初说:"以前都是今天晒书,我前天整理书房,睡晚了。"方梅初没有说出口,他这几天夜间为今天的造访紧张得睡不着。

离开周家时,姑姑递给方梅初一只装在网兜里的瓦罐:多做了些绿豆汤,你带回去吃。周蕙芝送他到门口,说要帮姑姑收拾碗筷,就不远送了。方梅初看看天空说:"我觉得你的芳名有两个草字头，不妨去掉，就叫周惠之吧。"周蕙芝想了想，问方梅初："名字是我爸爸取的，能改吗？"方梅初回答："上香时，我就禀报了。"

方梅初在周家几个时辰，周身都紧张得僵硬，周惠之不送，他自己一个人自由散漫回去正好。从娄门到桃坞桥有不短的距离，从周家回来时，方梅初感觉距离好像比往常缩短了。他提着瓦罐，总担心网兜的绳子会断掉，不时又将瓦罐捧在胸前。这样一路走到新善桥北桥口，方梅初定定神，向东折回，走了几百米，再向北去了廖家巷的黄道一家。

黄道一揿着已经会走路的儿子竹青给方梅初开了门。看见竹青朝着方梅初笑，黄太太说："看来梅初兄弟要有喜事了。"进了客厅，方梅初把瓦罐放在桌上说："先请你们喝绿豆汤，再喝喜酒。"黄道一问："就是上次我在书店遇到的那位周老师？"方梅初和周惠之逛书店时曾邂逅黄道一，便说："正是那位。"黄道一说："恭喜恭喜。"黄太太从黄道一手上接过竹青，认认真真对方梅初说："你要是生儿子，我们生女儿，就做亲家。"方梅初和黄道一都愣了一下，然后两人哈哈大笑。

方梅初和黄道一相识于桃坞中学。方梅初到杭州读书，一年后出身书画世家的黄道一考上了上海美专。或许因为方竹松在生活中的缺席，长三岁的黄道一成了方梅初情同手足的兄长。和方梅初的温吞水不一样，有些狷介的黄道一很少与人打交道。在苏州一所学堂教了几个月的书，便打道回府。黄太太问怎么不教书，答曰："还不如在家画画。"黄家若是做了好吃的，黄太太便拿着先生手书的纸条"今晚小酌"塞在方宅大门的铜门环上。方梅初回家见状门也不开，径自去黄家。黄太太有些厨艺，这让方梅初很羡慕。黄道一是吃货，不是说淡了就是咸了，方梅初总是说:"嫂子这么好的手艺,道一兄有口福的。"黄太太看先生挑剔的眼神,原本有些紧张,方梅初这样说了,她顺势说:"还是梅初兄弟懂嫂子。"

喝了绿豆汤,黄道一说:"这比店里做得好。"方梅初说了午餐几道菜,黄道一认真听着,请他转达:"约时间,请周老师到寒舍小聚。"方梅初说:"好,让她做嫂子的下手试试。"黄太太从书房走出来,拿着一张小纸条对方梅初说:"本来也要去你那里的,今天有好菜。"方梅初也就不客气,留下来了。黄道一问方梅初想喝什么,方梅初问晚上什么菜,黄太太说有白丝鱼和六月黄。方梅初说:"喝啤酒吧,我家里有黄金酒厂的啤酒,我现在回去拿。"黄道一说:"不用回去拿,喝白酒。"方梅初说:"我不胜酒力。"黄道一说:"有如此好事,当浮一大白。"

# 7

苏云给周惠之戴上耳环后问她的感觉,周惠之说:"这对耳环像妈妈的手指,她捏着我的耳垂呢。"在旁的阿珍和姑姑互相看看,两人落泪了。

阊门和娄门不同,娄门有点儿像郊区,阊门是小城的中心。周惠之从这里去皋桥国小很近,不像之前要起早。和她预想的那样,方梅初朴实细腻温情,像苏州人,又有北方人的旷达。晚餐后,两人会喝杯茶,说说白天的事,再出门散步。方家的殷实,也让周惠之放松许多。杨凝雪曾问要不要找个女佣,说之前在葑门的那个女佣不错。周惠之说不用,方梅初说等以后有了孩子再说。

婚后一年多周惠之仍未开怀。方梅初带着周惠之看了中医，也去了博习医院看西医。在医院门口，周惠之想起父亲就流泪了，方梅初轻轻抱了抱她。阿珍的丈夫张银根每年腊月从消泾到阊门烘山芋卖，会先到方梅初家取出寄放的炉子。这年冬天，张银根进门，看见方梅初正在煎中药，便问谁生病了。方梅初说，不是生病，你妹子还没有怀上。阿根没有接话，回来跟阿珍说了。阿珍说，用得着吃啥药啊，到该搭来拜拜菩萨么。阿根说：你妹子搭妹夫全是读书人，不一定相信的。阿珍总以为她怀上阿溪是拜了观音菩萨，便说：你拿我的闲话带给他们，信不信随哩笃，一顺百顺，反正事实摆在眼门前，我已经养了阿荷哉。

隔了几天再去城里时，阿根见着了周惠之，他犹豫了一下，想说的话还是没有说出口。等了片刻，方梅初回来了，阿根把他拉到天井桂花树下，悄悄传上阿珍的话。阿根没有想到，方梅初毫不犹豫地说：好，好，开过春，我们就去。

翌年的春天暖得早，3月下旬田野已是遍地菜花黄。方梅初雇了一条船往消泾，周惠之看到岸边都是菜花，赏心悦目。到了码头，方梅初交代了船工几句，便和周惠之上了岸。城里人说菜花塘鲤鱼，两人上岸就听到有渔民吆喝着卖塘鲤鱼。到了阿珍家，阿珍乐不可支，说中午吃塘鲤鱼炖蛋。阿珍问姑姑可好，苏云阿姨可好，周惠之说都好。阿珍说，我们下半日到皇罗寺去，该趟来不及做青团子搭麦芽塌饼，你们转去的辰光，带点塘鲤鱼吧。

皇罗寺居官泾河南岸，东临阳澄西湖，周遭是一片农田。寺院始建于唐朝中叶，原名积善庵。历经宋元明清，到了清乾隆年间，重修的积善庵改名为王路庵，因王公贵族在此停而得名。相传乾隆下江南时，曾在此留宿，后又改名为皇罗寺。周惠之来这里时，皇罗寺重修没几年。阿珍抱着阿荷，带周惠之先去寮房拜访了尼姑常德法师。周惠之送上先前准备好的几包素油茶食，常德法师说："谢谢施主。"周惠之和常德法师聊了几句，夸法师给阿荷取了这么好的名字。再去观音殿，周惠之跪下后看着观音的样子，脑子一片空白。

腊月底，阿珍从消泾过来，把儿子阿溪女儿阿荷的旧衣裳送来。阿珍看到腆着肚子的周惠之乐不可支，周惠之看着怀抱里的阿荷说："阿珍姐姐，你是福气好的㖫，儿女双全哇。"阿珍说："我看你拖身体的样子，大面是儿子。"周惠之说："我也欢喜女小娘唔。"阿珍说："你不像养囡伍的样子，再走两步我看看。"周惠之在天井里走了一圈，阿珍肯定地说："妹子啊，你么铁定养儿子格。"周惠之笑着告诉阿珍，老先生在杭州已经给未出生的宝宝取了男孩的名字："方后乐。"阿珍没有听明白什么名字，笑着问周惠之道："菩萨阿灵。"

春天的气息在温暖的阳光中弥散着。方梅初上班时对周惠之说："你去桥上晒晒太阳，我帮你搬张藤椅。"周惠之说："搬两张吧，嫂子也过来晒太阳。"黄道一太太也有孕数月了，时常过来聊天。黄道一在画室泼墨，方梅初上班，两个女人就凑在一起度过白天的辰光。

周惠之和黄太太在桃花桥上并排坐着晒太阳，黄太太摸着自己的肚皮说，我感觉自己要生女儿，特别想吃辣的，道一去店里买了平望辣酱。周惠之想喝酸梅汤，但这个季节买不到了。黄太太笑笑：酸儿辣女，我们要做亲家了，我可跟你说定了。周惠之还没有应答，黄太太又说：梅初第一次去娄门，回来时带了绿豆汤过来，我就说了，我们要做亲家。周惠之看黄太太认真的样子,不禁笑了起来:你这是指腹为婚啊。

两个月后,周惠之生产了,果然应了阿珍的说法,是个男孩,祖父方黎子给宝宝取的名字没有落空。方后乐呱呱落地后的五个月,中秋节过后不久,黄太太生下一女。那几天黄道一在重读《神农本草》,他想想,给这孩子取名"青梅"吧。方梅初周惠之抱着方后乐到黄家道贺,黄太太见到他们,便说,你们看我家这宝宝,小嘴巴,大眼睛。周惠之凑近端详,很是喜欢宝宝的俏模样,问叫什么名字。黄太太说:大名黄青梅,小名梅子。

隔壁黄阿婆看周惠之怀中的方后乐说:宝宝比草长得快。过了1924年春节,在方后乐终于喊出一句"姆妈"时,周惠之自己像婴儿一样大哭起来。在1924年5月9日的日记中,周惠之写道:"乐儿叫我姆妈了,我哭了。"

周惠之兴奋地告诉黄太太,黄太太抱着方后乐说:"乐儿,叫我:黄—妈—妈。"

又过了几个月,黄青梅咿呀学语时,周惠之对着宝宝说:"我是惠姨。"

# 卷二

8

　　方后乐从小看到的小桥流水枕河人家是在客厅南门外朝阳的平台上。

　　就像城里无数街巷一样，桃花坞大街是一种生活方式。沿着平台西侧河埠拾级而下，是只能蹲一人的小码头。秋冬河水清洁，方梅初从那里担水，其他时间则到大街中段的古井汲水。周惠之到小码头洗东西，感觉方后乐站在平台上安全时，她才放心让他站在那里东张西望。但她还是觉得不安全，让方梅初找人给平台围了栏杆。桃花坞河窄窄的，方后乐很少在临近河边的房间里听到橹声和竹篙声，他的夜晚是静谧的。身高过了一楼房间的窗台后，他时常在睡觉前靠着窗台向外张望，看桃花桥上三三两两的人走过。时间久了，周惠之发现儿子的衣袖已经磨淡了窗台酱红色的油漆。

　　看似庸常的桃花坞大街和直通阊门的西中市平行，在一二等风流富贵之地的边缘处。早晨异常喧闹，桃花桥南端阊门西街的西侧，是"丰记"吃食店，卖面条馄饨生煎，吃食店的对门是糕团店，周惠之早上通常在这家店买糕点。在周惠之出门去买早点之前，就已经热闹非凡。方后乐很少在早晨六点后醒过来，桃花桥上的脚步声就像他的闹钟一般。若是周惠之还没有出门,方后乐会跟着她一起去买早餐。起初,周惠之牵着方后乐的手,方梅初跟儿子开玩笑说:"你妈妈早上牵着一条小狗出去了。"后来,方后乐不用周惠之牵手了,他能帮她提着篮子回家了。再后来,方后乐偶尔会让周惠之歇着,自己去买点心。起初方后乐出门时,周惠之悄悄跟在后面,她看着儿子的背影有时会热泪盈眶,乐儿长大了。

商量方后乐黄青梅两个孩子去哪所国小念书时,黄道一建议去皋桥国小,方梅初也赞成。两个男人这样说话时,周惠之的眉毛微微皱了,她不是很乐意儿子念皋桥国小。她在那里教过几年书,和方梅初的感情也因这所国小孕育。方后乐出生后,婆婆让方梅初请了女佣,周惠之不是很习惯家里住个外人。方后乐断奶后,周惠之心里闪出一个念头,辞职吧,相夫教子。方梅初让她好好想想,她说就这样了。辞职后她就没有再去过学校,开始几年还常和几个要好的同事小聚,慢慢淡了下来。偶尔路过皋桥,周惠之也会朝国小门口看看,眼眶湿润。随着方后乐逐渐长大,周惠之的复杂感觉淡然,她对坚持让她念书教书的父亲少了几分愧疚。设若每天去国小门口接送后乐,她不知道自己会是什么样的心情。细心的方梅初看出了周惠之的犹豫,看了看她,没有作声。一会儿,周惠之说:"那就皋桥国小吧。"夜间就寝时,周惠之坐在床边不吭声,方梅初坐到她身旁,捋了捋她的头发,话到嘴边又咽了下去。

开学那天,周惠之和黄太太一起送方后乐和黄青梅进学校,两个孩子牵着手进去了。周惠之目送两个孩子的背影,想起当年她站在门口等候方梅初走下黄包车的情景。在她分神的片刻,方后乐又突然出现在她面前:"妈妈,你回去吧。"周惠之蹲下来抱了抱儿子："好。"方后乐似乎还有点依恋，周惠之拍拍他肩膀说："往前走，不要回头看妈妈。"站在旁边的黄太太感叹说："后乐这孩子比青梅懂事。"周惠之心里乐滋滋的，回黄太太说："男孩子儿女情长未必好。"

和繁华的街巷比，桃花坞大街的烟火气是内敛的。若是春天，或者是秋天，方后乐喜欢站在桥上看风景，发现枕河人家其实是不同的枕法。若水巷是东西向的，两岸人家是名副其实的枕河。也有南北岸留一条道，或建长廊，或建亭子。贯通东西的长廊极少，隔一段便有临河而居的人家，从高处看，建筑错落有致。屋后没有码头的人家通常会去公用码头，要越过小道，但可以在门前的小道上搭起晒衣服的架子。南岸屋后的码头通常小些，北岸的码头朝南，通常大些。方后乐站在桃花桥上会发现，南岸码头的青苔多于北岸码头，除了阳光照射之外，应该是南岸上码头践踏石板的人要少些。如果他在房间里听到码头上有嬉闹的声音，大多是从新善桥东边的北码头传出来的。黄太太偶尔也会到北码头洗衣服，黄青梅若是跟着，便在码头上面立着。青梅问后乐：你若是放一个瓶子，能从你们家码头漂浮到北码头吗？他们没有做过这样的游戏，黄青梅不知道让方后乐在瓶子里放什么。

北码头的东侧是黄记杂货店，西侧是常熟米行，老板姓朱，城里有几爿店。方后乐喜欢跟着母亲去杂货店，母亲从那里买淘箩、篮子，还有干荷叶等。杂货店隔壁的小店铺卖桃花坞木刻年画和文具，放学后周惠之若去杂货店，他会跟着母亲去。在母亲挑选东西的间隙，他看各种桃花坞年画和文具。常熟米行有几家，方梅初说他小时候住葑门吃的米就是常熟米行的。黄阿婆的孙子黄鹤鸣小学毕业后便去了常熟米行桃花坞大街分号做学徒，方后乐也跟父亲去买过几次米。朱老板知道黄鹤鸣和他们是邻居,有时会主动关照鹤鸣:"你帮方先生把米送回家。"方梅初谢过,直到鹤鸣有力气用小推车时,他才让这孩子送米到家。黄阿婆若是站在门口,看见孙子推车过来,便对方梅初说:"方先生,请多多关照。"方后乐起初喊黄鹤鸣阿哥,念到四年级时偶尔改口称师兄,黄鹤鸣念的也是皋桥国小。

孩提时的方后乐对粉墙黛瓦的粉墙印象特别深,父亲说粉墙黛瓦是文人的纸和墨。若非新建筑,大街小巷并无洁白无痕的墙壁,常年的雨水从屋檐上流淌下来,又有风吹光照,原先的粉墙自然而然染上了浓淡相宜的黛色,粉墙上的这种黛色又像烟熏的一般。一些地方因水的沉浸起了皱褶,像山上的树皮。站在马路对面看,宛如一幅水墨画。方后乐看过黄道一伯伯在宣纸上泼墨,似乎也没有这样的效果。这些墙壁在粉刷时,先用了泥土,泥土里未死的种子会长出青草或藤。当粉墙上有了这些泼墨和皱褶时,这些巷子才像老人一般苍老。雨水不断冲刷着黛瓦,粉墙上新痕旧痕渗透,浓淡相宜。等到草长莺飞时,墙上的青草转绿了,房子就像一棵枯树上有了新芽。

街道就像人一样,老到一定程度就僵在那里,老而不死。苍老的桃花坞大街阅人无数,并不在意渐渐长大的方后乐,若是没有阳光,他在街上走过时连影子也没有。但方后乐不断发现桃花坞大街的衰落,只有生在长在这里的人,才在细微处感觉到。路人只看到轮廓,方后乐却看到细节,他从街道石板间隙中疯长的小草上意识到了过路的人少了。街上原本有几户商家货铺,或者关了,或者迁到了阊门内外。

一直开着的两家馄饨店吃食店,是家门对面的"三月三"和阊门西街的"丰记"。方后乐喜欢"丰记"的生煎和馄饨,方梅初则爱"三月三",黄青梅说,这两家都一般,还是惠姨做的鸡汤馄饨好吃。周惠之开玩笑说,等你们念大学了,我闲着,就去开家馄饨店。黄青梅说:馄饨店的名字,让我爸爸写。方梅初说:我们现在就把名字想好。周惠之说,我已经想好了,以后说。方后乐在母亲偶尔出门时,才跟着父亲光顾。他不知道父亲第一次见过母亲后,就是在"三月三"馄饨店打开母亲写的纸条。跟父亲吃馄饨的几次,方后乐发现父亲有时会停下来独自微笑。店主见状,跟方梅初说:"方先生,今朝快活勒嗨,馄饨味道加呢好哉。"方梅初答非所问:"你爹爹开店的辰光,我就经常来的。"

9

方梅初日复一日年复一年去图书馆上班。下班回来,方后乐若是温习功课,他也会陪着。方后乐觉得父亲这方面不如母亲,母亲到底做过国小老师。方梅初闲着了,就在书房修订他的《浣纱记》。方后乐问母亲:"父亲看的是什么?"周惠之说:"昆曲《浣纱记》,你爸爸想修订出一个新本子。"方后乐觉得很奇怪,他识字时就看到爸爸书桌上放着《浣纱记》,怎么还没有修订好?周惠之笑而不语。方后乐又问母亲:"爸爸这么喜欢范蠡和西施的故事?"周惠之说:"你去问爸爸。"

给方梅初寻常日子带来涟漪的是章太炎到苏州讲学。1922年4月,章太炎受江苏省教育会之邀,在上海讲授"国学概论"时,他正陪周惠之去消泾拜观音菩萨,回来后又是每天煎药,错过了去上海听先生讲学的机会。差不多十年之后,1932年9月,方梅初在《苏州明报》上看到消息，章太炎先生到苏州讲学了。方梅初告诉徐嘉元，太炎先生住在十全街李根源先生的阙园。徐嘉元有些兴奋："我们可否去拜访太炎先生？"方梅初以为不必打扰，听说太炎先生也要到我们图书馆讲一场。果然，张馆长隔天到办公室，让他们二位为太炎先生的演讲做些准备。来图书馆讲演前，章太炎下榻在沧浪亭苏州美专新舍，从那里到可园，只有数百步之遥。当天，方梅初跟着张馆长到美专迎接先生，见面时紧张得手发抖。

文人荟萃的苏州，因章太炎的到来风生水起，《苏州明报》撰文说："万流景仰之大师余杭章太炎先生，文章气节，卓绝群伦，此通国皆知者也。"金松岑、张一麐、李根源等先生发起成立苏州国学会，时在"九一八事变"之后，苏州国学讲习会亦为救亡图存之产物。章太炎往返苏沪之间，仿佛给时局动荡中低回的文化人平添了几分春色。

1933年春寒料峭时，章太炎再次到苏州讲学。方梅初在3月5日的报上读到了这则消息："又闻明日起，讲学五天，每日下午四时半，在公园图书馆楼上讲厅举行，留心国事者，可往听讲。"他提前下班，绕道大公园。在大公园对面的律师公会门口看到一张特邀太炎先生讲学的海报，入场券三元大洋。他买了一张，想到徐嘉元，犹豫中又买了一张第二讲的入场券。两人在一间办公室，只能错开时间听先生讲演。方梅初第二天上班，递给徐嘉元一张入场券，徐嘉元惊喜万分，又不安地说："两张券，花掉你家周老师当年一个月的薪水了。"国小教员的月薪是六元大洋，徐嘉元这样一说，方梅初也觉得真的是破费了："给你买这张时，我也有点犹豫，不过值得的。"徐嘉元感动得拍拍方梅初的肩膀。

两人交流听章太炎先生演讲的感觉，徐嘉元说他不能完全听懂先生的话，方梅初在杭州长大，没有语言障碍。学术之外，两人都感受到章太炎先生讲国学之外别有匠心。徐嘉元说："先生论读经之利，突出修己和治人，在意的是世道人心。"方梅初非常认同："以读经史，牢固民族之精神。"但二人都有些困惑，今日一切顽固之弊，只有读经以救一途？方梅初想起当年浙江一师风潮，问徐嘉元："你知道我们当时呼喊的口号吗？"徐嘉元摇摇头，方梅初举起右手："我们情愿为新文化而牺牲，不愿在黑社会中做人。"徐嘉元沉思片刻说："新旧文化似乎是个循环。"方梅初觉得徐嘉元所说的"循环"二字很准确，他们也卷到这个循环之中了。

1934年春天到了。方梅初照例和周惠之带着方后乐去了天赐庄的东吴大学，靠近螺丝浜时，方梅初告诉周惠之：章太炎先生当年在东吴大学任教，就住在螺丝浜。据说先生下课回家，常常忘却己门，走入邻家而不觉。周惠之说："我读过太炎先生的《谢本师》。"方梅初说："你知道吧，在东吴期间，他去春在堂拜访俞樾师，老师不满学生的乖张，痛斥了他。"父母说这些掌故时，在旁的方后乐听了有些木然，他问父母："你们的老师是谁？"方梅初说："我的老师是周鹤声先生，他在杭州。还有朱自清先生，我旁听了他几节课，也是我的老师吧。"周惠之告诉儿子："我的老师你不熟悉，但你晓得我的校友，振华女中的王季玉校长。"

那天三人心情很好，吃了晚餐回家。隔壁的黄天荡敲门，方梅初赶紧喊了一声："来哉。"黄天荡在茶馆担水，听到社会新闻，以为重要的就会跑来跟方梅初说说。方梅初开门，黄天荡说："我就不进去哉，无啥事体，今朝我到茶馆店去，听说有一个叫章太炎的先生到仔苏州，不走哉，就住勒侍其巷。"方梅初还没有回话，黄天荡确定地说："是叫章太炎，你啊认得他？"方梅初连连说："对对对，国学大师。"黄天荡说："你认得的。"方梅初说："有幸见在台下听过他讲课。"

第二天到图书馆上班，方梅初刚进办公室，徐嘉元朝他说："你晓得吧，章太炎先生到苏州了，是国学会邀请的。"

"我昨天傍晚听邻居说了，刚刚上班，遇见馆长，他好像已去侍其巷拜见过章太炎先生了。"方梅初以确定的口吻说，"先生这次是定居苏州。"

徐嘉元想了想说："是侍其巷的双树草堂吧，那个地方靠近机织厂，嘈杂，非理想之地。"

"既然定居苏州，章太炎先生以后肯定会作系列讲演。"

"下次去听先生讲演，我自己买入场券。"

两人都哈哈大笑起来。

果然如徐嘉元所说，双树草堂四周嘈杂，喧扰不宁，章太炎7月便搬到了锦帆路50号。1932年章太炎在苏州的讲学地点之一是皇废基律师公会，皇废基这条小巷子东西向，和南北向的锦帆路相连。不久，金松岑与章太炎因会费纠葛生隙，李根源、陈衍两位副会长从中斡旋未果，章太炎退出国学会，在锦帆路另设章氏国学讲习会。说起此事，方梅初和徐嘉元都感慨万分。细心的方梅初发现，章氏国学会的演讲，金松岑先生仍去主持。徐嘉元说："这是分而不裂。"

晚餐闲聊，方梅初和周惠之说国学会的事，感叹章金两位大师分而不裂的风范。方后乐愣了愣问："章太炎？就是在螺丝浜走错家门的那位先生？"

# 10

如同桃花坞河水悄无声息，庸常的日子在不经意中过去。

方后乐越长越高，他视线中桃花坞大街的房子好像矮了，桃花坞河也窄了。不变的只是桃花坞河上的古桥，他在桃花坞河的每座石桥上都站立过，和父亲年少时一样，方后乐也疑问过桃花坞为何没有什么桃花。方梅初说唐宋时有的，后来没有了。方梅初似乎回到了很多年前他和父亲对话的场景，方黎子说："桃花坞妙就妙在没有桃花了，你想象哪里有桃花，哪里就桃花灼灼。"方梅初也这样回答方后乐了。

方后乐的童年生活成为周惠之寻常日子里的火花。周惠之除了送方后乐去学校，就是开门七件事。若有客人来，或者逢年过节，便去阊门那边的菜场和南北货店买东西，有时顺道去看看苏云阿姨。苏云阿姨不唱戏了，偶尔收几个徒弟。方后乐见了苏云，称她阿婆。看到方后乐逐渐长成英俊模样，苏云对周惠之说："乐儿的样子胜过他外公，学戏会有出息。只是现在兵荒马乱，男儿不必做梨园弟子。"周惠之看看方后乐，对苏云阿姨说："现在有戏剧学校了，他以后若是想学戏，可以去学校。"这话似乎让苏云阿姨有所失落："学堂也要师傅带徒弟吧。"方后乐插话说："我喜欢话剧。"

周惠之和苏云听闻，相视而笑，都说好。苏云出门时对周惠之说："我整理了自己的一些行头，过几天送给你吧。"周惠之愕然："不用不用，您留着，唱戏时用。"苏云摇摇头："老了，不唱了,哪天你戴上我的水钻,穿上那件帔,唱唱《游园》。"周惠之似乎从一个遥远的梦里走出来,她捋捋自己的头发问:"我这样子还行吗?"苏云说:"怎么不行。"在周惠之露出微笑时,苏云突然说:"我昨天梦到你父亲了。"周惠之愣了一下,微笑还没舒展就收缩回去了。苏云意识到这句话有些唐突,转头对方后乐说:"你妈妈比我好看吧。"方后乐朝苏云阿婆微笑着:"你们都好看的。"苏云大笑,周惠之又把手按在儿子肩上,方后乐知道自己长高了,快要接近母亲的肩了。

是的,方后乐长大了,再过一学期就要念初中了。1936年的春节,方后乐在家安静地看书,几乎没有出门。正月十四这一天,周惠之问方后乐:"明天元宵节,要不要去山塘街看灯会?"方后乐说:"随便。"方梅初说:"儿子,文武之道,一张一弛,出去走走。"周惠之说:"约黄太太她们一起去赏灯吧。"方后乐没有吭声,周惠之就视为同意了。

黄青梅穿着花布棉袄跟着父母站在方宅门口,开门的方后乐觉得她像桃花坞木刻上的人物,想笑没有笑出来。应声到门口迎接的周惠之说:"正好在下元宵,给你们也准备了。"黄太太说已经吃过元宵了,黄青梅却说:"好啊,我喜欢惠姨做的元宵。"周惠之、黄太太和两个孩子吃元宵时,方梅初和黄道一站着聊天。黄道一说:"你听到消息没有?日本关东军在察哈尔省与国民党政府签订了《大滩口约》,二十九军要撤出长城以东地区。"方梅初大吃一惊:"那华北要沦陷了。"

灯映月,月映灯,今宵灯月倍分明。团团月下灯千盏,盏盏灯下月一轮。山塘街观灯的人如潮水一般。周惠之好不容易挤进戏台旁边的小摊上,买了两只小灯笼。方后乐举手从头顶上划过,黄青梅看了觉得方后乐手中的灯笼比自己的好看,问可不可以跟他换一个。方后乐心里还在想，母亲把好看的灯笼给了青梅妹妹。换了灯笼的黄青梅，看到有人在弹着琵琶唱戏，便问周惠之："惠姨，这唱的是什么？"周惠之笑笑，告诉黄青梅："唱的是《祝枝山看灯》。"

观灯回来，两家站在桃花桥上，看水巷两边的人家都挂了灯笼。黄太太问周惠之："你们家今年没有挂灯笼？"周惠之说："不知怎么就忘记了。"方后乐突发奇想，把自己的灯笼挂在栏杆上。黄青梅看灯笼在风中晃荡，觉得好玩，也把灯笼挂一起了。周惠之问："你们都不带回去？"黄青梅看看方后乐，方后乐摇摇头。

晚上睡觉，方后乐已经躺到床上，想起桃花桥上的灯笼，从被窝里爬出来，他打开窗户，栏杆上的两只灯笼好像在寒风中抖索着。

## 11

方后乐和黄青梅的名字分别出现在桃坞中学和振华女中初中新生录取榜上。

张榜后周家和黄家都特别高兴，周惠之和方梅初商量邀黄家过来做客，庆祝两个孩子升学。确定日期后，周惠之便张罗起来。方梅初问周惠之要不要协助，周惠之说你不干扰就行了。那天，一桌菜上来，周惠之的手艺让黄道一万分诧异："你们今天请厨子了？怎么没有看到厨子？"方梅初知道周惠之厨艺不错，但今天的水准也让他大开眼界，脱口而出："娘子乃神厨也。"

黄道一请教周惠之这几道菜是如何做的，周惠之先说了冬瓜盅：两斤左右的小冬瓜比较适宜，切掉瓜的一段，把瓜囊挖干净，将切成丁的火腿、烧鸭、鲜鸭、笋、莲子、冬菇等放入冬瓜里面，再拿汤碗把瓜盛起来隔水蒸。黄道一又问："你和饭店的区别是什么？"周惠之说："您先尝尝。"黄道一尝了一口回味说："鲜美，但不酸。"周惠之笑笑说："不酸的原因，可能是放酱油的时间，起锅前几分钟加少许酱油就不会酸。"黄道一点头，周惠之又补充说："我用的酱油是邻居黄阿婆自己用黄豆做的，所以色不浓，但味道鲜。"

黄道一确是食客，吃到莼菜银鱼羹，便说："周老师手艺绝佳，银鱼还是平望的好。"他兴奋地说起典故："当年吴郡薛氏二女聪慧能诗，见杨铁崖《西湖竹枝词》，笑说'西湖有竹枝曲，东吴独无乎'，就效仿杨铁崖作《苏台竹枝》十章。"黄道一喝下一杯酒，吟诵了其中一绝："洞庭馀柑三寸黄，笠泽银鱼一尺长。东南佳味人知少，玉食无由进上方。"方梅初这才想起，和黄道一曾经去过平望世德桥，那里的银鱼腴润无骨，有金丝围眼，俗称"金框银鱼"。黄道一当时还有些纳闷，银鱼长者不及寸，何言一尺长？方梅初说这是夸张之词，不必顶真。

席间方后乐和黄青梅都默默听着大人的聊天，不插嘴。黄太太听先生说这说那，便对周惠之说："我家先生只会说，不会做，还是亲家母厉害。"黄太太一言既出，举座皆惊。方后乐和黄青梅面面相觑，黄太太又说了当年她当真的玩笑话。方后乐和黄青梅这才明白事情扯到他们身上了，黄青梅红了脸，方后乐略有迟钝后反应过来，夹了一筷菜给黄青梅："青梅妹妹吃菜。"黄太太见此，大笑说："我就是喜欢乐儿。"其他人也笑笑，不接话。周惠之心里想，后乐这孩子会说话，一句"青梅妹妹"便把自己撇清了。黄道一已有几分醉意，不停地说："好好好。"

客人散了以后，周惠之问方梅初："儿子会说话吧。"方梅初回答："像妈妈。"方梅初说到晚餐，好奇地问："你什么时候学会做这些菜的？"周惠之说在护龙街的旧书店买到一本《醇华馆饮食脞志》稿本，照着上面的菜谱做的。方梅初点点头："原来如此。"

周惠之再说到餐桌上的话，觉得黄太太好像是当真的呢。方梅初说："你不要紧张，父母之命媒妁之言束缚不住这一代孩子了。"周惠之用芭蕉扇扇了扇床，一边放下蚊帐，一边说："青梅倒是我喜欢的孩子。"方梅初说："我们先不操心这件事，看看哪天去杭州，要买船票了。"

## 12

方后乐随父母爬到半山坡时，看到祖父祖母站在门口朝他们招手。方后乐也挥手时，祖父兴致冲冲下了山坡，拉着方后乐走到了门口。祖母对方后乐说：我抱不动你了。祖父说我试试，双手把孙子举起来了。这举动让方梅初大吃一惊，他从未见老先生如此亲近过孩子。

两个礼拜的相处，方后乐知道祖父在苏州小巷徜徉时和他的感觉是一样的。方黎子对方后乐说："你晓得吧，我站在乌鹊桥上，看粉墙上长出的小草，激动不已。"方后乐判断，祖父第一次到苏州可能是春夏之间。祖父还说到山塘街的小桥和戏台，还有桃花坞大街的北码头。祖父问父亲："你还记得吗，我们站在桃花桥上，你问我桃花坞河两岸怎么没有桃花。"方梅初点点头说:"你想哪里有桃花,哪里就桃花灼灼。"祖父和父亲这样说时,方后乐仿佛觉得自己先是站在乌鹊桥上,他拉着祖父的长衫;然后,他跟着祖父站在桃花桥上,祖父说:你想哪里有桃花,哪里就桃花灼灼。方后乐看看坐在祖父身旁的父亲,甚至怀疑父亲说的那句粉墙黛瓦是文人的纸和墨可能是祖父说过的话。

这是方后乐第一次如此亲近祖父,幼时的杭州之行在他的记忆中是稀薄的,他更熟悉的是双树堂书房相片上的祖父,一位冷峻的中年男人。1935年的这个夏天,他在祖父身边感受到了另一种气息。不知道是方黎子看到了孙子身上那种自己年轻时的气息,还是方后乐在祖父的身上看到了自己的将来,祖孙俩特别亲近。闲聊时,祖父问方后乐:"会背诵《岳阳楼记》吗?"方后乐便从首句开始背起,祖父朝周惠之点头称许,他认定应该是儿媳妇教孙子背诵的。方梅初见状,笑笑。

方黎子闲着的时候便让方后乐到书房里聊天。他对孙子说,你可以随便翻翻。方后乐的眼神将信将疑,方黎子说,真的随便翻翻。祖父的书房比桃花坞大街双树堂小些,西墙和北墙是高到墙顶的书架,墙角放着一张梯子。靠近南面窗户不远放着一张圆桌,几张红木小椅子和一张藤椅,方后乐看到祖父午间会坐在藤椅上喝茶翻书打盹。祖父的脸棱角分明,阳光打在脸上时多了几分柔和。书桌是靠着西墙放置的,差不多南北居中。方后乐想象父亲青少年时的生活,应该是坐在书桌前听祖父的各种教导。他走到西墙书架前看了一会儿,发现了两本相册,便问祖父可不可以看看。方黎子说:"当然当然,你看看爷爷年轻时候的样子。"

方后乐取了一本相册,坐到红木小椅子上。打开相册时,他发现有一张照片好像是近几年拍的,他看看祖父,看看照片。这个时候,方梅初进了书房,看方后乐手里拿着的照片,凑上去看看说：这好像是你爷爷前年春天在广州拍的。相片上的方黎子头戴礼帽身着长袍脚蹬皮鞋，站在街口。方黎子走过来，从孙子手上接过照片说：不是在武汉，是1932年上海事变后的上海。祖孙仨围坐在圆桌旁，可能是说到了这张照片，一时沉默。祖父长叹了一口气，问方梅初：上个月国民政府和日本人签订了《何梅协定》，你知道吧。"方梅初说："年初有《大滩口约》，现在又有《何梅协定》，丧权辱国。"祖父看看方梅初父子："中日必有一战。"方后乐没有插话，祖父的这句话和父亲迷惘的眼神长时间留在了他的记忆之中。

方黎子的相册让方后乐大开眼界。青年时的祖父帅气挺拔，着装有点像他在照片上看到的留日时的鲁迅先生。他在那些黑白照片中，看到了貌似孙中山先生的人，这让他有些激动。他知道祖父去过日本。方梅初在一张照片上认出了章太炎先生，探头询问："您和太炎先生熟悉？我没有听您说过。"方黎子说："亦师亦友。"方后乐的兴趣在鲁迅，他读了鲁迅先生的《呐喊》《彷徨》，但好像更喜欢《朝花夕拾》。于是，他问祖父："那您和鲁迅先生熟悉吗？"祖父说："有一面之缘，在北平的绍兴会馆。隔了一年，鲁迅发表了《狂人日记》。"祖父的话让方后乐有些失落，他告诉祖父自己很喜欢文学，崇拜鲁迅先生。方黎子说："你也想做唤醒铁屋中沉睡的人？"方后乐倒也没有想这么深，甚至不知道文学为何物，但近年来，他时常郁闷。北平遥远，上海近在咫尺，总有一种情绪不经意间弥漫到他的周遭。当祖父说起铁屋时，他脱口而出："爷爷，现在还在铁屋中吧。"

方后乐此言让方黎子大为惊讶，孙子的感觉远远超出了这个岁数的认知能力，他在孙子身上发现了自己当年去国时的感觉。一时间方黎子心情复杂，少年方竹松也是以这样一种口吻说话，然后长大了。此后几日,方黎子坐在藤椅上闭目,眼前不断交替闪出竹松的影子和后乐的样子。他们都很像自己青年时期,像自己意味着叛逆。他知道,叛逆,解放的是个人,砸开的是家里的门锁。方黎子突然咳嗽了几声,方梅初关切地问:"不舒服吗?"方后乐起身给祖父倒了杯茶。这个时候,祖母端了碗冰糖莲子羹走进书房。

在方后乐跟着祖母走出书房后,方梅初悄悄问有没有竹松的消息。方黎子像往常一样,先是说北伐之后见过一次面,后来收到他从广州来的信,广州之后,竹松从南昌写过一封信。在重复了北伐、广州和南昌之后,方黎子说:"我从其他方面获悉,你哥哥可能在瑞金。"

"瑞金?"方梅初轻声问,"哥哥是红军?"

方黎子没有回答,只是说:"竹松留给我和你妈妈一个无限的念想。"

方梅初心里长叹,父亲对哥哥竹松的回想就像一根链条,这个若断若续的链条也许就此中断了。他还是1925年五卅运动不久的夏天见到过竹松,那天周惠之带方后乐在院子里玩耍,突然有人敲门。方梅初开门,发现门口站着的是竹松,激动得一时说不出话来。周惠之也是第一见到大伯子,感觉是和公公一样做大事的人物,她留竹松午餐,竹松说一会儿要乘坐火车去上海。方梅初有些不高兴:你也不至于忙到这个程度,多少年不见了。竹松从包里取出一支钢笔,笑笑说:没有来得及给侄儿买什么,这支笔留着做礼物吧。周惠之说谢谢伯伯,方后乐跟着说了谢谢伯伯,方竹松抱了抱方后乐。方梅初陪着方竹松去火车站,周惠之牵着方后乐站在门口朝竹松挥手,竹松两次回头朝母子俩微笑。兄弟俩一路上并没有太多的话,说过的那些话方梅初记忆犹新。梅初问竹松生活情形,竹松的回答语焉不详。他说:你的工作好像很神秘。答曰:是吧。他问:你成家了吗?答曰:说不清楚。他问:回过杭州?答曰:给父母大人写过信。他说:你没有留地址,父母没有办法给你回信。这个时候,竹松突然停下脚步,把双手搭在梅初肩上,梅初看到竹松眼眶湿润了。竹松问:你是一师的吧,我见过你的学长俞秀松。梅初点点头:我知道,你们都是革命者。兄弟俩在火车站候车大厅门前拥抱了,竹松说:代我多回杭州看看父母。

此刻,想起十年前兄弟俩在桃花坞大街见面的情形,方梅初伤感起来。他对父亲说:"后乐都要念初中了。"此话让方黎子的神情缓了过来,他说:"孺子可教也。"两人说话时,方后乐跟着周惠之走进来了,他问祖父:"爷爷,我爸爸的名字是不是出自李清照的词'晚风庭院落梅初'?"方黎子说:"是啊,你奶奶给你爸爸取的名字。你读李清照的词太早了。"方梅初笑着说:"你倒能考证我名字的出处。"

方黎子突然想起了周鹤声先生,再过两天方梅初一家便要离开杭州,应该见见周先生。他问方梅初:"你最近联系过周先生吗?"

"来杭州前,我给周先生写过信。"方梅初说,"但他没有回信。也不知道他在不在杭州。之前听他说,可能要去安徽的什么县做县长,但没有确定。"

方黎子建议说:"我和周先生见面还是他从杭州去昆明任教时。你们在杭州还有两天时间,不妨去教育厅看看,周先生若在杭州,请他到寒舍小酌,我也久违周先生了。"

方梅初觉得父亲的建议很有道理,他问周惠之母子是否愿意一起去教育厅看看。周惠之说不去了,在家帮着妈妈做晚餐。方梅初看看不置可否的方后乐说:"那你跟我去吧。"

方后乐有些犹豫,方梅初说,看看周先生,你会长见识。方后乐想想也是,就跟着父亲出门。到了教育厅,周先生正在办公室整理书报,抬头看见他时,先是一愣,然后说:"真的是你啊,梅初,梅初。"契阔十余年,师生二人激动不已。方梅初定居苏州,周先生的行踪则在杭州、宁波、台州之间,台州之后又去过昆明。去昆明前,师生在杭州见过一次。方梅初跟先生说:"这是犬子方后乐。"方后乐鞠躬说:"周先生好。"周先生朝方后乐笑笑说:"这名字好,爷爷取的吧。"方后乐有些紧张,周先生和祖父的气质不同,温文尔雅中有些威严。周先生和方梅初落座,方后乐站在父亲身旁,听他们聊天。

"我本来想回信给你的,正好忙着交接工作。"

"那您确定离开杭州了?"

"是的,妻舅介绍我去安徽,他在国民政府做事。"

"您和师母都去吗?"

"对。周云和周青姐弟俩留在杭州念书,周云暑假后读高中了,周青也念初二了。师母和周兰跟我去安徽。"

方梅初这才知道周先生有了小女儿,他问周先生:"小师妹念几年级?"

"二年级,暑假后三年级。"周先生看看方后乐:"你小学毕业了吧?"

方后乐回话说:"暑假后念初中。"

"那周青比你高一届。"周先生从书桌上的纸盒里取出一张照片,递给方梅初:"春天呢,我们在杭州拍了全家福。"方梅初端详照片时,方后乐也好奇地侧过身,瞄了一眼,心里算了一下,周先生有三个孩子:周云、周青和周兰。

"时局动荡,我偏安一隅,也许只是梦想。"周鹤声沉吟了片刻说。

听说周先生是去做县长,方梅初心里咯噔了一下,他不知道周先生能不能在地方上周旋开来。周先生看出方梅初的担忧,告诉他自己会在安徽教育厅过渡一段时间再下去。想起见周先生的任务,方梅初便代父亲邀请先生小聚。周鹤声说:"我和令尊同处一城,见面却少。很想去辞行,但过几天便要动身,杂事纷扰。请你代我向令尊令堂致意。总有见面的机会。"

"先生保重,安徽不比杭州。"方梅初不禁伤感,但总算和先生见了一面,"先生这一去,也不知道何时可以再见,希望先生一切都好。"

和方黎子的判断一样,周鹤声也认为中日必有一战。方后乐听周先生和父亲谈话,心里有些紧张。至于这一战会战到何时,结果又如何,周鹤声回答方梅初:"恐怕会旷日持久。但中国不会亡国。"一旦战事发生,苏州和上海近在咫尺,会不会很快沦陷?方梅初又问周先生,先生没有明确回答,让方梅初做好思想准备。

"好好念书,不管风声雨声。"周鹤声站起来,走到方后乐面前说,"我那边安稳之后,你可以带后乐过来看看。到时我们再商量。"

方后乐再次鞠躬。周鹤声说,你不用这么规矩。又问方后乐念哪所中学,方后乐说是桃坞中学。"那是和你父亲念的同一所中学。"周鹤声转身问方梅初:"是吧。这所学校的英文、国文教员很强。章太炎先生也去演讲过。"方梅初回答先生说:"是的,我去听了先生的演讲。"

临别时,周先生在那张全家福上用毛笔写了一行字:梅初留念,民国二十四年夏于杭州。

回去的路上,方后乐好奇地问方梅初:"你的师弟师妹这么小?我要是去安徽见到周兰,喊她小师姑?"方梅初笑笑说:"到时再说,按辈分是你的师姑啊。"方后乐觉得不可思议,又问父亲:"我们会去安徽吗?"方梅初说:"你想去,我们就去看看。"

离开杭州时,方黎子问起图书馆的情况。方梅初告知张馆长卸任了,方黎子说下次去苏州拜会张馆长,又问现在的馆长是谁。方梅初说,现在的馆长是姜先生。方黎子说,不熟悉。方后乐说,等爷爷来苏州。方黎子说,下次去苏州,我带你去天平山的范公祠看看。方后乐没有想到祖父会这样说,乐不可支。看到祖父脸上有些潮红,方后乐说:"爷爷,您要去看医生。"方黎子点点头,站在门口目送他们下坡。

到了山坡中间,方后乐听到了祖父的咳嗽声,又回头朝上望去:祖父和祖母并排站着,朝他们挥手。

## 13

从杭州回来后,周惠之跟方后乐说,你拿几包藕粉送给黄妈妈,方后乐有些不情愿似的去了廖家巷。黄太太一人在家闲着,给几盆花草浇水。她说青梅上午就跟她爸爸出门写生了,好像去了盘门,差不多要回来了。黄伯伯不在家,方后乐顿时觉得轻松许多。"你好久不见青梅了,等她回来吧。"方后乐赶紧说:"不等了,消泾的阿溪哥哥要到家里来。"方后乐出门走了几步,站在门口的黄妈妈喊了一身"乐儿",方后乐回头,黄妈妈说:"没事没事，你回吧。"

方后乐在黄妈妈面前没有撒谎，他回到家时，阿溪已经坐在客厅里和妈妈在说话。在同辈中，除了黄青梅，方后乐感觉自己和阿溪阿荷最亲近。虽然每年只有一两次见面，但方后乐毫无生疏感。娄门阿舅在湖州，有一双儿女，过年会在一起玩几天。母亲这边的亲戚简单，往来的还有在明月湾的表姐秀姨，橘子红的时候，秀姨会带着天成哥哥到城里送橘子，从不间断。秀姨送好几筐橘子，青梅家近，方后乐提一筐送过去；娄门远，方梅初和周惠之一起送上门；苏云阿姨常过来，都是自己带回去。

之前见阿溪还是春天，他从昆山过来商量他高中毕业后的打算。方梅初问他："你不考大学了？"阿溪说："是的。"方梅初以为不考大学有些可惜，阿溪说父母供到他念高中已经不容易。周惠之一直觉得阿溪这孩子懂事，便问："你爸爸妈妈什么意见呢？"阿溪说："爸爸妈妈没有意见，随我。倒是阿荷让我考大学，说她到苏伦厂做工。我想想还是去工作，接触社会也很好。"在旁的方后乐感觉阿溪基本拿定主意了，问阿溪毕业后去哪里，阿溪说有朋友介绍他到昆山一家报馆做记者。

隔了一学期再见到阿溪，方后乐兴奋地喊道："大记者来了。"

"初中生了。"阿溪看看方后乐，从包里拿出一支钢笔说，"送给你。"

方后乐接过笔，谢了阿溪。竹松伯伯送给他的钢笔，他一直没有用，母亲代管，现在他可以用阿溪送的钢笔。

阿溪说他今天要去觉民书社买几本书，问方后乐要不要一起去。周惠之说，等你姨夫回来，吃了晚饭再去书社。阿溪来苏州的前两天给方梅初打了电话，周惠之也就简单准备了几样小菜。阿溪说，好的，喜欢阿姨做的菜。

吃饭时,方梅初问阿溪在报馆做记者的感受。阿溪说:"出了学校门,才知道社会之复杂。我在乡下长大,民生艰难,有切身感受。做了记者,看多了,听多了,真的是民不聊生啊。"阿溪说到一些具体事情,方梅初感慨地说:"奈何,奈何。"方梅初说到梁漱溟先生的乡村建设,问阿溪前景如何,阿溪想了想,没有直接回答:"中国之前途需要有革命性的变化。"

阿溪的这句话让方梅初和方后乐同时想到了不知身在何处的革命者方竹松。方后乐插话说:"等放寒假了,我跟阿溪哥去采访。"

"好啊。"阿溪说,"你可以先到我们那个村住几天,你小时候去过,肯定没有印象了。"

"看看明年春假如何。"周惠之说,"我也好几年不去消泾了。"

"你妈妈是去皇罗寺拜了观音菩萨后才怀上你的。"方梅初说了当年去消泾的情形,问阿溪,"常德法师还在那里吗?"

"常德法师还在。"阿溪说上次回去还见到她,"村里在上海做生意的施老板,出资重修了皇罗寺,现在香火很旺。"

方后乐知道阿荷姐的名字是皇罗寺的尼姑常德法师取的,未曾听说母亲去拜观音菩萨的事,父亲这样讲,他结结巴巴地说:"哦哦哦。"

周惠之问起阿荷的近况。阿溪说,施老板到他们家来过,问阿荷是否愿意去上海做女佣。阿荷愿意去,但阿溪觉得阿荷还小,过两年再说。周惠之也说不急,现在去是小了点。说到这里,阿溪说他和阿荷改了名字,他叫张若溪,阿荷叫张若荷。

方后乐说这两个名字不错。方梅初问他,这两个名字出自什么古诗?他窘迫地摇摇头。

"你这考题太难了。"周惠之问阿溪,"你是用李白的诗句,还是李益的？"

"李白的，《与谢良辅游泾川陵岩寺》。"

"乘君素舸泛泾西，宛似云门对若溪。"

"惠姨真是好记性。"

"若耶溪傍采莲女，笑隔荷花共人语。还是李白的诗。"

母亲的博闻强记给方后乐极大震撼，他的愧疚之心油然而生，母亲因他放弃了工作。周惠之从方后乐的表情读出了儿子的心理，她起身说："后乐，你不是要跟阿溪哥哥去书店吗，抓紧时间去吧。"

## 14

方后乐放学回到家，周惠之正把一大箩筐的橘子分到几个小篓子。

"秀姨来过了？"方后乐问母亲，"这么多橘子她怎么弄过来的？"

"秀姨跟你阿圆姐坐船到苏州来办一些嫁妆，村上的一个阿发和你姐抬过来的。"周惠之告诉儿子，"阿圆过年出嫁，我下午陪她们去了几家店铺。"

"你派给我什么任务？"

"没有你的任务，我回来时见到黄妈妈了，她说青梅放学来取橘子。苏云阿婆那里，我明天上午送过去。"

母子俩这样说着时，黄青梅进门了。十全街上的振华女中位于小城之东南，桃坞中学在小城之西北，方后乐和黄青梅见面的次数也少了。暑假里，方后乐偶尔看到黄青梅背着画夹跟在她父亲后面。方后乐问她，想做画家？黄青梅说不是，我想做建筑设计师，爸爸说画画是基本功。黄青梅有时也来方家，送些新鲜的水果，若是饭点，周惠之会留她用餐。

周惠之发觉青梅和之前不一样，饭桌上的话少了，方后乐好像也有些不自在。黄青梅到方家，有时不进院子，站在门口和周惠之聊几句，甚至也不提方后乐。周惠之在女师念过心理学，知道黄青梅的这种距离可能是因方后乐而生。有一天黄青梅站在门口，朝周惠之打着哈欠，她说时常在夜间会被火车的鸣叫惊醒，她贴着枕头如同枕在铁轨上。黄青梅捂住嘴巴说："阿姨，我没有睡好觉，梦到铁轨铺到你们家门口了。"周惠之低头轻轻抚摸着黄青梅的头发，心想：这孩子可能真的喜欢上后乐了。这天方后乐也从书房出来了，他让黄青梅睡觉时数一二三，这样容易入睡。黄青梅看看方后乐，并不接话。

此后很长时间，黄青梅很少过来。周惠之有些不习惯，方后乐说，妈妈，你不知道我们的功课多紧张。有天黄昏，方后乐在房间里听到外面有人低声喊他的名字，他辨析出声音是从桃花桥上传来的。等到第二声"方后乐"再响起时，方后乐确定是黄青梅在喊他。差不多在方后乐打开窗户后，二楼的周惠之也从窗户探出头来。周惠之看到儿子已经应答，便赶紧关了窗户。周惠之对方梅初说："青梅这姑娘……"方后乐出门走到桃花桥上，黄青梅说，礼拜天我们出去玩玩怎么样？方后乐迟疑了一会儿说，好啊，去哪里呢？黄青梅说，随你。黄青梅从桃花桥上走过的步伐是轻盈的，她说那是绣花针落在布上的声音。方后乐并没有意识到，黄青梅在桃花桥上的轻声喊叫后来成了他内心长久的回响。

黄青梅过来了，也不多话，谢了惠姨就提着小篓子出门，方后乐说，我帮你提一会儿。两人走到廖家巷路口，黄青梅说，你回去吧，惠姨等你晚餐呢。方后乐说好，黄青梅接过小篓子放在地上说：过些时日，我们去天平山看枫叶如何？方后乐说，我爷爷也说要来苏州去天平山的。看黄青梅有点失落的眼神，方后乐说，到时一起去。黄青梅点点头，提着小篓子回家了。

天平山的枫叶红了，方黎子没有来苏州。他写信来说：这段时间不想走动，明年一起去天平山赏红叶吧。方后乐想起爷爷咳嗽的声音，有些担心爷爷的身体，在家静养也好。秋风起时，满街都是残叶。方后乐没有悲秋的感觉，但心情低落。黄青梅送螃蟹过来，周惠之惊讶地说：还有啊。黄青梅说，这是最后几只了。

周惠之问黄青梅有没有去哪里走走，黄青梅说振华女中的几株红叶都红透了，方后乐朝黄青梅抱歉地笑笑。黄青梅说，你闭上眼睛想象一下，说着自己先闭上了眼睛。方后乐看到，秋阳从她的脸上拂过。

## 15

方后乐和父亲争论了，母亲则笑着在旁观战。

从学校回到家中，看见父亲神色黯然，手里拿着一份《苏州明报》。

"章太炎先生去世了，你知道吧。"方梅初说。

方后乐在学校已经听闻噩耗，国文老师上课前，令同学起立致哀。章太炎先生和桃坞中学有些渊源，1933年桃坞中学三十周年纪念刊封面"桃坞"二字便是先生的手笔。是年，章太炎先生亲赴桃坞中学演讲，方梅初专门请假去聆听了。方后乐告诉父亲："老师说，先生辞世前曾有异象。说先生弥留之际，在旁亲友目击有一团祥光自先生的头顶上向窗间飞出。"

"报上也登了这传闻。"方梅初把报纸推给方后乐。《苏州明报》头版右上方便是章宅治丧事务处的"报丧"："余杭章太炎先生于国历六月十四日上午八时卒于苏宅兹择于六月十六日巳时大殓。"章宅位于锦帆路50号，宅邸北面的后花园有些荒芜。方梅初拜访太炎先生时，曾经带着方后乐，临近门前，方后乐却步了。方梅初是章太炎先生主持的国学会成员，对先生崇拜至极。方后乐沉浸在新学之中，除了敬仰外对这位老先生心情复杂，况且，他也不知道见了先生说什么。

15日《苏州明报》以整版报道先生辞世的消息，称先生"一代儒宗"。方后乐想，先生确是一代儒宗，但儒学能救国吗？章太炎先生大殓之后，《苏州明报》刊载了治丧的消息，方后乐读到蔡元培先生的唁函，其中有"人生总属有涯，立言自堪不朽"一句。蔡先生也是方后乐的偶像，读此唁函，他开始觉得以自己的学识和经历，还不具备谈论章太炎先生的条件，但他朦朦胧胧感觉到，章太炎先生是在新文化运动潮流之外的。方梅初其实知道儿子的心思，和他谈昆曲时，他说西洋的电影；谈《游园惊梦》，他说莎士比亚。父亲觉得方后乐这一代和他们不一样，他们父子之间的节奏开始紊乱了。

章宅后花园菜地里的太炎先生墓已长满了青蒿，方后乐读到鲁迅先生《关于太炎先生二三事》。那天晚餐后，方后乐看到父亲闲着便说："我读一段文字你听听。"方后乐读出声音来："前一些时，上海的官绅为太炎先生开追悼会，赴会者不满百人，遂在寂寞中闭幕，于是有人慨叹，以为青年们对于本国的学者，竟不如对于外国的高尔基的热诚。这慨叹其实是不得当的。官绅集会，一向为小民所不敢到；况且高尔基是战斗的作家，太炎先生虽先前也以革命家现身，后来却退居于宁静的学者，用自己所手造的和别人所帮造的墙，和时代隔绝了。纪念者自然有人，但也许将为大多数所忘却。"

"这是鲁迅先生写的。"方梅初说。

方后乐吃惊地看着父亲，原来他也读了鲁迅先生的文章。

"鲁迅是被他的先生逐出师门的。"

"鲁迅对他的先生没有怨言，抱病写了文章。"

"太炎先生也曾经是革命者。"

"鲁迅先生说了，章太炎先生的业绩，留在革命史上的，实在比在学术史上还要大。"

"你知道章太炎先生的遗言吗？"方梅初问道，"先生说：'没有异族入主中夏，世世子孙毋食其官禄。'"

"我不否认章太炎先生是民族主义者。"

周惠之在旁看父子俩争论，心里是开心的，儿子总是在反叛父亲中长大的。回到房间，方梅初很长时间不说话。周惠之问是不是哪儿不舒服，他摇摇头。

"我越来越觉得乐儿的性格像他爷爷。"方梅初过了一会儿说。

"这有什么不好吗？"

"无关好坏。难怪章先生说，居今而言读经，鲜不遭浅人之侮。"

"你这个引用不当吧，乐儿不在'浅人之侮'之列。你不要太在意乐儿的态度，他和你争论，未必对，但他在思考。"周惠之把话题岔开，"时事造人。我们念书时也已经是新旧冲突之际。

071

现在的时局，可能对这一代孩子影响很大。"方梅初觉得周惠之说得也有道理。他安慰自己的是，儿子还和他争论，徐嘉元说他儿子对他关注的问题一点兴趣也没有。

方梅初问周惠之："记得我去国小讲座后你提出的问题吗？"周惠之想了想说，记得。方梅初说："想不到吧，你当年提的问题，正是现在乐儿和我的分歧。"周惠之并不诧异，她对方梅初说："你记得嘉元说过的话吧，新旧文化是循环的。"方梅初沉默不语，周惠之又说："乐儿可能要进入青春期了，现在不逆反，将来也要逆反，将来的逆反会更强。"方梅初想想也是，周惠之说累了，靠在他肩上一会儿就睡着了。

## 16

重阳节过后，方黎子病重的消息不时传来。方梅初去过杭州一次，父亲和他说话时，不停咳嗽，一口血吐到了他的手上。回来后对周惠之母子说父亲病情时，方梅初省略了这个细节。让方后乐唏嘘不已的是，祖父知道自己大去之期不远，转让了两家公司的股票，一分为四：杨凝雪，方竹松，方梅初，方后乐。方后乐问父亲：爷爷是不是和鲁迅先生一样的病？方梅初点点头。

方后乐陷入了绝望之中。他不清楚祖父在日本的经历，也不清楚祖父和章太炎先生有什么交往，祖父有太多的故事他都不知道。祖父和鲁迅先生也只是在北平的绍兴会馆见过一面，那次在杭州看画册，祖父也没有说他和鲁迅先生谈了什么。就这一年，章太炎走了，鲁迅走了，祖父也走在和他们见面的路上。这一代人开始谢幕了。在鲁迅先生去世前,他曾有个幻想,若是祖父再见鲁迅先生,他想拜托祖父请鲁迅先生在《朝花夕拾》上签名。方后乐奢望爷爷能够熬过冬天,放寒假了,他可以去陪祖父几天。

仿佛有什么感应,寒衣节那天,方后乐心神不宁,他站在院子里都能闻到桃花坞大街烧纸的味道。方梅初拿着电报纸进了门,周惠之在做晚餐,方后乐在清扫院子。周惠之从没见过方梅初丧魂落魄的样子,问出了什么事。

"父病危。"周惠之接过电报纸,从杭州发来的。

方后乐看到这三个字时,突然感觉到院子的上空有片片纸灰落下。

方梅初对周惠之说:你们收拾一下东西,我去和道一商量一下。他急急忙忙去了廖家巷,黄道一说:"尽快去杭州吧,我可以帮你们租辆车去。"方梅初已经乱了方寸,问黄道一:"老爷子会不会已经归天?"黄道一说:"老爷子什么病?电报怎么写的?"方梅初回答后,黄道一宽慰道:"这个病不会突然出问题,我现在就去租车。"看见方梅初走路有些踉跄,黄青梅跟着他出门了。

车到坡下时已是早晨六点多,四周寂静如虚空。小径石板间夹杂的青草半枯半荣,晒着朝霞。可能是听到了汽车的声音,方后乐往上看时,祖母已经站在院子门口。他没有看见祖母招手,喜欢朝他招手的祖父似乎站在祖母身旁,挥了挥手,瞬间消失在忽浓忽淡的迷雾中,憋了一夜的方后乐只想哭。

病榻上的祖父已经处于弥留之际。老人微弱地睁开眼睛,那眼神似乎是给方后乐的,方后乐紧张地握住了祖父的手。"我是后乐。"他靠近祖父说。祖父闭上的眼睛又睁开了,嘴唇嚅动,他把祖父的手贴到自己的脸颊上,祖父呆滞的眼神里有了光。

在祖父灵前长跪不起时,父亲叙说的场景那一刻出现在方后乐的泪光中:1907年,苏沪铁路通车后的一年,祖父方黎子提着一只箱子,只身出现在苏州。那是晚秋,祖父说风卷残叶,岂不快哉。

方后乐听到父亲的号啕。一夜之间,父亲苍老如斯。他从来没有说出,他曾经把父亲和祖父对照着看,又把父亲和伯父对照着看。他现在有些明白了,父亲和伯父其实是祖父的一体两面。他记得祖父和他聊天时,常常忽略了父亲,祖父的眼神总是越过父亲。甚至有一次要父亲换座,让他坐在中间。方后乐迅即看了一下父亲,父亲并没有不快。这个场景中的方黎子和方梅初,他们看方后乐的眼神是一致的。方后乐起初觉得自己有些忧郁的眼神是母亲的遗传,后来越来越意识到这其中有祖父命名带来的压力,但祖父眼神中的坚定似乎也隔代遗传给他了。在他未出生之前,祖父就成了他的导师。

祖父出殡之前,祖母一个人悄悄站在院子门口。方后乐猜想,祖母应该在盼望伯父回家。

在祖父的葬礼上,方后乐也想见到伯父,但替伯父磕头的是父亲。

在墓地上只剩下家人时,方梅初突然低声对儿子说:"你伯父可能是红军。"

方后乐闻之,瞪大了眼睛。方梅初又说:"听说红军长征了。"

## 17

方梅初的生活节奏变了,周惠之和方后乐都注意到他走路的步伐缓慢了。他似乎忘却了章太炎先生的葬礼问题，也没有再和方后乐讨论国学什么的。他晚上常常一个人默坐在书房里，对着父亲的照片发呆。好几日方后乐临睡前开门，书房的灯还亮着。

或许是筹备吴县文献展览会，方梅初进入了正常的状态。11月，浙江省图书馆成功举办了"浙江文学展览会"，此次展览萃数百藏家之精英，成两浙文物之大观，一时激发民众爱乡爱国之情。消息传到苏州，文化界人士都以为吴中为人文荟萃之区，搜集乡邦文献，整理地方掌故，尤为学术机关应负之使命。姜馆长跟图书馆同仁商量，省图既以倡导学术、阐扬文化为宗旨，当有吴中文献展览会之举。图书馆同仁积极响应，馆长便说那就开始筹备。方梅初的任务是协助图籍展，徐嘉元则协助史料部分。

平常日子里，方梅初很少在家谈图书馆事务，他觉得这次展览会如此重要，应该和周惠之、方后乐分享，他把母子俩叫到书房，以罕见的口吻说，了得了得。周惠之问：你说的是展览会吗？是的，方梅初示意母子俩坐下，然后介绍说：这次参与筹备的都是学界一时之选。姜馆长统筹，邓孝先、叶公绰等负责图籍；吴湖帆等负责书画；李根源等负责金石；金松岑、汤国梨等负责史料。

这些鸿儒的名字，方后乐听说过几位，但都没有见过，也就没有父亲和母亲兴奋。他甚至有些分神，对面书架上的一个相框是祖父祖母与父亲伯父的合影，另一个相框是祖父青年时期的照片，祖父注视着，他不在祖父的视野里，但他看到了祖父的眼神。在许多次冥想中，方后乐总以为他会和祖父在二楼的书房聊天，祖父会对时局说什么呢？

方梅初说到叶楚伧、柳亚子等聘为鉴审委员时，方后乐回过神来，父亲在杭州听过柳先生的故事，他从小就知道了。他问父亲:叶先生也是南社成员?是的,也是吴江人。方梅初进一步说,这次史料征集包括革命文献,比如先烈遗像遗物。方后乐觉得父亲这句话似乎是专门讲给他的,便说哦哦哦。

周惠之乘势对方后乐说:"吴中人未必熟知吴中历史,乐儿这一辈都是读新学的。"

方梅初以为周惠之的话很有道理,感叹道:"文献乃先贤往哲精神之所寄托,当发扬光大,以扶正气,救民族于倒悬。"

周惠之笑说道:"方先生啊,你这句话可以写到展览会的弁言里。"

方后乐见父母如此用心,并无反感。他记不得在哪儿读过张元济先生的一句话,睹乔木而思故家,考文献而爱旧邦,现在想起,觉得吴中文献展览会倒是有点意思。父亲说到的那些人物,他倒是想见见柳亚子先生。他问过国文老师,柳亚子先生酒后泛舟西湖,写了什么词,老师过几天将这首词抄给了他:宾主东南美,集群英,哀丝豪竹,酒徒沉醉。指点湖山形胜地,剩有赵家荒垒。只此事,从何说起!王气金陵犹在否?问座中谁是青田子?微管业,付青史。 大言子敬原非戏,论英雄安知非仆,狂奴未死。铁骑长驱河溯靖,勒石燕然山里,算才了平生素志。长揖功成归去日,便西湖好作逃名地。重料理,鸱夷计。方后乐读了,也有壮怀之感。

1937年元旦过后,方梅初跟周惠之说,文献展览会在2月20日,年初十开幕,筹备任务重,去不了杭州了。周惠之说没事,放了寒假,我和乐儿去。等到母子俩动身去杭州的前一天,方梅初又感觉不去不好,周惠之说妈妈知书达理,不会计较,你专心忙吧。母子俩到了杭州,邀请祖母到苏州过年,祖母平静地跟母子俩说:我这三年不出门了,有小丫照顾,你们放心。母亲和祖母闲聊时，方后乐去了祖父的书房。一切如旧，他仿佛坐在祖父身旁，祖父看着他，微笑不语。回苏州的前一天晚上，祖母拿出一张照片跟方后乐说：这是你爸爸回杭州读书时我们仨的合影。祖母指着照片中的青年说：你伯父长相像我，性格像你爷爷，你爸爸呢，性格像我，长相不像我。方后乐接过照片说，爸爸长相也有点像您的。祖母轻轻搂抱了方后乐说：也不晓得你长大后像谁。方后乐明白祖母说的像谁，并不是指长相。他心里有些伤感，即便伯父回来，也无法拍一张全家福了。

方家没有像以往一样贴春联放鞭炮，方梅初说要在祖父去世三年后才行。初一早上，一家人到书房给老先生遗像鞠躬，方梅初看方后乐眼睛有些湿润，便说：你们要不要出去逛逛街。方后乐说哪儿也不去了，在家看看书。随后进了房间，关上房门。躺在床上的方后乐，眼前闪过的都是祖父的身影。这段时间，他回忆祖父的时间，几乎超过了他与祖父一起生活的辰光。他在看鲁迅的《朝花夕拾》，先生说，给往昔的时光一个悲哀的吊唁。

大年初三午餐后，雪后初晴，懒洋洋睡了几天的方后乐坐在南门平台上翻书晒太阳，听到黄青梅喊"恭喜惠姨"。黄家三人的到来，让冷清的方家有了些鲜活的气息。周惠之问青梅哥哥怎么没有过来，黄太太说这孩子不恋家，从上海去香港姑姑家过年了。黄青梅看方后乐落寞的样子说：嗨，猜猜我最近在做什么？方后乐说这怎么猜得出啊。黄青梅说，我在学着填词呢，昨天填了一首。周惠之说，好啊，女词人背背看。青梅说，不行不行，等有满意的再背给您听。黄道一在旁说：不要献丑了。

方梅初这段时间忙着筹备文献展，也久未与黄道一见面聊天。两人坐下来后，便说起文献展的事。"此事意义非同寻常，但也不必太在意。"这是典型的黄道一式腔调，方后乐则认同黄伯伯的话。有些失落的方梅初说:"以前常说吴中为人文荟萃之地,人人能言之,未必人人能见之,我也大开眼界。"黄道一问展品有哪些门类,方梅初说:"你喜欢的文献有画像、金石、书画,还有图籍和史料。图籍内容庞杂,包括刻本、版片、稿本、批校本、抄本、方志、谱牒、舆图等,征集到很多稀有图籍。"黄道一闻之兴奋起来,又问道:"哪天开幕?"方梅初告知:"原本正月初十,现在要提前到正月初九了。"

　　方后乐一直站着听两位说话,他从小见到黄伯伯就会紧张,也从不敢插话。没想到黄道一突然问起他来:"后乐,你如何看吴中文献展?"毫无准备的方后乐想起一个成语,惶恐地说:"温故知新。"一向内敛的黄道一露出笑容,朝方后乐赞许地点点头。

　　黄道一脸上的笑容很快消失:"温故容易,知新很难。梅初兄,你听说没有,日本人的军队已经在上海的日租界集结。"黄道一此话让松散了一个寒假的方后乐骤然绷紧了神经,他想起祖父在杭州书房里说过的那句"中日必有一战"。

　　周惠之从厨房过来说,这段时间我们也不方便出门,你们既然来了,就在这里晚餐吧。黄道一说:那就不客气了,还是前年暑假在你们家吃过饭的。方梅初感叹道:这两年多事之秋。黄道一问,周老师晚上什么菜?周惠之回答说:雪菜冬笋,烂糊白菜,糟青鱼。黄道一说,这几样菜很好。周惠之想了想说,还有三件子。黄道一喜出望外地问:现在炖来得及吗?周惠之说,来得及,鸡、蹄髈,做了半成品。黄太太说,我们带了火腿,那赶紧泡一块加进去。黄青梅插话说,我想吃春卷。周惠之支配后乐:你跟青梅去阊门看看,有没有卖春卷皮的。黄青梅闻之,拉着方后乐就出门了。

　　走过阊门西街,黄青梅说,大年初三,肯定买不到春卷皮。

方后乐停步看着黄青梅：那你怎么说要吃春卷。黄青梅笑了，你这书呆子，我是陪你出门散散心的，晓得你想念爷爷了。黄青梅贴心的话，让他心生暖意。或许因为黄太太那句话，方后乐见到黄青梅时多少有些不自在。黄青梅似乎比他放得开，在桃花桥上喊过几次后，又和往常一样敲门了。繁重的功课压着两个初二学生，自然已经初懂爱情二字，但生活的空间越来越敞开，他们都明白，一切都是未知。在阊门，方后乐看到有人卖冰糖葫芦，买了一串给青梅，青梅说她妈妈也喜欢，他又去买了一串。黄青梅嚼得有滋有味，突然把糖葫芦串递到了方后乐的嘴边，方后乐尴尬地吞下一颗。

年初九方梅初下班回来，方后乐在父亲的脸上看到了开幕典礼成功的气息。方梅初当晚回家，难掩兴奋，说盛况空前，张仲仁、邓孝先等都到了。方后乐问，张仲仁是不是张一麐，方梅初说是的，他致开幕词了。父亲没有说到柳亚子，方后乐判断先生没有到苏州。此后几天，方梅初不时提醒母子俩展览26日就结束了。方后乐不置可否，周惠之动员说，上次梅展，我们错过了，这两天约上青梅，一起去看看。母亲也这样说，方后乐只能说好的好的。第二天，方后乐在《申报》上读到展览延期的消息。方后乐拿着报纸跟周惠之说，我们27日去吧。方梅初建议换个时间，27日于右任先生专程从南京过来，他无法脱身陪他们看展。

方梅初27日晚上回家时说了随馆长跟于先生去十全街拜访了李根源老先生，李先生还说到了父亲方黎子。方梅初哽咽了，又说还陪于先生一行去了邓尉探梅。隔天方后乐在《苏州明报》上看到新闻，于先生给展览题了"神州之光"四个字，这个细节方梅初在家忘记说了。

他以为方后乐对展览会似乎漫不经心，其实这是错觉。方后乐原以为文献展便是故纸堆，看展后他发现这些故纸堆也连接着现实，第六、七室是历史革命文献，方后乐驻足良久。他一直留意展览期间《苏州明报》《申报》关于展览会的新闻，看到《苏州明报》的《读书乐》载有读者文章，他也想投书，但写了几笔便放弃了，很多问题他无力想明白。以《历史美术之结晶，民族精神缩影》为题报道吴中文献展即将开幕的《申报》，不时发布消息和评论。3月1日关于于右任先生观展的报道说："展览会内，得多睹先贤先烈之遗迹及服御器物，想象风烈，令人警惕。"这也正是方后乐心中所想但没有说出来的感受。

此时，方后乐已经熟悉了一个词：文化保守主义。他想，父亲他们应该是文化保守主义者吧。他们想以文化去救亡，方后乐心里忽然明白了许多。但这样的展览会果真能像父亲他们说的那样，救民族于倒悬吗？

## 18

"七七事变"后的几天，方梅初收到了周鹤声先生寄自安徽庐江的信。

周先生告知方梅初，他已从安徽省教育厅转至庐江县任县长。先生感慨，忽忽数年，已不知乌梅饼滋味。周惠之读了信不禁泪目：你不妨去看看先生，战事一启，天各一方，何时相见，都是未知数。方梅初觉得周惠之说得是，时艰日亟，何去何从，他也要请教先生。

甫一放假，方梅初带着方后乐坐火车到了南京，再从南京坐汽车到了合肥。父子俩找了家旅馆住下，准备第二天早上再乘车去庐江县城。除了去过上海，这是方后乐第一次长途跋涉。合肥人的口音像南京人，又像苏北人，旅馆伙计招呼他们时，方后乐有些不习惯，仿佛到了另外一个世界。

临近晚餐时，方梅初问儿子，安徽的臭鳜鱼很有名，想不想吃？方后乐问臭到什么程度？方梅初说，和我们苏州的臭豆腐一样吧，方后乐说那就尝尝。旅馆对面就是一家小菜馆，走进门口时，方后乐就闻到了臭豆腐的味道。父子俩坐下，店小二便上来招呼。方梅初先说了臭鳜鱼，店小二说，我们还有双臭。看到方梅初疑惑的眼神，店小二说：臭豆腐和臭鳜鱼一道红烧。方后乐习惯了松鼠鳜鱼和清蒸鳜鱼，对臭鳜鱼有些好奇，听说臭鳜鱼里又加了臭豆腐，感觉不可思议。方梅初说，安徽的豆制品很好，那就双臭吧。这是方后乐第一次也是最后一次吃双臭。

周鹤声收到方梅初信函的第三天，方梅初父子出现在他的面前。方后乐在杭州见过周先生，更多感受到平静冷峻中的温和，似乎亲近很近很多，也就忘记向先生鞠躬了。先生问他功课如何，他说还好。周先生笑着说，还好就是不错。周先生一边吃乌梅饼，一边对方梅初说："还是这个滋味，没有变没有变，只是你现在也做父亲了。"周先生问惠之怎么没有一起来，方梅初说苏州城里人纷纷外逃，她也在家里做些准备。

方梅初说完这话，周鹤声长叹一口气，问方梅初如何打算。来庐江之前，省立图书馆的书基本都装箱了，姜馆长这才准了方梅初的假。方梅初告诉周先生，若战事爆发，曾想去上海法租界住一段时间，但那位亲戚准备去南洋了，现在看来，只有与图书馆共进退。周先生觉得这样考虑挺好，他以为不管上海战事如何，依华北的情形，苏州迟早要沦陷。方后乐想起在杭州谈时局时先生也说了类似的话，当时心里紧张，现在几乎是绷紧了。看看一直不语的方后乐，周鹤声对方梅初说："再看看后续情况，你有了后乐，得从长计议。"

方梅初问先生打算，周鹤声沉吟片刻道："这里也非久留之地，履职一段时间，我可能也会交辞呈。"周先生看出方梅初的诧异，继续说："周兰的两个舅舅在重庆，我或许会去那里。如果重庆情形尚可，我再联系你们，你们不妨也来重庆。"方梅初见先生这个时候还考虑自己，起身谢了先生。

晚餐时，周太太和周兰都出来陪同了。方梅初喊周太太师母时，方后乐不知所措，趋前叫了声"阿婆"，周太太笑着说，不要把我叫这么老。周先生也跟着说，我和梅初亦师亦友，亦兄亦友。周兰没有方后乐这么拘谨，称方梅初叔叔，称他后乐哥哥。方后乐见过照片上的周兰，两年后的周兰已经活脱一个小女生，和黄青梅哪里长得有点像，但说不出像在哪里。方后乐问周兰小学几年级，周兰说明年夏天读初中。方后乐觉得周兰的回答很有意思，她拐了个弯，没有说自己是六年级学生。

晚餐后聊天，周鹤声说他从武汉毕业回杭州时，曾绕道苏州，但没有去过沧浪亭，听说可园是沧浪亭的一部分。方梅初邀请先生方便时到苏州讲学，周鹤声说时局如此，何时能在苏州相聚，都是未知数。方后乐已经放松许多，跟周兰说，苏州好吃好玩的地方很多。周兰说，我喜欢桃花坞年画。方后乐说，桃花坞大街上就有卖年画的店。周兰说，去苏州，我跟你买年画。方后乐说，我送你几张。

临别时，周兰让方后乐等等，回房间取了个地球仪。方后乐觉得这礼物太重了，周先生说，你读初二了，地球仪用得上。方后乐这才想起，出门前母亲给他的书包里放了把檀香扇，赶紧取出来给周兰：这是我妈妈送给你的。

周兰接过扇子，好生喜欢，打开来，在周鹤声面前扇了扇：我是孙悟空。周鹤声笑着说：孙悟空的扇子是芭蕉扇。

出了门，方后乐从包里拿出地球仪，左手托着，右手拨动，手上的地球转起来了。

## 19

小城在苍老中延续的诗性生活不堪一击。方后乐是在睡梦中被父亲喊醒的，他蒙蒙眬眬跟着父母亲出门，天空被大火染红了。8月16日夜间，日寇在阊门投下了无数燃烧弹，石路商业街四处燃起熊熊烈火，房屋在火中崩坍的刺耳声和人的喊叫声从不远处传来。

周惠之双手搭在方后乐的肩上，手掌上的汗水已经捂热了他的肩膀，两人都在发抖。桃花坞大街聚集了很多人，大家都有些恐慌，阊门近在咫尺，会不会有炸弹丢到这条街上。在方家三人在门口东张西望时，黄天荡也带着儿子鹤鸣走过来，他问方梅初："要么你到横塘去盘脱两天吧？"方梅初这时突然冷静下来说："再看看吧。"方梅初走到附近的一堆人面前说，聚在一起不安全，还是分散，各自回家好。他们仨回到院子，都没有睡意，就在客厅里坐着。方后乐觉得闷热，打开南面的窗户，看了看说：天都烧红了。

这座城市的气息变了，往昔温顺宁静的表情和漫不经心的诗意一下子被燃烧弹击破。三天三夜的大火,石路东自石佛寺、小菜场路一线以北,西至小鸭黛桥河以东,南自老石路北侧的耶稣教堂以西,至惠中旅社以东一线,北至饭店弄南侧,大火燃烧的面积有几万平方米。被烧的商店、旅社、茶馆、戏院、浴室等有二三百家,被烧的民宅有六七百户。小城的人们骚动起来,仓皇逃难的人越来越多,大街小巷似乎进入了死亡前的弥留状态。方后乐发现一向微笑着的母亲少了笑容,那天仨人在院子里围着小桌吃西瓜,周惠之突然说:血,血。父子俩愕然,看看桌子上的西瓜,方后乐对母亲说:那是西瓜汁。周惠之定定神问他们:我说什么了。方梅初说:没有说什么,西瓜很甜。

在桃花坞大街还散发着阊门飘过来的灰烬和焦味时,方后乐跟着方梅初去过一次廖家巷黄青梅家。黄道一在画室里独自坐着,见到方梅初父子便站起身来。谈到局势,黄道一说:"苏州沦陷,只是时间问题。"方梅初想起黄家可能要去上海法租界的传闻便问:"道一兄,你们作何打算?"黄先生看方后乐一直站着,示意他坐下,方后乐身体向前微躬致意,还是站着。黄道一摇了摇头:"曾经想去沪上,法国租界有朋友邀请。但在哪里都是亡国奴,就不动了。竹青已经去了香港,这我也放心了。"方梅初告诉黄道一:"图书馆已经在做沦陷前的撤离安排,一些珍稀版本图书已经封箱转到乡下去了。看来,我们可能会离开苏州一段时间,你们也要有些准备。"看着和方后乐并排站着的黄青梅,黄道一说:"实在不行,到时让青梅跟着惠之去吧。"黄青梅看看方后乐,方后乐呆着。方梅初对黄青梅说:"好啊。你跟我们一起去。"

确定去明月湾后,周惠之去了一趟廖家巷。从黄家回来时,方梅初很惊讶:"回来这么快啊。"周惠之说:"我在门口见到了嫂子和青梅,黄大哥在画室没有出来。"方梅初便没有再问下去,方后乐从母亲的表情猜到黄伯伯家应该是不想动了。他问母亲:"有没有说我们去明月湾?"周惠之说:"他们知道了。"

方后乐想象过许多离开苏州的方式,他知道总有一天会离开,但怎么也没有想到会这样仓皇出逃。去明月湾的前一天,他到桃坞中学门口站了站,校园里人去楼空。他站在桃花桥上,许多年前,父亲和母亲就是在这里开始他们的爱情生活的。

"桃花坞妙就妙在没有桃花了,你想象哪里有桃花,哪里就桃花灼灼。"当初父亲说起祖父那句话时,方后乐并没有特别在意,反而觉得有点绕口。现在他突然明白,祖父看桃花坞有无桃花是一种方法。桃花坞也许不堪一击,但祖父的这个方法融入到他心中了。

## 20

夜色逐渐下沉到河道上,方后乐看到远处三三两两的渔火。此时此刻,桃花坞大街的路灯也应该亮了,方后乐似乎在湖面上看到他在大街上的黑影。黄青梅呢?他们会出城吗?

坐在船上的方后乐一直没有入睡,他很久没有听到欸乃欸乃的摇橹声。老吴和阿发轮换摇橹,老吴歇下来时,就蹲着抽旱烟,烟头里的星火像始终飞不高的萤火虫。方后乐原本不习惯烟味,他嗅嗅鼻子,竟然闻到了青草的味道。他的肚子有点饿了,父亲在问老吴估计什么时候到达明月湾,老吴说还有一个时辰。

方后乐想起自己带了些饼干,从包里找出来,走到船艄递了几块给阿发。阿发吃着饼干说,我们那儿的馒头干也好吃。方后乐说,我娄门姑奶奶也晒馒头干的。阿发说,我见过你,我跟秀婵去过你家。方后乐想起来了,他拉了拉阿发的手,阿发说,我的手像橘子皮。

当父母亲都站起来时,方后乐明白,他们离明月湾越来越近,离桃花坞越来越远。

卷三

## 21

船近岸时，早在等候的秀姨夫妇在码头上提着马灯朝他们挥手。

上了码头，周惠之见到秀姨相拥而泣，秀姨拍拍她："妹子，屋里到哉。"听到"到家了"，周惠之索性哭出声来，方梅初双手搂搂她的肩低声说："不哭了，不哭了，夜深人静的。"

"阿侄这样大哉。"秀姨高高举起马灯看看方后乐，再看看周惠之和方梅初，"还是像我妹子。"方后乐小时候见过秀姨，秀姨每次到城里都约他们到明月湾，没想到这次逃难逃到秀姨家了。秀姨男人老吴憨憨的，站着像棵树。这位姨夫让方后乐想到消泾的老根姨夫，乡下两位姨夫都是这样憨憨的。周惠之叫过老吴姐夫，方梅初称他老兄。方后乐从秀姨手上接过马灯走在前面，方梅初和老吴提着箱子跟在后面。到了岸上，趁着他们放下箱子歇息时，方后乐回头看了看子夜时分的码头。岸上的桃树就在方后乐脚旁，黄青梅说她就是坐在这棵桃树旁写生的。方后乐在暗淡的灯光下，仿佛看见黄青梅收起画夹朝他微笑。看见儿子发呆，方梅初说："住上几天就适应了。"方后乐这才想起，应该和船上的阿发打个招呼，他又跑到码头。阿发说："过几天找你玩。"方后乐拉了拉他的手。

秀姨家不大不小的院子坐落在一处比较平缓的坡上,房屋根基和院墙都是用石头堆砌起来的,这是方后乐之前没有见过的建筑。东厢房也是石头垒成的,用作厨房。院门朝西开着,门前有一条石板小道向下铺开。秀姨女儿阿圆出嫁了,儿子天成在东山镇一家商行做伙计,受老板器重,时常跟着去上海。在码头见到秀姨的那一刻,方后乐并不觉得生分。秀姨夫妇很客气,他们夫妇住一楼,安排方后乐一家住二楼,自成体系。

去码头接他们时,秀姨已经准备好饭菜。是饿了,他们也就坐下动起筷子。秀姨看到方后乐吃得香,在旁笑了。方后乐放下碗筷,秀姨又给他盛了碗鸡汤,他说喝不下了。秀姨说这鸡是山上长大的,城里没有。周惠之看儿子可能真的是饱了,便说:你喝几口,剩下的你爸爸喝。吃好饭,拾掇好了,大家各自就寝。方后乐躺在床上,盯着房顶看时,邻居家鸡鸣了,秀姨家的鸡也跟着叫起来,然后又是此起彼伏的狗吠。方后乐坐起来,又躺下,起初感觉床在晃动,随即意识到是船过太湖后残留在他体内的动感。迷迷糊糊中,好像看见黄阿婆踩着碎步在街上收拾丢弃的物件。北码头空空荡荡,母亲敲他房门时,他知道自己没有做梦,他们到了明月湾。

明月湾在一座山的北麓,三面环水,连通陆地的交通工具只有渔船。但这座山好像是孤山,它向东向西延伸,方后乐无法判断它们是否与陆地接壤。村里的渔船都停靠在村口的湖湾里,从T型码头上岸,是一个月牙形的平地,有些像小镇上的集市,向东向西是乡间小道。月牙地西侧有一条小溪向山的方向延伸,千余米处,右侧有一处平地,是一座祠堂,图书馆临时办公处。后来在湖上朝陆地张望时,方后乐觉得这块陆地确似一湾明月。待了几天后,方后乐沿着小溪往山里走,才知道这条小溪是山麓流淌出来的。他在清澈的溪水中,看到石头、水草、折断的枯枝、小鱼在其中穿梭,村里的房子几乎都建在山坡上,一家一个院子。苏州园林的树木是建筑的装饰,在这里的高处看下去,房子是树木的装饰,茶树、枇杷树、橘子树成片成林,散落的房子成了树林的装饰。只要走在路上,就像走在丛林之中。习惯了平地的方后乐,几天走下来,小腿有点酸痛。

　　这是和桃花坞不一样的世界。山区夜晚和清晨的宁静,风吹果园的声响,湖水拍岸的节奏,都让方后乐感觉世界在静止中活跃着。桃花坞大街的嘈杂是戏院的锣鼓,明月湾的喧闹是几条鱼儿跃出水面的声音。在桃花坞大街,方后乐也有时间静止的感觉,特别是春天以来,与其说是静止,毋宁说躁动被压抑了。到山区后的几天他有些释然了,他把那种压迫感暂时撒在山水间。风过时,他闻到了橘子树淡淡的清香。夜里偶尔听到狗吠,方后乐才感到自己的心跳。以前桃花桥上的脚步声是他早起的钟声,现在是秀姨拉风箱的声音。原本便早起的方后乐,到了明月湾后生物钟又提前了。起床后,他到厨房喊过秀姨早,喝一碗汤罐水,便出门漫步。山村的风景和人情,多少冲淡了方后乐避难的苦涩心境。在村里走着走着,方后乐会感受到一种不同于桃花坞大街的节奏和气息。这里的鸡是散养的,气息也是散漫的,方后乐逐渐习惯了有几只鸡和他同行一段路,他站着时那几只鸡在他脚下盘桓啄食。这就是田园。早上不用闹钟,也不需要母亲叫醒,此起彼伏的鸡啼声,让安宁了一夜的山村开始喧闹起来。在这里,他体会到市井和乡土的区别。方后乐想,这地方应该叫桃花坞或者桃花源。

　　村里的人半农半渔,春天采茶,然后是枇杷杨梅橘子的季节。相比其他果树，桃树只能算是点缀。方后乐他们到来时，漫山遍野的橘子在黄红之间。从城里逃难来的人多了，村上的女人们在月牙地放了篮子卖橘子。秀姨有时也会提着篮子，去月牙地卖橘子，很少能卖出，过路的人少。这个时候，周惠之就在家做饭。方后乐拉风箱，看灶膛的火，听锅里煎鱼的声音，他觉得这里的烟火气和桃花坞大街是不一样的。上午或者傍晚打鱼回来的男人们，在那里卖鱼。老吴姨夫也是这样，他从渔船上岸后，先送两条鱼到家，再回到自己的鱼摊上。

方后乐去月牙地时，偶尔也见到少年船工阿发。阿发看见方后乐，边喊"喂"边招手。方后乐坐到阿发的凳子上，阿发说：这是激浪鱼。方后乐在苏州没有见过这种鱼，很好奇。阿发说，只有太湖里有这种鱼，你带两条回去。方后乐拗不过阿发，就提了两条鱼回去。母亲也好奇，想了想说：这是激浪鱼。方后乐问怎么写。母亲说：鱼在水里逆行而游，激起朵朵浪花。方后乐说：这么美好的名字，舍不得吃了。

阿发多数时间随父亲打鱼，闲着的时候也会到码头找方后乐。他问方后乐在看什么书，方后乐把书递给他，他看了看说：我不识字。方后乐错愕地看看他：《聊斋志异》。阿发眼睛顿时有些光：里面说了很多狐狸吧。方后乐笑笑：你怎么知道的？阿发说：大人说书时听到的。方后乐有些怅然，他问阿发：要不要我教你写名字。阿发拿过插在《聊斋志异》书中的笔，在手掌上写了三个字：章阿发。方后乐兴奋地说：不错不错。阿发擦掉手掌上的字，告诉方后乐：天成哥教我写的。方后乐随即在一张纸上写了"明月湾"给阿发：你带回去，描描看。阿发问这几个字是什么，方后乐说：村子的名字，明月湾。阿发笑笑：好。

## 22

若无风雨,每天上午九点到十一点、下午三点到五点这两段时间,方后乐几乎都坐在码头上看书和遐想。他读过朱自清先生的《荷塘月色》了,父亲说朱先生是他的老师,旁听过先生的几节课。"这一片天地好像是我的;我也像超出了平常的自己,到了另一个世界。"朱先生这段文字,不时在方后乐心中回响,他不能说现在这一片天地是他的,但他确实到了另一个世界。坐在码头石板上,方后乐感觉到了宋朝的气息,或者是亘古不变的气息。朱先生说什么都可以想,什么都可以不想,便觉是个自由人。他做不到什么都可以不想,但想什么都想不明白。

烟波浩渺的太湖,让他生出无限苍茫感。在太湖中,明月湾也是一叶扁舟,而他卑微弱小如蝼蚁,如湖中的一条小鱼小虾。坐在码头上,方后乐眼前时常闪现他和小伙伴们在桃花坞大街北码头嬉戏的情景。青梅呢,他们在苏州吗?在明月湾沉寂数日后,方后乐意识到,他仓皇出逃时的步伐中,其实一直夹带着桃花坞大街的尘埃。现在尘埃落定,那座虚空的小城和大街,反而在他的眼前清晰地铺开。他似乎每天从桃花坞大街走过,他听到自己的脚步声和墙角月季花开花落的声音。方后乐想念桃花坞了,他的衣裳被湖水浸泡过了,但衣服在太阳中晾出来时,他闻到了桃花坞河的味道。一个人无论走多远,挥之不去的时光已经凝固成他身上的气息。

白天看书看乏了,方后乐也去祠堂旁听父亲他们闲聊。他们谈版本，谈文化，谈时局，也说邻里趣闻。方后乐起初只是站立着，听他们交谈，渐渐地，自觉不自觉融入其中，偶尔插话。方梅初起初对儿子的加入不以为然，用眼神暗示他不必多嘴，在发现儿子回过来的眼神后，方梅初意识到这样的提醒有些多余。这类交谈，就像图书馆内部的学术会议一样，通常是馆长开头，方梅初和徐嘉元主题发言，然后七嘴八舌。说到城里的乱象，徐嘉元感叹文人的卑微，现在如他也只能偏安一隅，连连说"惭愧惭愧"。方梅初接着徐嘉元的话说："不必悲观，文化不亡，国家不会亡。"方后乐对嘉元伯伯的发言不便置喙，就问了父亲一句："您说的是什么文化？"方梅初知道儿子是问旧文化还是新文化，避开了父子间平时的争论，只是回答说："我说的是中国文化。"

方后乐特别不能理解的是，这两位即便在明月湾避难，还时常抱怨章太炎先生的国葬无法举行了。他们记得 1936 年 7 月 12 日中央社的消息说，已决定在杭州中台山下购地兴建墓地，一年多过去了，战争爆发了，这国葬看来是遥遥无期了。再次说到此事，方梅初和徐嘉元都有些怅然。看他们的神色，方后乐感觉时空错落。此后，他还是喜欢独自行走，或者等周惠之收拾好碗筷后一起出门。

临近中秋了，表哥吴天成从东山镇带回来许多食物，方后乐好奇的是套肠，阊门好像没有这种卤菜。让方家一家人惊喜的是，他带回了差不多半个月的《苏州明报》。方后乐印象中没有见过这位姨表哥，表哥说他到城里送枇杷蜂蜜时见过后乐。后乐想不起来，表哥说你那时还小呢。吴天成对方梅初说："姨夫，你们来了一段时间了，肯定想知道苏州城里的情况。"方梅初连连点头，问他近期去上海没有，天成说 8 月开战后就没有去过。

谈到苏州近况，吴天成说前几天鬼子出动了十几架飞机轰炸苏州，东山镇上也有苏州城里来避难的人。

"这些倭寇。"很少说话的老吴姨夫蹦出一句。

"哪几条街被炸了？"方梅初问。

"听城里来的人说，学士街、阊石街被炸得一塌糊涂，死了很多人。"

周惠之异常紧张，她开始担心姑姑和姑父："也不晓得娄门那边怎么样？"

吴天成说："惠姨，娄门没有炸到，你不要紧张。"

说话间，徐嘉元进来了，他问了苏州城里的情况，吴天成又重说了一遍他的听闻所见。徐嘉元闻之直摇头："大难临头，大难临头。"

方梅初问他是不是听到什么消息了，徐嘉元说："我猜测，日本鬼子一旦占领上海，就会西侵苏州，现在的轰炸是在做进城的准备。"方梅初和吴天成都赞同此说，方后乐的反应是，他很快要做亡国奴了。看见站着的母亲好像在发抖，他赶紧扶她坐到凳子上。

周惠之又问徐嘉元："娄门那边有消息吗？"

"目前没有听到消息，鬼子若是从上海方向过来，娄门一带肯定有危险。"可能意识到这话会让周惠之紧张，徐嘉元又补充说："这只是假设，你不要紧张啊。"

周惠之"嗯"了一声，但大家都听到她急促的呼吸声。

大家无语，堂屋冷却下来。徐嘉元欲出门，又回转身说："我听说张一麐、李根源二老还在苏州，要筹建'老子军'。"

方梅初惊讶了："两位老先生还在苏州？"

"他们起草了《老子军规则草案》，我在馆长那里看到了。"

徐嘉元随即背诵了几句:"青年有同志军,则老人应有老子军。缘少者壮者前程远大,为日方长,若多牺牲未免可惜。"

这几句话让方后乐有些动容。他在报上见过"吴中二老"张一麐和李根源的相片,样子已经模糊了。在杭州,祖父和父亲闲聊也说到张一麐。祖父说张一麐是袁世凯幕僚,当过北洋政府教育总长,方后乐因此对张有些不屑。这或许受了鲁迅先生的影响,他读过《记念刘和珍君》,对北洋政府没有什么好印象。张的寓所在大公园附近,方梅初造访时问方后乐要不要随行,方后乐回话说:"这么大的人物,我不敢见。"

此刻,方后乐想起,章太炎先生去世后他和父亲争论的场景。此后,方梅初曾在书房问方后乐是否知道"一·二八"事变前,张一麐曾联系章太炎等苏沪名流致电国民政府政要,呼吁团结抗日。方后乐摇摇头。隔了几天,父亲带回载有张一麐等通电政要内容的报纸,方后乐顺着读了下去:"事至今日,诸公倘犹认救国全责可有一党负之,则请诸公捐除一切,负起国防责任,联合全民总动员收复失地,以延国命;如尚有难言之隐,亦应即日归政全民,召集国民会议,产生救国政府,俾全民共同奋斗。"方后乐念初中后,读过一些书,明白北洋政府和南京国民政府的差别,知道张一麐和章太炎是效忠五色旗的。方梅初提起此事又带回报纸,方后乐明白父亲的用意,是的,人是复杂的。"吴中二老"中,方后乐似乎对寓居苏州的李根源更有好感。"一·二八"事变后,李根源捐出木渎的一处山地,安葬八十七位为国捐躯者,此事在苏州口口相传。李根源的寓所在十全街,离振华女中不远。一次路过十全街,方后乐特地在门口站了一会儿。当徐嘉元再次说到吴中二老,特别是少者壮者一语,让方后乐的眼睛湿润了。

秀姨夫妇留徐嘉元晚餐，吴天成拿了黄酒过来，徐嘉元也就不客气了："好，喝一杯。"用餐时，徐嘉元呷了一口，想说什么，赶紧掏出手帕捂住嘴巴咳嗽了几声。周惠之关切地问："是不是伤风了。"徐嘉元说："春天就咳嗽了，不要紧。"秀姨从房间里拿出一罐枇杷蜂蜜给徐嘉元："先生带一瓶回去冲水喝。"吴天成建议徐先生什么时候方便，可以去木渎看看中医。徐嘉元长叹一声，端起酒碗对秀姨夫妇说："在这里少不了麻烦你们。"

送走徐嘉元，周惠之在门口突然说："也不晓得青梅一家会不会出来。"方后乐茫然地摇摇头，心里想，也许会出来吧。周惠之问儿子："你怎么不吭声呢？"方后乐说："你不必担心，他们应该会出来的。"

## 23

周惠之每天上午必做的事，用绸布去擦放在梳妆台上的两个相框，她总觉得上面有灰尘。方后乐注意到，母亲时常会坐在梳妆台前，看着两个相框发呆，偶尔也会从抽屉里拿出他的相册翻看，微笑不语。方后乐见状，会拉着母亲出门走走。自从徐嘉元说了鬼子若进城娄门首当其冲后，母亲的话少了，一直处于焦虑之中。

在家里整理方后乐照片时，周惠之笑了，除了高高的额头像方梅初外，儿子的脸部特征和神情都特别像自己。方后乐长到十岁时，已经活脱一个英俊少年。周惠之带着儿子去娄门看姑姑，姑姑说：后乐这孩子的脸就像从他妈妈那里剥下来的。方后乐觉得姑姥姥没有说错，方梅初听了也不刺耳，总是呵呵一笑说："像他妈妈好看。"但有一天，方梅初端详了放学回来的方后乐，到厨房悄悄对周惠之说："你有没有发现，儿子的嘴唇长得越来越像我了，倔强地往上翘。"周惠之放下手上的活儿，朝方梅初看看："你哪里倔强了？"

结婚照里的方梅初着西装扎领带，周惠之穿一件白色婚纱。方后乐看父母亲的衣着和气息，觉得他们当年也是新潮人物。方后乐觉得妈妈穿旗袍也许更好看，一次在黄家看到黄青梅的母亲穿了旗袍，回来后跟周惠之说："姆妈，你穿旗袍肯定好看。"周惠之说："穿旗袍只能做客，不方便做事。你结婚时，妈妈穿旗袍。"这张1921年秋冬之际摄于瑞记的照片，方后乐印象中一直放在母亲的梳妆台上。瑞记照相馆在太监弄和宫巷交汇处，方后乐在这家照相馆拍过照，全家合影之后，摄影师问他：背景是洋房还是小巷？小学六年级的方后乐穿着白衬衫背带裤，头发被周惠之梳成三七开。父亲说，这身打扮，背景还是洋房吧。方后乐点头。摄影师又问，拍完这张，要不要戴上瓜皮帽再拍一张？方后乐坚决不肯。

就像方后乐的理解那样，这两张相片让曾经温馨甜蜜的光景延伸到了明月湾。周惠之有时看看相片，再看看方后乐，感觉从虚幻的画面中落到地面上。早上，方后乐有时陪着周惠之到月牙地买菜。蔬菜和鱼，秀姨家都有。周惠之提着篮子出来，一般只需买几斤猪肉，偶尔也会买只湖里的野鸭。若是同时买了鸭和肉，周惠之便做母油鸭。她选五花肉，回去在砧板上剁成肉酱，再做成小肉圆放在鸭汤里。秀姨知道惠之妹妹不是嫌家里的饭菜不好，后乐在长身体呢。这里的生活自然不比城里，但方后乐觉得很好了，他还特别晚餐喝粥。起初是白粥，慢慢加了杂粮。连续几天晚餐喝粥了,秀姨担心方后乐父子不习惯,偶尔会做鸡蛋饼。吃了鸡蛋饼出门,和阿发说话,阿发会闻出鸡蛋饼的味道。阿发问方后乐,吃过油墩子吗?方后乐不知道他说的油墩子是什么,阿发说糯米粉做的,里面是豆沙的馅儿,过节的时候才做肉馅儿,在油锅里氽出来的。这样说着时,阿发闭上了眼睛,似乎在回味。看阿发的表情,方后乐理解这油墩子可能有点像麻团的滋味。阿发说:很久没吃了,等做油墩子时,请你吃。

聚集在月牙地的乡亲已经熟悉周惠之,看看她身边的方后乐会说:该个啊是你儿子啊。周惠之开心地说,是啊。卖菜的人说:一看就是一只模子里刻出来的。周惠之和山村几家邻居的女人已经熟悉了,常聚在一起做针线,惠之还教她们写自己的名字。秀姨说:妹子以前也是先生呢。方后乐看母亲和她们其乐融融,心想再待几个月,母亲可能就像这里的婶婶们了。或许因为阿荷家在消泾乡下的缘故,方后乐对村民并无疏离感,他在村子里闲逛时,感觉这里的人似乎是他的远亲。他有时甚至想,如果在这个村子长大,他就是阿发。这里的婶婶已经把后乐当作阿发了,周惠之回来说:东边的婶婶说要给后乐介绍媳妇呢。秀姨笑着说:乐儿还在念书呢。方后乐倒没有羞赧,也和妈妈、秀姨开玩笑说:如果不回城里,就请秀姨做媒人。

山村的日子是一种清新的枯燥。如果不是城里大量难民的涌入,山村日复一日年复一年的宁静,就如同风平浪静时的湖面一样。那些淳朴的村民,并没有因为这些城里人急需生活品而哄抬物价,他们像平常在路边摆摊等待过客一样,将果蔬鱼虾放在篮子水桶里。因为外来人口的膨胀,原本冷清的月牙地逐渐成为集市。一些邻村的城里人,也会跑到这里来买菜。在母亲问黄青梅一家会不会出来后,方后乐有时会从码头跑到月牙地,盯着村民和过客逐一看过去，方后乐幻想黄青梅突然出现在这群人中。

晚餐后时光娴静，收拾好碗筷，周惠之会坐在那里发呆。她不是特别担心黄青梅一家，娄门姑姑的境况总让她揪心。临到明月湾之前，她动员姑姑和姑父一起出来，两位就是不肯挪窝。姑姑对周惠之说，你哥在湖州呢，实在不行，就去他那儿。阿荷一家在消泾乡下，应该无甚大碍。她也不担心苏姨，苏姨有戏班子的人照应。方后乐知道母亲在想什么，想舒缓母亲的愁容，便说："妈妈，你好久不甩水袖了，甩一下呢。"周惠之看看儿子，站起身来做甩水袖状，勉强微笑着，然后还是坐了下来。看看在旁的父亲，方后乐问："你好久不吹昆笛了。"方梅初苦笑说："没有带过来，我若是吹笛子，你又会嘲笑我发思古之幽情。"听父亲这样说，方后乐倒是尴尬起来。

山区是敞开的，但消息闭塞，城里的情况基本上是消息灵通人士徐嘉元带来的。他告诉方梅初，南京方面致电张一麔，不赞成成立"老子军"，但张和李还在苏州。方梅初问金天羽先生的状况，徐嘉元说好像也在苏州。方梅初略为兴奋地说："苏州的文化界还没有散去。"方后乐觉得父亲和徐叔叔有点迂腐，图书馆已经散到明月湾，苏州文化界还在吗？但他没有说出口。在这个狭小的空间里，方后乐和父亲的关系更加亲近了，尽管时常有些分歧。方梅初从图书馆回来，方后乐还时常请教他一些问题，并请他推荐一些书看看。

在方梅初和徐嘉元为无法国葬章太炎先生而落寞时，方后乐问他们："如果章太炎先生地下有知，他在意他的葬礼，还是抗战？"方梅初和徐嘉元两人面面相觑，没有随即回答他。

方梅初已逐渐习惯了方后乐的种种反问，几乎有点结巴地说："先生在世时也力主抗战的。"

徐嘉元则拍拍方后乐的肩膀说："后乐，英雄和圣人不冲突啊。"

方后乐心想：确实不冲突，父亲和嘉元伯伯崇拜的是圣人，他崇拜的是英雄。父亲和嘉元伯伯的文化在古籍里，他感觉到的文化是在现实的困境中。他不能说父亲和嘉元伯伯是错误的，但他不想被他们塑造，尽管他知道自己前面的路也是模糊的。这个时候，他会想到自己的祖父，甚至也想到父亲在浙江一师学运期间呼过的口号："宁愿做新文化的牺牲者，也不做旧文化的奴隶。"

如果不去祠堂，方后乐下午照例一人坐到湖边的码头上念书、看湖水，想极目处的几座小岛。阿发指着似有似无的远处说，那是三山岛。据说三山岛上的人过着清朝人甚至是明朝人的生活，时间在那里停滞了很长时间。方后乐相信这不是传说，他现在待着的这座山村，也几乎停滞和凝固了往昔的时光。山里男人女人的轮廓和气息，更像相片上的外公外婆。

说是在码头上念书，方后乐知道自己只是在打发时光。他恍惚感觉黄青梅就在他坐的位置上写生，很奇怪，到了明月湾后他对黄青梅有些牵挂了。在秀姨家闲坐着，他有时会突然向月牙地上张望。自从两年前青梅妈妈说了那句儿女亲家的话后，方后乐和黄青梅很长时间相处都不自在。青梅开始也是如此，后来放开了，但不敲方家的门了，而是站在桃花桥上喊方后乐。方后乐知道此刻的牵挂，并非儿女情长英雄气短，黄青梅已经是他生活的一部分。

秋节后的一个礼拜，方后乐跟父母亲和图书馆的几个朋友去光福涧廊村，看清奇古怪四株古柏和司徒庙泥塑，但司徒庙已经不对外开放。方后乐很喜欢涧廊村这个名字，他想当然解释为以涧为廊。看清奇古怪四棵古树，他想到祖父、父亲、嘉元伯伯和青梅爸爸四个人。之前听黄青梅说，司徒庙的泥塑菩萨极为传神，前几年修复时，她父亲到庙里给泥塑菩萨上了颜色。站在司徒庙门口，方后乐突发奇想，黄青梅一家会不会住在里面？若是，她知道他们在明月湾，一定会来找他们的。恍惚中，他似乎听到黄青梅在里面走动的声响。

从涧廊村回来，已是黄昏。阿发等在院子门口，方后乐便邀他进去。阿发说，不进去了，送两条鱼过来。说话间，徐嘉元也过来了，说吃了枇杷蜂蜜，感觉好多了，今天特地过来谢秀姨。秀姨还在等方梅初他们晚餐，看徐嘉元还带了一瓶酒便说，今天做了几样小菜，徐先生一起吃饭吧。看见阿发，也把他拉进来。阿发说，他来杀鱼。

饭桌上，方梅初问徐嘉元有没有什么新消息，徐嘉元说有不少伤残的国军从上海转到苏州了，苏州危在旦夕。大家沉默不语，方梅初自言自语说："苏州的国军能挡住鬼子吗？"徐嘉元咳嗽了几声，才打破了片刻的沉默。他喝了一杯酒，反问方梅初说："你说能挡住吗？"随即，徐嘉元自嘲道："收拾起风雷供调遣，百万一貔谈笑间。"徐嘉元说罢，周惠之长叹一口气。

被方后乐留下晚餐的阿发放下筷子说："我想去当兵。"

方后乐愣了一下。

## 24

山区的夏天比城里凉快，秋天比城里来得早也去得快。方后乐先是发现树尖上的叶子开始发黄了，几阵秋风过后，码头上已经落了无数枯叶。他似乎听到杜牧悲秋的声音："风吹一片叶，万物已惊秋。独夜他乡泪，年年为客愁。别离何处尽，摇落几时休。不及磻溪叟，身闲长自由。"之前在码头上坐着的时候，他偶尔脱去鞋子，双脚在水中游荡。这几天他用手试水时，感觉到了寒冷，冬天似乎已经到了。

方后乐连续数天在码头上看秋阳落在湖里。他最初在这里看到的夕阳，还夹持着夏末的火红，然后是橙色的，在天边漫延，如黄先生画室的颜料在水中漫溾着。在夕阳沉到湖里的那一刻，他看到天水交接处一刹那像火山爆发。萧瑟的风雨过后，太阳再落山时，方后乐感觉太阳似乎也着凉了，僵硬地西沉下去。如果青梅跟她爸爸来写生，会画出什么呢？

天黑了，坐在码头上漫不经心往湖里扔小石子的方后乐，突然听到岸上有人喊他，好像是母亲的声音。他起身朝岸上望去，周惠之拿着一件外套朝码头张望。方后乐快步上了岸，周惠之给他穿上外套。在方后乐觉得有些暖意时，母亲说："鬼子昨天进城了。"月牙地上聚焦了许多人，有从木溇回来的人说，在木溇听到城里的枪炮声了。

方后乐愣了片刻，已经很久不翻日历，他问母亲："昨天是几号？"

"11月19日。"周惠之说。


## 25

方后乐从图书馆人员的谈话中和迟来的报纸上，陆续听到苏州沦陷前后的情形。徐嘉元说,鬼子先占领了太仓,再从昆山进城的,平门上站满了鬼子兵。吴天成也从东山回来了,他的消息是,鬼子进城前已经炸了苏州火车站。方后乐在照片里看到,在火车站断垣残壁前,一群日军持枪耀武扬威站立着。方后乐有点紧张,黄青梅家的廖家巷距火车站只有一河之隔。他想起妈妈跟他说过黄青梅的梦,梦到铁轨铺到他家门口了。

他到明月湾之前最后一次见到黄青梅,是在新善桥上,黄伯伯写生,黄青梅陪着。方后乐觉得黄伯伯这个时候在这里写生,应该是在打发时光,他在黄伯伯平静的表情下感受到了一种被掩饰的不安。方后乐悄悄问青梅:"你们准备出去吗?"青梅指着她父亲的背影说:"老先生还没有拿定主意。"方后乐和青梅走到桥的另一边,青梅看着前面的小码头说:"阿姨好像在洗衣服。"后乐告诉青梅,他父母亲这几天开始做去明月湾的准备了。方后乐没有说出来,但黄青梅感觉到了他的担心,便说:"如果我们去乡下,会去明月湾找你们。"方后乐又重复说道:"我们是去明月湾。"

听说日本鬼子从娄门进城时,周惠之坐立不安,姑姑和姑父去湖州了吗?又有消息说,很多炮弹落在娄门,平民伤亡惨烈。周惠之急得哭了,方梅初安慰她说:"我们去打听,姑姑和姑父应该没事。"方后乐知道,父亲也只是为了宽慰母亲才这样说。睡觉前,方梅初悄悄对儿子说:"我也担心呢,有什么办法能打听到消息。"方后乐想了想说:"我们有阿春舅舅在湖州的地址吗?"方梅初说:"我问问你妈妈。"父子俩说话间,周惠之从房间里走出来说:"也许阿祥之前从湖州接走了姑姑呢。"方后乐觉得完全有可能,随即说:"是的是的。"

第二天早上起来,方梅初告诉方后乐:"你妈妈一夜没有睡好觉。"躺在床上的周惠之,辗转反侧,只要闭上眼睛,她就会看到黑夜中的血色。睁开眼睛,她只看到黑色。方后乐看母亲一夜之间双眼布满了血丝,他不知道怎么安慰母亲才行,他站在母亲身后,把双手搭在母亲的肩上。周惠之转身看看方后乐,双臂抱住了他。母子俩对视时,周惠之摸摸儿子的脸说:"我眼前怎么有黑影子。"方后乐让母亲闭上眼睛,再睁开看看。周惠之瞪大眼睛说:"亮了。"

到了晚上周惠之的眼前又是一片黑色,在迷茫的黑色中,是模模糊糊的姑姑,她感觉坐在她两旁的先生和儿子也有些模糊起来。方后乐在煤油灯火苗的跳跃中看到母亲流泪了,他把手帕递给母亲,周惠之擦了擦眼睛,突然想起什么。方后乐起身去倒了一杯开水,周惠之接过来放在桌子上。方后乐给周惠之剥开了一个橘子说:"你昨天说得对,阿春舅舅可能会接走姑姥姥的。"周惠之想起昨天自己说过的话,看看儿子。放下姑姑的事,又想起了黄青梅:"乐儿,也不知道黄伯伯一家他们去哪里了,去年这个时候,我还让你送橘子给青梅呢。"

周惠之关切的问题这几天也一直在方后乐心中盘桓。方后乐告诉母亲,他在新善桥上见到青梅时,黄先生一家还没有确定要不要离开苏州。方梅初接过话说:"我估计他们出来了。"方梅初的理由是,这位老兄即使自己不想出来,为了黄青梅也会离开苏州。周惠之说:"那就好。"方后乐看妈妈的眉宇有些舒展,又说:"他们知道我们在明月湾,青梅跟黄伯伯到这里写生过,如果到这一带了,肯定会来找我们的。"之前方后乐也这样说,方梅初和周惠之都觉得儿子说得很有道理。

方后乐是在安慰母亲,也是在安慰自己,他的内心并没有他表达的这么坚定。日本鬼子持枪站在苏州火车站断垣残壁前的那张照片,几乎像一张渔网将方后乐的身心罩住了。他一直不愿意想"亡国奴"三个字,但这三个字在心里挥之不去。

## 26

方后乐听到轰然倒塌的声音,随后稀里哗啦的残响不断。好像城墙倒了,又似乎是不远处的几幢房子塌了。是孩子在哭啼。母亲披头散发抱着孩子在大街狂奔。有人从废墟里探出头伸出手,好像是他自己抱头龟缩在墙角下,几根屋梁横七竖八架在他的身上,有一跟木柱砸在他的腿上。他稍微挣扎一下,屋梁就往下压迫。他大喊大叫,但声音闷在嗓子里。他透过断墙残垣,看到有人在走过,像鹤鸣,又像阿发。他们没有发现他,他想朝他们挥手,但他的手抬不起来。

他从来没有见过秋天会下冰雹。先是小石子那么大,然后像元宵,像他和青梅冬天在雪地上互掷的雪球。晶莹剔透的冰雹落在地上竟然燃烧了,像燃烧弹。他绝望了,他以为落下的冰雹至少会浇湿四起的火苗。大火越来越大,小火越来越小。浓烟弥漫了小城的天空,像龙卷风在大街小巷滚动。好像是黄阿婆说她的眼睛看不到光了。他说本来就没有光,只有火光。她说她看不见火光,她只闻到木头烧焦的味道。她说木头上刷的桐油。

他听到风卷残叶,窸窸窣窣。十全街上的梧桐叶落到桃花坞大街了,落在地上的石榴也卷起来了。石榴在空中炸裂了,声音如炸弹。他听到巨大的回响,姑奶奶从房子里跑出来,一颗炮弹落在她身后。他看到祖母在乡下闭目念经。

他听到狗在狂吠。穿黄色军装的人牵着军犬带着几个鬼子从大街上走过。明月湾的人说,那是倭寇。军犬在追赶前面奔跑的人群,人群中好像有黄妈妈。青梅呢?他看到军犬叼着画夹飞跑。那是青梅的画夹。画夹上的赤橙黄绿青蓝紫也飞扬起来,像天空中的七彩云。

天空越来越低,低到他家的屋檐了。

他看到一双眼睛。

两滴眼泪落在他仰望天空的额头上。

## 27

初冬的阳光温暖而不刺激,坐在码头上的方后乐感觉浑身舒展许多,内心无数像黄梅天留下的霉味在阳光中散发着。11月19日之后,他每天中午和下午都会到码头看书背书,他幻想黄青梅若在月牙地可以看到他的背影。再想想,背影特征并不鲜明,就背朝太湖,面向月牙地坐着。方后乐算了算,如果黄青梅一家在附近司徒庙一带,步行到这里,时间应该在上午十点到下午三四点之间。这个时间段,方后乐在码头上已经待了五天。

第六天临近午餐时,有人在岸上喊他,站起来看,是阿发。阿发跑到码头上说:我过生日呢,家里要做油墩子,请你吃夜饭。方后乐说好啊,真的想吃油墩子呢。若是在城里,还好准备礼物送给阿发,现在怎么办呢?他想起在三山岛上阿发从小女孩手上拿过铅笔的神态,送他铅笔和作业本吧。

两人上了岸,阿发又问:你还想吃什么?方后乐说:油墩子就好。阿发看着他，他想了想又说：我喜欢吃雪菜烧杂鱼。阿发笑了：这个有的。阿发朝前看了一眼说：婶婶家门前好多人呢。方后乐朝南望去，定睛看看，妈妈和秀姨都站在门口，正在请院门前的几位进去。一个女孩子跨门槛的瞬间，方后乐感觉似乎是黄青梅。青梅若是在月牙地问路，应该看见码头上的他，他也应该听到上面说话的声音。或许，他在和阿发聊天，错过了与她惊愕的对视。

方后乐赶紧和阿发说了晚上见，小跑向前。院子里站着的果然是黄青梅和黄太太，周惠之拉着她们的手，三人涕泪涟涟。不知所措的秀姨说："乐儿回来了。"黄青梅转过身，方后乐愣着，一时无语。黄青梅抹着眼泪朝他吼道："方后乐，你傻了？"方后乐还是木木地站着，黄青梅用手捶了捶方后乐的额头，双手搭在他肩上放声大哭起来。周惠之说："青梅哭吧，好好哭一下。"黄太太跟着哭起来，秀姨说："见面是快活事体，到里向去坐。"

如方梅初预料的那样，在鬼子进城的前两天，黄道一挺不住了，决定去乡下躲躲。去哪里呢？方后乐说中了，光福的司徒庙。黄道一原本想守在城里，阊门被炸后，他站在平门桥上看到阊门的上空满是血一般的红光，意识到自己的决定可能是个错误。他先是电报在桂林报馆工作的竹青休假不要回苏州，然后寻思避难处。他还有些犹豫，随后学士街又被炸了。青梅倒没有说什么，黄太太跑到画室说：你不要老命，梅儿不活了？黄道一这才打定主意，他给司徒庙整理过佛像和壁画，自然想到这里可藏身。他让学生去司徒庙接洽，住持表示可以安排。黄青梅觉得司徒庙一带风景虽好，离明月湾也不算远，但她不习惯在庙里住着，若是去了那里，她可以和惠姨在一起。

黄太太说到这里，青梅插话了："我闻到香炉的味道就不舒服。"方后乐想起青梅从不踏足寺庙，即便去玄妙观，她也不肯进大殿，只是在东脚门和西脚门闲逛。黄青梅曾经约方后乐去养育巷教堂，说那里的赞美诗很好听，方后乐回答说：你不信佛，我不信上帝。现在黄青梅说到司徒庙，方后乐露出一脸无奈。出乎方后乐和黄青梅的预料，周惠之突然说："青梅，你要不要到我这里，跟我住，后乐跟他爸爸一张床。"青梅妈妈说："这样不好吧，给你们添麻烦，要不要等梅初兄弟回来再说。"周惠之说："梅初肯定同意，青梅本来就像我女儿一样。"在旁的秀姨也对青梅说："来吧，不多你一双筷子，我们吃什么你吃什么。"黄太太见情先谢了秀姨，然后说："我们今天回去和她爸爸商量。"黄青梅看看方后乐，方后乐说："当天来回太辛苦了，晚上青梅如果愿意，跟我去阿发家吃饭，我就住阿发家。"黄青梅听方后乐这样说，脸部表情开始由阴转晴。

"真是死里逃生。"黄太太说起这一路的过程，依然唏嘘不已："想想后怕，我们出来后的第二天，日本人进来了，听说平门那边被炸得一塌糊涂，鬼子的机关枪扫个不停。听说火车站也被炸坏了。"周惠之想到娄门老宅里的姑父姑姑，便问："也不晓得姑姑他们怎么样了。"黄太太说："听说娄门一带也炸了。"周惠之的脸色阴沉下来，方后乐看到母亲在咬嘴唇，这是母亲在紧张时的习惯动作。秀姨见状赶紧说："吃饭吧。"之前不晓得黄青梅她们过来，秀姨打招呼说："今天只有豆腐汤、小鱼和青菜，你们将就着吃，我再去擀点面条。"

黄青梅看到红烧小鱼很兴奋："好久都没有吃鱼肉了，庙里都是素的。"周惠之怜惜地看着青梅："明天烧肉。"方后乐说："晚上我去阿发家吃油墩子，你跟我一起去吧。"黄青梅问阿发是谁，方后乐说是接他们来这里的小伙伴。青梅想想还是在家里陪惠姨，方后乐说那我带两个油墩子回来。黄太太跟周惠之说："我们明天还是回去一趟，青梅没有带衣服。"周惠之觉得也好："我跟乐儿一起去，这样青梅回来时有人做伴。"青梅看看后乐，后乐点点头："去看看黄伯伯。"

　　阿发家在村子的西头。从月牙地向东延伸的小道，到了阿发家屋后拐了一个半月形的弯再向东就是一片果园了。临湖而居的房子给方后乐一种亲切感，他在桃坞大街看桃花坞河水流时，阿发在北墙的窗户看落在湖里的月亮。看到方后乐带来了笔和小本子，阿发兴奋，接过笔就要在手上写字。后乐说："铅笔在手上写不了，你写在本子上。"阿发坐下，在桌子上打开本子，想了想，跑到房间，拿回一张纸条，是方后乐那天在码头上写的"明月湾"。阿发看着纸条，在本子上一笔一画写出了：明月湾。方后乐见状，心里生出一丝悲戚，阿发若是在城里，一定是个好学生。

　　油墩子果真如阿发说的那样好吃。也是糯米粉做的，比麻团厚实，更糯更酥，里面的肉馅像小笼包的馅儿一样。阿发母亲看到后乐这么喜欢，说：你放开吃吧，当饭吃。阿发看方后乐吃的样子，美滋滋笑了：等会儿你教我写油墩子。方后乐满嘴油说：好好好。阿发父亲说：今天打到了白鱼，你吃吃。阿发母亲又夹给方后乐两个油墩子，方后乐说，我已经吃了五个了，吃不动了。阿发母亲说：不用数数的，再吃一个，我要到过年才做呢。方后乐又吃了一个，站起来说：再吃我走不动路了。阿发说，那你带几个给阿姨。

　　回去走到半路上，方后乐才想起忘记给阿发写油墩子几个字了，阿发说："明天写，不急。"方后乐说："明天我要去司徒庙，你中午看到的人是我妹妹黄青梅和她妈妈，她爸爸和我爸爸是同学。黄青梅要在这里住一段时间，明天回去取衣服。"两人在月牙地站了一会儿，方后乐又谢了谢阿发，阿发说："你们迟早要回去念书。"方后乐问阿发什么打算，阿发说："打算不了什么呢。不出去，就跟阿爸一样，打鱼一辈子。"方后乐说："等我们回去了，你到城里打工，我爸爸认识一些人。"阿发说："我十七岁了，当学徒不行了。"两人沉默不语，方后乐拉了拉阿发的手。阿发说："天成哥见识广，我要问问他，我想去当兵。"方后乐说："你真的要去当兵？"阿发说："我要去打鬼子。"

到门口时，周惠之和黄青梅在门口候着，方后乐把纸包的油墩子递给青梅，对母亲说："阿发要去当兵打鬼子。"

## 28

方后乐一行走到司徒庙门口时，黄道一正和穿长袍戴眼镜的男人作揖道别。方后乐听见那人说："请黄先生再斟酌。"黄道一不言语，再次作揖。

看到周惠之和方后乐，黄道一竟跑下台阶，抱了抱方后乐。方后乐有些不知所措，黄伯伯和他从未如此亲近过，紧张得双手僵着，说了一声"伯伯好"。方后乐定神看看松开双臂的黄道一，一个多月不见，黄伯伯明显消瘦了。往庙里走的小径上，黄太太问道一刚才戴眼镜的那位是谁，黄道一说："陈慰农的跟班，动员我明天去光福镇参加自治会的活动。"方后乐听父亲说过此人，陈慰农即陈则民，北洋政府的遗老也。明天，也就是11月24日，黄伯伯会去吗？方后乐心里想着时，黄太太又问："那你去镇上吗？"黄道一停下脚步，侧脸看看身后的人说："你们说我会去吗？"

庙里的小和尚把他们领到膳房，落座后，小和尚轻轻对黄道一说：请施主们吃碗素面如何？黄道一双手合十说：好。这情景让方后乐想起在乡下的祖母，老人应该一切安好。在杭州时，祖母说灵隐寺的素食很好，问孙儿要不要跟她一起去吃一次斋。方后乐倒是想跟祖母一起去，被祖父挡住了："男儿轻易不要踏进庙门。"方后乐和黄道一坐一条板凳，一动不动。吃面时，膳房静穆如夜，只有轻轻喝汤的声音。膳毕，周惠之说："黄先生，我们商量，青梅到明月湾跟我一起住。"黄道一对周惠之的话似乎没有意外，连说"好好好"。黄太太说："等会儿收拾好青梅的衣服就去明月湾了。"黄道一愣了一下随即说："也好。"黄青梅问方后乐："要不要陪你去看看罗汉？"方后乐上次确是想看罗汉的，这次倒没有了兴趣："下次看吧，我们早点上路。"

方后乐提着皮箱，黄青梅提着包裹，在门口和黄伯伯黄太太道别。黄太太又上前摸摸女儿的头发，周惠之说："你们放心吧。"黄道一走到方后乐面前："回去跟你爸爸说，我过几天去明月湾，等等这边自治会的消息。"方后乐点点头。黄道一又说："刚刚听青梅说，你们那儿的油墩子很好吃，我也想吃呢。"大家的脸上这才有了点微笑，方后乐朝二位说了声再见，三人就转身向前了。在路上歇息时，方后乐问黄青梅：刚才分别时，你怎么不说话？黄青梅说：女儿总要出嫁的。方后乐听黄青梅这样说，不敢再接话。周惠之在旁，笑了笑说：前面那棵树怎么还有橘子？

黄青梅的到来，给这个院子添了几分生气。周惠之的脸上笑容也比以往多了，出门时，黄青梅总是挽着她的胳膊。秀姨悄悄问周惠之："青梅这个小娘唔啊是你的媳妇啊？"

"不是，不是。"周惠之停了一会儿又说，"说不是，又像是。"

她告诉秀姨，黄太太怀着青梅时曾指腹为婚，她和方梅初、黄先生都没有当真。

秀姨说："我看般配。"之前几天，秀姨都称黄青梅"小姐"，这之后她也跟着周惠之喊"青梅"了。

11月底的明月湾已经有些萧瑟了。一个礼拜前黄青梅来明月湾时还穿着学生装、布裙长筒袜，现在是毛线背心长裤子。她觉得有些寒意，往方后乐身边又靠了靠。方后乐想让开时，黄青梅的右手已经搭在他的左肩上。方后乐心里一颤动，岸上有人喊"回家吃饭了"。他们迅速站起来，周惠之站在月牙地朝他们挥手。

午餐后，黄青梅说去图书馆看看如何，方后乐说好，问妈妈是不是一起去。周惠之说："不去了，今天是11月30日了，黄伯伯带口信说，他下个月2日来，我收拾一下。你们去吧。"方后乐带着青梅进来时，徐嘉元正拿着报纸说话："苏州街上到处挂了日本旗，景德路面目全非，宪兵队进驻了，宣抚班的牌子也挂起来了。"方梅初说："不知可园情况如何？"大家无法回答，徐嘉元摇摇头："在劫难逃。"

大家沉默不语，姜馆长长叹道："国将不国。"黄青梅悄悄问这位是谁，方后乐说是姜馆长。姜馆长继续说："自治会派人联系我了，希望我们回城复馆，图书先暂置玄妙观后的中山堂。大家意见如何？"姜馆长视线转向方梅初，方梅初起身说："是不是再观察一段时间，元旦前后回去。"其他人也觉得这个建议可以，姜馆长便说："我也这么想，那我们就择日回城吧。"平时很少说话的邱复生站起来说："我看不宜拖太久，既然自治会主动联系我们了，不妨尽快离开这里。"在座的同仁都没有接话，徐嘉元猛烈咳嗽了几声。

徐嘉元似乎是这次高谈阔论的主持人,他提出的问题是:我们今天看到的苏州古城,是不是伍子胥相土尝水、象天法地后造筑的"大城"?我们算苏州城的时间,都是从那个时候算起的,但春秋晚期,吴国就灭了,姑苏作为越国的都城三百余年,而吴国的姑苏只有短短几十年时间。徐嘉元举起两本书:这是《吴越春秋》,这是《越绝书》,大家都熟悉的。为什么叫《越绝书》而不叫《吴绝书》?徐嘉元读了《越绝书》首篇《外传本事》:"越者,国之氏也;绝者,绝也,谓勾践时也。"

姜馆长问徐嘉元:"我们馆藏的《越绝书》是何年的版本?"

"我们藏的是明代刻本,一册十五卷。"嘉元举着自己手中的书说,"这是我的抄本。"

黄青梅有些兴奋。她在司徒庙听到的都是阿弥陀佛、暮鼓晨钟,现在有这么多人在谈国学、谈方志。她问方后乐:"几位先生为什么讨论这个?"方后乐想了想说:"可能是说,吴国的姑苏,留下更多的是越国的痕迹。《越绝书》是汉代人所著,是那个时代关于吴越的记忆。"

方后乐的猜测是对的。徐嘉元如此结束他的发言:"我不晓得,后人关于我们年代的姑苏记忆是什么。"徐嘉元的这番谈论改变了后乐对他的印象,感觉他还是一位有想法的文人。方后乐不敢设想沦陷之后的苏州会成什么样。

晚餐时,周惠之感叹说:"一晃,你们两个孩子都读初中了。"方梅初问起青梅哥哥竹青的情况,青梅说,在香港好着呢。方后乐插话说:"你们不会一家都去香港吧。"青梅说,她父亲的想法是在局势稳定后,举家迁往香港,但母亲觉得还是苏州好。方梅初突然想起安徽庐江之行,说了一句:"也不知道周先生一家在庐江,还是去了重庆。"父亲的话让方后乐记忆中的周先生和他的小女儿周兰从淡忘中复现出来,那个地球仪没有带出来。

收拾碗筷时,徐嘉元捂着嘴走进来,咳嗽了几声后再坐下。黄青梅主动站起来叫了一声:"徐先生好。"他点头看看黄青梅,方梅初说:"这是道一兄的女公子。"徐嘉元说:"哦,听说道一兄在司徒庙。"方梅初告诉徐嘉元,黄道一再过两天到明月湾,到时小酌。徐嘉元说,我也带两个菜过来。

想起下午的话题,方后乐对二位说:"我能不能说说你们下午讨论的话题?"

徐嘉元说:"当然啊。"

方后乐说:"中日之战不好和吴越之争相比。"

方梅初和徐嘉元闻之都有些吃惊,徐嘉元缓神后说:"孺子可教。"


## 29

黄道一夫妇走到月牙地时,方梅初带着方后乐黄青梅已候着。黄青梅一溜烟冲到父母面前,黄道一说让我好好看看。看看黄青梅,黄道一对方梅初父子连连说:"小女让你们费心了。"上次在司徒庙见面时,是黄道一抱抱方后乐,这次是黄太太拉着方后乐的手不放松。

进了院子,黄道一看见张馆长和徐嘉元都在,赶紧趋前:"先生一切可好?"姜馆长说:"尚可尚可。"和徐嘉元招呼时,徐嘉元捂着嘴咳嗽了两声,黄道一关切地问:"嘉元兄受风寒了?一会儿我给你搭搭脉。"周惠之招呼他们进去坐下再聊,黄道一说我带了普洱茶。周惠之说,这里没有茶壶,只能用大碗泡茶了。

大家落座,黄青梅跟着周惠之去泡茶,方后乐给每个人一只喝茶的小碗。姜馆长急切地问:"道一,光福那边情形如何?"黄道一知道先生关心的是自治会的事情,便说:"先生听我慢慢道来。"

邑人四散避难,也有一干人到了光福镇。11月24日在光福镇举行会议,与会者有邓邦述、杭伯华、丁春之、陈慰农、潘振霄、冯心支、顾月槎、宋友装、程平若、程幹卿、刘正康、潘子义、潘子起、刘宾如等二十余人。会议推陈慰农为主席,即席议决,组织自治委员会。

黄道一说到这里,徐嘉元插话说:"陈慰农,不就是陈则民吗,北洋遗老也。"

"所谓自治会,其实欺世盗名,实乃日本人傀儡。"姜馆长放下茶碗说。

"是的,是的。陈慰农差人邀我与会,那天梅初看到了,我婉拒了。"黄道一说,"我不能落水。"

"此事,方后乐从司徒庙回来时跟我说了。"方梅初站起来,给诸位加了茶水,"我辈做不到像前方将士那样以身殉国,但起码不亏气节。"站在旁边的方后乐觉得父亲这段时间以来终于说了一句铿锵的话,他不由自主点点头。

"现在情形如何,请道一兄继续介绍。"姜馆长端起茶碗,朝黄道一示意。

"根据我了解的情况,自治会分设农工商学内务警察六处,推定陈慰农为会长,顾月槎兼秘书长,委员七人。这些都见报了。会议当天,陈慰农及七位委员为代表,赶赴苏州成立,和日本人接洽一切,确定12月1日正式成立苏州自治委员会。据说自治会设在东吴宾馆。"

"东吴宾馆不就在阊门外吗?"方梅初说。

"是的,你知道吧,日本人的'沪宁宪兵部'就在附近。"

"道一,前几天,光福那边来人找我,说起复馆的事。我和梅初、嘉元商量,暂缓。我的想法是,馆藏的善本孤本,仍然分散保存,你看看司徒庙那里可否藏部分,再藏一部分东山。"姜馆长和黄道一商量说,"我们不急,从长计议。我已老矣,准备就在这一带与山水做伴。"

黄道一起身给姜馆长敬茶:"先生深明大义,吾辈楷模。我很赞同先生的计划,艰难时日可能不是一天两天,但终有光复的那天。"

大家都起身给姜馆长敬茶。姜馆长逐一回敬,并请几位坐下:"我在这一带的好处是,可以不时留意藏书的情况。若是确定安全了,我可能去上海。至于本馆同仁如何抉择,我们再议。"

徐嘉元想起那天讨论回城复馆的事问黄道一:"你刚才说陈慰农是会长?"黄道一点点头,徐嘉元又说道:"难怪,难怪,那天邱复生说既然自治会主动联系了,我们就早点回去,我想起来了,他和陈慰农是什么表亲。"黄道一说:"主动攀附自治会的人你们要有几分警惕。"姜馆长说:"此人可忽略不计。"黄道一问诸位:"我听说振华女中在东山的分校也停办了,王季思先生踪迹不详,你们可有消息。"几位都摇摇头。徐嘉元想起"吴中二老",问黄道一可有消息。

"苏州沦陷后,据说雪生先生和仲仁先生都在组织救治伤员,后来仲仁先生易服扮僧匿居城西穹窿山,雪生先生去了小王山,现在应该都离开危城了。"

一直不语的周惠之说:"我担心姑姑。"方梅初把自己的茶碗

117

端给周惠之："喝口茶。"黄青梅走到周惠之身边，拉她坐到凳子上。

秀姨进来说："先生们吃饭吧。"

"今天一醉方休。"徐嘉元边开酒边咳嗽。

"我先给你搭脉，再喝酒。"黄道一坐到徐嘉元的边上。

大家看着闭目的黄道一，等他搭脉的结果。

堂屋里鸦雀无声，黄道一说："还好还好。"

## 30

寄居司徒庙的那些日子，黄青梅常常失眠，早上醒来后再复觉。到了明月湾这边，方梅初早起，然后是周惠之，听到方后乐起床的声响，黄青梅就准备起身。比他们更早的是秀姨，早就起来做早餐了。青梅站在房门口伸懒腰时，秀姨已经在桌子上放碗筷。

黄青梅在这里的日常生活白天是随着方后乐的，上午念英文，下午有时去祠堂听图书馆的老师聊天。晚餐后，黄青梅会陪着惠姨聊天。她不找惠姨，惠姨也会拉着她聊天。惠姨有次还说，我是想再要一个女儿的，你妈妈说，再生还是儿子，青梅也是你的女儿呢。青梅笑笑说，呵呵，我是你的小棉袄。周惠之拉着青梅的手，流泪了。

在码头，黄青梅发现方后乐在看《圣经》，很是惊讶："你在读英文原著？"方后乐回答："出来匆忙，我从学校图书馆借了一本《圣经》。"黄青梅笑起来："你不是不信上帝？"方后乐并不觉得尴尬:"不信上帝,但不妨碍我认识上帝。"两人在码头上分开看书,阳光特别好的时候,黄青梅会把自己的小木椅子挪到方后乐身边聊天。由近及远,两人看着水天交汇处。

"我夜间不做梦了。"黄青梅告诉方后乐,她已经适应这里的生活。

"是不是不上学了,人就放松了?"方后乐知道黄青梅夜间梦多,也经常失眠,认真地问她。

"不全是,你以为我不爱学习?"青梅瞪了方后乐一眼,"逃难出来了,人也焦虑的。"

"那是什么原因?"

"躺在惠姨身边,心里踏实。我一翻身,惠姨就拍拍我,我就安静下来了。"

"你是摇篮里的婴儿。"

"你可能忘记睡在惠姨怀里的感觉了。"

"那你回苏州后怎么办呢?"黄青梅这样一说,方后乐心里有说不出的滋味。"你这傻瓜,难不成我还跟惠姨睡。我现在倒是担心惠姨,她太焦虑了,早上起来,我看她的眼圈都是黑的。"

"你在这里,妈妈心情还好些。娄门会不会出事呢,我心里没底。回去后就晓得了,若真的出事,妈妈肯定要崩溃。我也不知道怎么办。"

"什么时候能回去呢?"

两人默不作声。方后乐想起前些日子黄伯伯来明月湾,姜馆长他们几位商量时说到归去的事,也许年底年初就离开这里。黄青梅说现在已经是12月下旬了,要回去,也得元旦之后吧。方后乐拔着石缝里的杂草对黄青梅说:

"从前的桃花坞,我们回不去了。"

"你闻闻野菊花。"青梅把一枝野菊花递给方后乐。

"你还有闲情逸致。"

黄青梅轻轻吟诵道:"待到秋来九月八,我花开后百花杀。冲天香阵透长安,满城尽带黄金甲。"方后乐笑了笑说:"这么霸气的诗,你读来如此温和。"黄青梅看看方后乐,转瞬伤感起来:"我想家了。"

方后乐说:"若是回去,我都不知道学校会不会再办下去。"桃坞中学是上海圣约翰大学的附属中学,苏州沦陷前,很多教员都到上海避难了。方后乐担心在沪教员不回苏州,可能在上海依托圣约翰大学重办桃坞中学。

说到此事,黄青梅告诉方后乐:"振华女校东山分校也停办了,听说王校长隐姓埋名了。"

方后乐问黄青梅:"看来我们都要转学了,你想去哪所学校?"

黄青梅说:"你去哪儿,我就去哪儿。"

方后乐说:"我也不知道去哪儿。"

他们没有等到太阳落在湖里。起风了,天空压下来,湖面好像升高了。方后乐起身说,我们回去吧。黄青梅把两张小椅子并排放好,拉着方后乐往岸上走。青梅指着一棵桃树说,上次来,我就是坐在这里写生的。两人都朝码头望去,湖面起风浪了。青梅说,码头上多了两张小椅子。

## 31

老吴姨夫看看天说:好像要落雪了。

秀姨说：后乐青梅你们帮帮忙，一起把柴火搬到厨房里。

周惠之说：来不及洗被子了。

黄青梅说：看看，有雪花了。

阿发进来了，方后乐说，阿发，帮我们一起搬几捆柴火吧。

雪花越来越大，大家都进了堂屋，站在门口看落雪。

这个时候吴天成披着雪花进院子，在场的人都很意外，秀姨说：这落雪天你怎么回来了？

天成喊了声惠姨，说有点事，又问姨夫呢。

周惠之问：出什么事了？

天成说：惠姨不急，等姨夫回来说。后乐你去喊姨夫回来。

看天成的神态和说话的语气，周惠之心生不祥之兆，感觉堂屋里的一切都像雪花一样飘起来了，黄青梅赶紧扶住踉跄的她。

方后乐刚出门，方梅初进了门。

天成说：大家不要紧张，我昨天进城去了。惠姨，娄门出事了。

周惠之失声痛哭起来。

## 32

回城的前一天下午，方后乐黄青梅最后一次坐在码头的小椅子上。

黄青梅说，明天就回去了。

方后乐说，明天就回去了。

两人还像以前一样看着湖面，沉默不语。

冬天的初雪已经融合了,阳光澄明许多。

黄青梅说:什么时候会再过来呢?

方后乐说:阿发会不会真的去当兵?

两人都没有回答对方的问题。他们提着小椅子走进院子里,老吴姨夫说,你们坐习惯了吧,这两张椅子就送给你们吧。

方后乐说,车上不好放吧。

黄青梅说,不好放,我就不占位置,坐在小椅子上。

方后乐明白,黄青梅是想把椅子带回桃花坞了。

卷四

## 33

方梅初一家回到苏州,已是1938年元旦之后的农历腊八节。之前,他的行囊里放着桃花坞大街的细节,现在又多了明月湾的尘土。

秀姨想留他们过了腊八节再回,周惠之说,图书馆的同事要一起回去呢。这么长时间了,给阿姐一家添太多麻烦。秀姨说,惠妹这说哪里去了,不出这么大的事,请你们来,也来不了啊。秀姨靠近周惠之,给她捋捋头发,周惠之眼睛湿润了:我也老了。秀姨说,你哪里老,你不要太心焦。

阿发来送行,拉着方后乐的手,也不说什么话,表情像笑,又像哭。方后乐说,你到苏州,要来看我。阿发说,肯定的,我在苏州就你一个朋友,你们家我认识,我跟秀婶送过橘子。坐船来明月湾时,阿发就说起此事。方后乐鼻子一酸,一时也说不出话来。阿发手里提着一个布袋子,递给方后乐:带回去做腊八粥。方后乐问阿发往后的打算,阿发说还是要去当兵,不怕死的。看方后乐忧心的样子,阿发又说,我不会死的。方后乐给阿发作业本说,你记得写字。

方后乐不知道自己重新走进桃花坞时会是什么感觉。在明月湾生活了几个月,他觉得自己进入了另一个世界。在艰难时刻相濡以沫的秀姨一家,让他们在覆巢之后得以安身,他不知道以后如何回报这样的恩泽。课堂之外,阿发也许是他一生中最重要的小伙伴,一句"我要当兵"把"精忠报国"说得再通俗不过。他在人家尽枕河的空间中长大,明月湾依山傍水,枕于天地之间,这样的大美衬托了小巷之小。城里的小巷连着小巷通着小桥,所谓大街也只是小巷的加长拓宽,山村的小道则连着山通着湖。他坐在码头上沉思时,甚至觉得祖父"想象哪里有桃花哪里就桃花灼灼"的方法,面对山野湖泊多少有些虚幻。他也感时恨别,想象残破的城池,但在林木苍苍草莽郁郁之间,国破山河成了他最刻骨铭心的诗句。

逃难来这里是秋天,每家都添置了一些衣物,东西多了不少。图书馆安排大家随身带上生活必需品,先到光福镇,再坐车回苏州,其他东西船运回苏州。沦陷后几个月光景,苏福公路落了不少炮弹,坑坑洼洼。方后乐他们的车近木渎时,轮胎从一个大坑边驶过,司机大概察觉到了轮胎可能会陷进去,赶紧刹车,再往后倒车。刹车瞬间,座位上的人都猛然向前磕去,方后乐下意识伸出双手抵住前面的座椅背时,黄青梅的双手搭在了他的右手臂上。方后乐坐稳了,黄青梅左手还抓着他的衣袖。方后乐感觉比刚才刹车的那一刻还要紧张,他侧过脸,黄青梅弱弱地看着他。

汽车停在阊门。冬日暖阳拂过方后乐的脸庞,但他浑身是冻僵的感觉。在靠近阊门时,方后乐异常紧张,想起那个夜晚的烟火和号哭的声音,咬了咬嘴唇。黄青梅拉了拉他的手说,你回家加衣服吧。阊门顶上插了太阳旗,他清醒地意识到这是苏州人成为亡国奴的标志。劫后的石路商业街废墟上在新砌一些建筑,他熟悉的有几家店铺只剩断墙残壁。他并不完全认同苏州是天堂的说法，相较于现在地狱般的状况，他宁愿认为之前的苏州便是天堂。周惠之看儿子站在那里发愣便说："乐儿，我们改日再过来看看。"方后乐朝母亲点点头，对父亲说："我快不认识这地方了。"方梅初摇摇头："孩子，这地方恐怕也不认识你了。"

方后乐走在前面，过了桃花桥，拐进桃花坞大街，就看到黄鹤鸣拄着拐杖站在门口跟他们招呼，他们都很惊讶，方后乐快步走近问："阿鸣哥，你怎么了？"黄鹤鸣平静地说："没事没事，你们先回家收拾，安顿好了我去看你们。"听到门口说话的声音，黄天荡从里屋走出来，喊了方先生和周老师，提起方梅初放在地上的皮箱说："你们总算回来了。"进了院子，方梅初问鹤鸣的腿怎么回事，黄天荡轻声说是被鬼子打伤的。大家顿时脸色大变，黄天荡又说：鸣儿拿了国军的枪，十几个人在城墙上开火。对外讲，是被机器轧断的，后面再跟你们细说。方梅初宽慰他说，人没事就好。

黄天荡走后，周惠之对方梅初说："你先整理东西，我和乐儿去娄门吧。"

"你们先去西中市买些香烛和纸，再坐车过去。"方梅初本想说明天一起去娄门，看周惠之神色，知道即使现在天上下刀子她也是非去不可。

坐在黄包车上的周惠之浑身发抖，方后乐以为是车子颠簸，车过平稳处，母亲的身子还是在抖动。他知道，母亲悲痛的情绪是彻骨地寒冷。

娄门周宅大门半掩着，周惠之和方后乐推门进去。以往听到开门声，姑姑会奔到门口接周惠之，现在院子寂静得周惠之都能听到自己的心跳。两人进了堂屋，看见供案上放着姑姑的相片、

127

供果，香炉里的香似乎刚刚燃完。周惠之跪倒拜垫上，大哭起来。方后乐没有宽慰妈妈，先上香，再跪在母亲身旁。方后乐听到声响，姑姥爷回来了。老人扶起周惠之说："你们回来了，姑姑没有了。"原本忍住未哭的方后乐，也跟着母亲号啕大哭。

从桃花坞大街到娄门一个来回，周惠之坐在车上未说一句话，只是紧紧拉着方后乐的手。她仿佛在冰河上滑过了一生的光景，丧母、丧父，她在这两个冰窟中冻僵的身躯，好不容易复苏过来，视她如己出的姑姑又殒命于炮火之中，她感觉自己跌落到万丈深渊之中。对着姑姑遗像磕头的瞬间，父亲、母亲的身影在她眼前闪过，母亲是模糊的，父亲是清晰的。

返回的黄包车到门前，周惠之没有下车，她说，我们去看看苏云阿婆吧。方后乐觉得也好，说稍等，回去跟爸爸说一声。儿子的周到，让周惠之稍有了些安慰。车到下塘街苏云阿姨家，大门半掩着，周惠之喊声苏云阿姨，没有应答。屋里灯亮着，周惠之估计苏云阿姨可能就在附近。母子俩在门口张望时，苏云从街口走过来。苏云阿姨看见周惠之母子的第一句话是"不要哭"。

三人进了门，苏云问他们是不是今天回来的。周惠之说下午到家的，梅初在收拾，我们刚刚从娄门过来的。苏云说，看你哭过的样子，我就晓得你去哭姑姑了。周惠之鼻子又酸了，苏云说，不要哭，你爸爸走了以后，我就不哭了。哭了有啥用。这年头，死了比活着好。方后乐觉得苏云阿婆说话的腔调变了，以前即便不是表演，苏云阿婆喜怒哀乐表情纷呈，现在满脸木然。看方后乐似乎长高了，苏云这才有了微笑：乐儿，你在外面晒黑了。

周惠之问苏云什么打算，苏云说，还能怎么打算，我这个年纪也演不动了，刚才是送吴先生，就是吹笛子的吴先生，他来商量戏班子的事，解散吧。不解散就要演，能给日本人演吗？散了拉倒。周惠之说这样也好，约苏云阿姨到桃花坞大街住几天。苏云说，我这几天有些事，你也要收拾，你过三四天后到我这里来，我和你商量点事。周惠之点点头，也不晓得再说什么好。苏云说，不留你们吃饭了，赶紧回去收拾吧。看周惠之愣着，苏云又说，放心，我有阿祥照顾，彩凤过几天也要来。见周惠之迟疑，苏云挥挥手。

母子俩出了门，便听苏云在屋里念道：山松野草带花桃，猛抬头秣陵重到。残军留废垒，瘦马卧空壕；村郭萧条，城对着夕阳道。方后乐怔了一下，周惠之说，这是《桃花扇》里的《哀江南》。周惠之看着儿子，默默说了一声：夕阳道。

回到家，黄天荡也在，帮忙打扫院子。去明月湾之前，黄天荡过来说，他们要去横塘乡下躲躲。方家以为他们去了，也就没有多担忧。原来黄鹤鸣先去了横塘，黄阿婆临动身之前又改变了主意，黄天荡好说歹说，老人都不肯离开。黄天荡只能留下，黄鹤鸣犹豫了一天，也从横塘返回了桃花坞大街。黄天荡也不知道是谁拉鹤鸣过去的，十几个人拿了国军的枪，先藏在城墙的树林里，鬼子进城后的第二天晚上，这十几个人在城墙上伏击了。鹤鸣中枪后从城墙上滚下来，他爬到了盘门桥附近，然后昏死过去。等他醒来时，已经躺在东吴大学校园的收容所里。说到这里，黄天荡忍不住流泪了，周惠之安慰他说，命保住了就好。

在死寂的时空中给方后乐带来一丝亮光的是黄鹤鸣。夜间躺在床上，方后乐突然觉得这个房间的气息好像陌生了。秀姨家的木板床上铺了厚厚的一层稻草，稻草上面是床褥。方后乐闻不到稻草的熟香，一股霉味扑鼻而来，明天要打开窗户了。

## 34

到了腊月十二，周惠之说要去下塘街，腊八节那天苏云阿姨约了三四天后去商量事情的。方后乐想陪母亲过去，但周惠之说不用的。独自走到下塘街，苏云阿姨的侄子阿祥站在门口，好像专门在等她似的。阿祥叫了声惠姐，便请她进门。苏云不在，桌子上放着一包东西，周惠之看出包里是苏云阿姨唱戏的行头，便问苏云阿姨呢。阿祥说：

"这是姑姑留给你的东西，她去乡下了。"

周惠之怔了一下："去乡下哪里？"

阿祥说他也不晓得，他上午看到彩凤带着姑姑走了。周惠之见过彩凤，是苏云阿姨的徒弟，应该是去彩凤老家湖州的乡下了。

"她跟你说什么时候回来？"

"没有说，让我住到这里看房子。"阿祥把布包递给周惠之，"有什么消息，我会告诉惠姐。"

周惠之接过布包，颤颤巍巍出门，阿祥问要不要送她，她说不要。出门走了几步，又回头对阿祥说，苏云阿姨有什么消息及时告诉我啊。

一路上，周惠之恍惚觉得父亲和苏云阿姨在后面跟着。她停步回头，苏云阿姨微笑着向前了，父亲不见了。看母亲的样子，方后乐接过布包，对母亲说，你不要担心苏云阿婆。

周惠之连续几天话很少，也不写日记了。方梅初和方后乐都发现她除了寡言少语外，记忆好像出了问题。黄青梅过来看她，她问青梅什么时间回到苏州的。黄青梅诧异，欲说什么时，见方后乐摇摇头，便说：惠姨，我回来了。周惠之又突然记起来了：我这脑筋，你跟我们一起回来的。黄青梅说，惠姨，这几天我陪你去买年货。周惠之笑笑，有青梅陪着好。

方梅初陪周惠之去看医生，医生说是神志受到刺激，吃几帖药，应该能好起来，又悄悄提醒方梅初留意，不让她再受大的刺激。周惠之服药后，果然精神好了许多。她又想起苏云阿姨，去了下塘街，看看有没有消息。阿祥说，我正要找惠姐呢，姑姑托人捎话了，她在乡下都好。周惠之又问，没说其他什么？阿祥停顿了一下说：姑姑说让你放心，不要记挂她。周惠之心情好了许多，回到家，兴奋地告诉方后乐，苏云阿婆有消息了。

恢复常态的周惠之偶尔还会头晕头疼，但大致情绪稳定。黄青梅时常过来，没事的时候拉着惠姨去桃花桥上晒太阳，两人靠在栏杆上说笑。她告诉惠姨，夜间风很大，呜呜呜，还夹杂着狼叫似的夜猫哭声。她在枕头上又听到火车的声音，特别安静的时候，能听到黄包车过平门桥的声音。周惠之疼惜地摸摸姑娘的头发，担心她会不会神经衰弱。黄青梅说不会的，中午休息一会儿就补回觉了。她看惠姨又戴上了耳环，凑近看了看。惠姨说，平时不戴的，要过年了，戴上。

"真的好看。"黄青梅捋了捋惠姨的头发，再双手交叉做拍照的姿势：惠姨真好看。惠姨笑了，哪有青梅好看。黄青梅自言自语说，方后乐不像惠姨。周惠之说，怎么不像，人家都说像我呢。他的双眼皮，直鼻梁，下巴，都像我吧。黄青梅再看看惠姨，又觉得后乐像惠姨了。话说到这里，青梅的脸上泛起了红晕，周惠之察觉到了，双臂搂了搂青梅：你喜欢这对耳环，我送给你。青梅吓得赶紧说,惠姨戴着好看。

方后乐发现母亲只要见了黄青梅,心情就会大好。在明月湾的那些日子,黄青梅和他们朝夕相处,如同家人。他有时候甚至觉得母亲与青梅的亲近程度几乎超过了他们母子,青梅还是初二女生,女人之间的默契难以想象。青梅在自己父母面前的娇气和横劲,到了惠姨这里只有温存。离开明月湾的前几天,他无意中听到母亲和秀姨聊天。秀姨说,青梅这孩子,我喜欢,看样子,要做你儿媳了。母亲说,青梅是个好孩子,做不做儿媳,现在哪里说得清楚。方后乐闻之,蹑脚走出门去。他和黄青梅确是青梅竹马,两小无猜,但他并没有恋爱的感觉,青梅应该也是这样。即便现在回到苏州,他和黄青梅的感觉也没有一丝逾越兄妹的边界。

当母亲说把耳环送给青梅时,方后乐一阵紧张,生活中生长出来的许多东西似乎像长长的青藤裹住他们,再把他们拖往一个方向。他看看青梅,青梅也看看他,周惠之笑笑看着他们。

## 35

几个月没有站在桃花桥上了。

入冬以来的第一场雪落下了,狼藉的巷子和散不去的血腥味似乎一夜之间被大雪覆盖了。方后乐两天没有出门,雪后初晴,早上起来,他看见门前的雪地上有一行单脚印和一行拐杖的印痕。方后乐判断,这是鹤鸣走过的痕迹。这么早,鹤鸣去哪里呢?昨天黄天荡说,他去胥江担水,河里还有死尸漂浮。黄阿婆不哭了，她说不管怎样，孙子保住一条命了。和周惠之说完这话，黄阿婆又开始抱怨自己，我要是去了横塘，孙子就不会中枪了。黄阿婆不时和周惠之重复这句话，周惠之说，阿婆不要怪自己啊，鹤鸣好样的，我也来做媒，帮你找孙媳妇。方后乐想起鲁迅笔下的祥林嫂，黄阿婆快成祥林嫂了。

一切如旧。但方后乐的感觉完全变了，父亲说过粉墙黛瓦是文人的纸和墨，现在他站在桥上，眼前的粉墙如丧幡，上面写着黑字"奠"。他哀悼一座城市，和在城市上空飘忽地下奔突的灵魂。陆续传来苏州沦陷后死亡人数的消息，这座小城的新年将在死寂中到来。他突然想起前年元宵节夜间，他和黄青梅把小灯笼挂在桥上的情景，自己现在似乎有点儿像那只在风中发抖的小灯笼。回到苏州十几天了，父母亲都提醒他少出门，他心里也有些紧张。

鬼子进城后，在观前街、景德路等刷了"大日本军十九日占领"的字样。中央军王金钰部16日晚上就开始往无锡方向撤退，在无锡抵抗了两天便溃不成军。鬼子进城前在观前街投了三十枚炸弹，景德路园东饭店门上挂了"宣抚班"的牌子。苏州只留下二万多人，几乎是人去楼空。方后乐他们回城后，街上许多门户仍然封着，有些大门用木板钉好。一些有趣房主还在门上挂了牌子："家无片物矣，不足副光顾诸君之厚望，乞原谅焉。""敝屋物件，已经被劫一空，后至诸公，请勿入内，以免失望。"也有人用另一种方式寻求安宁："当家人在自治会办事，请勿入内。""静听天皇指挥，欢迎大日本。"看到后面这几句话，方后乐除了觉得人的卑微外，也有自取其辱的唏嘘。是的，天堂变地狱了。

徐嘉元过来说，他去了大公园，吴县图书馆已经成了废墟，惨不忍睹。方梅初说，他也听说了。鬼子进城当天，一支队伍去了大公园，架起小钢炮，炸毁了图书馆大楼，馆前花园的喷泉是美专颜文樑设计的，也被炸毁了。想起1933年自己和徐嘉元去图书馆楼上听章太炎先生讲座，现在太炎先生往生，大楼也灰飞烟灭，方梅初不禁唏嘘。徐嘉元说，你知道吧，那里是苏州抗敌后援会所在地，鬼子急不可耐要炸掉它。方梅初转身对方后乐说，要毁掉一个民族，先毁掉它的文化。方后乐知道父亲说话的意思，便问：他们毁得了我们的文化吗？方梅初摇摇头，徐嘉元也跟着摇摇头。

在家里憋得太慌，下雪的前一天方后乐说要出门走走。母亲提醒说，不要去景德路。方后乐说好，走着走着还是走到了景德路。苏州沦陷后，景德路成了城里最喧哗的街道之一。自治会、警备队、宪兵队，还有宣抚班等，都在景德路办公。方后乐感觉有如行走在长春、沈阳的街道上，他在报纸上看到过这两座城市的样子。景德路上到处琳琅满目的日文广告，日式的商店、料理店门前斜插着日本国旗。方后乐熟悉的一家中餐馆门前竖立了一块门板大的广告牌，上面写着"欢迎皇军皆様人"。他偶尔去过的那家咖啡馆，母亲说，你现在不要去那里喝咖啡了，玻璃窗已经换了暗红色的窗帘，窗外挂了"支那美人招待"什么的牌子。这种暗红色灯光，让方后乐感到恶心。灯光煌然，人影杂沓，方后乐加快步伐离开了景德路。

生活秩序变了。以前腊月备年货，周惠之在阊门之外，近处会去景德路，远处会去观前街。现在这光景，出门就会见到日本兵，周惠之心里非常慌张。她想叫上青梅一起去，又怕节外生枝。她不知道怎么办，方梅初意识到今年和往年的不同，便对周惠之说，我们就在阊门附近买些东西，简单一点。周惠之说，只能简单啊,但今年能够回来过年不容易,这年也要过得有点样子。以前到了那月底,秀姨会送腊鸡咸肉过来,离开明月湾时,秀姨说,鬼子进城了,我们腊月就不去看你们了。消泾的阿珍会送各种鱼过来,估计今年也不会进城了,老根姐夫知道他们回来,没有进城烘山芋。周惠之跟方梅初说,我想好买什么,我们一起去。

方梅初心乱如麻。他听闻春节后自治会将在玄妙观中山堂重建江苏省苏州图书馆,这不就是伪省立图书馆吗?回城后,图书馆职员几乎都在家待着,春节将至,大家也没有想工作的事。徐嘉元过来几次,和方梅初商量如何是好。方梅初问徐嘉元有没有听说中山堂要开馆的消息,徐嘉元是消息灵通人士,说自治会已经在筹复图书馆,在各地收回寄存图书五千四百余册,各地捐赠图书四百余册,基本成形了。

"若是所谓复馆,我们去中山堂上班吗?"

"我现在也不知道。"徐嘉元满脸愁容地说,"我和你不同,你家底殷实,我不上班,这生活怎么过?"

"节后我们再商量,先看看情况。惠之身体还不稳定,我在家陪她一段时间。"方梅初觉得徐嘉元说得也是,但他心里的坎过不了,暂时没有节后上班的想法。

"商量不出结果,要么去,要么不去,我恐怕只能选择去吧。"徐嘉元叹了一口气,连续咳嗽了几声。

方梅初问徐嘉元回来有没有去看医生,咳嗽这么长时间得去看医生,徐嘉元说过了节再去看医生。说到图书馆同仁的情况,徐嘉元问有没有姜馆长的消息。方梅初说,若有若无,有人说他在东山,有人说他在上海。徐嘉元说,听说日本人也在找他。方梅初说,以姜先生的性格,他不会出任伪职。徐嘉元表示赞同,姜先生不会，不然自治会也不会在物色新馆长。方梅初问是不是有新馆长人选了，徐嘉元告诉他，听说自治会找过吴湖帆先生，吴先生婉拒了。两人都感慨，几位先生都是有气节的人。沉默片刻，徐嘉元说：我若去新馆上班，就是下水了？方梅初摇摇头，他想说什么，但说不清楚。

周惠之操心的是方后乐到哪所学校读书。桃坞中学大门一直锁着，只有两个工友在轮流看护校舍。方后乐时常去校门口站着发呆，工友说，孩子，回去吧，开不了学，老师们去上海啦。黄青梅那边同样麻烦，振华女中也闭门了，有人说在木渎见过王季思校长，但行踪不定。两家商量时，方后乐和黄青梅说只要有书读，去哪所学校都行。黄道一和方梅初倒也意见一致，说过年后再说。

方梅初写信给母亲，说准备接她到苏州过年。已经从诸暨回到杭州的母亲回信说，等草长莺飞时，她到桃花坞住一段时间。方梅初觉得这样也好，母亲确实久违桃花坞了。

到了正月底，徐嘉元过来说，他准备3月1日去中山堂上班了。方梅初说，我陪你过去，徐嘉元不置可否。1日早晨，徐嘉元便到了方家门口，方梅初也记得自己说过的话，一大早起床早餐，在家候着。两人走到中山堂前，方梅初说，我就不进去了。徐嘉元走进大门时，又跑到方梅初跟前：我忘记说了，听说义庄要办一所私立崇范中学，后乐可以考虑去念书。方梅初闻之，眼睛一亮。

方梅初从中山堂回来，约了黄道一商量。黄道一说，既然是私立，又名崇范，应该是好的选择。方梅初说，是啊，我就担心奴化教育。父亲这话让方后乐心里踏实许多，随即表态说愿意去崇范。黄青梅说，你当然愿意啊，你的名字就出自范仲淹的文章啊。方后乐问她，你不愿意？黄青梅说，我想念女校。黄道一笑笑说，想有什么用，现在哪里会单独办女校？黄妈妈插话说，梅子，崇范好，你和后乐一起上学放学，我也放心。黄妈妈的话并无弦外之音，方后乐和黄青梅听了都有点尴尬。周惠之说，这崇范学校应该不错，哪天开学呢？大家觉得这倒是个问题，方梅初想了想说，我再打听，如果开学晚，就先去哪里补习吧。黄道一也觉这样好，就确定两个孩子去崇范念书。从哪个年级开始读呢？两个孩子升初三后不久便去乡下避难，回来后也没有上学，黄道一建议暑假后重读初三，这段时间补习。方后乐和黄青梅想想，也只能这样了。

已近午餐光景，黄道一开玩笑说，是不是留我们午餐啊。周惠之说，本来想请你们晚餐的，现在提前到中午，有些菜可能来不及做了。黄道一说，有什么吃什么。周惠之说，记得去年吗，青梅和后乐去买春卷皮没有买到，我今天买到了。黄道一说，好啊。

## 36

方后乐和黄青梅到养育巷教堂附近的一家补习班上了不到两周的课。两人对补习班的课都不甚满意，黄青梅一下课就会跑到教堂门口张望，方后乐问她是不是对上帝有兴趣了。黄青梅说，那也不是，突然发现自己在教堂门口站一会儿心里安静许多。这个回答，让方后乐有些说不出的感觉。

与方后乐同坐的施锁龙有点自来熟，补习两天和方后乐似乎成了老同学。他说他住在耦园附近,方后乐听他的口音很像阿溪哥。清明后,施锁龙带了一包点心过来给方后乐,十个青团子,十个麦芽塌饼。方后乐看到麦芽塌饼有些意外,城里糕团店少有卖麦芽塌饼的,好像只有吴江和湘城的乡下做这种饼,他吃过阿溪哥家的。看方后乐的眼神,施锁龙说,我清明回家了,我妈妈做的。方后乐问,你是湘城人?施锁龙说,是啊,我是消泾的。方后乐说,被我猜中了,那你认得张若溪吗?施锁龙愣了一下,方后乐又说,阿溪,阿荷的哥哥。施锁龙立刻手舞足蹈:我们一个村的呢,我那个在上海的堂叔施先生,你听说过吧,大老板,还想让阿荷去上海做女佣呢。方后乐想,这一说,就对上了。

义庄在护龙街范庄前,离桃花坞大街不算远。在方后乐晓得自己的名字出自《岳阳楼记》后,他也知道了范庄前的义庄,知道了天平山是宋代皇帝赐给范仲淹的家山。祖父曾经说带他去天平山看枫叶,祖父走了。小学要毕业时,父母亲说,我们去义庄看看吧。在"先忧后乐"坊前,方后乐看到枋间刻有"先天下之忧而忧,后天下之乐而乐",他仰望这座高大的四柱三间五楼石坊,感到方后乐的名字和石坊一样,给他无穷的压力。看儿子严肃的神态,周惠之笑着说,你叫方后乐,是后乐,不是不乐。

从1937年的暑假逃难到明月湾,再到1938年暑假进入崇范学校,方后乐恍惚如梦。大半年没有上学,这让他有时间读了几本鲁迅的书和其他杂书。他跟阿溪去过觉民书社书店,认识了店员王恺夫,也跟着阿溪喊老王。这家书店主要经营古籍,没有鲁迅的书,方后乐便托老王帮他到上海订书。他喜欢《朝花夕拾》,母亲说,以前照顾过父亲的女佣,也带过他一段时间,相当于长妈妈了。

方后乐每天从桃花坞大街走到护龙街,再去范庄前。这座城市似乎又恢复了往常的平静，昔日风景中夹杂着刺眼的沙砾。在报恩寺前，他看见两个说苏州话的女子穿着和服，一个日本人拿照相机对着她们。两位女子面孔上堆着的微笑，让方后乐有些恶心。黄青梅看出了方后乐的表情，拉了拉他说，随她们去吧。方后乐对这座城市状况的理解和父亲不一样。方梅初以为这座城市的人是把屈辱深埋心底，总有一天会爆发。方后乐愤懑于胸的是，这座城市与人的奴性已经不可救药。他意识到他也是这座城市的孩子，他的性格像这座城市一样温吞，如果不是苏州沦陷，他从未意识到他和这座城市的缝隙如此之大。在和父亲的交谈中，方后乐有时会控制不住自己的情绪。方梅初对周惠之感慨地说：这孩子的性格变了。"从吴越之争至今，苏州还是苏州，文化在，苏州还在。"这是方梅初的观点，后乐则不以为然："文化也是可以摧毁和改造的。"他并不反对父亲说到文化在苏州还在，但他和父亲理解的文化是不一样的。母亲从不介入他们的争论，方后乐对母亲说："你先生代表旧文化，你儿子代表新文化。"周惠之对儿子说："乐儿，你的说法夸大了，我们受的教育也有新文化，我们读的是新式学校。"

方梅初还在为章太炎先生国葬的取消而遗憾不已。他从图书馆带回去年的旧报纸，尽是关于章太炎先生国葬的消息。后乐对父亲说："南京都沦陷了，政府到了重庆，还国葬呢？"父亲并不在意儿子的嘲讽，又拿了一份报纸给他看："政府也发文说，国葬延后了。"方后乐没有读父亲递过来的报纸，说："我要温习功课了。章太炎先生在，他的国学会也救不了苏州。"

回到苏州的最初一段时间，方后乐从昏黄的路灯下走过时，看到桃花坞大街两边的建筑依旧，他总觉得这些建筑物像一具具骷髅，他甚至把路灯和店铺门前闪烁的霓虹灯当作僵尸鬼的绿里透红的眼睛。现在,不仅是桃花坞大街,整座城里,这些骷髅似乎变成了僵尸,僵尸又在黑暗中畸形复活了。徐嘉元时常在晚餐后到家里来和梅初聊天,看书的后乐听到有意义的话题,偶尔会从房间里走出来,静静地听他们谈论。这天方后乐在房间里看书时,徐嘉元进来了。

"你可听说,金松岑先生去上海教书了?"徐嘉元问方梅初。

"我只听说金先生摈谢交游,足不出户。好像省教育厅某人曾想请先生出山,先生称病坚辞,去上海教书也是情理之中。"方梅初觉得这一辈文人晚节不亏,如今章太炎先生驾鹤西去,李根源回到云南,张一麐则去了重庆。方梅初对徐嘉元叹息道:"苏州没有灵魂人物了。"

"我们在东山避难时,张仲老还在城内,沦陷后才扮成僧人藏匿于穹窿山遗爱寺庙里。后来由上海取道香港,再去武汉,听说现在到重庆了。我们可能没有机会再见吴中二老了。"徐嘉元与方梅初一样,只见过张一麐先生一面。淞沪战役烈士遗骸安葬善人桥时,张一麐和李根源披麻戴孝,徐嘉元和方梅初也在恭送入殡的队列中。

徐嘉元说话时不时咳嗽,喝了周惠之冲的蜂蜜茶感觉嗓子清爽多了。他突然面孔板着对方梅初说:"想起一件事,忘记说了,你晓得吧,图书馆出事了。"方梅初不知道出了什么事,徐嘉元说,日本人获悉了批善本的秘藏处,从乡下抢走了。

方梅初大吃一惊:"这批三本的安置,只有姜馆长、你我和邱复生知道。"

徐嘉元说:"我也纳闷,你我和姜馆长不会泄密。"

"难道是邱复生告密?"

"我也这样想。应该是他,错不了,你可能也没有想到,这位邱先生到政府去做事了，不是他，是谁？"

方梅初唏嘘不已，摇摇头说："这是何苦呢。"

徐嘉元走后，方后乐从房间里出来，他听到了他们刚才的谈话，用嘲笑的口吻对方梅初说："你们图书馆也出了个小汉奸啊。吴中二老，固然是人杰，但你说苏州没有灵魂人物，是否有些不妥？阿鸣在城墙上偷偷放了几枪，不是灵魂人物？"

方梅初觉得方后乐心气有些浮躁，打倒孔家店后这一代孩子对旧学和旧式文人缺少尊重，建议方后乐多读点书，学会内敛和自省。方后乐习惯了父亲教诲他的方式，在父亲还没有回答他时便说："你是不是又要说道德经？"方梅初没有再说下去，摇了摇头。

父子俩坐而论道，让在旁的周惠之内心充满了温馨。她从来不觉得这是父子冲突，每当儿子将梅初置于尴尬境地时，她看到的是儿子长大了。父母是一只茧，孩子的双翼破茧而出了。周惠之对父子俩说："都早点休息，明天我给你们做苏造肘子。"方梅初对周惠之作揖："久不知肉味。这也是张仲老喜欢的一道菜。"回到房间，方梅初问周惠之："这邱复生怎么去做汉奸呢？"周惠之说："我也想不明白，这得去问他。"


37


橘子又红了。

方后乐和母亲一样，都想到了明月湾和秀姨，不知道秀姨和阿发他们怎样。周惠之说，今年腊月秀姨会不会过来。方后乐说，等放了寒假，我们去明月湾看看。周惠之说，如果阿发家的船过来,我们就跟船过去。方后乐愣了一会儿说:"阿发会不会去当兵了。"周惠之说:"阿发这孩子好。"

暑假里,黄青梅跟着父亲回过一次光福镇司徒庙,从那儿回来后才告诉了方后乐。方后乐问黄青梅:有没有去明月湾?黄青梅说,想去的,但时间来不及。方后乐有些不高兴:去之前为什么不告诉我呢?黄青梅说,老先生临时起意,下次我们一起去明月湾。看方后乐仍然闷闷不乐,黄青梅说:你不想去看阿发?这句话无疑碰到了方后乐内心柔软处:阿发说到苏州一定会找我,肯定没有来苏州。

倏忽一年,恍若隔世。茶余饭后,方梅初和方后乐都尽量回避娄门话题,周惠之觉得安慰的是,表哥接姑父去了湖州。她偶尔也去娄门,打开门窗,让阳光照进屋里。她会在院子的藤椅上坐一会儿,陪同的方后乐站在身后,给她揉揉肩膀和脖子。他站在母亲的背后,但他知道母亲流泪了。看到母亲用手帕拭眼睛,他就搀扶起母亲说:我们回家吧。

方梅初闲在家里,看书,修改《浣纱记》。他时常想到方竹松和周鹤声先生,他知道,他再怎么想,都没有竹松行踪的答案。周先生呢?他们在庐江,还是去了重庆?如果还在庐江,应该会给他来信。方梅初的推测是离开了庐江,也许周先生会联系他。方梅初不免感慨,故人之思成了乱世的日常。工作以后,他从来没有这样轻松过,虽然内心也有些焦虑,但闲适的生活让他有了更多时间陪周惠之。周惠之买菜,他陪同,做饭,他打下手。周惠之笑着说,再过一段时间,你可以代替我做饭菜了。方后乐去学校了,两人下午闲着,方后乐在房间里看书,传习所若有唱昆曲的,周惠之也时常去听听。以前一家人晚餐后会出门散步,现在街上有鬼子,晚间就不出门了。周惠之想出门走走,通常下午三点后去敲书房门,看到书桌放着《浣纱记》,问方梅初什么时候可以改写出自己的本子,方梅初尴尬地回答说:我也不知道。周惠之笑笑说,你再改不出来,我也唱不动了。

周惠之也有时间翻翻书了。她突然想起好多年不读《浮生六记》了,问方梅初家里有没有这本书。方梅初想了想,从书架上找到了。周惠之说:"眼前这境况,光阴者,百代之过客也。幸好有你和乐儿。"方梅初抱了抱周惠之说:"来世卿当作男,我为女子相从。"周惠之笑笑说:"看来你也熟读《浮生六记》。"方梅初说:"第一次见到你,我就想起书中的几句话。"周惠之问哪几句话,方梅初不假思索地说:"削肩长颈,瘦不露骨,眉弯目秀,顾盼神飞。"周惠之认真看着方梅初说:"我有这么好吗?"方梅初模仿沈复的口吻说:"若为儿择妇,非淑姊不娶。"周惠之热泪盈眶:"愿生生死死为夫妇。"方梅初说:"明年七夕,我请道一刻这枚图章。"晚上就寝时,周惠之对方梅初说:"我若写浮生,要加一记?"方梅初好奇地问:"记什么?"周惠之说:"娄门记殇。"方梅初不语,把周惠之拥在怀里。

在街上漫步,若行人稀少,周惠之会挽着方梅初的胳膊,方梅初停步时,周惠之的头依偎在他肩上,虽然只是片刻,但两人都感觉似乎回到了从前。从前回不去了,但从前的甜蜜多少稀释了现在的苦涩。回到家门前,他们自觉不自觉地会到桃花桥上站一会儿。

周惠之问:"记得你第一次请我吃饭,说了什么?"

方梅初说:"哦,我好像背诵了《浣纱记》,我乃是太湖中的渔翁。昨日范老爷吩咐,渔船已泊在胥口。请问这是要前往何处?"

周惠之问:"你背这几句是不是故意的?"

方梅初说:"我脱口而出的吧。"

周惠之问:"是在求爱吗?"

方梅初笑道:"这还要问。"

周惠之说:"我在问你,是,不是。"

方梅初说:"是是是,心里憋了很久,不好意思直接说。"

周惠之端视方梅初良久说:"梅初,你还像从前的样子。"方梅初说,你也是。

看周惠之眼眶里缠着泪,方梅初问:"那天我说我去接的娘子,你也跟着说了,我心里就踏实了。你当时也是暗示我你答应了我的求爱吧?"

周惠之笑而不语。两人看着太阳西行,周惠之说:"回家做饭了,乐儿要放学了。"

秋风响了。第一次吃螃蟹,周惠之突然想起徐嘉元好久不来了。方后乐说,嘉元正常上班了,没有什么闲时吧。除了送徐嘉元上班那次,方梅初没有再去过中山堂图书馆。他有时也觉得无聊,长此以往,自己不就成了废物?周惠之看出了方梅初闲适中的焦虑,宽慰他说,再看看,哪天你想去上班就去。方梅初想到了阿溪,等他什么时候过来,跟他商量商量。周惠之也觉得阿溪有见识,听听他的意见也好。

好像有感应一般,隔了一个礼拜,徐嘉元登门了。方梅初看见黝黑的徐嘉元说,你怎么晒黑了,面目全非啊。徐嘉元说,我经常出外做些事,不像白面书生了吧。方梅初问做什么事,徐嘉元笑笑,以后再说,我是来送信的。方梅初接过信件,信封上写着:云南昆明北仓坡周缄。他来不及拿剪刀,急忙撕开信封说,周先生来信了。他一目十行看完周先生的信,再看一遍时,周惠之端了茶杯过来递给徐嘉元。方梅初说,你看信,周先生来信了,他们从庐江去了重庆,又从重庆去了昆明。周惠之看了信后说,你的这位老师很有意思,教书,做官,现在又做实业。

周惠之留徐嘉元午餐,说今天包馄饨。徐嘉元说,你不留,我也留。是鸡汤馄饨吗?方梅初笑笑,等会儿你就知道了。徐嘉元说好久不见道一兄了,他可好。方梅初说这老兄还好还好,基本足不出户,偶尔到我这边喝茶聊天。周惠之想想,跟方梅初说,要么请青梅一家过来?方梅初说好啊,周惠之随即喊方后乐出来,问他是去买馄饨皮,还是约青梅他们过来午餐。方后乐说,我去买馄饨皮吧。周惠之笑笑,和方后乐一起出了门。

黄道一基本隐居在家,写字画画看书,兴致高了,会教青梅填词。若是出外,便是跑到方梅初家说点事。以前,还会带着青梅出门写生,现在是常常叮嘱青梅少外出。见到徐嘉元,黄道一看他脸色,关切地问了几句。徐嘉元说,听说道一兄拒绝为日本人作画,可有此事?黄道一笑笑说,你也听说了。徐嘉元说,何止我听说,你已是坊间传说中的人物。黄道一见大家都在意此事,便简单说了几句。宣抚班一个日本人喜欢中国画,听闻黄道一是当世吴门画派之翘楚,便让教育厅的官员陪着找到黄家。知道来意后,黄道一说:"我老眼昏花,已经久不作画了。"他看两位不速之客面露愠色,又说:"听说玄妙观东脚门的摊上有我的画,你们不妨去看看。"黄道一说的倒不是假话,一位访客告诉他在玄妙观看到他的画。黄道一觉得有两种可能,一种可能是他的画被之前收藏的人出手了,一种可能是伪作。教育厅的官员问可否一起去玄妙观鉴别一下真伪,黄道一说:"我最近腿脚不好,也不能起身送你们了。"日本人听黄道一如是说,便悻悻然走了。

徐嘉元去图书馆上班,倒是在东脚门看到黄道一的画,颇有些诧异。黄道一说真伪不管了,与自己没有关系。方梅初问徐嘉元图书馆的状况，徐嘉元说，无所谓好坏，正要告诉你，图书馆明年春天要搬回可园了。这消息让方梅初心里一动，嘴上说了一声"哦哦哦"。黄道一知道方梅初一直在为回不回图书馆上班纠结，便对方梅初说："其实，上班也好，不上班也罢，只要奴不在心，身在何处不重要。"方后乐很久没有听到黄伯伯这种讲话的腔调，以为说到关键。方梅初若有所思，周惠之插话问："那梅初可以去上班吗？"徐嘉元说："当然啊，主事者说，方梅初不上班是请假照顾太太，职位留着的。"方梅初惊讶地问："我什么时候请假了？"徐嘉元看看方梅初："真是迂夫子，这是主事者给自己台阶下，也给你留条路。周老师身体好了，要不要上班，你看情况。"方梅初说："我想想。"

黄道一又说起日本人到他家的事："你们知道一起过来的教育厅官员是谁吗？此人见到我便说：'敝姓邱，邱复生。'我没搭理他。"

"看来又升官了。"徐嘉元说，"难怪邱复生前几天到馆里来，馆长跟他说话也小心翼翼。"

午餐后送走客人，方梅初说，我要给周先生回信了。方后乐没有看周先生的信，问父亲：他们一家都到昆明了？周惠之说，周先生、师母和周兰去昆明了，周云考上西南联大经济系了，周青还在杭州念书。方后乐想起周兰说话的样子，嘴角上挂起了微笑。

## 38

　　桃花坞大街逐渐有了些生气,先是杂货店开门了。周惠之去买了几只小竹篓、干荷叶,她现在不知道做什么用,但总会用得上。她看到米行也在开门整理,久违的朱老板和她打招呼。米行要开门了?是的,周老师到时来买些新米吧。两人说话时,黄鹤鸣从里间走出来喊了声周老师。朱老板说,我把鹤鸣请回来了,这里让他管。周惠之说,鹤鸣很好,跟您多年了。朱老板说,是啊是啊。

　　隔了两天,黄阿婆过来找周惠之,说要拜托她帮忙。周惠之说,阿婆,我前天在米行见到鹤鸣了。黄阿婆说,我就是来说这事。周惠之觉得黄阿婆应该不是来说鹤鸣回米行的事,便问黄阿婆:有人给鹤鸣做媒了?黄阿婆回答:没有呢,要请周老师做媒。周惠之确实是把这事放在心里的,一直没有合适对象。听黄阿婆这样说,她想可能有合适的了,便问黄阿婆是谁家姑娘。黄阿婆告诉周惠之:朱老板的大千金。周惠之愣了一下,随即反应过来:米行的朱老板?黄阿婆连连点头,说了事情的原委。鹤鸣上班后,朱老板说你还没有去过我家,今天跟我回去吃顿饭。鹤鸣紧张地说:那可不敢。米行打烊时,朱老板已经叫来了黄包车,鹤鸣恭敬不如从命,只好坐上了车。在朱老板家,鹤鸣慌慌张张吃了一顿饭,出门时大千金朝他笑了笑,师娘说有空再来坐坐。黄鹤鸣回到家中,黄阿婆让他重复在朱老板家的细节,他记得的都说了。黄阿婆一夜睡不着,翻来覆去想孙子说的细节,早晨起来对黄天荡说，昨天的事情有文章。黄天荡并没有多想，当母亲说这是朱老板带鹤鸣回去给小姐看看时，他说，老太，你想多了。

周惠之想起那天在米行门口朱老板看鹤鸣的眼神，觉得黄阿婆的分析也有些道理。第二天上午，周惠之去了米行，鹤鸣说老板不在，明天下午会来，惠姨有事找他？周惠之笑笑说，没什么事，我明天下午再来，你让朱老板等我一会儿。不明就里的黄鹤鸣觉得惠姨的笑有点怪怪的，也笑着说，好的，好的。

没等周惠之去米行，朱老板主动到方家来了，周惠之开门，赶紧请他进来。朱老板说，新米上市了，带了几斤，你们尝尝。周惠之要付钱，朱老板再三不肯，说几顿米饭，哪能收钱。周惠之说，现在生意不好做。朱老板说，是啊，做一天算一天吧。

两人又说了几句闲话，都没有提到黄鹤鸣，周惠之试探着问道："鹤鸣这孩子怎么样？"

朱老板说："这爿店就靠他撑着了。"

周惠之故意说："可惜，腿废了。"

朱老板说："这孩子有种。"

见朱老板这样肯定鹤鸣，周惠之觉得不妨再进一步说："冒昧地问问，不知我能不能给你家千金做个媒？"

朱老板来方家之前已经猜到周惠之找他的目的，身为女方家长也不宜主动明说，现在周老师提出来了，他略为停顿了一下说道："此事我有过一闪念，现在兵荒马乱，我也想找个踏实可靠的女婿，富贵与否不重要，我得回去问问女儿，你也问问黄家。"周惠之如实告诉朱老板，她是受黄阿婆请托的。朱老板拱拱手说："周老师费心了，等我消息。"

黄鹤鸣回到家里，告诉阿婆，惠姨找朱老板，朱老板到惠姨家里聊了半天，不晓得什么事情。黄阿婆神秘地说：周老师给你说媒的。黄鹤鸣不禁脸红了，难怪朱老板回到店里后问了他许多话，人家会看上他这个瘸子吗？想起那天老板千金送他出门的眼神，黄鹤鸣心里有些云雾了。黄阿婆看孙子低头不语，便说：等周老师回话吧。

周老师等了一天，朱老板回话了：择吉日订婚吧。周惠之急忙跑到隔壁告诉黄阿婆，老太太喜极而泣地说：周老师，我朝你磕头。方后乐放学回来，看见黄阿婆一家三人喜气洋洋站在门口，便问：什么事这么开心？黄阿婆说："你阿鸣哥要订婚了。"方后乐问是谁家千金，周惠之说，朱老板家。方后乐朝黄鹤鸣笑笑：恭喜啊。看黄青梅还没有走远，方后乐喊了一声：黄青梅。应声回头的黄青梅问什么事，方后乐又喊了一声：鹤鸣师兄要订婚啦。黄青梅站着挥挥手，不知说什么好。周惠之还站在黄家门外，黄阿婆说，周老师进来，看看什么时间订婚好。黄天荡说，正月里吧。周惠之问黄鹤鸣的意见，黄鹤鸣红着脸不说话，憋了一会儿说，听你们的。

冬腊风腌，蓄以御冬。小雪后，周惠之便忙个不停。若是晴天，她就提着篮子去菜场买雪里蕻菜，通常跑两趟，一篮子数量不够，两篮子提不动，又不肯坐车去。一两年下来，卖菜的农夫和周惠之也熟悉了，到了这个季节，会担着箩筐上门，周惠之也就多买一篮子。每年听见周惠之在门口喊"大哥"，方梅初就知道卖菜的上门了。

霜打后的雪里蕻滋味饱和。方后乐早上出门上学时，雪里蕻挂在绳子上。放学回来，周惠之已经把晒了一天的雪里蕻放进篮子。如此五六天，雪里蕻基本脱水了。脱水之后，再用粗盐揉搓，挤干水分，放进小缸里，一层层加盐。方后乐看过母亲腌菜，每一层不是顺着放，是十字交叠。方后乐问原因，母亲说她

149

也不知道，她看见阿荷的外婆和娄门姑姑都是这样腌菜的。腌菜的最后一道工序是，在缸口压上石头块。此后要做的事，隔五六天让缸里的雪里蕻翻身，这样在盐水里才能浸泡均匀。母亲手上破过一次皮，方后乐在母亲指导下翻身雪里蕻。差不多二十天后开缸，卧着的雪里蕻透出祖母绿的色泽。这个时候，又是冬笋上市，母亲的拿手菜是雪里蕻炒笋丝。过了冬天，缸里的雪里蕻就变成黄色了，母亲要做的菜是雪里蕻烧黄鱼。

　　安顿好了雪里蕻，周惠之着手的是腌腊活儿。腌腊在苏州花样经很多，咸肉、酱肉、风肉、香肠、火腿、腊鸡、腊肉。这几样当中，周惠之拿手的是咸肉、酱蹄髈，方梅初评价咸肉第一，酱蹄髈第二。一次路过吴趋坊北口，方梅初指着一处房子说，从前苏州南北货字号孙春阳的店就在这里。方梅初说的从前是明代，孙春阳在清代雍正年间达到鼎盛状态。之前，周惠之跟黄阿婆交流腌腊手艺，黄阿婆说，那些不是我腌腊的，是黄天荡，他家祖传的，你不晓得吧，他的一个祖先，孙春阳店里的伙计，大火时死里逃生出来了。在明月湾避难时，方后乐跟着父亲在徐嘉元那里看到了《姑苏阊门图》，这是雍正十二年间印制的。徐嘉元指着画中一处两层楼的店铺说：你仔细看，孙春阳的招牌，这块招牌在咸丰十年被大火毁于一旦。看《姑苏阊门图》，方后乐想起他听母亲说到的黄家与"孙春阳"的关系。

　　黄阿婆家临河窗台外搭起了架子，挂着咸肉、香肠、腊鸡、青鱼干。又过了几天，周惠之的腌腊也陆续挂出来了。方后乐站在桃花桥上，像看风景似的看各种腌腊。他问母亲，黄阿婆家怎么腌腊那么多？周惠之说，鹤鸣正月里订婚，在家里请客呢，黄阿婆说不请厨子了，天荡是一把好手。母亲这么一说，方后乐心里有了几分好奇。他知道黄天荡有力气，这把年纪了还在给茶馆担水，没想到他会做菜。

方后乐告诉黄青梅，正月里黄阿婆要在家请客，天荡伯伯自己做菜。黄青梅说，阿鸣哥订婚，你这么兴奋。方后乐红了脸，说为他高兴呢。黄青梅说，那天你带我去吧。方后乐说，我想想。

## 39

方后乐在觉民书社和张若溪不期而遇。

他已经好久不去觉民书社了，礼拜六放学时黄青梅说，礼拜天去觉民书社看看吧。他觉得也是，快元旦了，出门走动一下。礼拜天上午方后乐如约在桃花桥上等黄青梅，他问黄青梅要不要在小店喝杯豆浆再去。黄青梅说，想吃赤豆棒冰。方后乐大笑说："冬天了，这苏州城哪里能买到棒冰。买好书，我请你吃生煎馒头。"黄青梅说："你还记得哪天请过我？"方后乐想想，真的记不得了。黄青梅说，我不要吃生煎，你要么请我吃大餐，要么在觉民书社外面请我吃萝卜丝饼。方后乐摸摸口袋说，今天只能吃萝卜丝饼了。

觉民书社专卖古籍，兼营现代学术著作，方后乐自从跟张若溪去过一次，后来常常在礼拜天去看看。每次买回一本什么书，方梅初都会惊讶地说：你也读古书。方后乐第一次回答父亲时说：满本都写着两个字是"吃人"。父亲诧异地看着儿子："这是哪里的话？"方后乐知道父亲读过《狂人日记》，便开玩笑说："是我的话。"

进了觉民书社门，方后乐看到一位身穿白色衬衫外着西装背心的青年和王恺夫说话。这位青年拿着一册《汉学师承记》问伙计:"这是道光本,我可以买吗?"王恺夫回答说:"这套书缺一册。"青年说:"我先买回去,以后再补。我给你留电话。"王恺夫说:"老板不在,我不能卖。请你留下电话,如老板同意,我给你送去。"这个日本人在便条上写了自己的名字和电话,王恺夫读出了这位青年的名字:"高仓正山……你是日本人。"高仓正山笑笑:"我在养育巷13号,跟一位张女士学你们的苏州话。"这位高仓正三还有意用吴语说了"苏州话"。苏州沦陷后,方后乐对日本人曾有的一丝好感荡然无存,他看到这位斯文的日本青年出门时朝他和青梅点头示意,也木然地点了一下头。

"后乐,你长远不来了。"王恺夫招呼方后乐,眼神似乎在问方后乐同来的女生是谁,方后乐介绍说:"这是我的同学黄青梅,也住在桃花坞大街附近。"王恺夫看着朝他微笑的黄青梅说:"你们先看看书,我这就泡茶去。"上午的书店有些冷清,王恺夫给方后乐拿来了他要买的《越绝书》,陪着他俩喝茶聊天。王恺夫问:"你自己要看《越绝书》?"方后乐说随便翻翻,他和青梅欲起身告辞时,张若溪从门外进来了,两人都没想到会在书店邂逅。方后乐从张若溪和王恺夫对视的眼神看出,他们应该是熟悉的朋友,但彼此没有热情招呼。张若溪说:"我本来想处理好事情,下午去看看惠姨。你等一会儿,我选好书,一起在附近吃点东西,不去麻烦惠姨了。"方后乐觉得也好,随即介绍黄青梅和张若溪认识。张若溪笑着说:"我晓得,你是黄道一先生的千金。"黄青梅没想到张若溪也知道她父亲,随方后乐叫他阿溪哥。王恺夫说你们在这儿喝茶看书,也帮我照顾一下,我带张先生去书库看看。

张若溪忙好自己的事情,就带着方后乐黄青梅出门,在"顺记生煎"请他们吃生煎和骨头汤。坐下来后,方后乐说你们等会儿,我去给青梅买萝卜丝饼。青梅说,阿溪哥今天请我们,你就下次买吧。想起方后乐明年暑假就要升高中了,张若溪问他怎么打算。方后乐说,听说桃坞中学的教员在上海办学了,他想想还是在苏州念高中。张若溪觉得这样也好,又问黄青梅是不是也在崇范,黄青梅说她之前在振华现在跟后乐一起念崇范。张若溪轻轻说了一声:王季范先生是个人物。张若溪对王校长的这句评价让黄青梅约略知道了他的政治倾向,她告诉张若溪,振华女校可能要去上海租界办学,以后要不要去上海念书还没确定。张若溪说,在哪儿念高中都可以,你们现在好好读书,以后才能救国。黄青梅接过话说,你这位兄弟恨不能现在就投笔从戎呢。方后乐晓得黄青梅在揶揄他,但眼里似乎有了光。张若溪问方后乐:

"听说你很喜欢读鲁迅先生的作品?"

"喜欢,有些读不懂。你怎么晓得的?"

"王恺夫说你托书店买过鲁迅先生的书。"

张若溪告诉方后乐,明年下半年准备在昆山办一场纪念鲁迅先生的活动。方后乐问:"我可以参加吗?"

"当然啊,非常欢迎。不过,你们现在先好好准备考高中。"

说到家里的情况,方后乐说母亲现在基本稳定了,父亲一直纠结中。

"姨夫纠结什么呢?"

"要不要去图书馆上班啊。"方后乐靠近张若溪低声说,"他担心上班了,会不会被人说是非,他的同事邱复生做汉奸了。"

"等会儿我去你家里,跟姨夫说说我的意见,他去上班和那个人做汉奸是两回事。"

黄青梅没有插话,她第一次见到张若溪,这位阿溪哥给她的

153

印象温和、从容和坚定。张若溪说起要在昆山举办纪念鲁迅的活动，黄青梅心里咯噔了一下，她和方后乐一样猜测张若溪可能是延安那边的人。

张若溪去门口柜台付钱时，黄青梅悄悄问方后乐："你真的想去昆山参加那个活动？"方后乐回答："为什么不去呢？"黄青梅没有因方后乐的反问生气，只是低声说："你现在像左翼青年了。"方后乐知道，黄青梅这句话隐藏了某种担忧，他拉起坐在板凳上的黄青梅说，我们走吧。

出了门，张若溪突然问方后乐："你是不是有位伯父？"

"是的。我小时候见过，十多年了，和家里没有联系，生死不明。"

张若溪点点头说："他送给你一支钢笔，我听你说过。"

## 40

腊八节过后的礼拜天下午，秀姨提着一个大包敲开了方家的门。周惠之看见秀姨站在门外，大喜过望，赶紧朝里面喊道：

"秀姨来了。"

方梅初和方后乐都急忙冲出来，差不多把秀姨从门外抬进了院子。秀姨抱抱方后乐说："一年不见，你又长高了。"在客厅坐下来，大家都不知道话从何说起，只是傻笑着。方梅初问怎么过来的，秀姨说跟老吴的船，他还在忙着。

"你今天不走了，在这里住一个晚上。"周惠之说。

"你们不留，我也留下来啊，明天早上跟老吴的船回去。"秀姨说,"青梅呢,他们都好吧。"

方后乐还没有回话,周惠之说:"都好的。后乐,你去约青梅一家过来晚餐吧。"方后乐没有接母亲的话,而是问秀姨:

"阿发怎么样?"

秀姨欲言又止,方后乐再问:

"阿发怎么样?"

秀姨压低声音说:"老吴也不晓得儿子去哪儿了。我听天成说,阿发去太湖游击队了。"

尽管这是方后乐猜测的去向之一,阿发一直说要当兵,但秀姨说出这一消息时,他内心仍然震动不已。他一刹那热泪盈眶,跑出客厅。在黄家门口,黄阿婆喊他,他好像也没有搭话。到了廖家巷,黄青梅应声开门,方后乐没头没脑地说:"阿发当兵去了。"说完站在门口流泪。黄青梅说:"你进来慢慢说呢,出什么事了,吓人的。"方后乐定定神说:"秀姨来了,说阿发去太湖游击队了。"黄青梅闻之心颤,问方后乐:

"那你哭什么?"

"不舍,惭愧。"

"我也不舍。阿发人好。上帝保佑他。"黄青梅说,"不用惭愧,你那个阿溪哥说了,我们现在念书,将来报国。"

方后乐出门后,秀姨问娄门情形如何,她想去看看。周惠之一时哽咽,方梅初说,姑父去湖州那边了。周惠之啜泣起来,秀姨宽慰说:姑父安顿好了就行,约个时间,我们去湖州看看。

周惠之欲起身去厨房时,黄青梅跟着方后乐进来了。青梅大喊一声:"秀姨!"

秀姨一把抱住了青梅,又伸出手拉了方后乐,将两人拢在怀里。秀姨看看两个孩子,眼泪落在方后乐的衣襟上。

卷五

## 41

  方后乐回到房间,发现书桌上放了一张明信片。
  他很奇怪,谁在异地给他贺新年?他端详明信片,寄信者是昆明北仓坡周兰。方后乐几秒钟反应过来了,周兰便是在安徽庐江县城见过一面的周鹤声先生的小女儿,他的眼前迅速闪过周兰扇扇子的样子,不禁笑了笑。这可是他第一次收到明信片。
  他从父亲那里知道,周先生辞去庐江县长后,经武汉去了重庆,在重庆没待多久,去了昆明任职茶叶公司总经理。他算了一下,照片上的周云念大学一年级,周青念高一了,周兰呢暑假毕业后念初一了。应该是父亲回信以后,周兰知道了他家地址,他没有想到这小姑娘会在1939年元旦前寄来明信片。这一路颠簸折腾的明信片,在发出一个半月后到达了桃花坞大街。方后乐有点兴奋,七彩云南,这世界还有另外一个地方与他有了联系。
  晚餐时,周惠之对儿子说,看你心情很好。方后乐说,是啊,那个周兰给我寄了明信片呢。他问父亲,昆明好玩吗?方梅初说,没有去过,昆明四季如春,一定很好。方后乐有些不解地说,周先生也是教授,为什么不去西南联大教书呢?方梅初回答不出方后乐的这个问题。方后乐又说,他的老朋友朱自清先生好像也在西南联大教书。

"昆明是大后方,你几年后不妨报考西南联大,若是考取了,我送你去上大学,我还没有见过周先生呢。"周惠之说。方后乐没有想过这问题,现在的压力是考所好高中。他跟母亲说:"昆明太远了,我去那儿念书,你和爸爸会想我的。"

方梅初很少听到儿子说如此温馨的话,开心地对周惠之说,我想喝杯酒。周惠之去厨房温了一碗黄酒,方梅初欲接过酒碗时,方后乐说,我也想喝几口,周惠之又去拿了一只碗。父子俩碰了碰碗,周惠之说我闻到这酒有香甜味。几口下去,方梅初有些兴奋,顺着周惠之刚才的话说:"西南联大未尝不可以考虑,乐儿刚才说朱自清先生也在联大教书,当年我听过他几节课。只是现在去昆明麻烦,好像要从香港或越南转昆明,确是不方便。"方后乐喝了几口黄酒,脸上已经起了红晕,他对父母说:"你们怎么当真了。"周惠之又补上一句:"还要看青梅考哪所大学呢。"方后乐尴尬地说:"妈妈,你没有喝酒,怎么说酒话呢,为什么要考一所学校。"方梅初和周惠之都看着方后乐笑了起来。

真是借酒浇胸中块垒,方梅初喝了一碗,又加了半碗。自从元旦前见了张若溪,方梅初的心情和想法基本稳定下来。张若溪说:"姨夫是有气节的人,去图书馆上班不会失节,反而有利于中国文化的延续。"方梅初觉得张若溪的说法很有道理,感叹地说:"我们要熬到哪一天呢。"张若溪说:"不必灰心,抗战一定胜利。"方梅初点点头,又问道:"重庆政府行吗?"张若溪沉吟片刻说:"现在不是国共合作吗?"说完又补充道:"我在报纸上看到这方面的新闻。"方梅初想了想说:"图书馆5月要搬回可园,那我5月去上班吧。"

期末考试结束的那一天,方后乐从书包里拿出明信片给黄青

梅看:"那个周兰小妹妹从昆明寄了明信片来。"黄青梅轻轻读出声音"方后乐元旦快乐",她问方后乐:

"你刚才说什么?"

"周兰小妹妹。"

"你爸爸是她爸爸的学生吧?"

"是啊,浙江一师的学生。"

"她是你的小师姑,怎么成了你的小妹妹了?"

方后乐看着黄青梅,感觉这女生怎么生气了。

## 42

小年夜上午,黄天荡到方家找周惠之商量鹤鸣订婚的日子,说看了皇历,想定在正月初六,初二鹤鸣去拜年,一并请朱老板阖府。周惠之说这样很好,前几天和朱老板见面,他说一切从简,没有格外的要求,正常礼数就行了。黄天荡说,朱老板一点也没有为难我们,我们高攀了。周惠之问初六有哪些客人,黄天荡说横塘两个舅舅舅妈,我这边是你们一家,朱老板那边留一桌,差不多三桌人。说完,黄天荡问周惠之:不知能不能请黄先生一家,邻里就你家和黄先生是文化人,他来,我有面子。周惠之没有想到会请黄先生,她觉得天荡这样考虑也有道理,便说,我一会儿代你去请。黄天荡激动地说:拜托周老师。

周惠之随即去了廖家巷。她说了黄天荡的意思后,黄道一也有点意外,他想了想说:鹤鸣这孩子能有这样的姻缘不容易,你觉得我们适合去就去。周惠之说:那就去吧,一起给鹤鸣撑撑腰。

黄道一说：好，我不能空手去，送幅画吧，秀才人情纸半张。周惠之知道黄道一轻易不送画，赶紧说：我代鹤鸣谢谢您！

下午方后乐去米行隔壁买了两张桃花坞年画。祖父去世未满三年，家里还不能贴春联放鞭炮，方梅初说贴两张年画不要紧。方后乐返回时在桃花坞大街和廖家巷丁字路口，看见黄青梅手里提着两只红灯笼往西走，方后乐赶紧问：你这是？黄青梅也不搭话，径自向前，到了黄家门口停下来。方后乐心想，可能是那句"周兰小妹妹"得罪小姑奶奶了，心里不禁发笑。

黄阿婆正好站在门外，黄青梅说：阿婆，我送给阿鸣哥的。黄阿婆笑得合不拢嘴，赶紧喊鹤鸣出来：你看看，你看看，青梅送给你的红灯笼喏，屋里几年觔挂红灯笼哉。鹤鸣接过灯笼，谢了青梅。黄阿婆说，现在就挂起来，挂起来。

在旁的方后乐问鹤鸣要不要帮忙，搬张凳子来，他挂上去。鹤鸣说不要，你看我怎么挂。鹤鸣身体靠在墙上，给两只灯笼顶端的绳子结了个圆环，再用拐杖轻轻挑起，高高举起，灯笼就挂到铁钩上去了。

方后乐见状转过身，瞬间潸然泪下，他听见黄青梅笑着鼓掌。

43

终于放春假了，方后乐如约坐上了通达轮船公司开往消泾方向的"瑞丰"轮。不到两年，这是他第二次坐船离开苏州，都是去乡下。

他之前也有点犹豫，是在家里温习功课备考，还是去乡下踏青。父母亲说，去与不去，你自己定。他问施锁龙，阿龙说当然去消泾，青团子，还有塌饼可好吃呢。阿龙打招呼，他春假要求去上海见施先生，不能陪他回消泾了。方后乐觉得如果阿龙能一起去消泾多好，估计阿龙肯定是有什么事非去不可。

正月里张若溪过来拜年，又邀请他们去消泾住几天。那天单独和阿溪在一起时，他悄悄问道：

"你知道太湖游击队？"

"怎么呢？"张若溪没有直接回答。

方后乐告诉阿溪，明月湾的阿发去了太湖游击队。

"原来如此。"张若溪说，"你这个朋友勇敢的。"

"听说消泾、常熟一带也有游击队，我若去，会不会遇到？"

"这很难说，他们神出鬼没。"张若溪低声说，"游击队到我们家来过呢。"

方后乐没有再问下去，但心里确定春假去消泾了。临行前他告诉黄青梅要去消泾，青梅没有接话，也没有说跟他一起去。这让他放松下来，如果青梅说她也去，他不知道如何回答，于是又主动说："我给你带麦芽塌饼。"

去消泾的轮船经过湘城的太平镇，停泊的那一刻，方后乐走出船舱张望，他听说这里有南宋王皋的祠堂。出了太平镇，河面逐渐开阔，草长莺飞，近岸的芦苇几乎都绿了，方后乐体会到这里古称"荻溪"的依云。在消泾码头上岸后，方后乐看见阿荷和姨夫已经在路上等候。消泾码头不大，上下船的行人少于蹲着站着坐着摆摊的生意人。上了码头，是一条南北向的小街，有点像集市。方后乐看到有阿婆在卖晒干的菜花头，这种菜花头烧肉炖豆腐特别好吃。卖鱼虾的男人看出了方后乐是外来的客人，使劲地吆喝，对走近的阿荷说，小妹，买点虾招待客人。老根过来了，对卖鱼的人说：阿三，我早上已经捞了鱼虾。方后乐记不得有没有叫阿荷姐，他喊了老根一声"姨夫好"。老根头戴藏青色的毡帽，齐腰扎了一条束裙，下摆过了膝盖。方后乐看出，束裙是新洗过的。老根见到方后乐，急忙灭了烟斗上的烟，将烟杆插到裤腰上。看到老根姨夫，他便想起明月湾的老吴姨夫。方后乐又体会到了母亲的细心，临出发前清点礼物时，母亲说你老根姨夫吸烟，又拉着他出门去买了两包烟丝。

老根姨夫让方后乐坐上黄包车。方后乐第一次见到这种手拉的黄包车，开始不肯坐上去。老根说："农闲时，我都到码头上拉客，你不要怕我没有力气。"阿荷笑笑，没有说什么，坐到车上，看方后乐还木在那里，便伸出手。老根手握两边长长的扶手，拉着他们往前走。身后匆匆而过的小镇没有给方后乐留下太多印象，他恍惚中看到扎着蓝布头巾的阿婆提着篮子在卖青团子。城里的青团子还没有上市，乡下早了许多辰光。阿荷似乎看到了方后乐闪过的眼神，说：姆妈会做好吃的。方后乐指着田埂的一种青草问阿荷，青团子的青色是这种草榨出来的，阿荷说不是，专门种的草呢。乡间田野的绿才是碧绿，一畦春韭，一畦菜花，散落在麦田之中。

三人一路说着闲话。阿荷说，她生下来一周后还没有名字，妈妈喊她囡囡。父亲路过皇罗庵，遇见常德法师，请教女儿的名字。常德法师看看不远处的荷塘说：荷花都开了，就叫阿荷。父亲谢了常德法师，两个月后，采了十几朵小碗一样大的莲蓬送到庵里。常德法师拿了一株莲蓬，在阿荷眼前摇了摇，阿荷竟然对着常德法师笑了，抱着阿荷的阿珍也跟着笑起来。方后乐听母亲讲过这故事，现在阿荷说起，感觉她的样子真是清水出芙蓉。

老根告诉方后乐，这地方你妈妈来过。他开始讲皇罗寺的故事：传说乾隆皇帝下江南时，曾在王路庵留宿，这王路庵就改名为"皇罗庵"了。他记事时，皇罗庵几乎是一片废墟，几家乡邻各自拾掇了几块地，在那里种些蔬菜。有一天他从私塾回来时，发现有一些人在这里搭起房子，那种半砖半土半瓦半草的房子。篱笆墙围好后，两个尼姑住进来了。也就在这一年，阿荷的奶奶去世了，两个尼姑在庵里给阿荷奶奶做了佛事。没过几年，从上海回来的施先生，大兴土木，重建了皇罗庵。阿荷见过施先生，穿长衫，走路便捷，拄着文明棍。阿荷父亲说，施先生在淞沪会战后躲进了租界，好像不久要去南洋。方后乐这才想起，阿荷和她父亲说到的这位施先生，就是施锁龙说的上海亲戚。

　　这一路说过去，就到了老根家。房子北距小镇五六里地，东临阳澄西湖，房子南面是一条小河，西北面不远处便是皇罗庵，常德法师在那里。阿荷家附近散落着几户人家，每家都围了院子。阿龙说是消泾镇的，会不会跟阿荷家一个村。他问阿荷，这儿有没有一个叫施锁龙的？是我初中同学。阿荷想了想说，没有听说过这个名字，邻村家有个叫施小狗的，是在城里念书，不常见到，是施先生家亲戚。既然是亲戚，方后乐确定施锁龙就是施小狗，阿荷不知道施小狗的大名。

　　老根家三间正屋朝南，东厢房是厨房和杂物间，西厢房之前是阿荷住，在昆山的阿溪不常回来，兄妹俩换了房间，阿荷住到正屋的西房了。在日渐衰败和动荡的乡镇，老根家算是殷实的。阿荷说，她爷爷是私塾先生，有个去东洋留学回来的学生发达后，资助爷爷盖了房子，这才有了今天这样的条件。这次方后乐知道了阿溪名字的来历，阿珍破羊水时还在河边小码头上洗衣服，爷爷便给即将出生的孩子取名阿溪。阿溪念书后，觉得张阿溪张阿荷这两个名字不太正式，到了初中就给自己改名张若溪，给妹妹改名张依荷。那次当着阿溪的面,父亲考方后乐,母亲背了宋人刘克庄的诗句:"湖上秋风起棹歌,万株映柳更依荷。"

消泾的夜幕是和桃花坞大街一起降临的。尽管桃花坞大街的灯火远不像上海那样通明,但多少融化了越来越黑的夜色。方后乐站在老根家门口,第一次感觉到黑色的天幕和大地一样是如此辽阔。东厢房风箱声响起时,袅袅炊烟从零零落落的农家屋顶弥漫到不断压下来的黑幕里,星星点点的灯光从农家的窗户里透出。非常奇怪,方后乐没有那种压抑的感觉,反而在黑暗中敞开了自己。人在黑色中是透明的。在桃花坞,在城里的大街小巷,他每每觉得从黄昏到灯火万家时的空气是最浑浊的,经过黑夜的过滤才有了翌日清新的早晨,很快嘈杂的早市又淹没了短暂的宁静。现在,他闻到了黑色的味道,青草菜花麦苗春韭,黑色的夜竟然散发着青涩的气息。几年以后,他在昆明凤翥街北口的郊外,突然想起了站在老根家门口的自己。

方后乐问阿荷:"阿荷姐,阿溪哥哥不怎么回来吧。"

"他在昆山报社呢,难得回来一次。"老根想了想,"上个月回来,带了个开茶馆的朋友,去庙里烧香了。阿荷也跟着去了。"

晚餐后,阿珍擦干净餐桌,陆续端来四只盆子。阿荷说:妈妈说你不稀奇青团子,她要给你做麦芽塌饼。阿荷逐一介绍说:这是米粉,这是麦芽粉,这是草头。草头已经用开水焯过冷水凉过。去年中秋后种下草头籽,今年春天就可以挖回来用。方后乐有些嘴馋了,朝阿珍说:姨妈费心了。

阿珍将切碎的草头加在米粉里,双手带温水揉搓,草头融和到米粉中,米粉渐渐呈豆绿色。再加入麦芽粉,倒了一小碗温水,继续揉搓成坨块状。加了麦芽粉后,米粉坨豆绿色里散着酱色。阿荷帮不上忙,只是看着妈妈揉搓。她对做麦芽饼的工序也很熟悉，不时说出关键之处："米粉和麦芽粉的比例是五比一。米粉是用粳米磨的，不是糯米，麦芽粉很黏。你来之前，妈妈已经把麦芽磨成粉了。"

这麦芽粉如何做？方后乐问。

阿荷说：把大麦放在冷水里浸泡一天一夜，坛子口要用薄膜扎紧保温，等麦芽长到你大拇指这么宽的时候，放到太阳下晒干，择掉麦芽的根，把麦芽磨成粉。

阿珍说：落雨天多，前前后后晒了很长日脚。

老根插话说：小麦也可以。

阿荷说：粉里如果加白糖，味道更好。

方后乐这才想起，他出门之前，妈妈备的小礼物里有一包白糖，赶紧去房里取出来。

阿荷接过白糖说：那就不客气了。馅儿以赤豆泥为主，加红枣核桃肉和冬瓜糖。红枣、核桃，是惠之姨娘春节送给我们的，冬瓜糖是哥哥从上海带回来的。这些切碎了做馅儿，最好放一点猪油。塌饼做好后粘上芝麻。芝麻是自己家种的。

准备停当，阿珍对方后乐说：明天你早点起来，跟我们一起做塌饼。

这次到消泾，方后乐没有带书，晚餐后闲聊了几句就回到西厢房。这里没有桃花坞大街喧闹，也听不到火车的声音，方后乐躺到床上一会儿就睡着了。夜间翻身时听到枪响，方后乐惊吓得一跃而起。在他定神的那一刻，从东北面又传来几声枪响。他知道自己不是做梦了，赶紧点亮了煤油灯。一会儿老根提着马灯站在窗户外对里面的方后乐说：没事的，是江抗和日本人打起来了，你不要紧张。方后乐披着衣服开了门，请老根进来说话。

"这是江抗游击队袭击鬼子的。"老根又重复说，"你不要紧张,这样的事常常有,我们习惯了。"方后乐在城里也听到过枪声,但这可能是最靠近的一次。他起初有点心慌,一会儿就稳定下来。老根告诉方后乐,从枪声判断,交战应该在消泾和常熟交接处,那里水网密布,芦苇丛丛,游击队经常从那里出没袭击鬼子。方后乐想起,初春他和同学结伴坐车去虞山访言子墓,临近常熟时,日本鬼子拦下了汽车,逐一检查乘客。车子开动后,驾驶员说,昨天晚上这里打仗了。

此时的方后乐有些兴奋,"抗战"二字以前是在悄悄的议论中,现在写在了夜晚的土地上。兴奋的情绪在体内弥漫,遮蔽了他最初的紧张。这个时候,阿发似乎在他面前晃动,阿发会不会在这支游击队里?方后乐问老根:"你们害怕吗?"老根说:"害怕也没有用。这些鬼子,也到我们村上来过。幸亏阿荷那天在庙里。"虽然只是两个人在场,老根还是压低了声音说:"游击队的伤病员也在庙里躲藏过。上个月夜间游击队来了,我送了馒头干过去。"方后乐问道:"就是西北面的那个庙?"阿荷爸爸说:"是的,阿荷经常去常德法师那儿念经。"

老根欲离开,又转身轻轻地说:"游击队也在这间屋子待过。我说话,有些人听不懂,一个常熟人翻译。听口音,里面有苏北人。他们只在我这里过了半夜,天不亮就走了。这个常熟人是阿溪的同学,他先来的,问有几个人借宿,行不行。"

"你休息,我不怕的。"方后乐对这位憨厚的姨夫生出敬意,"明天早饭后我跟你去打鱼。"

老根离开后,方后乐躺到被窝了,又听到几声闷闷的枪响,他第一次意识到抗战的战场就在不远处。迷迷糊糊中,方后乐睡着了。差不多凌晨五点,太阳已经透过窗户晒到方后乐的床上。他醒来看到被子上的晨曦,第一反应是太阳的颜色像淋漓的血喷在他的被子。后乐蒙脸又迷糊了一会儿,听到东厢房的风箱声,便起床了。方后乐在桃花坞大街偶尔早起,看到的是油条包子店生炉火,菜农担着箩筐走向菜场。清晨的大街,散去了白昼的气息,只有在这个时候,方后乐才觉得街上的一切都是月亮洗过后的清洁,而在他返回的路上,大街的烟火气又开始从不同的弄堂和门店里散发出来。这个时候,骑着三轮车的男人,已经准备挨家挨户把门口马桶的粪便倒进车上的大木桶里。如果有跑步的人从他身边过去,他会在脚步声中仰头看天空,有些人家开始放鸽子了。

　　站在院子里的方后乐,和他走在大街上的感觉不一样。他从来没有在大街上体验到晨曦穿过凉气的感觉。四月的乡村,空气清新而凝重,后乐感觉像层层薄冰,若即若离地叠在一起,和煦的朝霞又很快融化了薄冰,这种融化的感觉无形而又具体。后乐甚至觉得阳光就是薄冰融化时渗透到他体内的。如果在大街上,他觉得相对于黄昏的清新,早晨的空气其中也散发着浑浊,他能在阳光中看到飘浮的尘埃。或许因为这种透明,乡村的阳光雨露和风,更容易在人的脸上手上以及肢体所有敞开的部位留下痕迹。这个时候,后乐想起了阿荷的脸,老根的手,阿珍风干的白发。在山村避难时,方后乐就意识到,只有在乡村,自然才会以各种方式渗透到人的体内和肤色上。

　　早餐时,方后乐发现,除了麦芽塌饼外,姨妈还给他蒸了鸡蛋。阿珍说:夜里听到你咳嗽,可能船上受了风凉。这个鸡蛋是放在碗里隔水蒸出来的,碗里放了猪油和红糖。"你吃了,就不会咳嗽的。我们乡下都是这样的,以前阿溪咳嗽,我也这样给他做,吃两个早上就好多了。家里没有冰糖,就放了红糖,你将就着吃。"阿荷感觉母亲的话多,说:"后乐懂的。"方后乐倒不是很懂,以前咳嗽,母亲通常是用冰糖梨子隔水蒸。

方后乐跟着阿荷父亲出门上船时，阿荷妈妈又追到码头，他递给一件雨披说：湖里冷，你备着。小船向东驶去，两边的河坡上开满了菜花。露水河晨曦洗过的菜花黄得鲜艳，河道逐渐开阔时，方后乐看到了阳澄西湖水中沉浸的太阳。许多年以后，当他听到"朝霞映在阳澄湖上"时，就会想起这个早晨，他和阿荷坐在船舱里。

"昨天听阿姨的口气，好像在帮你找婆家呢。"方后乐问阿荷。

"阿溪哥还没有成亲，我哪能先嫁人呢，过几年再说。"

"那你对生活有什么打算？"

"哎，原本准备去上海做用人的。前年施先生回来时说，过两年，你到上海，那边缺女佣。谁知道打仗了，施先生要去南洋，我也不能跟着去吧。"阿荷叹了口气，问方后乐："南洋很远吧？"

"是的，很远，那个地方叫新加坡。"

阿荷沉默不语。

"苏州城南的苏纶纺织厂都是女工，你可以去那里纺纱织布。"

"过了冬天再看看。"

小船绕过了一片红菱区，在近岸差不多两百米处，老根把渔网撒到湖里。方后乐好奇地问阿荷："这么浅的地方能打到鱼？"

"水浅的地方容易打到虾和塘鲤鱼。"阿荷说，"你看菜花开了，这个季节吃塘鲤鱼。"

过了半小时，老根收拢渔网，果然都是鱼和虾。老根说，不多，够吃了。阿荷换父亲摇橹了，船离岸边越来越远，湖里已经不见水草，方后乐知道这边的水深了。老根撒了网，回头跟后乐和阿荷说，看今天运气怎么样，能不能打到白鱼和鲫鱼。老根开始抽烟，差不多两袋烟的工夫，老根开始收网，渔网越收越紧，靠近船舷时,他从翻腾的水中识别出了白鱼、鲫鱼和昂刺鱼。

回到码头,阿珍正在河边用张耙子捞螺蛳,见到他们,欢喜地说:"中午烧鱼时放点螺蛳。"阿荷告诉后乐,阿溪喜欢吃韭菜炒螺蛳。方后乐看阿荷的眼神似乎在问,阿溪哥哥哪天回来呢?

## 44

从阿荷家回来,方后乐带了一篮子麦芽塌饼。周惠之对方后乐说:"苏云阿婆喜欢塌饼,也不晓得她现在哪样。你送些给青梅家吧。"方后乐想起黄伯伯的神态有些犹豫,虽然近年来亲近和随意许多。

看儿子迟疑的样子,周惠之笑着说:"你还怕黄伯伯?人家可喜欢你呢。你见到他,不妄言就行。"说完了,她觉得后面那句话是多余的。她从厨房里找来一只装汤包的扁形竹篾篓子,在篓底垫了干净荷叶,再装进麦芽塌饼,样子很像学生拿张牛皮纸包新课本。

方后乐对母亲的细致特别感慨,她总能把平常的日子过成了优雅。他后来甚至从母亲生活的细节中理解了苏州文化的要义,这便是从世俗生活中酿出诗来。父亲和嘉元伯伯他们则不同,他们的文化在纸上,在高谈阔论之中。

黄太太开了门,招呼方后乐到书房,她和青梅等一会儿过来。黄道一见了方后乐倒是很开心,示意坐下。方后乐还是站着,慌乱中说了"谢谢先生"。听后乐称自己先生,黄道一哈哈大笑起来,笑声让后乐不知所措。"怎么又不叫我伯伯了,我比你爸爸大三岁吧。"黄道一示意方后乐喝茶,方后乐稍微放松下来:"我刚从消泾回来,给你们带些塌饼。"黄道一摘下眼镜,看看方后乐,不无感慨地说:"梅初兄好福气,生了你这么出众的儿子。"黄太太和青梅也来到书房,黄道一说,后乐给你们送塌饼了。黄青梅看到父亲和方后乐如此融洽,开心地把一只麦芽塌饼送到父亲嘴边。方后乐朝黄太太笑笑,问竹青哥哥如何。黄太太说,这竹青在香港惬意得很,准备考大学了。黄青梅看看方后乐,感觉这人是有意不和她搭话。

在乡下避难的那几个月,方后乐和黄道一有三四次接触,见面渐渐没有之前那样拘谨了。方后乐悄悄对青梅说,你爸爸原来是画纸上高冷的文人,现在走到秀姨家的院子里了。青梅说:方后乐,你读聊斋读多了吧。虽然如此,方后乐尽可能不往黄家跑,若是黄太太和青梅在还好,黄伯伯独坐书房时,方后乐感觉气氛凝重了。去年腊月底,周惠之差他给青梅家送一块咸肉和一小坛雪里蕻咸菜,他也是勉强去了。周惠之非常细心,专门到阊门外的杂货店买了只坛子放雪里蕻咸菜,坛口用家里的整张枯荷叶包扎好,开始用的是白色棉线绳,后来又换了红色的带子。差不多两斤重的咸肉,周惠之将它一分为二,也细心地用荷叶包扎好。在旁的方梅初笑着说:"你这太讲究了,后乐又不是毛脚女婿上门。"方后乐心里倒是有毛脚女婿上门的紧张,但觉得父亲多此一言,嘴上则说:"爸爸说得是。"黄先生不苟言笑,见到方后乐,虽然平和,但方后乐还是被先生清高自傲的神态镇住了,他感觉从青梅家出门是仓皇而逃。

或许黄道一也发现了方后乐的紧张,神态温和地跟他聊天。他问方后乐消泾和明月湾是不是不太一样,方后乐说消泾是以农为主,打鱼的人不多,农家的房子很散,不像明月湾密集。黄道一说,找个机会,我跟你们去消泾看看。方后乐想起那天夜间听到的枪声,告诉黄道一:我去的第一天夜间听到了枪声。黄道一问怎么回事,方后乐说江抗游击队袭击鬼子了。黄青梅赶紧问方后乐有没有被吓到,方后乐说开始有点紧张,后来放松了,老根姨夫说夜间经常这样。黄道一说,游击队,听说那个家里会做油墩子的阿发也参加游击队了,这个国家看来还不会亡。

"我不赞同你们参与政治,但希望你们要守住民族气节。"黄道一突然严肃起来。

黄道一教育方后乐黄青梅的这句话一下子改变了书房的气氛。方后乐明白,黄伯伯这句话可能更多的是提醒他远离政治,或许是黄青梅跟她爸爸说过他偶尔会议论时局会读鲁迅会和父亲争论新旧文化。此时此刻方后乐闻之,对黄伯伯的敬意油然而生。

"谢谢伯伯教导。"方后乐注意到黄道一看他的眼神似乎是在等他表态,于是说,"我现在还不懂政治,懂气节。"懂气节这话脱口而出,他觉得自己可能说得太满了,看黄伯伯赞许的眼神,他这才放松下来。

黄青梅没有吭声,她发现这是方后乐念初中后在她父亲面前说得最完整的一句话。他们交谈时,黄太太去了厨房,一会儿回来说,乐儿,在这里吃夜饭。方后乐说不麻烦了,妈妈准备好了。黄青梅知道后乐在爸爸面前有点紧张,便说:"爸爸,你的饭局是今天晚上?"黄道一说:"是啊。后乐,我就不陪你了。这样你们也自由。我出门时去你家说一声。"

方后乐只好留下来了。晚餐是蒸白鱼和鸭汤,青梅说清蒸白鱼是她妈妈的拿手菜。后乐请教这道菜的要领,黄太太说:"青鱼要暴腌,上锅蒸之前要用水冲洗,再抹盐,这样就没有鱼腥味。蒸的时间也要掌握好。"方后乐觉得很有道理,再说到鸭汤,他觉得鸭血到了嘴巴里不是滚烫，热度正好，问其中原因。黄太太告诉后乐："吃鸭血鸡血鹅血，都要在油锅里煎一煎，这样就有了一层膜，热汤不容易渗进去，你吃的时候就不是滚烫的了。"青梅发现爸爸不在场后乐的话很多，也让母亲特别开心，饭桌上一派轻松气氛。黄太太问后乐："你喜欢做菜？"方后乐说："我想做菜，做菜和写文章画画一样，都是艺术。"黄太太异常高兴，对着青梅说："你爸爸不在，我也是艺术家了。"

等黄太太收拾好桌上的碗筷，方后乐说要回去了。出门时，青梅说我送你到巷子口。路上方后乐对青梅说："黄妈妈的菜确实做得好，和我妈妈合作，各自做几个菜，一定是一桌好菜。"黄青梅并不在意他的这些评价，而是说："你说你喜欢做菜，那你以后会给我做菜吗？"方后乐停下脚步说："你这是什么逻辑，我喜欢做菜和为你做菜是两回事。"青梅说："这我不管，你就说给不给我做菜。"看到黄青梅这么认真，方后乐有点窘迫，便说："做做做。"听方后乐这样说，黄青梅佯装生气地说："你好像不怎么情愿似的。"方后乐岔开话题说："我出去几天了，还有几天假期，我要复习功课备考了。"

到了廖家巷口，黄青梅说等等，她突然想起一件事："我忘记说了，你晓得吧，我昨天下午听人说，觉民书社出事了。那个王恺夫失踪了，说是共产党。日本人去抓他，他正好不在店里。"方后乐吃了一惊："没有抓到人就好。"他随即想到了张若溪，但没有说出口，青梅倒是说："你那个阿溪哥哥也不晓得怎么样了？"方后乐想了想，假设阿溪哥也是共产党，王恺夫跑了，阿溪哥应该没有问题。黄青梅觉得方后乐的分析有道理，但还是跟他说："让他小心点。"

晚上看书，方后乐心不在焉，上床了，又睡不着。黄鹤鸣、张若溪、阿发、王恺夫，消泾夜晚的枪声，都在他眼前和耳边。祖父的眼神也出现了，还有那位不知所终的竹松伯伯。他开始默默背诵《岳阳楼记》，又听到黄青梅问他给不给她做菜。桃花桥那边好像也有人说话，他轻轻打开窗户，凌晨了，是馄饨店的两个伙计开门了。回到床上，他开始数一二三，黄青梅失眠时他教她数一二三。

一二三四五……

阿溪阿溪阿溪……


## 45


春假的最后一天，施锁龙到家里来找方后乐了。

"后乐，我来向你告别的。"

方后乐有些惊讶："阿龙，你要去哪里？我们很快就要初中毕业了。"

"我想想，不念书了。"

"那你准备干什么？去了一趟上海就不想念书了？"

方后乐觉得施锁龙的决定有些突然。之前在消泾，阿荷好像说过施小狗要跟上海的施先生去南洋，方后乐当时没有在意，他们在教室坐同一条板凳上课，施锁龙从未说到此事。

"也是临时决定。我和你说过施先生，他原来准备去南洋的，现准备去香港，让我去香港。"施锁龙告诉后乐，他刚从消泾回到苏州，父母亲也同意他跟随施先生。

"去香港干什么呢。"

"还不知道，做个帮手吧。香港还没有沦陷，这里兵荒马乱的，我就出去闯闯了。"

方后乐不知道说什么好，也许对阿龙来说这是最好的选择。"我们什么时候再见，就难说了。你安定后，给我写信，桃花坞大街的地址不会变。"施锁龙比方后乐要乐观："说不定哪天在哪里额头顶额头碰面呢。"方后乐从房间拿来自己的一张相片，在空白处写了几个字：阿龙留念，后乐，桃花坞大街，1939年4月。施锁龙依依不舍地说："我今天下午就从苏州去上海，再从上海去香港，到香港后给你写信。"

施锁龙和方后乐告别时，方梅初和周惠之也从外面回来。周惠之留他午餐，他说已经约了朋友。周惠之听说施锁龙要去香港，让他等一等。一会儿，周惠之从房间里出来，递给他一双布鞋说："我给后乐做了两双布鞋，送你一双，你要出远门。"施锁龙接过布鞋，眼泪汪汪地说："谢谢谢谢惠姨！"周惠之让他试一试，阿龙麻利地穿上了。

方后乐送施锁龙到了桃花坞桥上，问他："你的小名是不是叫小狗？"

施锁龙愣了一下说："我是施小狗。"

## 46

方梅初去馆里上班了。再回可园，他恍若隔世。以前和徐嘉元一间办公室，这次上班，和他同室的是去年入职的。徐嘉元经常咳嗽，馆里临时给了一个单人办公室。

第一天上班，方梅初是听到徐嘉元咳嗽声判断他在斜对面办公。他敲开办公室，徐嘉元掩好笔记本，起来捂着嘴说：梅初啊，我的待遇和馆长一样。图书馆的机构设置和以前不完全一样，徐嘉元带方梅初四处走了一下，两人坐到亭子里。徐嘉元问：

"你还记得有次我去你家，你说我怎么晒得这么黑吗？"

"是啊，我当时以为你肝脏出什么问题了，黑成那样。"

"不是。在明月湾我说过我要做件事，我现在如实告诉你吧。"

从明月湾回来后，徐嘉元开始实施他写作"劫后之苏州"的计划，他要做一次历史学家，记录劫后苏州的种种变化。这个名字他想在心里，没有落笔纸上，他怕有"劫"字的稿本万一散失会带来麻烦。他走遍苏州大街小巷，又访问有关人士，在报上检索新闻，接近完稿。

听徐嘉元这样说，方梅初恍然大悟，他回想起来，几次在大街上遇见徐嘉元，嘉元手里总是拿着一本笔记本，原来是在为写作"劫后之苏州"做实地调查。后来周惠之也记起，她那次坐在黄包车上从景德路过去时，也看到徐嘉元拿着一个本子在写什么。方梅初带着几分敬意说："没想到你做了这么重要的事，我到现在还没有修订《浣纱记》呢。"

"真的重要吗？"

"当然，为历史留下第一手资料，这是何等重要。"

徐嘉元又咳嗽了，方梅初心里有一丝不祥的感觉。他问徐嘉元最近有没有看医生。没有，不用看的，我自己知道。两人一时沉默不语，徐嘉元站起来说，我们念小学就在一起了，你是插班生，我家那时住在带城桥下塘。方梅初说，我们好像也打过架？徐嘉元想了想说，是啊，什么事记不清了，老师罚我们站壁了。方梅初说，念小学时我个子比你矮，后来赶上你了。徐嘉元说：

我们现在比比谁高。方梅初说,不比了,我们的身高都缩短了。徐嘉元哈哈大笑起来,然后说:你是我少数几个生前好友。

方梅初心生悲戚,他把手搭在徐嘉元的肩上,问道:"我什么时候可以读到稿子?不过,你不急,休息重要。"徐嘉元回答说:"还有一些材料要处理,基本快好了,我这身体不抓紧不行。"

一个礼拜后,方梅初再去办公室上班,半天没有听到徐嘉元的咳嗽声,便去轻轻敲门,没有回应,又加重了敲门的力量,朝里面喊道:"嘉元兄,嘉元兄在吗?"隔壁办公室的同事出来对方梅初说:"徐先生告假休息了。"方梅初听了,心里一沉。回去时,他先去了黄家,黄道一说,上次给嘉元兄搭脉了,我说了还好,其实不好,你要有心理准备。

## 47

方后乐考完试,大睡了一天。周惠之也不敢问儿子考得怎么样,傍晚跑到廖家巷先问黄青梅考得如何。黄青梅说,我和后乐交流了几门卷子的答题,感觉后乐考得不错。周惠之心里踏实下来,问青梅自己如何,青梅说还行吧。周惠之松了一口气:这个暑假你们放松放松。怎么放松呢,黄青梅还没有想好。听说奶奶要从杭州来,青梅说我们要重新安排一下,陪奶奶去哪里看看。方后乐说,奶奶很熟悉苏州的,问问她的想法。

周惠之回家时,下班回来的方梅初和儿子站在天井桂树下说话。方梅初把手上的电报纸递给周惠之,周惠之一看说:"太好了,妈妈终于要来苏州了。"方后乐说:"我想吃好的。"方梅初建议说:"不用做饭了,我去外面请你们。"周惠之赞同:"好啊,去哪里呢?"方后乐想了想说:"报恩寺旁边的聚丰源如何。"周惠之明白儿子想吃母油船鸭了,附议说好好好。

隔了两天,恰逢礼拜日,一家三人一大早就到轮船码头等候老太太。夕发朝至的船在八点就靠近了码头,方后乐在末尾船客中看见了奶奶,大叫一声,方梅初周惠之循声望去,有位姑娘左手提包右手搀着老太太上了码头。三人赶紧趋前,杨凝雪乐不可支,伸出双手把三人拥住。随行的姑娘见状喊了声"奶奶",杨凝雪这才松了手,谢过这位相助的姑娘。方后乐搀着奶奶的手说:"奶奶,我们回家。"刚才笑逐颜开的杨凝雪刹那老泪纵横,在和母亲对视的瞬间,方梅初似乎回到了童年,尽管母亲脸上已被风霜涂抹,但还是那时温暖的眼神。母亲带着他从杭州到苏州,从十全街到桃花坞大街。他曾多少次幻想父亲和母亲一起走下船舱,他带着惠之和后乐在码头恭候。父亲离世后,他又幻想竹松搀扶着母亲走出船舱,无论是他还是母亲都很少提及竹松,但方梅初知道竹松在母亲心里。现在母亲独自来了,周惠之和婆婆相拥时,贴了贴婆婆的脸颊,她从来没有和妈妈贴面的记忆,她尽可能抑制住泪水,眼前恍惚是妈妈,是姑姑,又是苏云阿姨。婆婆的优雅慈祥,让她想象着自己老去的样子。方后乐近三年未见奶奶,那一刻心花怒放。他想到了爷爷,爷爷和奶奶站在屋前,和下坡的他们挥手。

车近桃花桥时,杨凝雪说:"就在这里下车吧。"她走到桥上,向东向西望去,沉吟片刻说道:"你爸爸带你第一次到这里是哪一年?"方梅初回答母亲:"1912年吧。"杨凝雪看看儿子,再看看孙子,对周惠之说:"梅初那时还没有乐儿大,个子也小。"方后乐诡异地跟奶奶说:"这桥上有故事呢。"杨凝雪问:"你的故

179

事?"方后乐说:"不是不是,爸爸和妈妈是在这桥上开始谈恋爱的。"大家都笑了。

杨凝雪进了门,仔细看过去。在石榴和桂树之间,她盘桓许久,问方后乐:"你知道楼上的书房为什么叫双树堂?"方后乐回答说:"因为这两棵树。"杨凝雪点点头:"字面上是这个意思,还有一个意思在你爷爷心里,我们生了两个儿子,竹松伯伯和你爸爸,他们也是两棵树。"这是方梅初第一次听母亲这样解释。方后乐见过伯伯一次,但没有留下任何印象,伯伯送给他的钢笔也一直未用,母亲说等念大学了再用这支笔。方后乐告诉奶奶:"伯伯抱过我。"多年来,方竹松既是谜也是敏感词,大家都想在心里,不说在嘴上。老人今天主动提起竹松,方梅初倒是有点意外。

周惠之前一天就准备了鸡汤馄饨,杨凝雪坐下后,她端上了小碗请婆婆尝尝。杨凝雪先喝了口汤,再问道:"听说鸡汤馄饨是你拿手的?"周惠之说:"没有妈妈做得好。"杨凝雪吃完馄饨说:"我在这里几天,你会做什么好吃的尽量做,以后哪一年吃到你做的饭菜就很难说了。"周惠之以为婆婆是伤感,便说:"我和梅初商量,还想接您来苏州住呢。"方梅初看母亲的表情又不像伤感的样子,就站起问道:"妈妈何出此言?"

"我何尝不想,容我慢慢说。"杨凝雪接下来的话让方梅初周惠之都惊呆了:

"竹松还活着。"

尽管这是方梅初的期待,但当母亲说出来时,他还是怀疑自己听岔了:

"您说什么,竹松活着?"

"你哥哥活着,方竹松活着。"

方后乐此时明白了何为喜极而泣。他热泪盈眶,看着热泪盈眬的奶奶、父亲和母亲,他不知道说什么好。从登上码头那一刻到现在差不多两个小时了,奶奶才说出了伯伯还活着的消息。长久的别离和生死未知,如此造就了奶奶的承受力。方后乐急切地问道:

"竹松伯伯在哪里呢?"

"重庆。"

方梅初和竹松最后一次见面是在苏州,那几年竹松基本在上海。父亲在世时提到竹松的踪迹是在瑞金,他这才在父亲的葬礼上悄悄告诉后乐,伯伯可能是红军。此后再无竹松的消息,他觉得一种可能是,竹松从瑞金开始了长征,再到达陕北。他的这一分析,被母亲证实了。

"二十几天前,突然有位访客到家里来,问我是不是方竹松的母亲。我问他是谁,他说他是受竹松同志委托来看我的。这是说梦话吧,竹松委托你来看我?他还活着?我无法相信这人的话,我也无法控制自己的情绪,大吼了一声,他活着,他活着为什么不来见我。我失控了,狂吼,吓得小丫哭了。访客说,伯母冷静,冷静,他随即递给我一封信,说这是竹松同志给您写的信。这人还说,竹松同志晓得老先生走了。我十几年没有接到他的信,笔迹认识的,确实是竹松写的。我没有细看,我问他的这位同志,这么多年,他为什么不联系我们?杳无音信,生死未卜,他父亲是带着遗憾离开人世的。访客说,我们组织有纪律,他当年的工作很危险,也不想连累家人。他的这位同志让我看信,我说我不看,你告诉我他在哪里。这封信我至今未看,几页纸就把我和你父亲这么多年的煎熬打发了?"

"这位同志说,竹松刚到重庆。他们的组织我搞不懂,说是什么南方局,是从延安到重庆的。我问这位同志,你这次来杭州,就是告诉他活着的消息?他说是的,另外,竹松同志让我来商量,想请您到重庆长住一段时间。我根本没有思想准备,这事太突然了。这位同志说不急,让我想想,过一个月,会有人联系我,如果确定去重庆,会有人安排。这位同志,我不知道他的姓名,他说以后就知道了。他特地吩咐我,此事不要对外讲,虽然现在国共合作,但形势复杂。他还告诉我,竹松改名了,现在叫方延,延安的延。这是二十天前的事,我得在这十天当中确定去不去。你们说,这像是做梦吧。这位同志临走时还说竹松同志的爱人也在重庆。我当时情绪激动,忘记问他们有没有孩子。我前天去了黎子的墓地,在那里坐了半天。这次来也和你们商量,我要不要去重庆。"

杨凝雪的一番话,完全改写了方家近二十年的历史。方梅初为哥哥的确切消息激动不已,他们聚少离多,但棠棣同馨。哥哥和父亲的主义虽不同,哥哥活着的消息足以让父亲在九泉之下瞑目。他想,如果父亲健在,如何救中国,哥哥和父亲之间一定会有许多争论,但在民族大义上,父子俩肯定没有分歧。也许这些对母亲来说都不重要,哥哥就是母亲的儿子,是两棵树中的一棵树。他肯定母亲一定是想去重庆的:"妈妈,这是好事。您够冷静的了,在码头上见到我们都没有说哥哥的事。我们都这么多年没有见到哥哥,现在既然有了确切的消息,真是天大的好事。我们都想见他,他不方便回来,我们去。现在去重庆麻烦,可能要先到贵阳,再去重庆,路途迢迢,要转几次车,很折腾,您可受得了?"

"现在先确定我去还是不去,再商量怎么去。"

"去吧,妈妈,"周惠之趋前拉着婆婆的手说,"十几年不见了,你们母子俩都很想见面的。我们可以陪您过去。重庆大后方,安全的。"

"若是去，倒不用你们陪，那位说，他们那边的人会安排好。我跟黎子去过日本，去过武汉、广州，年轻时也折腾过，现在也还硬朗。这你们放心。"杨凝雪说，"这个竹松很粗心，也没有随信带上一张相片，他媳妇什么样也不知道。"

方后乐站在奶奶身旁一直没有插话。似有似无的伯伯终于现身，而且确定是一位革命者。他不能完全理解伯伯的信仰，在他的周遭，阿溪可能是一个色彩上靠近伯伯的人。他知道，伯伯的出现，或多或少都会对他产生影响。他从另一个角度对奶奶说："奶奶，您去重庆吧，您在那儿稳定了，过几年说不定我去重庆念大学，也好陪陪您。"

其实，即使三位不赞成，杨凝雪也已经拿定去重庆的主意，这些日子竹松一直在她眼前晃动。若是去，她考虑把杭州的书籍等运到苏州，房子呢则留给方丫住。方梅初觉得这样安排很好，方后乐提醒奶奶不要落下爷爷那几本相册。说到相册，杨凝雪说，这几天我们去拍照，让竹松看看你们仨的样子。

早前方梅初告知黄道一，母亲要从杭州到苏州的消息，黄道一说，伯母来的当天，他做东请客。吃饭的地方，黄道一选了石路的义昌福菜馆，这里走过去老太太不辛苦。1937年8月石路遭劫，义昌福也被炸掉了，去年在原址重建后，他们都还没有去过。听说去义昌福，杨凝雪很开心，跟方后乐说："我和爷爷带你爸爸在阊门吃的第一家菜馆就是义昌福，那时的老板好像姓张，在三山馆学的红案。"方后乐很惊讶奶奶的记忆，他都不知道苏州有菜馆三山馆。黄青梅来接奶奶时，奶奶又说起她何时在桃坞中学门口见过她。奶奶对青梅说，我抱过你呢，随即又吟诵道："和羞走，倚门回首，却把青梅嗅。"青梅知道这是李清照的词《蹴罢秋千》，真的羞涩起来。在大人们聊天时，方后乐把青梅拉到边上悄悄说,奶奶不是一般人,在宁波念过女塾,和我妈妈一样,也是被耽误的人。青梅这才明白奶奶为什么能信手拈来,不禁感佩:"那我要注意呢。"方后乐轻轻说:"你该怎么样就怎么样,她又不是来选孙媳妇的。"黄青梅嗔怒道:"你这傻子怎么又发疯了。"

该怎么样就怎么样的黄青梅很讨杨凝雪喜欢。晚餐回来,在方家门口分别,她对黄青梅说:"明天上午我们去瑞记照相,你陪奶奶一起去吧。"黄青梅不知所措,方后乐也觉得让青梅看他们一家照相好尴尬,周惠之见状便说:"青梅去吧,奶奶邀请你了,你就陪奶奶,结束后一起逛逛街。"黄青梅这才应允了。

第二天拍照,方后乐和奶奶坐着,方梅初周惠之站在后排。摄影师喊"一"时,黄青梅说等等,她走到奶奶面前,整整奶奶的衣襟和头发。相片拍好后,大家起身,奶奶说等一等,青梅过来拍一张。青梅愕然,说我和奶奶单独拍吧。奶奶说,不用,你坐我边上。青梅还是站着不动,奶奶起身把她拉到边上坐下。

黄青梅忐忑惶然的表情刹那间定格了。


## 48


1939年的暑假好像是近几年最安稳平和的。

去哪里念高中,方家和黄家掂酌了很久。桃坞与振华两所学校都在上海复校招生,若是去外地,这两所学校最方便。之前奶奶在苏州时,也说不用去上海念高中,竹松去了就没有回。黄家之前送竹青去上海念书了,沦陷后去了香港。四位家长达成的共识，还是在苏州念高中。苏州本地，东吴附中外迁了，新的苏州中学今非昔比，日本人介入很深，方家黄家都不愿意两个孩子去。这样排来排去，也只有私立崇范学校了。方梅初问方后乐，方后乐说："我在哪里念高中，未必要和青梅捆在一起。"周惠之笑着说："这乱世，你们在同一所学校念书，互相照顾，不为其他。"黄道一问黄青梅，女儿回答说："方后乐念哪所学校？"黄道一明白了，方后乐去哪儿念书，女儿也去哪儿："那就在崇范吧。"

开学前不久，方家终于收到了重庆的来信。外面的信封显示是从上海寄来的，方梅初刚拿到时还想了一下，谁从上海给他寄信，打开信封，发现里面还有一个信封，再打开，是母亲的手札。信很短，只是报平安，说一切都好，让他们放心。随信的相片，母亲坐着，竹松和一位女子在后面站着。虽然近十五年没有和竹松见面，但是方梅初熟悉那轮廓和神态，他感觉哥哥略微胖了点。站在竹松旁边的女子无疑是嫂子了，齐耳短发，干练的样子。母亲没有留下地址，意味着不要回复，想必是安全考虑，连信也是从上海转寄过来的。方梅初想，那他们怎么晓得我们这边的消息呢？周惠之说，我们安安稳稳，也没有特别的事让妈妈牵挂。她看照片的重点是未谋面的嫂子，端详了半天后说："梅初，他们俩很有夫妻相呢。"

方后乐在伯伯的眼神中看到了爷爷的样子，坚毅果敢，伯伯的锋芒更内敛。1925年初夏，伯伯抱着他时是什么样的眼神？母亲曾经说，你伯伯哄着你玩时，不像一个无情的人，眼光温和。他曾经很长时间无法理解伯伯，1927年以后伯伯就和家里音信中断。一个人如何能做到这样，需要怎样的力量，他真的无法理解。这几年他逐渐知晓了大革命失败后的一些事情，也对共产党有了点了解。当奶奶说伯伯要接她去重庆时，方后乐突然一下子觉得自己以前多少误解了伯伯,即使他现在还不能完全理解遥不可及的伯伯。一家人私下说起方竹松这些年来的神秘,方梅初说,我做不了竹松那样,父亲后来也想管竹松,但管不住了。方后乐说,管是正常的,管不住也是正常的。方梅初问,此话怎说?方后乐想了想回答说:爷爷背叛了他的家庭,伯伯为什么不能背叛爷爷?方后乐的逻辑让方梅初和周惠之一时无言。方梅初问:那我要不要管你呢?方后乐没有回答,周惠之接话说:管是正常的,管不住也是正常的。三人哈哈大笑起来。

尽管黄青梅那天被奶奶拉到身边拍照颇为尴尬,但感受到了奶奶对她的喜爱,奶奶的识见和开明也让她生出敬意。奶奶回杭州后的几天,她甚至有些落寞和思念。在生活中,她没有爷爷奶奶的记忆,两位老人在竹青两岁时先后离世。方后乐在言谈中发现了黄青梅对奶奶的牵挂,心想,要不要告诉她奶奶去了重庆。螃蟹上市时,青梅问方后乐,上次听说奶奶喜欢吃螃蟹,我们要不要带盒螃蟹去杭州看看奶奶?方后乐谢了她的心意,说杭州也吃得到阳澄湖的大闸蟹。又过了些时日,青梅又问:奶奶在杭州孤单,要不要来苏州过中秋节?方后乐说:奶奶有小丫陪着,你不要担心。上次方后乐说在杭州也吃得到大闸蟹,这次又说奶奶不孤单,黄青梅生气了:

"你怎么也像你那个失踪的伯伯一样冷血。"

方后乐心里震了一下,但没有生气,反而因黄青梅的气话感受到了她内心的温暖。要不要告诉她奶奶去了重庆呢?看来不说不行了。

"奶奶去重庆了。"

"什么,去了重庆?没有听说你家在重庆有亲戚。"

"我伯伯在重庆。"

"你真像在说书。你伯伯没有死？"

"是死而复生吧。"

在方后乐说了这几个月发生的事后,黄青梅说:"天方夜谭。我理一理,你伯伯失踪十多年后出现了;现在人在重庆,是共产党;奶奶要去重庆看你伯伯;你伯伯结婚了。是不是？"

"是的,就是这样。"

"我还是为奶奶高兴。"黄青梅眼睛湿润了,"她这个年纪去重庆,一路受罪。"

"我们家约定了,伯伯的事不要对外讲啊,这桃花坞大街没有人晓得我有个伯伯。"方后乐提醒黄青梅。

"我肯定不说,我怎么会对人说方后乐有个伯伯活着,是共产党的高官。不过,往后奶奶不来苏州,你们也不去看奶奶,我爸爸妈妈会有疑问啊,怎么解释呢？"

"我问问我爸爸妈妈怎么解释。"

方后乐看看黄青梅,她好像突然有什么心事一样。他告诉青梅,阿溪哥哥来过了,约了我们去昆山的时间。青梅问,阿溪哥都好吧。后乐说,他一直从容的,看不出什么。


## 49


方后乐和黄青梅早上坐火车到了昆山县城。

他们先去了一个"聊园"的地方,在那里简单吃了张若溪已经买回来的油条和包子。上次他们在觉民书社邂逅,当晚张若溪回到了昆山聊园。这个位于西街西端的园子,是一座并不显眼的江南民居。主人是一个往来于昆山和上海的生意人，据说痴迷《聊斋志异》，便将自己的住宅取名"聊园"。客厅匾额上"聊园"二字，懂得的人说，是从字帖上集的字。方后乐和黄青梅看了看匾额，张若溪问这是谁的字，青梅经常看父亲临帖写字，觉得像米芾的字，张若溪说：青梅果然是才女啊。

淞沪战役之前，聊园主人将住宅交给堂弟章先生打理，此后主人便没有了消息，传说去了南洋。聊园围墙朝南开了一扇门，向南百米处是一块菜园，菜园的北侧便是聊园主人堂弟的三间小屋，隔着菜园南面的一条道路是日本鬼子的宪兵队。在鬼子来之前，菜园南边是一条乡间小道，宪兵队驻扎后拓宽了这条小道，铺上了碎石子，摩托车骑过时，尘土飞扬。

方后乐他们进来时，这位章先生在聊园和张若溪说话，看见方后乐他们，点了点头，对张若溪说：我有事出去，晚上老龚在北城商业街的"小上海"等你。纪念鲁迅先生的活动是以县城一个学会的名义举行的，活动地点便是"小上海"，一家兼营咖啡的茶馆。活动是傍晚开始，张若溪说时间还早，要不要陪你们去哪里看看。黄青梅想去看看顾炎武先生的墓地，但现在去千灯可能来不及了。张若溪又问后乐，后乐说："你知道，我妈妈喜欢昆曲，我想去巴城看看，可能也来不及了，下次我陪妈妈一起来。我现在去，也没有意义。"张若溪算了一下时间，确实来不及去巴城和千灯了，他建议去"震川园"。

黄青梅进墓园后，就在地上采了几枝野菊花，放在"明太仆寺丞归震川先生墓碑"前。在看见墓穴左侧的御倭亭，方后乐问张若溪，嘉靖三十三年是哪一年？张若溪算了算说：大概是1554年吧。方后乐说："三百八十多年过去了，我们还是做了亡国奴。"张若溪告诉他们，这是1934年重立的。黄青梅说，我爸爸说，恃才自傲的徐青藤也钦佩归有光，说他是欧阳子。张若溪补充说，是的，有一天，礼部侍郎诸大绶请徐渭，徐姗姗来迟，抱歉说："避雨一士人家，见壁门选'归有光今欧阳子也'，回翔雒读，不能舍去，是以迟耳。"张若溪这样一说，青梅佩服不已："阿溪哥哥的记忆真好。"方后乐则说："我喜欢他的《御倭记》，蕞尔小夷，敢肆冯陵。"张若溪看看方后乐，指着不远处的房子："我们不宜久留，那边驻着鬼子。"

"小上海"坐落在北城门商业街上，这条街的繁华出乎方后乐和黄青梅的预料。黄青梅没有想到，这条街上还有咖啡馆，杂货店里也卖巧克力。看到黄青梅如此兴奋，方后乐开玩笑说：我们大学毕业后可以回到这里开家书店。青梅认真地说：为什么不可以。若溪说他也有这个想法，到时一起办家书店。

临近晚会开始，张若溪安排两位去萤灯桥北的一家面馆吃面条。走到萤灯桥的中央，张若溪说这座桥名字叫"萤灯桥"，黄青梅连声赞叹桥名的朴素和诗意，随即脱口而出"月黑见渔灯，孤光一点萤"。方后乐觉得这句很好，但只是想象渔灯如萤，没有说到萤火虫本身。"那你说哪一首更贴切？"黄青梅问后乐，方后乐想了想，诵读了张元千的《浣纱记》："雾柳暗时云度月，露荷翻处水流萤，萧萧散发到天明。"张若溪见两人在这里诗兴大发，哈哈大笑道："你们太罗曼蒂克了。"说完，张若溪想起来他们在崇范念高一，便问学习如何。方后乐告诉若溪："还好，以前在苏州中学的几位老师也到崇范来了。"黄青梅说："我现在和后乐是一个班，很快就有女子部。"张若溪笑着问方后乐："什么时候投笔从戎啊？"方后乐说："念完大学看。"张若溪说："等到你大学毕业，我们应该胜利了。安心读书，读书也是救国。"

"小上海"是一间长方形的厅，大厅的五分之三是茶室，原先散着的桌子现在拼在一起，成了长条形的桌子。方后乐觉得若溪和他的朋友们很用心，在长条桌的北端立了一块牌子，上面写着"若没有火炬，你便是唯一的光"，牌子的前面还点了两根蜡烛。

主持人不是张若溪，是东吴大学的一位学生。他先介绍了一位叫俞楚白的长者，特别说到楚先生早年留学日本。方后乐觉得这个介绍很有意思，可能是有意为之。楚先生说：我和鲁迅先生不熟，他的老师太炎先生是同盟会会员，我就扯上这点关系。鲁迅东渡日本留学，也受日本文化影响，日本对他的成就也很尊重。听到这里，后乐想：楚老说日本人对鲁迅先生也很尊重，应该别有深意，可能是防范鬼子的袭扰和活动后的麻烦。方后乐原本就想，这个时候能够做纪念鲁迅的活动也是大胆的计划。

"我已老朽，做不了民族魂，但要做个民族鬼。"楚老说完这句话，厅里响起掌声，他停顿片刻，继续说："我今天来，主要是听听你们青年人的想法。"楚老双手作揖，然后在掌声中坐下。会前，方后乐问张若溪，活动有没有议程安排，若溪说没有，随便发言。和方后乐估计的一样，随便发言，开始往往会冷场。主持人说：朋友们随意说点什么。方后乐欲起身发言，坐在旁边的青梅拉了一下他的衣摆，他还是站了起来。后乐说："我是高一生，对鲁迅没有研究，但我知道，先生是火炬。我读鲁迅先生的一句话，表达我的敬意。"方后乐清了清嗓子，然后说："世上本没有路，走的人多了，也便成了路。"

会场寂静下来，黄青梅听到方后乐清晰地说："我不想做闰土，我们要走集中的路。"黄青梅明白，方后乐已经拿定主意要离开桃花坞大街。

方后乐坐下来，兴奋地看看黄青梅。

黄青梅的眼神在问去哪里呢。

# 卷六

## 50

庚辰龙年的元宵节晚上,方黄两家站在桃花桥上,小城天空鞭炮四起。周惠之问方后乐黄青梅,还记得有一年,你们把两只小灯笼挂在桥栏上吗?青梅想了想说,我们读六年级的时候。方后乐感慨地说:我们现在都念高中了。黄太太说:竹青在香港,也会去看灯吧。黄道一说:当然当然。青梅悄悄问后乐,奶奶有消息吗?方后乐摇了摇头。

回到家里,周惠之坐着发呆。刚才在桥上,众人说你说他,她就想到了苏云阿姨。去年秋天曾问阿祥,要不要一起去看看苏云阿姨,阿祥说具体地址也不晓得,要问戏班子的其他人,但这些人都散了。周惠之一直觉得奇怪,走之前为什么不留地址,侄儿说这明摆着是不让我们去看她吧。现在火树银花,周惠之不禁伤感。方后乐问母亲是不是哪里不舒服,她简单说了"没有",便去房间休息了。

周惠之躺在床上,听到东边隔墙有声响,仔细听,好像是黄鹤鸣父子在吵架。紧接着,又听到哐当几声,谁摔东西了。周惠之坐不住了,起来跟方梅初说:"隔壁吵架蛮厉害的,今天元宵节啊,你要不要去看看。"

"这对父子从来没有吵过架啊。"方梅初边走边说,"我去看看。"

到了黄家,方梅初问什么事,父子俩都不吭声。"既然没什么事,还吵什么呢?"

黄阿婆急了:"是你们讲,还是让我讲?"

父子俩还不吭声,黄阿婆说:"格么就我来讲。"

今天上午黄天荡照常去吴苑茶馆挑水,老板把他喊到边上说:天荡啊,你在我这里很多年了,也这个年纪了,我也不忍心你再挑水。黄天荡以为老板要辞他,正要说自己还行,常老板说你不要急,是好事。什么好事呢?吴县知事公署的一个管吃喝拉撒的头儿来喝茶说,食堂大厨生病了,餐馆里可以找个厨师顶替,但公署的要员说,吃在民间,不用找什么大厨了。问老板,可有合适人选。老板想起他听闻黄天荡给儿子订婚宴做了几桌好菜,外面都传开了,便请黄天荡到自己家里做了一桌,果然是和餐馆完全不一样的苏州滋味,这就推荐了黄天荡。那个头儿让黄天荡明天就去食堂试试。老板这么一说,黄天荡不知所措,说回家商量一下。老板说,我可答应人家了,这可是好事,你得谢我呢。回来商量的结果是,黄鹤鸣坚决反对:你去伪政府烧菜,这算什么?黄天荡说,我也没有说要去啊。父子俩这就吵了起来,鹤鸣气急之下,摔了一个碗。

黄阿婆说:"方先生,你想想办法呀。"

方梅初想,这事就像他犹豫要不要去图书馆上班一样。他于是说道:"阿鸣不同意去,也有一定道理。但日子总是要过的,不为虎作伥就行。我看这样,天荡你先去试试,不行再找理由回来吧。"

"那哼试呢,又不能特为弄龌龊,让他们肚皮拆,要么放点老虫药？"

黄天荡的话让方梅初哭笑不得："不是这个意思，你先去做脱两天，不适应么就转来，作兴人家也不满意呢。"

黄阿婆觉得这话有道理，看着黄鹤鸣。

方梅初晓得阿鸣不会说话，便对鹤鸣说："我也去图书馆上班了，你让阿爸先去试几天。确实，这个年纪了，再挑水也不行了。"

黄鹤鸣没有吭声，看上去像是同意了。方梅初问鹤鸣，米行生意如何。鹤鸣说，进货难。方梅初叹了口气说：这日脚过的。

## 51

从廖家巷的北端走到方家，差不多就二十分钟，但黄道一并不常来。他若是到方家，要么商量两个孩子读书的事，要么小酌。除此之外，也偶尔过来和方梅初讨论时局。不参与政治的他倒是很关心政治，听到一些消息，会和方梅初交换意见。黄青梅很奇怪父亲的态度，她问父亲："你总是告诫我和方后乐不要介入政治，你自己倒是很关心呢。"黄道一回答女儿说："关心和介入是两回事。我关心，因为政治影响时局，时局又影响我们的命运。你如果介入就无法脱身，你关心，那没有问题，可进可退。明白吗？"黄青梅觉得父亲有一套自己的人生哲学，他会影响她，但她影响不了他。

黄道一敲门时，方梅初和周惠之正在院子里看早开的石榴花。方梅初说，道一兄，你看看，才4月底，石榴就开花了。黄道一说,你家要有喜事啦。周惠之说,能有什么喜事呢。喝什么茶,龙井还是碧螺春。黄道一说,先喝碧螺春,再喝龙井。方梅初明白了,老兄要在这里聊天。听到黄道一的说话声,方后乐放下书,从房间里出来打招呼。简单说了几句,方后乐照例回房间,但黄道一说,后乐如果不忙,也一起坐着聊聊。这出乎方后乐意料,以为黄伯伯过来说的事与他有关,惶恐地看了看三位。黄道一注意到了方后乐的表情,笑着说道:你坐下,我来和你爸爸聊聊时局。方后乐这才安稳地坐在旁边,心想黄伯伯怎么突然主动让他关心时局了。

"北面有个洋沟溇村,你们听说过这地方吗?"黄道一说,"我们这边的消息不灵,前几天我的一个远房亲戚过来说,小年夜那天,两边交战了。"

"这地方离消泾不远。"方后乐插话说。

"江抗打赢了。这是2月初的事。今年情势好像不一样,元旦那天,苏纶纱厂也被炸了。"黄道一说了这些以后,问方梅初,"你如何看待?"

"上个礼拜的事,你知道的,常熟的日军宪兵队藤田,在花园饭店附近被军统击毙了。前几天张若溪从昆山过来,我也问他如何看。他说这是星星之火,终成燎原之势。但他说了一个词,持久战,说这场反侵略的战争是持久战。"

"我听青梅说过这位张若溪,在昆山一家报社工作吧,应该是位不简单的青年。"黄道一又想起另外一个人,"后乐,你那位阿发小兄弟有消息吗?"

"年前秀姨来,我问了,说阿发悄悄回过一次家,没有过夜,就走了,秀姨他们也没有见到。"

"重庆那边没有消息吧?"

"没有，老太太只来过一封信，没有她的地址。"方梅初告诉黄道一。

"持久战，持久到哪一年不得而知。我今天来就是想和你们商量，现在南京又有了汪精卫政府，这时局，青梅和后乐怎么办，说快就快，再过两年就高考了，得未雨绸缪。"

黄道一的超前眼光，让方梅初和周惠之心生敬意。方后乐有些朦胧的想法，黄伯伯这么一说，觉得自己有点浑浑噩噩。一直未言语的周惠之起身给黄道一加茶水，黄道一说，碧螺春好是好，但不经泡。周惠之说，您稍等，我给您泡龙井。说到龙井茶，黄道一问，你们可有去重庆看看老太太的打算？

"暂时没有，老太太临走之前说，等后乐念大学了，我们再去重庆。"方梅初说。

"老太太说后乐可以去重庆念大学。"周惠之把新泡的龙井茶放到黄道一面前。

"那也是一个方向。"黄道一看看方后乐。

"我还没有想清楚，南京上海的大学我不想念了，好的大学要么去了西北西南，要么去了重庆。"方后乐回答说，"我没有出过远门，可能想去大后方的学校。"

"那你有没有考虑去香港念书，竹青在那里很好。"

"目前没有。"方后乐说不出自己内心的感觉，两边的家长似乎都各拿了一根绳子，把他和青梅捆绑得越来越紧，而他和青梅似乎也处于半推半就的状态。

"容后再想。"黄道一转移了话题，"这段时间苏州也不安宁，街上的日本兵好像多了。你们出门小心。"

方梅初问最近可有新画作，黄道一叹了口气说："心境不好，很难画出像样的东西。前几天，拙政园那边来人，说要几幅画，我拒绝了。"方后乐明白,"拙政园那边来人"是指伪省府的人,他感觉黄伯伯好有勇气。

方梅初沉默片刻说:"道一兄是第二次拒绝了吧。这事你得小心。"

"怎么小心呢,他们总不会杀了我吧。"黄道一摇摇头说,"这次那个邱复生没有来。"

"不说此人。"

临别时,周惠之问黄太太什么时间有空,一起去乾泰祥看看,夏天到了,买些料子。

黄道一说:"她整天闲着,随时可以。"

周惠之笑笑:"嫂子要给你们做饭。"

黄道一拍拍后乐的肩膀:"你们出去,我请梅初后乐去菜馆。"

## 52

周惠之问方梅初:"你锁着眉头,怎么了?"

"嘉元不行了。"

方梅初话音落,周惠之立刻湿了眼睛。周惠之在整理花盆,说太干了,怎么还不下雨呢。杨梅上市好一段时日了,还是早几天落过几滴雨。6月中了,以往梅雨季节,潮湿和干燥交替,水码头石板和大门最低一级台阶都是青苔处处,这些天在烈日照射下,青苔几乎都已枯黄。天井里放着花盆的一块石板,晒干的青苔像石头脱皮一般。周惠之边浇水边说:"看来今年是干梅了。"

方梅初准备出门探视嘉元,带了两罐枇杷蜂蜜出门,走到门口时被周惠之喊住,递给他一把阳伞。方梅初捋捋周惠之的头发,周惠之笑笑。这些天,周惠之的状态似乎有些低迷。入梅时,方梅初还有些担心,梅雨季节的雨,常常会让人抑郁,现在这么干燥得让人烦躁。门口的黄包车夫问要不要坐车,方梅初摇了摇头,他想走过去,许久没有从桃花坞大街走过了。自从后乐上了初中,方梅初几乎没有再护送过他。漫不经心从街上走过时,方梅初有些恍惚。父亲站在桃花桥上和他说古今,父亲成了故人。他第一次跟父亲走过桃花坞大街时,店铺门前都挂着灯笼,现在换上了电灯,灯笼还在,但成了旧符号。从前招贴糊在墙上,现在贴在电线杆上。变化不大的可能就是马桶了,每天早晨还有乡下来的人肩着担子,挨家刷马桶。

他告诉自己,这个时代变了。当初他去杭州读书,父亲跟他说:你从苏州到杭州多方便。现在,后乐跟他说:我和你们不一样,我不会待在苏州。他也不知道儿子要去哪里,他和周惠之要在这里终老。他有时甚至出现幻觉,步履蹒跚的他和她站在门口,等着后乐回来。想起这些,他生出一些惆怅来。上午九十点钟的太阳已经像炉火,他解开长衫衣领的纽扣,又把阳伞撑过头顶,落在青石板上的影子从长条变成了一个斜着的椭圆。

徐嘉元住在齐门桥南,离方家不算远。方梅初去过一次,那天晚上徐嘉元喝多了黄酒,有些醉意,他叫了车送嘉元回去。凭着记忆,方梅初找到了徐家,他用大门上的圆环敲了门,开门的是嘉元的太太:"方先生来了。"进了院子,方梅初便听到西厢房的咳嗽声。徐太太说:"嘉元在西厢房了。"西厢房原来是嘉元的书房,医生确定他患了肺结核后,便搬到了西厢房,他说这样可以在书房看书,也不影响家人。

方梅初进来后,徐嘉元捂住嘴巴说:"劳你大驾,岂敢岂敢。"

徐嘉元正在用棉线装订一本册子，徐太太招呼梅初坐下。梅初说："你怎么还不歇息？"嘉元说快完工了，说着用剪子剪断棉线，将册子递给梅初。册子封面上是徐嘉元手书《劫后之苏州》，落款是：二十九年一月，徐嘉元撰。方梅初翻到目录，眼光落在引言上：

  吾苏风土清嘉，人文懿微，自古迄今，蔚为异彩。山川佳胜，俗尚优美，洵东南美富之邦，而人才辈出，经济文章，照耀史乘，尤足为桑梓生色。丁丑岁，不幸遭逢兵燹，精华全佚，两载以还，渐复旧观，而市容之盛，或有过之。回忆风声鹤唳，仓皇走避之状，恍若隔世，痛定思痛，以本篇所由作也。

方梅初眼眶湿润了，感觉字里行间弥漫又节制着徐嘉元的亡国恨。他翻了翻稿子，对嘉元说："仁兄大著，乃当今张煨之《烬余录》。"嘉元转过身猛烈咳嗽，再回头说："梅初兄过誉了。"梅初看到他的手帕上有血迹，便劝说他躺下，既然书稿已经杀青，还是先养病再说。徐嘉元摇摇头，摘下眼镜，一时啜泣起来。方梅初赶紧关起门，感伤不已，又说不出宽慰的话，觉得还是让嘉元排遣一下为好。

"我来日无多，要拜托梅初兄了。"徐嘉元不再用手帕捂嘴，"我一生只有三五知己，敬之远在重庆，同城的就你了。"

"嘉元兄不必这么悲观。"梅初知道这只是句安慰的话。

"我一生枯槁，也不图身后名。这本册子，是我呕心沥血之作。现在只是初稿，但我已经无力修补。我累了。拜托梅初兄：一是帮我补阙，二是赐序。现在这个书名是用铅笔写的，得便请你委托道一兄题签。他日若有付梓机会最好，不行，烦请梅初兄先存府上。等日本人滚出中国了，书稿再存古籍部。"说完，徐嘉元将手中的稿本翻到目录"政治"，下方写着"苏州自治委员会""江苏省政府""吴县县政府"。"我不懂政治，这部分只是写了自治会的工作和政府机构。重庆政府在，这里的省政府、县政府是伪政府了。"方梅初回答说："你先这样写，不会误解的。"

徐嘉元喊太太拿来一块蓝布，将《劫后之苏州》包好，递到方梅初手上，坐着弯腰鞠了个躬。方梅初说："你好好养病，我回去仔细读，再和你推敲。"

方梅初告辞时，徐嘉元坚持要送他到大门口。方梅初过了马路，回头再看，徐嘉元还靠着门框站在那里。这是方梅初最后一次看到站着的徐嘉元。

"嘉元的样子，你看了就难受。"方梅初回来后告诉周惠之。周惠之问能不能撑过这个暑假，方梅初说，估计很难。两人泪目，周惠之说，你们小学还是初中就一个班了吧。方梅初说，初中，他家搬到了齐门。周惠之安慰方梅初:我知道你们情同手足。人家这样，姑妈走了，苏云阿姨杳无音信，我们平平安安就好。

说话间，周惠之发呆了。方梅初去齐门后，她去了下塘街，苏云阿姨家的大门锁着。前几天她去过一次，门也锁着。阿祥去哪里了？两次没有见到，又久无苏云阿姨的消息，周惠之怀疑苏云阿姨是不是出了什么事。

方后乐回家时没有见到母亲，方梅初正准备做晚餐，便问妈妈呢。方梅初说，身体不舒服，在房间歇着。方后乐轻轻开门进去，周惠之躺在床上，看见他进来，欲起身，他赶紧说你躺着。他摸摸母亲的脸，再摸摸自己的额头，母亲不发热。

"妈妈哪里不舒服？"

"也没有，就是觉得心里慌。"

"这天很闷热。"

"乐儿，苏云阿婆不会有事吧。"

"不会的。若有事，她那个徒弟彩凤肯定要来告诉你和阿祥舅舅的。"

"好。没事就好。"

"你在妈妈身边躺一会儿。"周惠之朝床里挪了挪。

方后乐贴着妈妈躺下来，他想起青梅在明月湾的那句话："躺在惠姨身边，心里踏实。"


## 53


两个月后，方后乐在书房里看到了《劫后之苏州》稿本。"劫"字撬动了他日渐麻木的内心，他没想到嘉元伯伯会写这样一本书，而且用最准确的词传达了苏州沦陷的遭遇。在明月湾，方后乐时常在散步途中或者在秀姨家餐桌上，听父亲和嘉元伯伯谈古论今，他偶尔也插话。他感受到嘉元伯伯的包容，尽管他的观点常常和他们分歧很大，但嘉元伯伯从未以不屑的口吻回应他。返城后，嘉元伯伯起初不时过来，到中山堂上班后难得过来坐一会儿。腊月底，方梅初差他去徐家送腌腊，徐嘉元对方后乐说："之前在明月湾，我们讨论过吴越文化，你现在看过《越绝书》了吗？"方后乐说："在觉民书社买了一本，还没有看完。"徐嘉元说："等你看完，我们再讨论。"春节后徐嘉元再也没有到过方家，方后乐突然读到《劫后之苏州》，他再也没有机会向嘉元伯伯请益了。

方后乐看到父亲三次丧魂落魄的样子，章太炎先生去世，祖父去世，徐嘉元病危又给他重重一击。许多事物就像一个场，各色人等活跃其中，一个关键人物离开，也就散场了，即便聚集在场中的事物未必烟消云散。此后方梅初几乎没有再关注过章太炎先生的国葬，徐嘉元已经无力谈论此事。方梅初偶尔会惦记吴中二老，也会说起他路过锦帆路在章园门口伫立了片刻。重新到可园上班后，无意中看到了张一麐序《张氏族谱》，才知道北宋理学家张载是张仲仁先生的先人。晚餐时，方梅初问方后乐："你晓得历史上的张载吗？"方后乐想了想说："为天地立心，为生民立命，为往圣继绝学，为万世开太平。是说这句话的张载吗？"方梅初吃惊地看看儿子，方后乐说："你以为我不读古书？"方梅初告诉他，张载是仲仁先生的先人。方梅初这一辈以字尊称前辈文人，方后乐觉得简单变复杂了，他一本正经看着父亲："要不要给我取个什么字什么号？"周惠之哈哈大笑起来。

父亲说得对，如果多少年以后再办"吴中文献展"，《劫后之苏州》无疑是重要文献。方后乐翻了几页，引言云"回忆风声鹤唳，仓皇走避之状，恍若隔世，痛定思痛，以本篇所由作也"。寥寥数言让方后乐再生登船去明月湾那一刻彻骨的心痛。全稿序、引言和总说之外，分为政治、教育、工商、建设、交通、警务、司法、户口、市容、救济、卫生和风景诸篇。他翻开"政治"，嘉元伯伯如是说："二十六年秋，战祸弥漫，吾苏于是年十一月十九日沦陷，当时秩序紊乱，邑人四散避匿，莠民乘时劫掠，混乱之状，目击心伤。"劫后之惨状，"市容"一篇的描述是："当斯时也，重门深锁，满目凄凉，横尸遍野，行人绝迹，居民咸惴惴焉避山谷间，不敢一步履踏城市，号称东方威尼斯之苏州，形同死尸，其愁惨阴森之气象，正有不忍以言语形容者。"

接下来的文字叙述自治会恢复秩序的作用，方后乐不敢苟同，自治会起初或做过有益的事，但其中很多成员很快沦为汉奸，成为伪政府要员。方后乐和父亲说读后感受，方梅初觉得儿子的看法有些道理，自治会一段确可斟酌。他告诉方后乐，嘉元伯伯私下跟他说，苏州的江苏省政府是伪政府。方后乐说，现在这本稿子也无法正式刊印，以后若有机会印行，最好能加上注释。方梅初说他也这样想的，这些注释他会加上的。

方后乐也很在意稿本的文化部分。在国学社栏目下，徐嘉元这样概述："近代学子，往往曰留学，曰学成归国，一若祖国全无学术者，殊不知国学根底不固，亦只能浅尝而未克深造也。江苏省政府，为提倡国学起见，于二十八年岁秒，创设国学月课，分斋命题，延国学名宿，担任评阅，酌给膏奖，一经实施，居然笺释掌故，佳什琳琅，犹斑剥古器，虽尘封藓蚀已久，一经拂拭，顿发奇光，不仅惠及寒畯焉。二十九年四月，扩为国学社，先设经义、史论、词章三斋，而先开经义一斋，礼聘通儒曹太史叔彦等，主持讲席。二十九年六月，江苏省政府改组后，国学社仍赓续办理。"

对这段文字，方后乐也和父亲讨论："我是新文化的信徒，并不完全反对国学，以前跟您和嘉元伯伯争论，我确实肤浅，立场并不错。"

方梅初翻到稿本的这一部分，和方后乐逐页看下去。徐嘉元做足了功课，将1940年1月至他撰稿时为止的国学社各期课题均列出。"其中的一些课题尚可，有不少很无聊。你以前参加的国学会，是以国学救国，现在的国学会呢，麻痹民众。"方后乐问父亲，"这一部分结束的那一页贴了一张纸条，上面的'国学社一段大可删节'是你写的吧。"出乎方梅初预料，方后乐觉得批语很好。方梅初说："是的，这个国学社和沦陷前的国学讲习会等无法比拟。"

"你看文中所列国学会各期课题，基本是以糟粕麻痹国人。嘉元伯伯记下也好，让后人知道当下所谓通儒是何等角色。"方后乐说了这几句话后，方梅初觉得言词有些偏颇，但不无道理，儿子长大了，便说："嘉元伯伯九泉之下如果听到你这些观点，一定会说孺子可教也。"

书稿目录中列"序"，四页空白稿纸，是徐嘉元留给方梅初作序的。方后乐问父亲：你准备写序？方梅初说已经写了初稿，从抽屉里拿出两页纸递给方后乐。

"我先拜读。"方后乐展纸轻轻读出声来：

### 《劫后之苏州》序

十月某日，友人徐君嘉元以《劫后之苏州》稿畀余。君时病瘵已深，自言不久于世，以余二人少年同学，相知最深，嘱为之序。月余，徐君卒。呜呼！世乱纷纷，人心惶惶，君负疴颓檐，奔走于庙堂江湖，列叙劫后吾苏之变迁，终成史家之绝唱。临文嗟悼，死生虚诞，文章千古乎？

如徐君言，吾苏水土清嘉，人物英多，经济文章，为天下先，流风余韵，千载未衰。迨丁丑事变，江南迭遭兵燹，邦国珍瘁。不数月，吾苏亦沦落战火。两载以还，虽渐复旧貌，然创痍未平，民心殷痛。事变前，余与徐君供职省立苏州图书馆，协助筹办"吴中文献展览会"，期以学术文化扶持正气，挽救民族。兵祸既起，市民仓皇迁避，十室九空；馆员同仁将特藏善本分批装箱，移运至太湖中洞庭东西两山，其间惊心动魄，历历在目。十一月，吾苏沦陷，余与徐君避难西山明月湾。次年一月，人心犹恓惶，徐君即返城着手调查记录。君时已抱疴，日则偃偻于颓壁荒园，夜则埋首报章故纸，誊写撰录，迄无休时，如此者逾两载，遂成不治。思之痛哉！

夫汲古明今，先贤所重。吾苏风俗记籍，前修颇备；方志专书，亦代有巨作。丁丑兵燹，非惟吾苏之劫，亦吾国之大难。徐君忧国之涂炭，民之流离，详录劫后苏州面貌，举凡政治、教育、工商、建设、交通、警务、司法、户口、市容、救济、卫生、风景等，皆纲目秩然，清晰详审；更以文章尔雅，观察入微，足补官书之未备。如记城破之初，满目凄凉，横尸遍野，行人绝迹。自省府设治于苏，市容日盛。街市两旁，店肆如云，自晨至暮，行人不绝。景德路、观前街等处，汽车相接，风驰电掣；商店玻璃窗布置绚丽，五光十色。北局一隅，新苏、皇后等旅社，新亚、味雅等菜馆，咸设于斯。云云。徐君谓事变后新貌，仍无愧"天堂"之誉。味此言，得无慨于心乎？

记中于教育、风景两门多所措意。徐君曰："近代学子，往往曰留学，曰学成归国，一若祖国全无学术者，殊不知国学根底不固，亦只能浅尝而未克深造也。"其心迹怀抱可见。风景门详述重修后之拙政园。所录文衡山《拙政园记》、吴梅村《拙政园山茶花歌》之作，不仅示吾苏之文脉，更有易代出处之思焉，其意深矣。

山川钟毓，地气敷扬，吾苏人文之粹美，亦江山之助也。若徐君者，以忧患之余身，成此忧患之作，实吾苏之潜德幽光也。期后之读徐君此记者，于史迹风物外，亦有以识其人焉。

民国二十九年七月钱塘方梅初撰。

方后乐读罢，方梅初问如何。

"甚好，甚好。"

"此言当真？"

"有真有假。"

"愿闻其详。"

方后乐想了想说："'自省府设治于苏'，我以为要加'所谓'二字，改成'自所谓省府设治于苏'。"

"接受修改意见。还有吗？"

"这一段我很在意。苏州是天堂还是地狱？亡国奴说现在的苏州是天堂，合适吗？"

"我说'味此言，得无慨于心乎？'也有你说的这层意思，现在看，比较含糊。"

"我想，"方后乐和父亲商量，"能不能再加一句话，我想想，明天再报告。"

第二天，方后乐递给方梅初一张纸条，上面写着：

删除"味此言，得无慨于心乎？"，建议加上："此言或可斟酌，国破山河在，沦陷之姑苏，天堂与地狱并存，人与鬼共生，乐乎悲乎？"

## 54

1940年初秋的午阳舒缓适度，黄青梅陪惠姨坐在方家临河的阳台上。

方后乐告诉黄青梅，妈妈这段时间状态不是很好，暑假他们去湖州看了姑爷爷和表舅，妈妈的情绪好转许多。去湖州之前，她想如果晓得彩凤的地址，就能去看苏云阿姨了。回来后又去了下塘街，总算见到了阿祥，阿祥说他前段时间出门做点小买卖，也问了熟悉的人，不知道彩凤的地址。周惠之有些警觉起来，甚至怀疑苏云阿姨出了什么事，阿祥在瞒她。阿祥解释说，他真的没有隐瞒什么。

听方后乐这样说，黄青梅脑子转过来了："苏云阿婆不告诉你们地址，只说去了彩凤家，其实就是让你们不要牵挂她。这乱世不让别人牵挂也是一种情谊。"方后乐觉得苏云阿婆这样的方式很决绝，妈妈怎么可能不牵挂她呢。黄青梅说，她有时间就来和惠姨聊聊天。

黄青梅是提着明月湾那把小椅子过来的，她把方后乐的那把小椅子也搬到了阳台上。两人坐下来后，周惠之说：想起来了，在明月湾，你和后乐就这样坐在码头上的。黄青梅说：我和惠姨贴在一起的，方后乐怕我，离得远远的，我挪近一点，他就挪远一点。周惠之哈哈哈大笑：这个男生不像话的。黄青梅说：是你们家的男生。

周惠之看着黄青梅，心里愈发喜欢，她拉拉青梅的手说，看到你就开心,你长成大姑娘了。黄青梅手指捏捏周惠之的耳垂说,惠姨,您戴耳环好看,我帮您戴上。周惠之说,你上次也这样说,那我去找找。过了一会儿,周惠之从房间里过来,给青梅一个绸布小袋子,青梅取出耳环,给惠姨先戴上右耳,要戴左耳时,惠姨说等等。她拿着另一个耳环要给青梅戴上,拨开头发时才发现青梅的耳垂还没有打洞呢。青梅说,今年过年去打个小洞洞。

路过桃花桥的人中,偶尔有熟悉的人看到周惠之会打个招呼。有位停下来说:周老师,来亲戚了?周惠之笑着说,这是我女儿。青梅也笑着和那位问话的人挥挥手,那人纳闷地走过桥。周惠之说,我怀后乐,你妈妈怀你,我们俩时常在桥上晒太阳。我都怀疑,后乐是那时晒黑的,可你白白的。青梅说:惠姨幽默,方后乐不算黑。想起惠姨一个人在家,青梅问方后乐去哪儿了。周惠之说,说有朋友约了喝咖啡,没有说去哪里,儿大不由娘。说完这话,周惠之突然悄悄对青梅说:我们家这男生可在意你呢。这是青梅想听的话,惠姨一说出,脸就红了:哦哦哦,他可从来没有跟我说过。周惠之说起那年去明月湾,出发前,在门口停了好长时间,我和梅初都明白,他想着你会不会从廖家巷走出来。青梅看看惠姨,转过脸,她不想让惠姨看到她的眼睛湿润了。过了片刻,黄青梅依偎着惠姨,两人都不说话。

想起上半年黄道一过来谈时局说两个孩子考大学的事,周惠之问黄青梅:你们都念高二了,上次你爸爸说到考大学的事,你自己想过没有?青梅说,还没有想过,方后乐呢?周惠之说,他也糊糊涂涂的,只说想去大后方念大学,那就是去重庆或者昆明了。黄青梅说,我很想学建筑,清华大学南迁了,爸爸问我要不要去香港,我不想去那个岛上。周惠之停顿了一会儿说,我想起来了，听后乐说，你很崇拜林徽因，是吧。青梅说，惠姨，你晓得吧，我爸爸看过林徽因的照片，他拿给我看，说我长得像林徽因，我有这么好看吗？周惠之再看看青梅：这一说，倒是有点像呢，我也见过她的照片。

或许是说到考大学的去向，周惠之又把话由从前说起。她跟黄青梅说，今天就我们俩，说点私房话。青梅意识到惠姨可能会说什么，期待又紧张。

惠姨问："青梅，你还记得上小学时，你妈妈说过你和后乐一句话？"

"哦哦，记得，我回去跟妈妈吵架了，那时小，懵懵懂懂，妈妈这句话让我和方后乐尴尬了好长时间呢。"

"惠姨今天问你，喜欢后乐吗？"

"惠姨你说呢？"

"哈哈，你自己说。"

"应该喜欢的。喜欢的。"

"那就好。我们几个家长呢，都是开明的，也管不了你们以后的事，但希望你们好好的，不管遇到什么情况。"

"惠姨，你不要哭呢，我们肯定会好好的。"

"你帮我取下耳环，我要收藏好。"

## 55

周惠之和黄青梅在阳台上晒太阳时，方后乐和张若溪靠着山塘路的戏台说话。

这次是张若溪约的方后乐。礼拜六放学回来，有个人站在方家对面的馄饨店门口，看见方后乐便疾步走过来说，我是报社的，朋友给你带封信。方后乐很诧异，正要询问时，这人已经转身离开了。方后乐打开信封，是阿溪约他礼拜天见面的时间和地点。以往张若溪来苏州，都是到家里来，这次单独约他在别处，他想可能有什么特别的事，但能有什么事呢。

张若溪先问了惠姨的身体状况，再问方后乐学习情况。方后乐知道，阿溪哥肯定不是为了问这两个问题来的，逐一回答后，就问：

"阿溪哥特地过来肯定有什么事吧？"

"你有个朋友让我向你问好。"

"咦，我什么朋友和阿溪哥熟悉？"

"你想想。"

"想不出来，施锁龙？"

"不是。阿发。"

"啊，你和阿发熟悉？怎么可能？他在太湖打游击呢。"

"不久前认识，他现在到了我们这一带，在江抗。做班长了。"

方后乐很是震惊，他完全没有想到，阿发的踪迹会从阿溪这里知道。这证明了他和黄青梅之前的判断，阿溪是延安那边的人。上次在昆山聊园，阿溪哥对日本人的警惕，进一步清晰了他的判断。他和阿溪一起进"小上海"时，看到阿溪朝一位戴墨镜喝茶的中年男人点头，他猜测这位就是他们说的"老龚"。他在想这些时，张若溪主动说：

"你现在肯定知道我的身份了。"

"我早就猜到了。还有觉民书社的那位王先生。"

"后乐不会出卖我吧，开玩笑说。"

方后乐笑笑，问阿发怎么样，张若溪说：很艰苦，但状态很好。他特地让我带话给你，说他打鬼子，你好好读书，如果去明月湾，就去他家，让他妈妈做油墩子。方后乐闻之，不禁热泪盈眶，来回走了几步，再问：

"我有机会见他吗？"

"暂时没有，他们行踪不定，他说，他说不定哪天会来找你的。"

"这是哪一天呢？"

"抗战总会胜利的。"

方后乐想起那次黄伯伯问父亲对时局的看法，父亲说张若溪说是持久战，他问道："你说的持久战怎么讲？"

"1938年，毛泽东先生发表了演讲《论持久战》，你现在还读不到。毛先生判断，抗日战争是持久战，而不是速决战，既不会亡国，也不会速胜，现在是相持阶段，但最终我们会赢得胜利。"

"那往后几年？"

"往后几年仍然是艰难的，但我们有信心。"

方后乐觉得这些重要问题他很难说出什么，他有意说到了重庆，开学前夕，奶奶又来过一封信，说奶奶知道他念崇范高中了。张若溪没有接话，方后乐说出了埋在心里的一句话：

"阿溪哥，我们不晓得奶奶和伯伯的通信地址，也没有写过信给他们，但奶奶知道我念崇范，也知道前段时间我妈妈状况不好，是不是你，还是你们这边的人联系他们的？"

张若溪没有直接回答是或不是，笑了笑，拍拍方后乐的肩膀说："回去吧，不用说我们今天谈话的内容。"方后乐说："我明白。阿荷姐他们还好吧？"张若溪准备过段时间回去看看，应该都正常吧。

第二天在学校,黄青梅问:"我昨天中午去陪惠姨,你出去了。"

"出去喝咖啡了。"

"哦。"

"一个朋友。"

"这么秘密。"

"没有没有,我能有什么秘密瞒着你,告诉你吧,阿溪哥来了。"

"怎么不去你家呢?"

"他怕打扰,到了家里,我妈妈又要忙着做饭菜招待他。其实也没有什么事,问我寒假要不要去报社实习。"

"我跟你一起去吧。"

"到时看看,要去就一起去。"

"就为这事来?"

"说了其他一些闲话,没有特别的。"

"昨天惠姨很开心,我们说了很多话。"

"感觉到了,我一回家,她就说你过来了。你陪着她,她心情就好。她也没有跟我说你们谈了什么。"

"私房话。"

"那我就不打听了。哈哈。"

青梅想,这男生真的是傻瓜。

阿发有了下落,他没有告诉青梅。他这时想起了施锁龙,那次告别时说会给他写信,迄今杳无音信。

"你记得施锁龙吗?也不知道他在哪里,走之前说来信的,一个字也没有收到。"

"他是去香港还是南洋了？"

"当时说去香港，最终去哪里，不知道。"

"你怎么突然想到他？"

"他和阿溪是一个村的，见到阿溪，我就想到阿龙了。"

"你这么多愁善感。"

方后乐知道，黄青梅在揶揄他。

## 56

方梅初一家坐车到了木渎。下车以后，方梅初想问后乐何为木渎，欲言又止，方后乐觉得父亲要说什么，方梅初说本来想问你何为木渎。方后乐说，好在没有问，我怎么会不知道木塞于渎？

一家人好几年不来灵岩山了。三人拾级而上，方梅初一路讲解过去。在迎笑亭，方梅初跟方后乐说：你要想象东坡居士在这里如何笑迎释友。方后乐不以为然：这只是传说，我不喜欢苏州的苏东坡，我更喜欢黄州和儋州的苏东坡。方梅初像苏东坡那样笑起来：没有传说，就没有灵岩山和灵岩山寺了。周惠之对"落红亭"有些感慨，生如烟火耀苍穹，死如落花独自怜。当年西施下山，这里还没有落红亭，她看落日西沉，不知是什么滋味。带着这样的愁绪，周惠之站在落红亭西侧的西施洞口，相传越王勾践和范蠡就在此洞将西施献给吴王夫差的。周惠之对梅初说，你要不要在洞里待一会儿？父子俩都感觉周惠之今天的状态不错。

苏州人称灵岩山顶西部的花园为山顶花园。遥想当年，西施可以在这里泛舟采莲,现在只剩下一方浣纱池。今逢浣纱池,不见浣纱人。吴王夫差够用心的,日井为镜,西施白天对镜梳妆;夜间,西施看月井赏月。千百年过去,西施的胭脂香气早已散尽。方后乐想,吴地人当年称美女为娃,真是美好,现在的娃则分男娃女娃了。此次方梅初携妻子登山,并不是来烧香拜佛的,他和周惠之是想身临其境,体会《浣纱记》的场景和意境。方梅初一直觉得梁辰鱼的《浣纱记》太长了,他想删改成新的本子。方后乐问:"你的本子是不是快好了?"方梅初告诉儿子:"这次回去,再花点时间,应该差不多了。"周惠之笑笑说:"我不相信,你认识我就开始修改了。"方梅初尴尬地看着母子俩,摆摆手。

方后乐从来没有看见父母一起对台词,母亲偶尔在院子做轻抛水袖的动作,婀娜如杨柳。父亲也只是在酒后吹奏昆笛,而母亲总觉父亲的笛音不够婉转。现在,桂花散落满地,父亲和母亲紧紧挨着,后乐仿佛听到由远而近的古歌:"采莲采莲芙蓉衣,秋风起浪凫雁飞,桂棹兰桡下极浦,罗裙玉腕轻摇橹。叶屿花潭一望平,吴歌越吹相思苦。相思苦,不可攀,江南采莲今已暮,海上征夫犹未还。"这是父亲在吟诵,方后乐并未随之进入情景中,在听到"海上征夫"几个字时,他突然想到另一位昆山人归有光,也是在明嘉靖年间写了《昆山县倭寇始末书》。又有桂花在风中落地,方后乐感觉母亲踏着桂花舞动起来,飘逸的桂花仿佛是母亲袖口撒下的。

净(父亲):相傍,较玉论香,将花方貌,恐花儿惭愧欲深藏。身共影,身共影,谁似根共心双。想象,娇面偎霞,芳心吸露,清波溅处湿裙裆。

旦(母亲):堪伤,斜日衔山,寒鸦归渡,淹留犹滞水云乡。风露冷,风露冷,怎耐摧颓莲房。凄凉,共簇心多,分开丝挂,浣纱溪伴在何方？

周惠之许久才从这样的氛围中出来，方后乐看见母亲眼眶湿润，他原先认为母亲对昆曲的痴迷只是个人爱好，现在他明白了，母亲其实生活在想象的舞台上。方后乐对母亲说："等到我工作有薪水了，就给您买头饰和戏衣。"周惠之潸然泪下，摸摸儿子的头，又走到身后，将双手搭在他的肩膀上。周惠之对父子俩说："《浣纱记》删改好了，我也演不了全本。我只想有一天演一出《牡丹亭》折子戏。"方后乐鼓励说："就演折子戏，肯定好的。"周惠之笑着笑着突然有些踉跄，方后乐赶紧上前扶住，搀她到琴台旁的石凳坐下，周惠之说头晕，可能是刚才旋转了。

下山的时候，父子俩各在一边扶着周惠之。行到山门前，周惠之问方后乐："我刚才和你爸爸对的是《浣纱记》台词？"方后乐说："是啊，你比爸爸念得好。"周惠之看看方梅初，满脸的疑惑："我怎么一下子忘记了，又想起了。"父子俩一下愣住了。

1940年的秋天过早地渗透了冬日的寒意。周惠之从灵岩山回到家，蒙头就睡。第二天早上起来对方梅初说："睡了一觉，想起来了，我们昨天在灵岩山对了台词。"方梅初请了一天假，在家陪周惠之。方后乐出门时，递给妈妈一本杂志说："这是我们同学办的刊物，你有兴趣就翻翻。"周惠之跟上后乐，摸了摸他的头，然后又把双手搭在他肩上说："你上学去吧。我没事的。"

周惠之开始做腌制雪里蕻的准备，她去厨房找了半天没有找到那个咸菜缸。方梅初看她着急的样子，也跑到厨房，看见咸菜缸还在原来的位置上，上面放了筛子和擀面杖。周惠之说："怎么回事，怎么回事，我只看到筛子，没有看到咸菜缸。"方梅初说:"你不要急,先歇息,菜场可能还没有雪里蕻呢。"周惠之想想也是,就问梅初:"你陪我去传习所看看,怎么样?"方梅初说好,我陪你去看看。

临近传习所时,周惠之和梅初已经听到昆笛声。方梅初欲扶她进去,她说在门口听听就行。里面先是传来念白的声音,周惠之辨析了一会儿对梅初说:好像是在排《长生殿》,笛子不是吴先生吹的了。方梅初靠近门缝,仔细听了一会儿,朝惠之点点头:是的,好像是《定情》。周惠之说:我怎么感觉是《惊变》。笛声又响起,周惠之肯定地说:这是《霓裳羽衣曲》。梅初再听,告诉惠之,这是吴梅先生整理的曲谱。周惠之沉浸在她想象的杨贵妃身上,对方梅初做出甩水袖的动作。

返回的路上,方梅初看到惠之意犹未尽,便问:"你记得白居易的《霓裳羽衣舞歌》吗?"周惠之说念道:"我昔元和侍宪皇,曾陪内宴宴昭阳……后面记不得了。"看周惠之走路不稳,方梅初伸手拥着惠之,轻轻吟诵道:"千歌万舞不可数,就中最爱霓裳舞。舞时寒食春风天,玉钩栏下香案前。案前舞者颜如玉,不著人间俗衣服。虹裳霞帔步摇冠,钿璎累累佩珊珊。娉婷似不任罗绮,顾听乐悬行复止。磬箫筝笛递相搀,击恹弹吹声逦迤。"周惠之好像想起了,跟着方梅初念了一句:"散序六奏未动衣,阳台宿云慵不飞。"梅初继续背诵道:"中序擘騞初入拍,秋竹竿裂春冰坼。飘然转旋回雪轻,嫣然纵送游龙惊。小垂手后柳无力,斜曳裾时云欲生。螾蛾敛略不胜态,风袖低昂如有情。"

方梅初感觉周惠之走路费力,正好有辆黄包车路过,便上了车。周惠之的头发散在梅初肩上,很快就睡着了。

## 57

敲门的是黄道一。

看黄道一满脸严肃,方梅初问出什么事了。

"皖南事变的消息你晓得吗?"

"我晓得。若溪来看惠之时,我们简单聊过。"

周惠之在厨房择菜,起来和黄道一打招呼。黄道一把手上一盒西洋参放到桌上:"你看上去精神好多了,这是竹青托人从香港带回的,你泡水喝。"周惠之谢了,要去客厅泡茶,黄道一说:"今天不喝茶,我们去客厅说会儿话,你忙你的。"

"若溪说,皖南事变是国民党反共阴谋的暴露,破坏抗战,破坏统一战线。"方梅初转述了张若溪的观点,"他说毛先生在延安发表谈话了,要求惩治祸首,废止国民党一党专政,实行民主政治。"

"真是想不明白,相煎何太急。"黄道一还是想喝杯茶,等方梅初端着茶杯过来后说,"我虽是局外人,但也清楚。这下重庆的局势估计也紧张。"

"想必是。"

"明年两个孩子就考大学了,原来的方案中也有去重庆念大学的考虑。"

"还有一年半时间,我们再看看。"

黄道一仔细询问周惠之的情况,方梅初说一直在吃药,主要是不能受刺激。黄道一问有没有可能到哪里静养一段时间,方梅初说要么去明月湾,要么去消泾,明月湾最理想,若是去了,太麻烦秀姨一家。黄道一想想也是,看看找个时间去上海看看医生。方梅初说他也这样想,过了年就去上海,惠之不肯去外地,她说自己没什么病。

说到过年,黄道一说:"我今天来也是商量这事的。以前惠之身体好,能张罗,今年你们就不要办年货,到我们家过年,我出来时,嫂子和青梅都这样说。"

方梅初好生感动:"你们的心意领了,这样太麻烦你们了,嫂子一个人做这么多人的饭菜,太辛苦了,不能累垮她。"

"我们之间客气什么呢,简单一点,餐馆开门了,我们就去吃几顿。"

"年三十我们还是在家,初一去你们那里。"

"也行,千万别客气。"

方梅初想起,张若溪过来时说到什么时候方便,他想拜访黄先生。黄道一说,不用特地,春节期间他若是来你这里拜年,我们就见面聊聊。

到了年底,明月湾的秀姨和消泾的老根姨夫,陆续送来了乡下的年货。秀姨敏感的,把方梅初拉到外面,问惠妹的脑筋是不是有点问题,说有些话搭不上。方梅初说,没有大问题,这几年受到刺激,有时记忆力有问题,在吃药。秀姨有些担心,说要不要到乡下住上一段时间,方梅初说,等春天,天气暖和了,去明月湾晒太阳。阿祥也过来了,这让周惠之有些兴奋和期盼。他说,彩凤家的地址打听到了,等过了年,天气暖和了,我陪惠姐一起去看看。周惠之顿时神清气爽:那就好,那就好,总算找着了。

或许有了彩凤家的地址,年后就能见到苏云阿姨,周惠之的状态判若两人。在青梅家过年的几天,周惠之和黄太太差不多轮流下厨房,方梅初和方后乐之前的紧张也一下子松弛了。最开心的是黄太太,方梅初一家在,先生几乎没有说她一句不是,甚至有一次,先生当着众人的面说,今天这几道菜,内人的手艺赶上周老师了。黄太太开心地说:"明年还一起过年,两家并一家。"

方后乐黄青梅单独在客厅时,黄青梅说:"我妈妈这人一点不矜持,什么两家并一家。"

"本来就是一家人啊。"方后乐说。

黄青梅一时无语,心里倒是有点开心。

## 58

梅花开了,方梅初跟周惠之说:"春天了,我们去上海看看。"

"你看我现在这样子,挺好的吧,不去上海看医生了。我继续吃中药。"周惠之说,"我倒是想去天赐庄看看,好几年不去了。"

周惠之过年以后确实好转许多,眼神清澈了,面部红润了,偶尔会出现当下记忆问题,整体已经稳定了。这让方梅初和方后乐的精神也舒缓许多,冷清的方家终于不时响起笑声。当周惠之说想去天赐庄看看时,方梅初觉得也好,上海就缓些日子去。方后乐跟父母说,你们也难得单独出行,我就不陪你们,让你们重温下恋爱的感觉。

上车时,方梅初问走哪条路线,周惠之说,她想先去十全街看看曹先生,再去东吴大学校园。方梅初有点意外,他过年前去看过曹先生，惠之怎么又要去了。转瞬，方梅初想起那天他回来时，周惠之问他有没有打听苏云阿姨的消息，他说匆忙之间没有打听。现在方梅初明白了，惠之肯定是想问曹先生是不是知道些苏云阿姨的消息，他就说好的。

曹先生倒是在家，看见二人也有些诧异。方梅初请安后，周惠之先问了曹先生的情况，曹先生说，还活着，就不错。说到苏云阿姨，曹先生说确实是跟彩凤回乡下了，后来就没有什么消息。周惠之说，阿祥打听到了彩凤的地址，准备什么时候一起去看看苏云阿姨。曹先生沉默片刻说，她走的时候，让我们不要牵挂她，她不告诉我们地址，应该就是不想别人打扰她了，我也觉得她很干脆，好像已经和这个世界了断了一样。周惠之想起青梅好像也说过这样的话，突然觉得苏云真是狠心。看周惠之的脸色有点凝重，曹先生口吻缓和地说，你若是去看她，代我问好。周惠之点点头，请曹先生保重，曹先生说他基本不出门，传习所也不去了，就在家看看书，晒晒太阳。

两人转到东吴大学，途经望门桥时，方梅初说，以前在望门桥应该可以看到葑门，现在确实只能望了。周惠之说，你现在站在葑门城楼上，可能也看不到景海女师的教室了。沿着小路走到望星桥西侧，周惠之说，这座桥从前叫望信桥，外来的客船停在桥下，思乡的旅人常常在桥上盼望家书，原来是望信，以讹传讹成了望星。我们念书时，也会到这桥上看星星。方梅初说，那我们在桥上站一会儿，望信，说不定哪一天苏云阿姨会给我们写信呢。两人背靠栏杆站着，周惠之依偎在方梅初身旁，露出微笑。

清明节要到时，方后乐说，老根姨夫今年什么时候过来，青梅说她想吃麦芽塌饼。周惠之说，老根姨夫肯定会送青团子，但做不做麦芽塌饼就难说了。方后乐说，上次去消泾，我也跟着了

221

解了做塌饼的每个细节，要么学一下，我和妈妈一起试试。周惠之说，好啊，不过你的心思用在别处好。

这天方梅初下班回家，看到老根正站在门前准备敲门，便喊了一声老根兄。老根回头，方梅初见他满脸愁容，问是不是出什么事了。老根急忙上前，拉着方梅初的手说："不好了，阿荷出事了。"方梅初吓了一跳，开了门，请老根进去说话。周惠之在院子里看石榴树，她笑着喊姐夫，姐夫哭丧着脸说："阿荷昨天下午被警察带走了。"周惠之瞬间脸色大变，感觉天旋地转，把手搭在方梅初的肩上。方梅初说："我们去里厢坐下来说话。"

老根断断续续说起昨天下午发生的事，方梅初焦急地不时扶眼镜，周惠之呆呆地流着眼泪。

中午阿珍蒸好了青团子，想自己送过去。突然觉得头晕，说心里慌。阿荷让母亲歇息，说她送过去。安顿好母亲，阿荷说：你歇一会儿，我去了就回。阿珍犹豫了一下说，也行，早去早回。

常德法师见到阿荷，让身旁的小尼姑收下青团子，谢了。常德法师突然说到她哥哥阿溪，询问了近况，阿荷说阿哥好久没有回来。阿荷原来听阿溪说要去国小教书，方后乐说还在报社做记者呢。阿荷晓得哥哥不信佛，上次哥哥去庵里拜见常德法师，说是他要写一篇关于寺庙的文章。

阿荷想和常德法师告辞时，禅房外面突然有小尼姑阻挡人群进来的声音。阿荷欲起身，常德法师说：不动，阿弥陀佛。几个持枪的警察冲进来。一个警察上前一步拦住了准备走出去的阿荷，阿荷吓得往后直退。领头的警察对常德法师说：我们是湘城警察局的，跟我们去局里一趟。这人特地指着阿荷说：你也一起去。常德法师双手合十，刚想说话，领头的说：不用啰唆了，我们盯了很长时间了，你这里是江抗的窝点。

常德法师和阿荷被押走了。小尼姑看着一直双手合十的师父和木呆的阿荷，失声大哭。警车开过之后，小尼姑突然想起什么，直奔阿荷家去。阿珍听小尼姑一说，失声大哭。张若溪在昆山，联系不上，老根一时也没了主意，他也不知道阿溪在昆山的具体地址。闻讯过来的邻居说：你们家城里有亲戚，赶紧去找他们疏通疏通。

老根说完事情的原委，问方梅初在警察局有没有熟悉的人。方梅初想了半天就是想不出有在警察局供职的熟人，他安慰道："阿荷的事讲得清楚，你不急，今天在这里住下，我再想想有什么人可以去疏通。"一直坐着啜泣的周惠之突然想到一个人："找找黄天荡呢。"方梅初说："那我去问问。"这就出了门去隔壁家。

方梅初回来时，黄天荡也一起过来了。方梅初说：我和天荡商量了，我们现在就跟姐夫一起去警察局找天荡的侄儿。黄天荡说，我在那儿烧饭，基本不出厨房，上面的人也不认识，阿辉你们见过的，也讲情义。老根的愁容消失了一点，跟着他们出去了。阿辉见了他们倒是热情，方梅初说了事情的经过，阿辉说："方先生，她们果真通共，那是谁也没有办法。这事要看老尼姑怎么说。"阿荷父亲说："阿荷是被冤枉的。"方梅初拜托阿辉能不能向湘城警察局打听一下，阿辉答应说："方先生，你们先回，我来问问那边的朋友。"方梅初谢过："有情后补。"

方后乐从学校回来，看到母亲傻傻坐着，脸上的泪痕还没有擦干净。又看到老根姨夫抱头坐在那里一声不吭，他想，老根姨夫家肯定出什么事了。方梅初跟方后乐简单说了从昨天下午到今天发生的事情，方后乐说：你们怎么没有想到阿溪哥，他在报社，肯定和苏州的报纸熟悉，让他找个熟悉的记者，去警察局采访，就说抓错人了。

听方后乐这么一说,大家都觉得有道理。方后乐说,我晓得阿溪哥住哪儿,一会儿我就去火车站,晚上有车去昆山。方后乐说着,又背起放下的书包,走到母亲身边,母亲问后乐:阿溪哥哥在昆山哪里你知道?方后乐抱了抱母亲说:你安心,不会有问题的。老根姨夫站起身说:辛苦乐儿了。方后乐又对父亲说:我明天早上回苏州,直接去学校。方梅初这个时候感到儿子长大了,能担事了。

## 59

方后乐迟到了,站在教室门口低声和老师说了几句,老师让他进来坐下。下课后,黄青梅问方后乐怎么迟到了,方后乐说到外面说话。黄青梅听闻,第一反应是问:惠姨知道这事吗?方后乐说,怎么可能不知道,在家呢。黄青梅脸色立刻沉下来说,惠姨经不起刺激的。

放学后,黄青梅跟着方后乐去看惠姨。就像黄青梅预料的那样,过年后周惠之曾经的康复一下子还原到之前的状态。黄青梅看惠姨呆滞的眼神,心生悲戚。她拉拉惠姨的手说,阿荷不会有事的。周惠之看看她,好长时间回过神来说:真的会没事?黄青梅说,肯定没事。她蹲下身来,头埋在惠姨的腿上,周惠之摸摸她的头发说,可怜的阿荷。

黄青梅回家吃过晚饭,又提着小木椅过来了,说这两天她晚上陪惠姨,早上可以帮忙做早餐。方后乐好生感动,难怪人家说女儿是妈妈的贴身小棉袄。方梅初在明月湾时跟儿子睡过一张床，他的鼾声让方后乐难以入眠。他想，青梅过来陪惠之几天也好，自己就睡到书房里。他心里有一种说不出的感觉，瞬间还有不祥的感觉。书房的窗户好久没有打开，有一股淡淡的霉味。他倚在窗台上，外面寂静如水，桃花桥被昏黄的灯光笼罩着，凄凄惨惨的样子。许多年前，也是在这样的灯光下，周惠之说了自己的家世。

"惠姨，你想说什么，就跟我说。"黄青梅贴着周惠之的脸颊说。青梅的陪同，确实让周惠之的表情舒展了许多，但话很少。青梅抱住惠姨，笑着说，惠姨的身材这么好。这个时候，周惠之说，我去消泾，阿荷也这样贴着我睡觉。青梅说，我们都喜欢惠姨。周惠之突然坐起来，认真问道：阿荷关在里面怎么睡觉呢？青梅说惠姨不用担心，总有睡觉的地方。周惠之告诉青梅，她给阿荷准备了几块布料、被面，打算给阿荷做出嫁的礼物。青梅说，惠姨这么早就准备了。周惠之让青梅起来，看看那几块布料和被面在不在柜子里。青梅下床打开柜子，拿出几块布料，问惠姨是不是这几块，周惠之摸了摸说是的。两人再次躺下，周惠之看着青梅说，乐儿喜欢你。黄青梅用被子蒙着脸说，我也喜欢他。周惠之把手搁在黄青梅身上，一会儿睡着了。

方后乐又收到了周兰寄自昆明的信件，里面装的是西南联大学生社团做的招生宣传材料。他把信给黄青梅，说你看看。黄青梅说：

"这周兰是用心的，好像希望你报考联大呢。"

"我们会考那里吗？"

"先不说我们，你自己想清楚。还有一年时间。"

"我妈妈这个样子，我哪有心情想这些。"

"其实，西南联大倒是可以考虑的。如果不去重庆，不去香港，也只有昆明了。"

"竹青怎么样？"

"还好吧。我爸爸担心日本人进攻香港，万一香港沦陷，可能也要回到内地。"

看方后乐情绪低落，也无心这个话题，黄青梅宽慰他说，惠姨应该会好转的，这几天情况好些了，你也不用太担心，考大学的事我们以后再商量。说到阿荷的事，黄青梅问有没有进展，方后乐说，张若溪那边也找人了，会不会放出来，什么时候出来，都不知道。青梅说，阿荷出来后，惠姨的情形肯定会好许多。

"医生说妈妈不能再受刺激，但谁也说不清哪天会发生什么事。"

"这几天晚上我还是陪惠姨。"宽慰方后乐的黄青梅自己流泪了。

方后乐跟黄青梅从来没有亲昵过，他第一次抱了抱她。黄青梅有点意外，害羞地低头靠着方后乐的胸脯，听到他心跳的声响。

方梅初和方后乐商量是去看西医还是看中医，方后乐觉得应该去看西医。方梅初说他也这么想，但是若去博习医院，又担心她会受刺激，外公就是在那里诊断出问题的。方后乐想想也是，再看一次中医，后面去其他医院。前几天方梅初陪周惠之去看了中医，老先生搭脉看舌头，然后说：这是惊吓所致。老先生说这个病需要一段时间调理，先开一帖药吃吃看。父亲拿着处方，去中药铺抓了药。第一帖药吃了一个礼拜，周惠之的气色似乎好了些，但记忆未见好转。这次再去看中医，方后乐也跟着去了。方梅初叫了辆黄包车，上车时周惠之问：那位老先生姓什么的？方梅初告诉她：姓于，干勾于。周惠之想了想说：对，于先生。推着自行车的方后乐，听着母亲和父亲的问答，双腿觉得有点发软。

　　自行车的速度远比坐着两人的黄包车快许多，但方后乐一直尾随黄包车。街巷、电线杆、广告牌、行人缓慢地往他身后退去。方后乐甚至觉得这些景物在僵化中逐渐沉没，他看到街上持枪的日本人，这座城市再次给他一种屈辱的感觉。他偶尔抬起头，天空飘浮的云朵失去了往昔的诗性，成了压在他心上的石头。方后乐隐隐约约听到父亲在和母亲说话。行走中的字句是：母亲说乐儿大了，这兵荒马乱的。坐在身旁的父亲应该是抚慰了母亲的双手，这是父亲在母亲情绪低落时的习惯动作。父亲说：你先养病，乐儿的事情不急。父亲说的是考大学的事，后乐没有想到母亲此时会说到这件事。前天晚餐时，方后乐说周兰寄来了西南联大招生的材料，青梅也说是要想想考哪里。母亲放下饭碗，问后乐：你刚才说什么？后乐再重复了一遍，母亲闻之有些慌张，看着父亲。父亲说：你自己的想法是？后乐说：我还没有想好。短暂的沉默，桌上只有三人喝汤的声音。后乐又说：我可能考虑去昆明或重庆念书。父亲没有肯定，也没有否定，只是微笑着说：我们再商量。方后乐发现，念高一后，父亲和他谈事情，开始用商量的口吻。只要父亲微笑着说话，方后乐通常会软下来。后来，他回忆与父亲的交锋，感觉自己青春期的逆反，有时就是在父亲的微笑中失去力量的。

　　于先生开好处方，说调整了几味药。方后乐想去中药铺给母亲抓药，话到嘴边还是吞回去了。从于先生那里出来时，他想起鲁迅《呐喊》的自序。鲁迅年轻时候有过梦，他现在也有梦。鲁迅去给久病的父亲抓药时，可能比他小几岁。药店的柜台和鲁迅一样高,鲁迅应该是踮起脚递上方子的,而他早已高过中药铺柜台了。还好,他不要去当铺,不要去忍受鲁迅忍受过的被侮蔑的眼神。他在看于先生处方时,想起了鲁迅的那几句话:"回家之后,又须忙别的事了,因为开方的医生是最有名的,以此所用的药引也奇特:冬天的芦根,经霜三年的甘蔗,蟋蟀要原对的,结子的平地木……多不是容易办到的东西。然而我的父亲终于日重一日地亡故了。"

在父母亲又上了黄包车去中药铺时,方后乐站在路口,看着远去的黄包车,突然有了不祥的感觉,他说不清楚这样的感觉,只是潸然泪下。如果母亲失去记忆,他记忆中的这座城市将是一个黑洞,深如古井,而井口的勒痕则是他被擦破的神经。

## 60

阿荷从湘城警察局出来了。

方后乐和张若溪站在湘城警察局的门口等待释放的阿荷。方后乐想象阿荷见到他们俩的情景,阿荷一定会抱着他或张若溪大哭。但出乎后乐的预料,阿荷从里面出来,看他们如同路人。一个月的拘禁,阿荷似乎浑身枷锁,僵硬地立在他们面前。

张若溪爱抚地理了理妹妹散乱的长发说:没事了,没事了。这个时候,阿荷流出了眼泪。方后乐喊一声阿荷姐,阿荷只是用呆滞的眼神看着方后乐,并不言语。阿荷可能在里面吓呆了,后乐不禁鼻子发酸,那个活泼快乐的阿荷没有了。方后乐记得,阿荷到城里看元宵灯会,母亲送给她一块南通的蓝印花布,蓝底白花，中间绣着喜鹊。母亲说，这块可以做包袱。在旁的方后乐说，荷姐，你嫁人时，我给你去挂灯笼。阿荷羞涩地笑了。

方后乐只请了半天假，不陪他们回去了。阿荷依然一言不发，方后乐和她告别时，阿荷突然说了一句："常德法师圆寂了。"随后号啕大哭。张若溪说：哭出来就好。方后乐也上前安慰了几句，阿荷说：你去上学吧。方后乐说，好，暑假去看你。

阿荷的回家，让周惠之的状态好了许多。她不停询问阿荷出来的样子，方后乐耐心地回答母亲的话。这一天，周惠之不时说，阿荷遭罪了。黄青梅晚上来看她时，她也不停地说，阿荷遭罪了。这让方后乐想起祥林嫂，他跟青梅说，礼拜天过来陪我妈妈说说话。

礼拜天午餐后，黄青梅把两张椅子放到阳台上，两人坐下来聊天。周惠之问黄青梅：

"我担心阿荷呢。她被警察局抓了，想不开怎么办？"

"惠姨不要担心，阿荷没事的。"

"她还没有嫁人呢。"

# 卷七

## 61

方后乐听到急促的敲门声，赶紧奔到门口。黄青梅好像是跑步过来的，气喘吁吁地说："我爸爸不见了。"方后乐问怎么回事，黄青梅告诉他，晚餐后父亲就去散步了，两个多小时了，还没有回来，很反常。会不会去朋友家了？不会，这几年他和朋友基本不往来了。方后乐一愣，安慰青梅说："不会有事，我们一起去找。"看青梅带了手电筒，方后乐便关上大门。

黄道一平时散步的路线是从平四路向东往平齐路，偶尔也会走到护龙街。方后乐说，那我们就走这条路。路灯灰暗，方后乐接过青梅的手电筒，从路边的杂草丛中走过，也沿河寻找。他初步判断，黄伯伯如果不去朋友家，那就可能发生意外。这一路走到齐门，没有发现任何痕迹。过了齐门再向东，路上几乎没有什么行人，黄青梅开始紧张起来，她问方后乐，父亲会不会被人绑架了？方后乐说，伯伯没有什么仇人，绑架他干什么，如果有人绑架勒索，也应该联系你们了。黄青梅想想说，前些天又有伪政府的人带日本人到家里求画，被父亲拒绝了，说自己早就不画了。方后乐脑子里闪了一下，没有吭声。两人再往前走，方后乐让黄青梅不要说话，他好像听到河边有声音。两人屏住呼吸，没有听到什么。方后乐说他听到了，立刻往河边冲过去。他看到河坡上躺着一个人，双腿在水中。他用手电筒照照，果然是满脸血迹面目模糊的黄伯伯。青梅见状，一下子瘫倒。方后乐手指头放到黄道一鼻子下，感觉还有呼吸，他让青梅看着，走到马路边敲开了一家的大门。

几个人把黄道一抬到马路上，方后乐到路口拦了一辆黄包车，乘客知道是救人，赶紧下了车，说自己再想办法。方后乐让青梅回家告诉黄太太，再去博习医院会合。黄道一靠在方后乐身上，轻轻喊了声"乐儿"，又昏了过去。

黄道一在医院醒来时已经是第三天下午。右手中指、无名指和小拇指断了半截，右眼被砍了一刀。医生说黄先生生命没有危险，但眼睛可能保不住，断指也没有办法。到医院的当夜，黄太太和青梅都不肯回去，母女俩只是不停地哭。方后乐安抚黄太太，说伯伯伤的是眼睛和手指，没有生命之虞，黄太太这才止住了哭声。他示意青梅到病房的走廊上说话，一出病房，青梅便抱住他啜泣起来。方后乐说，你等会儿进去不能哭，不然黄妈妈的情绪稳定不下来。两人坐到长椅子上，商量此后的安排。方后乐建议，他今天在医院陪同，青梅和黄妈妈回去休息，明天早晨来换他。青梅觉得这样也好，无助地看看方后乐，方后乐抱了抱青梅说，我们一起渡过难关。方后乐送母女俩出了医院大门，自己也瘫坐到病房门口的台阶上，不禁泪流满面。他没有想到黄伯伯遭遇飞来的横祸，尽管黄伯伯还没有说话，他基本判断凶手是祥符寺巷90号那边的人。他抑制不住内心的愤怒，捏紧拳头在台阶上捶了几下。

方后乐早晨在阊门西街买了点心进家门时，方梅初起床了，在院子里看见方后乐很是惊讶，你怎么起这么早。方后乐把方梅初拉到厨房，低声说了昨夜发生的事，方梅初惊恐万分，连连说"岂有此理"。父子俩商量，此事不能让周惠之知道，她再也受不了刺激了。方后乐请父亲去学校帮他们请两天假，若是母亲问起自己怎么早出晚归，便说在学校晚自习。

两天不见方后乐的周惠之，看见方后乐晚上回来时很疲惫，问他是不是功课很紧。方后乐说，明年就要考大学了，只能头悬梁锥刺股了。周惠之又问这好几天了，也不见青梅。方后乐说，青梅比自己还紧张，说过几天来看你。周惠之点点头，突然问今天是几号？方后乐说9月30日，再过几天就中秋节了。周惠之说，那你要约青梅他们一家来晚餐，黄先生、黄太太我也好久不见了。方后乐心里咯噔，只好说，我来约他们。第二天见到青梅，方后乐和青梅商量，黄妈妈还在医院陪同，是不是她一个人代表。黄青梅说，我哪有心思吃饭。方后乐说，这不行，你们一个人都不来，我妈妈肯定会怀疑有什么事，每年都是一起过中秋的。青梅说她再想想，还有几天呢。

中秋节前一天晚上，阿祥过来了。周惠之问阿祥最近有没有苏云阿姨的消息，阿祥说他按照之前问到的那个地址去了一趟湖州那个小镇，邻居说，彩凤是带了她的女先生回来的，他们还听女先生唱戏了。但她们住了一段时间，又离开了，没有说去哪里。听阿祥如此说，周惠之突然大喊一声：你们都在骗我，你们都在骗我。

阿祥走后，周惠之一言不发。她问方梅初：苏云阿姨会不会死了？又问方后乐：苏云阿姨会不会死了？方梅初和方后乐都说，刚才阿祥是说苏云阿姨去别的地方了，有彩凤照顾，不会有事的。周惠之摇摇头说：你们不能骗我。

周惠之又回到了之前的状态，时而失忆，时而清醒。她拿着学校的刊物问方后乐:"写这篇文章的是你同学?"她翻开其中的一篇文章,指着作者的名字问道:"我怎么觉得这个名字很熟呢。"方后乐迅速掩饰住内心的慌张,温和地说:"是啊。他家住在齐门,到过我们家,说你做的鸡汤馄饨特别好吃。"周惠之的眼神有些犹疑,若有所思地说:"哦。我想想看。"方后乐补充了一些细节,试图帮助母亲恢复记忆:"那一天青梅也来了,她还给你带了扬州的京果粉。"周惠之抬头看看方后乐:"对,青梅。青梅人呢?中秋节晚上青梅他们要过来吃饭。"说着,她问方后乐要台历,说放在梳妆台上,这样不会忘记。

中秋节早上起来,周惠之便说要出门买菜。方梅初说,你写个单子,我去菜场。方后乐也说,爸爸按照你的单子去买菜,不会错的。周惠之果真拿笔在纸上写了起来,方梅初拿着单子出门时,她又喊住说:不要忘记买藕和芋艿,方梅初说记住了,放心放心。

看到黄青梅,周惠之上前抱了抱:"你怎么不来看惠姨了。"

"这不来了,很想惠姨的。"

"你爸爸妈妈呢,怎么没有过来?"

"家里来客人了,我代表他们。"

"什么客人,我早就约了。"周惠之脸色立刻沉了下来。方后乐安慰妈妈说:"确实是来客人了,过些日子,我们再约黄伯伯。"看青梅转过身,方后乐轻轻拉了拉她。

吃饭时,黄青梅开始还尽力找话说,说了几句便很少言语。周惠之好像看出了异常,问青梅:"你是不是有什么心事?"黄青梅摇摇头,方后乐说:"妈妈,没什么事,我们的功课太紧了。"周惠之再看看青梅,青梅再也忍不住,号啕大哭起来。

## 62

　　博习医院的医生说，周惠之是受到刺激后的失忆，结论和那个老中医是一样的。医生说，关键是情绪要稳定，不能受刺激。方梅初悄悄问医生，平时需要注意什么。医生说：这个病最担心的是，有时会突然什么也记不清楚了，需要一直有家人陪护，直到基本正常。再去博习医院之前，方梅初和方后乐都担心周惠之会不会提出去看黄道一，到了以后周惠之似乎忘记了此事。他们觉得这样免受了刺激，但记忆的问题严重了。从医院出来时，周惠之朝天赐庄望去，突然想起什么："我以前是在那里念书的吧。"方梅初说："是的，那里是景海女子师范学校，你的母校。"

　　方后乐早上出门和母亲打招呼，她没有说话，站起身来用手指梳理了后乐的头发，又整了整他的衣领。方后乐热泪盈眶，和母亲抱了抱。一个上午周惠之在家中几乎不说什么话，请假在家的方梅初说：我把你的相册找出来，你看看。周惠之说好。方梅初注意到周惠之全神贯注看相册，有时还发出笑声。到了下午三点，方梅初拿出基本改好了的《浣纱记》说，你看看我改的本子。他想起这几天没有去菜场，有些犹豫要不要去买菜。再看周惠之的样子，觉得应该没有什么问题，便对周惠之说：我去买菜行不行，你想吃什么？周惠之说："好，我想吃扁豆和芋艿。"方梅初又叮嘱道："我一会儿就回来了，你等我。"出门时方梅初带了钥匙，他犹豫要不要锁门，转念想万一有什么事，这门锁着也不好。他看看周惠之，周惠之朝他笑笑。

差不多一个小时后，方梅初回到门口，他发现大门敞开着，他记得自己出门时是关上的。方梅初一愣，赶紧放下菜篮子，冲进去，周惠之不在堂屋，相册和《浣纱记》摊在桌子上。方梅初连续喊了几声：惠之，惠之，没有回应。方梅初先看一楼两个房间没有人，阳台和码头也空空荡荡；再到二楼喊惠之，惠之，仍然没有回应。梅初又从楼上再跑到厨房，不见周惠之身影。

方梅初这时确定，周惠之出门了。他再看相册，翻开的一面是惠之和同学在女校教室前的合影，一面是她在国小门前的照片。方梅初想，那天他们从博习医院出来时，惠之曾说起景海女校，会不会去天赐庄了，或者去教过书的国小了？这时，梅初紧张的心情稍微稳定下来。但转念一想，惠之若是出门去这些地方，按照以往的做法，她会留下便条。现在桌上没有便条，方梅初心里产生了最可怕的想法：周惠之是在没有记忆时出门的。

慌张中的方梅初先问了黄阿婆，老太太说没有看到周老师。黄天荡说，不急不急，可能去熟悉的人那里了。方梅初又去了娄门，大门锁着。方梅初赶紧叫了黄包车先到传习所，再到廖家巷，黄家的门也锁着。到了下塘街，阿祥说惠姐没有过来。该找的地方，方梅初都找了，他觉得自己要发疯了。

方后乐和黄青梅放学回来，看到方梅初坐在门口，问妈妈呢。

你妈妈不知去哪里了。

如同晴天霹雳，方后乐几乎崩溃了，他朝方梅初吼道：你不是在家陪妈妈的吗？黄青梅倒是冷静下来，说惠姨不会走到哪里去的，我们各自骑自行车去找。方后乐说好，问父亲有没有报警，黄天荡过来说，他请警察局的侄子关心此事了，也请几个担水的兄弟留意河道。

方后乐和黄青梅几乎走过了苏州的大街小巷，等到凌晨回到桃花坞大街时，方梅初还坐在门槛上。青梅说，你们先不要急，也许惠姨明天就回来。她想了想说，要不要报社刊登寻人启事？方后乐说，如果明天上午还不回来，就拜托你去报社。

方梅初和方后乐从凌晨到早上几乎都坐在门槛上，方梅初盯着桃花坞大街的东边，方后乐盯着桃花坞大街的西边。这中间，方后乐又去了阊门北码头，去了菜场。父子俩坐在门槛上一夜没有对话，方梅初不时说："都是我的错，都是我的错。"桃花坞大街的早晨和往常一样，熟悉的人走过，陌生的人走过，就是没有提着篮子买早点回来的周惠之。

几天以后，黄天荡说，兄弟们没有发现任何痕迹。一个礼拜过去，报社和警局都说没有任何周惠之的消息。

周惠之失踪了。

## 63

三个月后，方后乐收到了奶奶的来信。奶奶震惊母亲的失踪，说择时回苏州，陪爸爸等母亲归来。方后乐流着泪在客厅喊了声爸爸，没有回应。他到楼上书房，父亲也不在。去年黄青梅陪母亲的几夜，父亲在书房里搭了一张简易的床，母亲失踪后，父亲又回到这里，再也没有住到房间里去。

方后乐在桃花桥上找到了父亲。这成了方梅初日常的习惯，下班后会在桥上待一会儿，礼拜天会站立半天，即便雨天也会撑伞站在桥上。站在桥上的方梅初沉默着，但方后乐知道父亲在和母亲说话。他有时也站在父亲身边，突然下雨时，他会给父亲打着伞。他从来没有劝父亲回去过，他放学回来，也常常在桃花桥上站着。他和父亲站在这里，等母亲归来，现在奶奶也这样说了。阳光温煦时，微风拂过，方后乐感觉是母亲在抚摸他的脸庞。

期中考试结束后，黄道一他们过来商量考大学的事。看黄伯伯戴着墨镜，方后乐心里有些酸楚。几个月的治疗休养后，黄道一基本康复，左眉骨留了刀疤，左眼缝了一半。右手无名指和小指断了，过年时方后乐在书房看着黄伯伯别扭地握笔画画了。方后乐和黄青梅到哪里念大学，也就成了年后两家的头等大事。

方梅初告诉黄道一，重庆来信了，老太太准备择时回苏州居住。黄道一觉得这样挺好，若是方后乐离开苏州，方梅初和老太太互相有个照顾。方梅初问黄道一他们怎么考虑的，这次先说话的是黄青梅：

"原先我爸爸考虑可以去香港念大学，姨妈和哥哥都在那儿。香港沦陷了，哥哥什么时间回香港也不知道。我肯定不想去沦陷区念书，爸爸遭暗算后，我更是这样想了。"

"我们也曾经考虑去重庆，有些犹豫，我主要担心重庆那边政局复杂，我不介入政治还这样。现在奶奶准备回苏州，重庆肯定不是首选之地了。"黄道一接着黄青梅的话说。

"惠之在的时候，我们说过，香港、重庆、昆明，现在不去香港，惠之肯定也赞同的。奶奶什么时候回苏州，现在也不能确定，我不排斥两个孩子去重庆念大学。"

方后乐一直没有说话，这段时间以来，他也在思考自己的去向。黄青梅刚才的话，之前两人闲聊时她差不多也说过，他明白她越来越倾向于去昆明念西南联大。他要发表意见时，黄道一又说：

"梅初，你的老师周先生也在昆明是吧？"

"是的，他们一家在那里。朱自清先生也在联大，清华中文系的老师基本都在联大了。"

"如果我们考上联大，那不是能见到朱自清先生。"黄青梅有点兴奋，朝方后乐说，"也能见到周兰呢，你怎么不说话？"

"听你们说呢。我之前曾经想去重庆，现在奶奶准备回来，我放弃这个想法了。不在沦陷区念大学是肯定的，后方的大学也只有昆明了。"

方后乐去昆明念书的想法虽然说得有些勉强，但总算和黄青梅的想法一致了，这让黄青梅心里踏实下来。方后乐也明白，他们如果去大后方念大学，可选之地甚少，便对父亲说：

"要不要给周先生写信，了解一下西南联大今年招生的情况。现在不是统考了，大学单独命题招生，联大的考点不多，是不是要去昆明报考？"

方梅初说他这几天就写信给周先生。黄青梅焦虑的是，若去昆明，这交通肯定异常麻烦。方后乐说，容后再想交通的事。黄道一方梅初也说这不急，既然方案是这样，后面总有办法，先悄悄做些准备工作。

黄道一他们走后，方梅初说："周先生肯定会照顾你们的，朱自清先生二十余年不见了，可能记不得我了，你若是考上联大，或许有机会听朱先生的课。"

"我是准备考清华中文系，那里有很多我敬仰的先生。"

"你确实适合念文学。"这是父亲第一次明确肯定他的选择。

在方梅初准备上楼午休时，方后乐说他出门走走，方梅初说："好，我知道你想妈妈了。"

方后乐也不知道自己要去哪里，他走到桃坞中学门口站了一会儿，又走到桃花桥上，靠着栏杆向东望去。那年动身去明月湾，他也是这样靠着栏杆等父母的。过了一会儿，他发现父亲打开了书房的窗户，父亲没有看到他，他看到了父亲的脸。

不到一刻钟辰光，父亲关上了两扇窗户。虽然市面上有些喧闹，但方后乐似乎听到了父亲给窗户插销子的声音。这是母亲失踪后，父亲习惯性的动作，打开窗户，关上窗户，再拉下窗帘。靠着窗台的是一张可以躺下的藤摇椅，父亲右手拿着一卷书搁在胸前，左手垫在脑勺下面。这是他这半年来熟悉的父亲闲暇时的状况，父亲并不翻书，在藤椅的摇晃中慢慢睡去。

这间书房渐渐成了父亲的卧室。他每天晚餐后总会拿几本书翻翻，日积月累，茶几上、地板上堆满了书。这很像某个司令部的沙盘，山峦起伏。父亲好像很喜欢把自己安放在书丛中。方后乐曾经试图把父亲看过的书再放回书架上，但父亲制止了，说这样很好。让他觉得不可思议的是，父亲通常不让别人到书房。如果有访客，父亲才从楼上下来，在客厅里与客人寒暄。

方后乐一直没有寻思到父亲置身这间书房的真实心事，这肯定与母亲的失踪有关，父亲把与母亲同枕共眠的岁月凝固了。这是父亲缅怀母亲的一种方式。父亲躺在藤椅上，在摇晃之中，他进入了一个虚实交替的世界。方后乐确信，父亲每天在那里和母亲相遇。父亲的脸庞上有一层午后的阳光，那眼神是平静也像是呆滞，毫不在意朝着桃花桥上走过的人群，甚至也没有觉察到儿子站在桥上。

## 64

方梅初收到周鹤声来信时,金华正在激战。

周先生非常欢迎方后乐报考西南联大,他们会协助和照顾。按照以往的经验,联大通常在7月中旬报名,下旬考试,招生简章发布后即设法寄来。周先生提到朱自清先生在联大教书,但他们尚未见面,不久应该会小聚。周先生说,梅初当年听过朱先生的课,后乐若是考取联大,亲炙朱先生,也是一段佳话。

读罢周先生的回信,方梅初脸上多少舒展开来,这是方后乐久违的父亲的面容。这段时间,他悄悄查过一些文献,读到了朱自清先生的新诗《转眼》。诗前的小序,让方后乐很好奇,他抄录了给父亲看:"1920年5月,在北京大学毕业,即到杭州第一师范教书。初到时小有误会;我辞职。同学们留住我。后来他们同我很好。但自感学识不足,时觉彷徨。这篇诗便是我的自白。"方梅初说,具体什么误会,我也不甚清楚,一师当年有些复杂。方后乐轻轻说了一句:"想裹足吗?徒然!"他告诉父亲,自己很喜欢《转眼》,他现在的心境和朱先生当年一样,虽然彷徨,但不想裹足。方梅初说,你会背诵《转眼》?方后乐背诵道:

夜被唤回时,
美梦从眼边飞去。
熹微的晨光里,
先锋们的足迹,

牧者们的鞭影,
都晃荡着了,
都照耀着了,
是怕?是羞?
于是那漫漫的前路。
想裹足吗?徒然!
且一步步去挨着啵——
直到你眼不必睁,不能睁的时候。

"你选择念中文系是对的。"父亲又一次肯定,"我喜欢文献学,你妈妈喜欢文学,你遗传了妈妈的基因。现在的问题是,怎么去昆明呢。"

自从确定两个孩子去昆明考大学,黄道一便开始研究路线。他最初的设计是,从上海坐船到缅甸仰光,沪仰线虽然在海上时间长了点,但不用周转,到了仰光经滇缅公路去昆明。但日本人占领仰光,炸毁了滇缅公路后,这条相对便捷的路线就作罢了。方后乐也研究了去昆明的交通,如果不走沪仰线,那就从浙江金华坐浙赣铁路,转湘赣公路,再经湘桂铁路、黔桂公路到贵阳,然后走滇黔公路到昆明。黄道一和方梅初觉得这条路线也可以,但坐沪宁线到无锡后有些麻烦,从无锡到张渚要走水路,再从张渚经广德、柏垫、屯溪公路到屯溪,从屯溪走兰溪、金华公路到金华。

黄太太急得哭了,说这罪怎么受。黄道一问:"那你说怎么办?"黄太太说:"实在不行,就去南京读中央大学吧。"黄青梅摇摇头说:"我们不去沦陷区念大学。"黄太太又问:"去重庆呢?"方后乐告诉黄太太,去重庆也是一样的路线,得先到贵阳,再去重庆。方梅初说，既然这样定下来，那就做相应的准备工作。黄道一想了想说，从无锡到常州再到张渚，他可以请无锡的朋友帮忙安排护送。但金华战事吃紧，黄道一和方后乐都觉得金华沦陷是大概率的事。

如黄道一方后乐预料的那样，金华在5月底沦陷了，这意味着他们不可能走浙赣铁路那条线了。剩下的路线便是从张渚到屯溪，从屯溪到赣县，从赣县，再走曲金铁路、黔桂公路到贵阳，最后经滇黔公路到昆明。在这样的路线确定后，黄道一、方梅初和方后乐、黄青梅坐下来商量最后的方案。

"这条路线肯定舟车劳顿，且不说战事的纷扰。我和梅初心里都不舍，你们现在改变主意还来得及。"黄道一平静地问方后乐和黄青梅。

"你们再想想，或者就像黄妈妈说的，去南京念书。"方梅初附议道。

黄青梅看看方后乐，方后乐不假思索地说："我们还是去昆明吧，我们有思想准备。奶奶那年都去了重庆，我们就像候鸟一样飞一次。如果奶奶不回苏州，我还有点犹豫，现在我不那么担心爸爸了。"

"我是有点害怕，好在不是一个人出门。"黄青梅说。

"我会照顾好青梅的，你们放心。"

"想放心，放心不下。"黄太太说。

方梅初算了一下时间，如果6月10日左右出发，什么都不耽误，一个月左右能到昆明了。他让方后乐黄青梅这两天去拍身份照片，毕业证书拿到后就去上海寄给周先生。黄道一则准备明天就去无锡，和朋友商量无锡到张渚、张渚到屯溪的交通安排。屯溪有上海美专的同学，也可以接待，困难就是屯溪之后的行程。

这些都商量妥当后,方家客厅鸦雀无声,大家沉默不语。黄太太突然喊了声"惠之啊",随后大哭起来,黄青梅也跟着哭出声来。

## 65

方后乐原想有时间的话去一下消泾和明月湾,母亲失踪后,他分别去了那里。他当时明白,母亲如果对消泾和明月湾有清晰的记忆就不会去那里,他不死心,还是去了。这两处都成了他的伤心之地,凡是母亲去过的地方,都成了他疼痛的一部分。他担心阿荷姐,阿荷姐没有疯掉,但和之前判若两人,很少言语,目光呆滞。他心里清楚,就是那一个月的牢狱之灾毁了阿荷姐。当张若溪到桃花坞大街看他后,他放弃了行前去消泾的打算。

张若溪问方后乐是不是确定了考哪里,方后乐说他不想在沦陷区读大学,准备去昆明。张若溪并不惊讶,问道:"那我这次来就算给你送行了。现在去大后方很不容易,香港沦陷,河内、仰光被日军占领了,金华也沦陷了,你走哪条路线呢?"

方后乐说了他们几个人的考虑,张若溪说:"你得有充分的思想准备,路途之艰辛肯定超出你的想象。黄青梅什么打算呢?"

"我伯伯出去那么多年了,也活下来了。青梅跟我一起去,路上好照顾,她想考联大外文系。"

"你没有考虑去重庆念大学?"

"去重庆和去昆明是一样的路线，我更喜欢西南联大。奶奶准备回苏州了。"

"那里大师云集。"

"重庆的氛围应该比不了昆明，我看有文章说，西南联大是民主的堡垒，我要去那里呼吸自由的空气。"方后乐停顿了一下，"阿溪哥不要笑我有这样的想法。"

"你是到了应该有自己信仰的年纪了，"正是呼吸自由的空气这句话让张若溪觉得方后乐长大了，他微笑着点点头说道，"我从来没有跟你说过我的信仰，你肯定知道。"

方后乐若有所思，但没有接话。张若溪问有没有需要协助的地方，方后乐说都准备好了，再过一个礼拜就出发了，到了昆明会给他写信。

"我可能要去小学教书，等确定后我告诉姨夫地址，没有特别的情况，你也不用给我写信。姨夫会告诉我的，我会不时来看看姨夫。奶奶回来也好，这样姨夫不那么孤单。"

方后乐没有询问张若溪为何去小学教书，问了也不一定会说。他说起阿发，张若溪说目前没有什么消息。看方后乐若有所失，张若溪突然问道："你记得觉民书社的王恺夫吗？"

"他不是失踪了吗？"

"我想告诉你，他是清华的学生，参加过'一二·九'运动。"

"你有他的联系方式吗？"

"没有。看机缘，以后或许有见面的机会。"

"阿荷姐最近好吗？我可能来不及去消泾了。"

"不好。"谈到阿荷，一向从容的张若溪失去了往日的平静，方后乐感觉阿溪哥的眼睛里燃着火焰。张若溪有点激动："不谈别的，就讲我们身边，娄门姑姑、阿鸣、惠姨、阿荷、黄道一先

247

生，我们遭遇了多少不幸。"看方后乐眼睛湿润了，张若溪拍拍他的肩膀："少年强，则中国强。"

"我也不知道这一别什么时候才能见面，也许这四年我无法回来。"方后乐伤感地说，"阿溪哥，你也小心。"

"会见面的，胜利的那一天。"张若溪抱抱方后乐，"我这就算送你了。"

"说不定我母亲还会回来。"

"是的。我们心里想着惠姨。"

张若溪离开后的第三天夜间，方梅初已经上楼了，方后乐正准备关上客厅门，听到有人轻轻敲大门的声音。方后乐诧异这么晚还会有访客，他靠近大门问谁，敲门的人没有回答，喊了声"后乐"。方后乐打开门，两个商人模样的男人站在他面前，他还没有邀请，身高一点的男人独自进来，随即把门关上，又顺手插上门闩。方后乐几乎被这人拉到院子里，然后一个熊抱，再把他举起。方后乐反应过来了，果然是阿发，两人几乎同时喊了对方的名字。

方后乐无法形容此时的感觉，甚至一时说不出话来，他用拳头使劲地捶了捶阿发。阿发捏紧拳头，比画着说：油墩子。两人稍微平静下来，方后乐请阿发去客厅，阿发说不用，只能待几分钟。看家里只有方后乐一人，阿发问方先生呢，方后乐说上楼休息了，我去叫他。阿发说不用，让方先生休息，惠姨的事我晓得了。

"你怎么会突然进城？"

"我算算你要考大学了，这次不见，也不晓得以后有没有见面的机会，我很快要去苏北了，说不定哪天战死沙场。"

眼前的阿发和明月湾的阿发几乎判若两人，之前憨憨的阿发现在举手投足都刚毅起来。方后乐问道:"你现在是长官了?"

"我们部队不说长官,我现在是排长。我去打鬼子,你好好念书,赶走鬼子了,需要你这样的读书人。我现在也识得很多字了,你给我的那个本子上写满了字。"

"我再送你两本。"

"好啊。这个要的。我没有东西送你,给你一个水壶,路上也许用得着。"

在门口告别时,方后乐说,阿发,你记得我说的桃花桥吗,就在附近,要不要到桥上站几分钟。阿发跟着方后乐到了桥上,方后乐指着桥栏板上的几个字,阿发弯腰读出声音来:"桃花桥,桃花桥。我以前走过,就是不认得桃花桥这几个字,我现在识字了。"

阿发朝东看看,朝西看看,问道:

"这春天有桃花吗?"

"从前有,现在没有了。"


## 66


桃花坞大街上的邻居知道方后乐去外地念大学,没有询问去哪里。黄天荡过来对方后乐说,你们家的腌腊以后我管。方后乐看到黄鹤鸣陪着有了身孕的老婆在桃花桥上晒太阳,便走过去说了几句话。黄鹤鸣说,你放心,方先生吃饭的米我包了。方后乐闻之,心里暖洋洋的。

回到家中,黄青梅过来了,问方后乐:"我们要不要去哪里走走？这次出去，也不知道什么时候能回来。"

"好啊。这苏州城不大不小，你想去哪里呢？"

"我也说不清楚，这几天我越来越紧张，出去走走，会放松一些吧。"

"我也心神不宁。那就漫步，走哪儿算哪儿。"

"不行，你带上自行车，走不动了，我就坐在车上，你推我。"

"你走不动了，我也骑不动自行车了。要么我先骑车带你，累了，歇会儿，走路。"

黄青梅觉得这样也好，问方后乐骑车有没有带过人，方后乐看看她说，你说呢。两人一路向东，到了护龙街。黄青梅说，我现在就想坐车，这里路宽。方后乐车速缓慢，小步快跑的黄青梅还是不敢坐上去。方后乐只好停下来，双脚撑地，等黄青梅坐上去了以后，他用力一蹬，晃晃荡荡中黄青梅的手拉着他的外套，车子总算稳定向前了。黄青梅的手一直拉着外套，方后乐被牵扯得很不舒服，喊了一声："你的手放下呢。"黄青梅就像没有听见一样，右手索性搂住了方后乐。过了一会儿，黄青梅的头又靠在了方后乐的背上。说不出什么感觉的方后乐，只觉得运动中的身躯反而紧张了。

到了三元坊附近，黄青梅让停车，说路边有卖棒冰的。方后乐问她想吃什么，黄青梅说赤豆棒冰。她原本想说喝惠姨做的绿豆汤，话到嘴边又吞下去了。方后乐停好车，买了一根赤豆的、一根绿豆的。他要吃绿豆棒冰时，黄青梅说她也要吃一口。方后乐指着棒冰的下方说，你吃这边。黄青梅笑道，还嫌我脏呢。方后乐问，我们到哪里坐一会儿？黄青梅建议去盘门城墙坐一会儿，方后乐说，你不怕晒黑？黄青梅摸摸自己的脸说，晒黑了，在路上就不危险了。方后乐说，那你脸上涂把灰吧。黄青梅告诉他，妈妈这几天找出了自己年轻时穿过的旧衣裳，让她在路上穿。方后乐觉得黄妈妈想得很周到，但他穿不上父亲的衣服了，黄青梅让他去问阿鸣找几件旧衣裳。

蟠龙桥向西、城墙向南一片几乎是棚户区，这里住着的多是苏纶厂女工。几个赤脚的小孩子，在一块空地上玩耍，看到黄青梅方后乐，簇拥过来，黄青梅给每人分了几个枇杷。绕过棚户区，两人登上了城墙。这段城墙多年失修，上面的砖所剩不多，可能被人挖走搭房子了，坑坑洼洼，杂草丛生。他们找了个相对干净的地方坐下来，方后乐说，你怎么想到这里来？青梅说她从来没有登过城墙，这里有历史感。黄青梅所说的历史感倒是引发了方后乐的思古幽情，他说：

"吴越之争是个历史事件，我们现在说这事，是说故事。中日战争，我们是反侵略。说故事，没有疼痛感，我们现在是故事中的人，有疼痛感。"

"你这么深刻，是不是阿溪来过了？"

方后乐没有说张若溪，他告诉黄青梅，见到阿发了。黄青梅很惊讶，问什么时候来的。

"前天夜里，说了几句话就走了，可能要去苏北的东台。他现在认识好多字了，送了我一个水壶。"

"他有没有受伤？"

"看不出来，做排长了，好像长高了。他让我在后方好好念书，他在前方杀鬼子。"

"阿发好勇敢。"

"他说他可能会战死沙场，这句话让我一夜睡不着。"

几只麻雀从城墙的树枝上飞起，正午的阳光照得两人睁不开眼睛。黄青梅闭着眼睛喊了声"后乐"，方后乐说，你想什么呢？

"我们会不会到不了昆明？"

"怎么会呢？"

"万一到不了，进退维谷。"

"那就找个地方待下来，寻机再去昆明，今年参加不了考试，明年再考。"

"我们不会像人家那样在荒地里生一堆孩子吧？"黄青梅眼前闪过刚才遇见的那一堆孩子。

"你跟谁生一堆孩子啊。"方后乐被黄青梅说得大笑起来。

"跟一个傻瓜。"

"如果一切顺利，你怎么打算？"方后乐岔开了话题。

"如果顺利，我们是1946年大学毕业，那时抗战应该胜利了吧。我爸爸建议我去宾夕法尼亚大学读美术专业，选修建筑。"

"你想做林徽因？"

"这有什么不好，那你呢？"

"没有不好。我想研究文学，做个大学教授。还没有想过出国留学的事，爷爷在的时候，问我以后要不要出国念书，他那天说中日必有一战，我说我肯定不会去日本念书。这事还早呢。"

两人虽然青梅竹马，但似乎从来没有这样细说过。其实从一开始，他就没有想非要两人去同一所大学念书，但就像他之前意识到的那样，有一个青藤把他们捆得越来越紧。母亲失踪后，青梅有一天突然问他，惠姨说过她儿子很喜欢我，是不是真的？方后乐明白，青梅是在确认一种感情，也是在确认一种保护她的力量。"妈妈没有瞎说。"方后乐的回答虽然不直接，但黄青梅心里踏实下来。方后乐不知道未来会怎样，但他知道他和青梅之间是剪不断理还乱了。

"还有几天我们就出发了，真的紧张。"

"阿鸣给了我一把匕首,我想想要不要带上。他说他有个朋友会武功,让我这几天学几招。"

"嗯。我们路上反正不能走散。"

方后乐一跃而起,伸手把黄青梅拉起来。

## 67

方梅初催方后乐早点休息,方后乐说现在也睡不着。方梅初问他这两天是不是在写什么。方后乐说,想写篇《桃花坞赋》。方梅初有些诧异:你不是喜欢新诗吗?方后乐说,我也想试试古文。他从房间里拿出笔记本给父亲:我才写了两段,你看第二段吧。

古城北隅,报恩寺西,横河一段,沿河成蹊。唐人杜荀鹤谓之桃花坞河,固尝以诗咏之。河自阊门而东,循能仁寺、章家巷河而北,过石塘桥,自齐门出,入护城河。河西北广袤地,即以桃花坞名。唐、宋以降,此地遍植桃树;元、明之先,其间已多墅园。皮、陆太湖酬唱,亦有桃坞之篇:兹坞穷源,超忽逸兴;花下做客,全彼天然。及至天水一代,此间繁华,更胜从前:梅氏园亭五亩,东坡题咏;质夫别业数楹,城北绵延。惜乎建炎难作,平江一炬,甲第丘墟,富贵逝川。范至能桃坞重来,沧桑人事;章家宅北城新圃,窈窕壶天。茂草新除,江南父老,重有丰年之庆;旧邦继绝,文、张英雄,更缔香火因缘。

方梅初读完大为吃惊，他问方后乐："这是你写的？"

方后乐说："我做梦时写的。"

也许是儿子即将离开苏州，方梅初谈兴很浓，几乎像老师上课一样。他对后乐说："我知道，你现在心情复杂，但你急切地想离开这里。你在这里出生的，不要以为桃花坞就是一条街道一片街区。"方后乐还没有回话，父亲又说："你在桃花坞时，桃花坞是一条街道。你离开了，就不是了。"

父亲没有说不是什么，方后乐只是静静地听父亲的临别赠言，这个时候他想到的不是乡愁，而是他读哲学书籍时知道的一个词：乌托邦。

在方梅初要说什么时，有人敲门了。进来的是黄青梅，手里拿着一只大纸袋。方后乐问，你收拾好东西了？黄青梅没有回答，打开纸袋，在桌上展开宣纸说："我爸爸很少画画了，给后乐画了一张画。本来我想到了昆明再给后乐的，爸爸说要在我们出发前给后乐。"方后乐看到黄伯伯的题款是：屈子行吟图。黄道一的画作以山水为主，很少见到他的人物画。方梅初仔细看看，画中草木山石不必说，屈子行吟的姿势和面部表情也比陈洪绶的木刻版画生动丰富许多。方后乐有点意外，但之前黄伯伯曾跟他说过要有气节的话，不禁觉得黄伯伯还是在时局之中。看看方后乐有点激动，黄青梅说：我们家老先生是要你好好做人，哈哈。

黄青梅折叠好画，再装进纸袋里。她似乎想起了什么，面对客厅的东墙，默默注视着惠姨的相片。方梅初说："惠之，青梅向你告辞了，保佑孩子们。"见方后乐潸然泪下，走近黄青梅身旁。黄青梅要回去，方梅初说稍等一下。片刻，方梅初从房间里出来，递给黄青梅一个红色的小袋子："你们这一去，不知何时可以再见。这是惠姨戴过的一副耳环，她以前就说给你留着。"

方梅初突如其来的举动，让方后乐和黄青梅都很惊讶。黄青梅愣了一会儿说："那我就收下。惠姨喜欢我的，以后我戴给惠姨看。"方后乐手足无措，送黄青梅出门。站在门口，两人互相看了看，默默无语，方后乐目送着黄青梅的背影。

这个初夏的不眠之夜，黄青梅可能比梅初和后乐还要漫长，凌晨她就听到室外树枝上的鸟鸣。


## 68


在苏州站门口，黄青梅和妈妈抱了抱，方后乐也抱抱父亲和黄伯伯。刹那间，方后乐仿佛看到母亲站在边上流泪，他抑制住自己的情绪，朝依依不舍的三人挥挥手。

方后乐往里走了几步，又驻足回头朝南看去，越过广场，越过护城河，便是桃花坞，桃花坞的中央是桃花坞大街。他想起许多年前，祖父祖母带着父亲便是在这里下车的，祖父告诉父亲，这里便是桃花坞。他听到火车的汽笛声，他意识到许多年或者是终其一生，他都生活在词语的桃花坞里。

站在月台上候车时，黄青梅问发呆的方后乐在想什么。方后乐回过神来说，想起祖父说过的一句话：

你想象哪里有桃花，哪里就桃花灼灼。

卷八

## 69

坐船到了张渚，方后乐和黄青梅都明白，此后是难于上青天的跋涉。

两人在江南大旅社住下，黄青梅说，我要洗澡，你在浴室门外站着。方后乐打好水，就站到了门外。方后乐翻开笔记本，出发前记下来的路线下一站是安徽河沥溪镇。他没有想到，1937年7月随父亲到庐江后会第二次途经安徽。黄青梅出来后，方后乐说："张渚和浙江长兴县的白岘交界，我查了，我爷爷的老家诸暨到长兴四五百里。"黄青梅说："诸暨你也没有去过吧，抗战胜利后我们一起去看看。"

安顿下来，方后乐黄青梅问店里的伙计，怎么去河沥溪。伙计说："远着呢，二三百里。前些日子，有几个大学的先生，也是从这儿去河沥溪的。我到运输站帮他们租了骡子，他们行李多。"这边没有汽车，伙计建议他们俩雇两顶轿子，差不多四天就能到，送几位先生去河沥溪的车夫回来了。方后乐问价钱，伙计说走一里路，每顶轿子付一元，那几位先生付了二百五十五元，如果你们愿意，我帮你们找两顶轿子，也出这个价。方后乐说好，我们明天早上就出发。

第一站到了流洞桥，车夫头子说，这个村没有旅馆，有家祠堂可以住，上次送大学的先生，也住在祠堂。车夫带他们去了祠堂，方后乐看看客堂还比较干净，跟黄青梅说就住这里吧。黄青梅想洗脚，方后乐看看，祠堂前有一条小溪，还有一个小码头。两人过去，方后乐说，我们先洗脸，再洗脚。黄青梅坐在码头上，双脚划水，方后乐怕她滑下去，拉着她的衣领说："沧浪之水清兮，可以濯我缨；沧浪之水浊兮，可以濯我足。"回到祠堂，再去里屋，黄青梅吓得哭了，她看到满地臭虫跳蚤。晚上，方后乐陪着黄青梅在客堂坐了一夜。

如是几日，经广德、柏垫、前程铺等到了河沥溪。车夫头子把他们拉到京赣大旅社，说那几个先生也是住在这里，价格不贵。方后乐跟黄青梅说，你若不介意，我们住一间房，你睡床上，我这几天在轿子上睡得多，不困，想睡就趴在桌子上睡。黄青梅说，这有什么介意的。方后乐说，那你先睡，我写会儿东西，路上有了些想法。黄青梅问是不是在写《桃花坞赋》？方后乐说是的，前面两段你看过了，试试今天能不能再写一段。黄青梅和衣上床，翻了几翻，便发出轻微的鼾声。等黄青梅一觉醒来，发现方后乐已经趴在菜油灯下睡着了。她起身，想把床让给方后乐，但看他睡得正香，也就不叫醒他。她拿起桌上的笔记本，借着快要熄火的光，读到了方后乐写的《桃花坞赋》第三段：

一统入元，民气徐苏。桃坞旧地，菜畦渔市；腥浪桃花，备极野趣。诗人雅士，隐居其间，当春花发，徒步自娱。后值张王据吴，又逢朱明龙兴，大军捣桃花坞，园散林颓，无复旧日画图。至弘治、正德间，解元唐寅伯虎，于此筑桃花庵，歌咏至今盛传——诗叙落拓，花换酒钱，酒中啸傲，花下醉眠，马足车尘无与，花枝酒盏堪怜，闲中日月难得，尘世功名看穿。解元《桃花庵歌》，直造渊明笔下桃源之境，桃花即在目前，桃坞复是仙乡，又何劳往武陵源去寻耶？

读到"桃坞复是仙乡，又何劳往武陵源去寻耶"，黄青梅不觉潸然泪下，她想哭出来，怕吓坏方后乐。她觉得自己都快散架了，长这么大，第一次出远门，一切场景都是她未知的。晚上洗脸时，她在镜子里看看自己，感觉没有那么熟悉了，到了昆明，她都知道自己什么样子。即使不穿妈妈的旧衣服，她走在路上，大概也没有什么人会在意她。她心里更加惶恐的是，离开桃花坞，便能寻找到桃花源吗？看着熟睡的方后乐，她心里又踏实许多。

屯溪是他们这次长途跋涉中最为惬意的一天。这里有黄道一在上海美专念书的同学陈先生，和黄道一交往也多，两人一同在黄山写生几天。出发前，黄道一便和陈先生几次往返电报，请陈先生提前预订了他们从屯溪出发的汽车票。黄青梅按照父亲给的地址，找到了陈先生家。陈先生认出了黄青梅，1936年夏天他去过苏州，看见黄青梅便说："青梅青梅，黄家有女初长成。"轻松的气氛，让方后乐也放松下来。

黄青梅首先想洗头洗澡，陈太太赶紧去安排。陈先生跟方后乐说，我和你父亲不熟悉，我听道一说，你爷爷是方黎子，我家老先生和你家老先生倒是有些交往。陈先生讲了两位老先生在杭州的一些细节，说如此我们两家也是世交呢。方后乐很惊讶，赶紧起身问，我是称您伯伯还是叔叔，陈先生说他和道一同庚。黄青梅出来，听到方后乐称呼陈先生伯伯，奇怪他们这么快就热乎起来。方后乐告黄青梅,陈爷爷和他爷爷是杭州时的朋友。

晚餐开始时,方后乐黄青梅都不敢多吃菜,陈太太看出了他们的拘谨,不停给两人夹菜,说你们肯定饿坏了,放开吃吧。黄青梅再也不管其他,说还要盛一碗饭。原本不吃臭鳜鱼的方后乐,也觉得这鱼是天下美味。放下筷子,陈先生说:"你们此行不容易,为什么非要去昆明念大学?"方后乐回答说:"我们不想在沦陷区读书。"陈先生点点头,告诉他们,江西战事吃紧,这路上要小心。黄青梅说,炮弹不会落在我们坐的车上吧。陈太太说,你这丫头,哪有这么巧的事。

方后乐问陈先生,他们的车票是哪一天的,陈先生说后天早上发车,你们明天要不要去哪里看看。黄青梅说,哪里也不去了,我就想吃饭睡觉。方后乐说,他今天晚上写封信给父亲,麻烦陈先生代寄。临睡觉前,陈先生拿来两个信封,分别给黄青梅和方后乐,两人看信封里装的是钱,诧异地看看陈先生。陈太太说,青梅,这是你爸爸汇来的钱,二百元,怕你们路上有什么,就分开装了。出发之前,黄青梅没有听父亲说过此事,她将信将疑,还是不敢接下来。陈先生笑着说,收起来吧,如果不是你爸爸的钱,等抗战胜利了,你们本钱加利息再还给我。两人这才收下,起身谢了陈先生陈太太。

陈先生很细心,又问两人:我查了一下,你们从屯溪到赣县,要经过铅山、崇安、建阳、沙县、长汀,从福建到江西,绕好几个县,怎么打算?方后乐说,他和青梅商量过了,中途尽可能不停留,乘最近的车次到下一站,我们抢时间,在车上也是休息。陈先生安慰他们说,上了曲江公路,你们的路途就好许多了。看看方后乐,看看黄青梅,陈先生拍拍方后乐说,你多操心一点。

此后十数日,方后乐黄青梅过铅山到崇安、建阳,再往沙县、长汀。他们念过历史地理，有所知的是崇安和建阳，而这又与他们约略了解的朱熹有关。方后乐记得父亲推荐过朱熹的《四书章句集注》，他说念大学后再看。出了崇安车站，两人买了第二天的车票。黄青梅说她闻到了茶香，好想找家茶馆喝杯茶。方后乐抬起右脚说，你看，我的脚指头冒出来了。出门时，方后乐带了三双鞋，胶鞋穿在脚上，妈妈做的布鞋和凉鞋放在箱子里。路上黄青梅说，你不要一直穿胶鞋，闷臭的。方后乐说穿凉鞋会满脚泥土，没有带剪刀，指甲长得像鸡爪子了。

两人在车站附近找到了修鞋的摊子，方后乐脱下鞋子看看，才发现两只鞋子的后跟都磨破了。青梅问要不要去买双新鞋子，后乐问了鞋匠修补的价格，算了算还是修补合算，他跟青梅说，到昆明再说。黄青梅无可奈何地道："到昆明再说"成了你的口头禅了。修补鞋子的空当，方后乐坐在小凳子上漫不经心地撕指甲，黄青梅看着难受，想起什么，打开箱子翻来翻去，在一双布鞋里找到了一把小剪刀。看方后乐拿剪刀的手僵着，黄青梅知道这段时间他一直提着两只箱子，双手累了，便从他手上拿下剪刀，蹲着给他剪脚指甲。黄青梅的手握着方后乐的脚，方后乐已经没有痒兮兮的感觉，任她摆弄。方后乐闻到了黄青梅头发的馊味，伸手捋捋她的头发，她抬起头看看他。

车到赣县时，黄青梅在座位上已经站不起来。方后乐拉了几下，黄青梅随即瘫坐下去。大家都赶着下车，方后乐生怕晚了行李会出差错，他半蹲在黄青梅身旁，让她手抱住他的脖子，踉踉跄跄驮她下车了。两人找了块空地，背靠背坐下来。年初这里遭到日军的狂轰滥炸，几个月过去了，断墙残垣中还弥漫着血腥。车站门口的小广场和马路边，除了零零散散的小商贩，挤满了难民。方后乐说：

263

"车子快到站时,我想起我伯父,他在江西待过,应该到过赣州吧。"

"他还在重庆吗?"

"上次奶奶来信说准备择时回苏州,没有提伯伯。"

"你有没有后悔没去重庆考大学?"

"你不想去重庆的原因我知道。"方后乐的背向前倾了一下,黄青梅随之往后仰去。方后乐突然站起来,黄青梅跌倒在地。黄青梅坐起来时,方后乐已经跑进了五六米之外的人群中。方后乐在人堆里紧张地东张西望,那个熟悉的面孔突然不见了。他又挤到另一堆人中当中,逐个识别,全是陌生的面孔。

方后乐蔫头耷脑站在黄青梅面前。看方后乐泪流满面,黄青梅问:

"出什么事了?"

"刚才看前面人群里有个女的好像我妈妈,我去了没有找着。"

黄青梅站起来抱住了方后乐,方后乐僵着,哭出声来。

## 70

黄青梅说马上到贵阳了,看方后乐嘴上流着口水,问是不是做梦了。方后乐揉了揉眼睛,嗯,做梦了,是梦吧。

他在路上一直想梦到母亲,特别是夜间行车时,常常恍恍惚惚听到母亲说话的声音。黄青梅靠着他肩膀酣睡,他的错觉在去明月湾的船上,母亲靠着他的肩睡着了,风过时,是母亲温和的呼吸。所谓日有所思夜有所梦，但他在梦中总是错过了母亲。他醒着的时候，环顾四周，除了青梅，全是陌生的面孔。一路颠簸，恍恍惚惚，他沉浸其中，车子仿佛是摇篮，母亲唱着催眠曲。

黄青梅摇醒他时，他正在辨别声音的方向，好像有人在喊"乐儿"。他的梦中出现了一对母子，应该是母亲和他，他好像听到母亲喊他的名字，但又没有声音。这个时候，他在梦中醒来了。这对母子都是一袭黑衣，母亲的双手搭在少年的肩上。方后乐没有看见母子的脸庞，但他感觉到了母亲双手的体温，这是他熟悉的气息。在母子的前方，似乎是剧院的舞台，又似乎是乡间的戏台。奇怪，他看到的只是母子的背影，舞台或戏台忽明忽暗。梦中的秩序混乱，舞台旁竟然有一口深井。他看到母亲把双手从少年的肩上移开，然后走向舞台，然后是美轮美奂的舞蹈。他始终看不清母亲的脸庞，也看不清少年的表情。舞台在母亲的旋转中突然漂浮起来，然后是湖，湖上有一叶扁舟，舟上是看不清面孔的男人和女人，是范蠡和西施吗？是自己的母亲和父亲？这个时候，从井里飘出了湿乎乎的歌声，他记得了两句：恨逢长茎不得藕，断处丝多刺伤手。他不知道接下来的男声是从哪里出现的：何时寻伴归去来，水远山长莫回首。这个时候，他隐约听到了母亲喊儿子的声音——这是母亲失踪后方后乐最长的一个梦。

"我梦到妈妈了。"

"想惠姨了。"

"看不清面孔，我感觉是妈妈。她的双手搭在我的肩上。是我妈妈。"

"惠姨一路在护送我们呢。"

"我是不是有点发热。"黄青梅把方后乐的手放在自己额头上。方后乐立刻警觉起来,摸了摸青梅的额头,又摸了摸自己的额头,感觉还好,便说:"好像不是,可能车子闷的。我们下车后,找家旅馆,你好好睡一觉,起来就好了。我昨天算了算,还有钱住几天,爸爸他们从上海汇给周先生的钱,应该也到了。"

"我想洗澡,我想吃一点辣的菜,出出汗。"

"好,贵阳的菜都辣的。"

"听说贵阳有一种东西,像我们包的春卷一样,但不是油炸。我也想吃。"

"这是什么食物?"

"我知道怎么写,好像叫 siwawa。"

"死娃娃?不会吧,怎么可能叫死娃娃。"

他们的交谈被邻座听到了,那人笑笑说:"不是死娃娃,是<u>丝</u>娃娃,<u>丝</u>绸的<u>丝</u>,娃娃的娃。"三个人都大笑起来,青梅问丝娃娃是不是很好吃,那人说,很好吃,用面皮包了各种食材,面皮如丝,看上去像娃娃被裹在褴褛里。黄青梅又问,包些什么呢?那人说,折耳根、萝卜丝、海带丝、脆哨、煳辣椒种种,用酸辣汁拌好。黄青梅不知道折耳根、脆哨是什么,她说她现在就想吃了,问贵阳哪条街上有丝娃娃,那人说大街小巷都有。

方后乐听邻座说出"褴褛"二字,知道这位先生有些文化,问怎么称呼他,邻座说姓戴。便问戴先生贵阳去昆明的车票是不是很难买,戴先生说肯定要等好几天,方后乐说他们是去昆明考大学,怕错过时间。戴先生说,如果急,你们到贵阳后直接去大夏大学,找贵阳基督教青年会协助。戴先生随即给他们写了大夏大学的地址,又说,去昆明要经过"二十四拐道"呢,很惊险。

到了贵阳,出站后便看到有不少小摊卖丝娃娃。方后乐买了六个，黄青梅一口气吃了三个，看她脸上红扑扑的，问是不是吃了辣的。黄青梅不吭声，方后乐摸摸她的额头，再摸摸自己的额头，是发烧了。两人赶紧在附近找了旅馆，方后乐找出出发之前备好的药，让黄青梅吃了。方后乐说，我们没有办法去大夏大学了，你休息，等我，我去车站排队买票。黄青梅点点头，方后乐出门时，她喊了声"方后乐"，方后乐回到床边，她拉住方后乐的手说，你去吧。

方后乐买到了四天后的车票，他算算时间，到达昆明应该是6月18日。回到旅馆，青梅迷迷糊糊睡着，后乐摸摸青梅的额头，感觉和下午出去之前差不多。他把青梅扶起来，喂了几口水。坐在床边的方后乐看青梅睡着了，正要起身，青梅又喊了声"方后乐"，他问是不是哪里不舒服，青梅说："我会不会死掉？"

"不会的，明天就会好些了。"

"我害怕，我想家了。"

"我在呢！"

"你不要离开我。"

"我看你睡。"方后乐把椅子搬到床边坐下，用手帕拭去青梅的眼泪。青梅伸出手，搭在后乐的手上，看着他，慢慢睡去。

凌晨，黄青梅醒来，一直未睡的方后乐说你出汗了，不会有问题了。黄青梅还是迷迷糊糊地说，我好像睡了几天几夜，我们到昆明了吧。方后乐说，你发烧了，我们还在贵阳。黄青梅裹好被子说你也躺下吧，随即转身朝里，空出位置。看方后乐还是坐着不动，黄青梅侧头说，我都不怕，你怕什么，你睡那一头。方后乐答非所问："二十四拐道，怎么拐呢？"

## 71

"我们到昆明啦。"

孱弱的黄青梅突然跳起，双手抱住方后乐的脖子，双脚勾住他的腿。方后乐也兴奋地抱住黄青梅，转了一个圈。他们在车站门口叫了一辆黄包车，车夫说，你们两人两个箱子，拉不动的。方后乐原本想叫两辆车，但不放心青梅独自坐车，便对车夫说，我加钱。车夫问去哪里，方后乐说去大西门。5月收到周鹤声先生回信不久，周兰给方后乐寄了一张昆明的地图，方后乐从地图上熟悉了西南联大周边的环境。

两人在大西门外的凤翥街找到一处民宅，主人说楼上有两间空房，放暑假了，原来住的大学生去了外地，你们可以住一段时间。方后乐黄青梅上了楼，四处看看，觉得挺好，各居一室，可以在这里复习备考。主人听说他们是来报考西南联大的，拿来联大的招生简章：你们看看，20日报名，就是后天，你们来得不早不晚。方后乐黄青梅两人都愣了一下，不仅没有放松，反而紧张起来，青梅说好险啊。方后乐再度确认今天是7月18日，明天19日，后天20日在联大报名。安顿好了，方后乐想去联大看看，青梅说，你看我们丧家犬的样子，丧魂落魄站在校园门口不好。黄青梅把去联大校园看得如此庄重，方后乐想想也是，到昆明就到联大了。黄青梅说，我们现在得给家里拍电报，告知平安抵达的消息。

出门时，主人说进了大西门，有很多小街可以逛逛，龙翔街、仓麻巷、文林街、青云街，明天白天可以去看看翠湖。方后乐想到的是明天要去周先生家,也不知毕业证书到了没有。发好电报,黄青梅想方后乐应该去看看周先生一家。方后乐说自己也想到这件事了,他打开地图,找到了北仓坡,离青云街不远。

"我们明天一起去吧。"

"你先去,和他们熟悉了我再去,现在跟过去,好像是去告诉人家我是你女朋友似的。"

"哈哈,你是我女朋友不是我说的。"

19日正好是礼拜天,方后乐估计周先生应该也在家,心里紧张起来。到了北仓坡,找到了螺翠山庄,方后乐按门铃前先整整衣服,又轻轻跺脚掸去布鞋上的灰尘。他定定神,想了想周先生全家福照片上几个人的模样。他兴奋、惶恐,甚至有些说不清的期待,父亲说在昆明,周先生就是可以依靠的亲人了。

开门的少女先愣了一下,然后大叫道:

"方后乐,你是方后乐。"

庐江一别五年,周兰已经活脱一个少女,方后乐瞬间也认出了她。他迟疑怎么称呼她,还是憨憨地叫了一声"师姑"。

"我是周兰。"周兰好像不习惯方后乐这样称呼她,"你什么时候到的,就你一个人?急死我们了,昨天还在念叨呢。"

方后乐告诉她,黄青梅在贵阳发烧了,身体有点弱,在凤翥街休息,过些日子再过来。两人说话时,周太太进来了,想起当年在庐江,周太太让他喊"杨老师",他觉得这称呼挺好,不要把父亲的辈分夹在中间,便赶紧说:"杨老师好,打扰你们了。"

周太太打量了一下方后乐说:"你这趟遭罪了,今天在这里好好吃顿饭,有什么困难我们一起想办法。"方后乐谢了周太太,说后天要去联大报名,不知毕业证有没有寄到。杨老师让他坐下,周兰端上一壶茶,说这是她爸爸公司做的"滇红茶"。转身又去周先生的书房拿来一个大信封说，这是你们的毕业证书。方后乐接过来，拿出的第一张是黄青梅的，周兰说："和你一起来昆明的就是这个黄青梅？长得好看的。"方后乐笑笑，没有吭声。

周兰又拿来联大的招生简章，问方后乐需要不需要高中课本，哥哥周青的书都在家里。方后乐说暂时不用，需要再来借。他在照片上见过周青和周云，便问两人的近况，周兰告诉他，周云念的西南联大经济系，周青去年也考取了经济系。方后乐说，我若考上联大，以后有机会在校园见到两位学长了。周兰说，姐姐毕业了，现在去乡下了，哥哥跟爸爸出去见朋友了。两人说话时，周太太拿了一双橡皮鞋过来，说周青的鞋子很多，让方后乐试试。方后乐说，有鞋子穿的。周太太说，穿橡皮鞋更好，昆明雨水多，联大那边是乡下了，郊外走路穿橡皮鞋好。方后乐谢过，换了鞋子。周兰说，你走几步看看，合不合脚。

周先生不在家，方后乐放松许多。周太太说，我见过你爸爸几次，你长得像他吧。周兰说不太像，问方后乐是不是像他妈妈。方后乐哽咽了一下说，可能更像妈妈。周太太说，我没有见过你妈妈，她的事情我们知道了，你爸爸不久前写信说了。你就把这里当家，随时过来。看方后乐眼睛湿润了，周兰说，我们也会去看你。方后乐没有抑制住自己的情绪，站起来背朝母女俩，两行眼泪落下。周兰悄悄走到他面前，拉了拉他的衣袖。

母女俩给方后乐准备了一些日用品，装了一包。周太太很细心，把方后乐换下的布鞋装在一个袋子里，跟后乐说："这鞋子是你妈妈做的吧，好好放着，留个念想。"方后乐嗯了一声说他暂时不过来了，等考好了再来看周先生。周兰说，我放假了，什么时候去看你们。临出门时，周兰说等等，她拿来一包点心，是火腿鲜花饼，让后乐带给青梅。

## 72

看着门楣上"国立西南联合大学"几个字,方后乐和黄青梅激动不已。

7月的昆明不及苏州炎热,黄青梅身着旗袍,出门又加了一件短袖外套。方后乐长裤衬衫,穿了周太太送的橡皮鞋。青梅说,我们没有照相机,不然拍张照多好。方后乐说,等拿到录取通知书,我们再来拍照。青梅说,不会考不上吧。方后乐说,我们得认真复习。

两人报好名,就近看了看校园。图书馆是砖瓦房,学生宿舍和教室是他们从未见过的,土墙,铁皮屋顶,明月湾和消泾都少见这样的房子。黄青梅问,这宿舍怎么住?后乐说,听说要住进去很难,要找人帮忙。青梅想想说,我们一路都过来了,也不怕。方后乐赞同说,这样的环境下,就靠我们的精神了。方后乐对大门里面的"民主墙"很感兴趣,各种消息,社团的壁报,学术讲座的海报,也有推销商品的广告,五花八门。看方后乐不肯离去,黄青梅说,以后你找不到我了,就在这墙上贴寻人启事吧。

临考的前两天,周兰突然到了凤翥街。房主领她到楼上,方后乐黄青梅各自在房间复习,见周兰过来,有些喜出望外。周兰说,青梅姐,你比相片上还好看。黄青梅初见周兰,看她开朗明快,心里倒是喜欢上了,跟周兰说:"你给我的那些饼真好吃。"这两人谈得热络,方后乐站在边上只是笑。

黄青梅从箱包里拿出一条丝巾,给周兰扎上,说是给周兰的礼物。周兰想照镜子，楼上没有，黄青梅掏出小镜子。周兰左看右看，青梅说好看好看。周兰谢了，对两人说："我出来时，妈妈给我钱，请你们吃午餐。"青梅说："那就吃米线吧，以后去苏州我请你吃松鼠鳜鱼。"周兰说好啊，想起小包里还有妈妈买的定胜糕。黄青梅喜上眉梢，让方后乐现在就吃一块，兴奋地说："托阿姨吉言，定胜，定胜。"方后乐心生暖意，若是在苏州，母亲和黄妈妈买定胜糕之外，还会包粽子，他脸上的微笑瞬间消失。三人在凤矗街吃了米线，周兰说不耽误他们复习就回去了。回到住处，青梅说："你这师姑可爱，我喜欢的。"方后乐摇摇头说："我这师姑来的时候叫你青梅姐了。"

联大入学考试科目有公民、国文、英文、数学（高等代数、平面几何、三角）、中外历史地理和理化生物等八门，黄青梅的强项是国文、英文、中外历史地理，数学和理化生物特别是数学弱些，方后乐的弱项是理化生物。考完第一门，两人还对各自的答案，若以对方的答题为参照，也有不少差异，再翻书，看谁接近正确。方后乐说："这样不好，对答案会影响下门考试。"黄青梅觉得也是，方后乐又补充了一句："感觉你比我考得好。"青梅说："你说鬼话。"

连续四天考试，高度紧张兴奋后一下子疲惫了。方后乐提醒还在翻书的黄青梅说："我们不再说考试的事了。"黄青梅说："好，说说作文不要紧吧，没想到作文题这么简单，记述童年中最深刻的一段印象，而且不限文言语体。"方后乐问青梅有没有分段和加新式标点符号，她说分段了，也加新式标点了。

方后乐审题时，最初出现的场景是在皋桥国小门口母亲第一天送他上学，他想以此串联母亲呵护他成长的细节和故事。但他很快放弃了这一构思，想起出发之前张若溪和他说的一段对话。

在说了亲友的遭遇后，张若溪说："感时忧国，我们要痌瘝在抱。"他情急中想起在爷爷的书房里，他们三代人的交谈，他们说到章太炎，说到鲁迅，说到1932年上海事变后的相片。就在那天，爷爷说了"中日必有一战"，他自己则不知深浅说了我们还在铁屋里。那天的场景定格在他童年的记忆中，从杭州到苏州，从苏州到庐江，再从苏州到昆明，时空变了，但他看世界的眼光从那一天开始的。

听方后乐这么一说，黄青梅觉得自己的作文可能太浅了。方后乐说："文章不在深浅，真诚重要。你写自己跟黄伯伯学画的细节，我写书房里的谈话，我们都有赤子之心。"黄青梅稍有些安慰，她问方后乐：

"你开头怎么写的？"

"我只记得开头和结尾的第一句话，其他忘记了。"方后乐想了想说，"开头是：一个人的童年记忆或许会影响他一生的方向。结尾的第一句好像是说，祖父往生了，母亲失踪了，自己对祖父书房的记忆也从沦陷区到了大后方。"

方后乐复述时表情平静，黄青梅闻之热泪盈眶，抱了抱他，轻声说：

"Oh my God，爷爷保佑我们，惠姨保佑我们。"

"You are own God."

## 73

在等候发榜的那些日子，周兰偶尔会过来，方后乐有时也会跟周兰黄青梅一起逛街，或者去翠湖，但他更想独自走走。黄青梅觉得这样也好，一个男生跟在两个女生后面确实不是那么自在。

方后乐喜欢在凤翥街北口小牌楼附近发呆，小牌楼的景象留下了从清朝到现在的痕迹。楼衰败中的古旧和沧桑，让他闻到了苏州的气息，甚至让他想到苏州小巷深处无数的门楼。但这里的市井气里散发着另一种味道，一种从土壤里发酵出来的味道。凤翥街有骡马店，从北口牵着骡马进城上街的乡下人很多。无论站在哪家小店前面，随时可以看到骡马。他起初不习惯骡马的粪味，时间长了，他开始从骡马的粪便中嗅到了青草的味道。有时，他从茶馆出来，还能看到马锅头的马队，这些往来昆明和滇西的马帮是凤翥街上一道风景。他在苏州植园外面曾见过捡骡马粪的人，说是晒干了，冬天可以当柴火烧。

他有时也恍惚，特别是在暗黑的灯光下，听到骡马铃铛的声音，听到由远而近的洞箫幽鸣，他似乎回到了那个小城。他有时似乎听到的是笛声，他把箫声和笛声混淆了。他一下子陷落幽暗和清澈的光景中，他不知道洞箫和笛子怎么会融合在一起，然后穿透他的心扉。许多年前的秋夜，他从西大街走过时，西边城墙几乎消失在夜幕中，就是那呜呜的箫声似乎把城墙吹开了一个口子，让它看到了运河的水色。或许是箫声的低沉，他突然变得有些忧伤，这和昆笛带给他的忧伤不同，妈妈在笛声中缥缈若仙。箫声弥漫春天，桃花开了，一片片桃花雪；在秋色里，天平山零落的枫叶落在山溪里，缓缓地随水逝去。他和父亲、母亲站在灵岩山顶，正是枫叶最红时。

曾经让方后乐习以为常甚至厌倦的日子，现在成了他最温馨的回忆，心里有时还会生出疼痛感。以前方后乐从未兴奋过自己生活在"天堂"之中，在小城沦为地狱时，他感觉从前的苏州或许是个天堂。现在想想,那些平常日子里的美好离自己远了。青团子、麦芽塌饼、枇杷、杨梅、桃子、黄鱼、塘鲤鱼、鲈鱼、酱汁肉、雪菜冬笋,店里的酱汁肉不好吃,妈妈做的蒸咸肉更好。黄伯伯也说咸肉好吃。爸爸说还是腌笃鲜好吃,有咸肉有鲜肉有春笋有百叶结。西瓜、黄瓜、荷叶粉蒸肉、虾籽鲞鱼,妈妈说虾籽鲞鱼太咸了,其实还是虾籽炒茭白好。爸爸说虾籽鲞鱼不适合喝酒,吃米粥时咬一点就行,不能大口吃。红菱角、桂花糖芋艿、糖炒栗子、藕饼、大闸蟹。嘉元伯伯说木渎石家饭店的鲃肺汤特别鲜美,于右任先生赞不绝口。母亲说菱角快上市了,你记得明月湾的红菱吗?红菱藕片鸡头米,装盘时最好放一张荷叶。方后乐说喜欢雪里蕻炒冬笋,周惠之说这很简单,我明天就去小菜场买雪里蕻。爸爸说等下雪了买些豆腐回来冻。

时序在食物的更新中交替,方后乐并不馋这些食物,但他明白美好的生活是在这些食物中呈现出来的。即便有了西餐,有了粤菜,苏州人也去尝新,日子还是像往常一样循环。这个把新生活容纳到旧生活中的小城,创造了一种文化。方后乐觉得,父亲和母亲,特别是父亲总是在新生活中回望旧生活。在桃坞中学方后乐课上发言说:苏州的文化是那些一座一座的古桥,苏州的生活是一条一条的流水,说苏州不能只说小桥或流水,要说小桥流水。到昆明后,他再也没有梦到过妈妈。旅途中的那个梦,似乎成了他与妈妈的告别仪式,或者是寻找妈妈的无果之旅的开始。在小牌楼,他在过客中寻找过妈妈,但他很快知道这其实也是一个梦。

周青和周兰一起来看他们,周青说,你们两个女生去逛街,我和后乐去茶馆喝茶。两人在茶馆里坐下,似乎一见如故。已经念了一年大学的周青,让方后乐觉得在周青面前自己就是一个中学生。聊了一会儿后，方后乐心里迅速比较了一下周青和张若溪，他觉得这两人言谈举止很像，周青似乎多了些书生气息。方后乐问周青：

"我若是考上联大，要注意什么？"

"在自由中学会选择。"

周青这句精辟而原则的话很模糊，但让方后乐松散的精神一下子聚拢起来。周青告诉他，联大的风气很好，但不是所有的学生都在好好念书，先生们的个性差异很大，不管你喜欢不喜欢，先生们都很值得尊敬。方后乐又问：

"能不能具体说说选择？"

"这很难说，你到昆明念大学，选择的是精神，不是物质。一年下来，我的体会是，选择人格上影响你的老师，远比在意老师的学问更重要。这一点，你慢慢体会。联大这几年的政治气氛浓了，你要谨慎。"

"那你是怎么选择的？"

"我也说不清，目前是多研究问题，不想谈主义。"周青想想又说，"我不是学哲学的，好像在谈哲学一样。你念文学，比我念经济学有趣多了。"

周青告诉方后乐，他自己受父亲影响比较多。父亲不是国民党，但在国民政府做事；他原本是个教授，现在做实业。父亲是个奇迹，他自己无法拿捏成这样。方后乐说来昆明后还没有见过周先生，尘埃落定后向周先生请益。周青笑着说，你要有思想准备，老头子是个很冷峻的人，不过心里热乎乎的，我姐周云像他。方后乐印象中，相片上的周云是微笑的。

两人坐到黄昏，方后乐说喝不动茶了，周青说：

"从现在开始，你要学会泡茶馆。"

## 74

方梅初先是收到了方后乐的电报,"安抵后日报名"六个字让他读了无数遍,他想从每个字里找到一些细节。好在大后方和沦陷区尚能通邮,否则他悬着的心不知何时能安稳下来。他所有关切的问题所有的悬念,都在见到这六个字后放了下来,然后是不断循环的念想和对方后乐行程细节的猜测。之前他期盼周惠之归来,现在他又多了一份期盼,等邮差,等风声雨声中的飞鸿。

还是黄青梅细心,写了一封很长的家书,信末有"后乐附笔问好"字样,黄道一拿来给方梅初看了。青梅差不多写了三页纸,方梅初的许多悬念在这封信中有了答案。黄太太说,孩子们报喜不报忧,不知吃了多少苦。黄道一不是这样想,他说,不出门,怎么会长大。青梅也说到屯溪陈叔叔的四百元,黄道一和方梅初都有些意外,这是朋友解囊相助,可谓雪中送炭。方梅初说,他们去过周先生家了,我这也就放心了。黄太太没有他们两位放松,说他们不考取,我还是睡不着。

桃花坞大街和往常一样,烟火升起,太阳落下,似乎并不在意周惠之的失踪和方后乐的离去。黄鹤鸣做父亲了,方梅初看到襁褓中的宝宝会想到周惠之抱着方后乐。他在楼上时常听到宝宝的哭声,心里没有烦躁,反觉得沉寂的桃花坞大街有了些生气。他甚至想,有一天,方后乐和黄青梅的宝宝也在这个院子里哭笑嬉闹。在这样的想象中,人去楼空的方宅多多少少有了人气。方梅初唯一的担心是方后乐可能会越来越像他伯伯方竹松。之前,儿子经常和他争论新旧文化，现在想来这并不重要，新旧都在变。性格上方后乐像妈妈，温和善良，思想上的决绝和自己的中庸相反，更像他的伯伯。尽管这才初现端倪，但方梅初隐隐约约感觉到儿子可能会慢慢接近政治。若是考上中文系，若是有机会接触朱自清先生，也许方后乐会像朱先生那样中道。

9月，方梅初收到了方后乐的信。他没有拆开，用手摸了摸，信封里应该是几张纸。当初方后乐离家时说好，如果收到他的《桃花坞赋》，他和青梅就是考上了。方梅初用剪刀剪开信封，果然，方后乐随信寄上了《桃花坞赋》。方梅初连忙小跑到廖家巷，桃花坞大街许久没有他铿锵的足音了。

黄道一接过方梅初手上的几页纸，低声读道：

### 桃花坞赋

#### 方后乐

伯、仲圣贤，能移荆蛮旧俗；东南泽国，竟莫勾吴王基。昊天杳杳，去日迟迟。降至裔孙阖闾，曾霸天下；幸得圣相伍员，遂筑大城。姑苏一朝结构，数代经营，虽有改易，不见颓倾，河衢交错，水陆并行，城阙巍峨，屋舍峥嵘。世屡兴替，道有亏盈：周、秦至今，两千数百岁月；洪、杨而后，七十余载升平。

古城北隅，报恩寺西，横河一段，沿河成蹊。唐人杜荀鹤谓之桃花坞河，固尝以诗咏之。河自阊门而东，循能仁寺、章家巷河而北，过石塘桥，自齐门出，入护城河。河西北广袤地，即以桃花坞名。唐、宋以降，此地遍植桃树；元、明之先，其间已多墅园。皮、陆太湖酬唱，亦有桃坞之篇：兹坞穷源，超忽逸兴；花下做客，全彼天然。及至天水一代，此间繁华，更胜从前：梅氏园亭五亩，东坡题咏；质夫别业数楹，城北绵延。惜乎建炎难作，平江一炬，甲第丘墟，富贵逝川。范至能桃坞重来，沧桑人事；章家宅北城新圃，窈窕壶天。茂草新除，江南父老，重有丰年之庆；旧邦继绝，文、张英雄，更缔香火因缘。

一统入元，民气徐苏。桃坞旧地，菜畦渔市；腥浪桃花，备极野趣。诗人雅士，隐居其间，当春花发，徒步自娱。后值张王据吴，又逢朱明龙兴，大军捣桃花坞，园散林颓，无复旧日画图。至弘治、正德间，解元唐寅伯虎，于此筑桃花庵，歌咏至今盛传——诗叙落拓，花换酒钱，酒中啸傲，花下醉眠，马足车尘无与，花枝酒盏堪怜，闲中日月难得，尘世功名看穿。解元《桃花庵歌》，直造渊明笔下桃源之境，桃花即在目前，桃坞复是仙乡，又何劳往武陵源去寻耶？

俄顷聚散，咫尺炎凉，解元物故，诗墨垂芳，初厝左近，移葬横塘。尔后数百年间：北坞渐归荒芜，诸家园亭盛景、终难重现；南坞再获润泽，而为升平市井、商店工坊。桃庵弛废，不碍魂梦牵萦；桃树凋残，再无细民种植。历明清易代，繁华不坠，尔来三百年矣。其间虽有秀成暂踞，元气不戕；近日谁知乡国沦陷，中心欲死。淞沪兵燹，战地风腥；吴门浩劫，同胞血紫。均称江南虎阜，持风雅以传承；怎奈东寇狼心，挟刀兵为仗恃。桃树纵华，须是红泪沃成；坞草尽刈，当哀灰劫未止。已矣哉！总期剥极必复，力驱外敌，痛饮黄龙；或谓贞下起元，运启中兴，早光青史。游子行前，伤怀几度;刘郎去后,许愿重来。

"青出于蓝胜于蓝啊。"黄道一说。
"这是后乐心里的桃花坞。"方梅初也这样说。
这天黄昏,方梅初又站在桃花桥上。

卷九

## 75

  方后乐、黄青梅去新校舍注册前，周青推荐了一篇学长的文章给他们看，说联大在昆明的形状，这篇文章说得再形象不过了："在昆明西北的城郊，小山起伏，山的前面，低低的黑垣墙围成了两个四方形，南北并列起来，很像一个'吕'字。一条公路从中间横压过去，把一个'吕'字切成了两个'口'字，邻而不接的隔道相望，这便是西南联大的新校舍了。"

  他们俩在学校逛了大半天，发现马路北区的"口"字比南区的"口"字大好几倍，应该是新校舍的主体部分。这一带原是荒冢，遍地蓬蒿野蔓，即便现在校舍林立，他们仍然在蒿草丛生野花遍地的校园里感受到之前的荒芜和野趣。北区的南门便是"国立西南联合大学"的校门。从校门进去，贯穿南北的一条土路将校舍分成东区、西区和东北区，东北区背靠起伏的小山。校园里有些积水，黄青梅在泥泞处差点儿滑倒，幸亏方后乐一把拉住。方后乐笑着说："你一进校园就要跪拜啊。"

  尽管他们对校舍的简陋有充分的思想准备，之前报名高考时也约略感受过，入住后他们才意识到这里的简陋完全超出他们的想象，所谓新校舍，几乎就是农舍。听说新校舍的建筑是梁思成、林徽因设计的，他们吓了一跳。青梅说，这也太为难两位先生了。图书馆和食堂是砖木结构的瓦房，图书馆东边的教室实验室都是土坯墙和铁皮屋顶。方后乐和黄青梅避难时有过短暂的乡村生活经历，明月湾也有这样的土坯房，但是砖石夹杂的墙。黄青梅春季跟父亲去乡村写生，看到过土坯墙上的眼孔，有蜜蜂从菜地里飞来钻进去。方后乐见黄青梅发呆，问她想什么。黄青梅缓过神来说："这里的春天肯定有蜜蜂飞舞。"

学生宿舍在图书馆的西边，也是土墙，屋顶盖的是茅草。7月来联大报名时，方后乐和黄青梅绕到这里来看了一下。青梅看到麻雀从屋顶的茅草里飞出来，靠近宿舍土墙，她又看到了屋檐下的蜘蛛网，大叫一声。让黄青梅紧张的是，每栋宿舍两面黑墙上五个所谓窗子，是不满二尺的洞口，中间也立了几根木头棂子，但没有玻璃，连报纸也没糊上。这一片大概有十二栋宿舍，每栋有互相通连的五间，每间住八人，一栋宿舍里要住四十人。即便如此简陋不堪，要住进来并不容易。他们来自沦陷区，又有周青帮忙，方后乐住进了北区，黄青梅暂时住进了南区。宿舍里的蚊帐床单被褥得自备，周兰自告奋勇说陪他们去店里买。周兰母亲说，如果不嫌弃，家里有些旧物也可以使用，她找来周云当年住校的一套用品，青梅看了，觉得挺好。方后乐的宿舍住满了同学，除了床铺，其他什么也没有，总会在宿舍看书写写东西，没有桌子怎么办？周青告诉他，去买两个肥皂纸箱，叠在一起当书桌。周兰说，她家里有只小柜子可以给青梅用，就不要买纸箱了。南区女生宿舍条件一样简陋，好在不是上下铺。青梅的床头上方，正好是窗户，虽然阳光充足，刮风下雨怎么办，万一有小偷跳窗而进怎么办，方后乐说只能用报纸糊上了。青梅坐在床上，虫子从窗外飞进来，地上有跳蚤，她吓得躺在床上，眼泪下来了。

最初的几个晚上，方后乐躺在床上怎么也睡不着。他想起在流洞桥的那个夜晚，青梅看到满地臭虫跳蚤不敢进里屋，他只好在客堂陪她坐了一个晚上。青梅现在怎么样了，她肯定更不习惯这里的环境，会不会坐在床上呢？方后乐的上铺是位高年级同学，鼾声像秀姨家拉风箱的声音，击碎了他枕边的月光。

早上起来，方后乐站在校门口，隔路相望，等黄青梅过来去食堂早餐。青梅说，一夜没有睡着，默诵了一夜的唐诗，念到杜甫的"床头屋漏无干处，雨脚如麻未断绝"，想起在家里听雨打芭蕉的声音，才有了睡意。看到路边有一排卖早点的摊子，青梅说，我们去看看。两人走了一段路，方后乐问，是吃鸡蛋煎饼，还是吃馄饨？青梅说，吃了惠姨包的馄饨，这摊子上的馄饨她不想吃了。看方后乐脸色即刻变了，青梅赶紧说，吃鸡蛋煎饼吧。方后乐咬了一口说，这煎饼和苏州不太一样，猪油煎的，好香。青梅说，再买一块，我们分着吃，我好久没吃鸡蛋了。去教室的路上，方后乐说，明天再来吃，黄青梅摇摇头，这样吃下去要穷的。

之前听学长说联大食堂的饭是"八宝饭"，他们两人体会到这"八宝"的含义了。饭是糙米，红红的，装在木桶里，盛饭也是木瓢。黄青梅吃第一口就要呕吐，方后乐赶紧给她夹了芸豆，让她吞下去压住木头的气味。方后乐吃到几次沙子，差点儿碰破舌头。后来有经验了，盛好饭后，先用筷子拣拣沙子。即便这样，也不可能拣干净。一次方后乐吞下一口饭，怎么感觉嘴里有黄豆酱里的黄豆，再嚼了一口，他意识到这就是传说的老鼠屎。看方后乐绷着脸，黄青梅问怎么了，方后乐说：吃到沙子了。

## 76

事情就是这样,逐渐习惯后也就习以为常了。昆明的冬天不像苏州那么寒冷,这让黄青梅觉得很舒适。两人坐在图书馆门前晒太阳,黄青梅说:"后乐,我们是不是有点像卧薪尝胆的样子?"方后乐觉得用"卧薪尝胆"词挺好,问黄青梅是不是想填词了,这段时间喜欢看外国小说。

过了几天,方后乐在图书馆翻阅旧刊,读到《国文月刊》上的一篇文章《西南联合大学新校舍记》,他抄录了一段给青梅看看:

> 昔勾践不殉会稽之耻,以生聚教训之功,卒沼吴国。方今国难整殷,我政府犹竭力维持教育事业使不坠。兵役不加乎学子,复耗巨款,以营兹宅,用心良苦。故为学子者,必各明其报效国家之分,兢兢业业,勤于所学。一成可以兴夏,众志足以成城。旌旗东起,扶桑慑服。复大汉之疆域,开历史之新纪,庶斯宇之不虚筑也。

黄青梅看了看说:"其他都好,有一句夸张了。"方后乐问哪一句,黄青梅指着说:"复耗巨款云云,若是巨款,也不至于茅屋为秋风所破。"方后乐说:"共体时艰。不用说我们学生了,你晓得吧,浦江青先生从常州到无锡再到屯溪,一路下来到昆明,几乎和我们走的一样的路线呢。"方后乐告诉黄青梅,我们雇的那几个轿夫,路上说的几位先生,就是浦江青先生一行。黄青梅很是惊讶:"还有这么巧的事?"方后乐说:"是啊。浦先生问我,在流洞桥那祠堂是不是一夜没有睡?我说是是是,很多臭虫跳蚤。"黄青梅说:"不堪回首,我想明月湾的码头了,在那里看书多好。"方后乐说:"我也想,无法回去了。不过,现在好过逃难。"黄青梅问方后乐:"那两张小木椅不会丢了吧?"

在明月湾码头看书,确实比在新校舍图书馆看书要惬意许多,那么长宽的码头就坐着他们两位。新校舍的图书馆差不多有八百张座位,容纳不下一两千学生,到图书馆抢座位,也成了方后乐黄青梅的功课。有时只能抢到一个座位,方后乐等黄青梅来了以后便让座,他去泡茶馆。在茶馆可以坐上一天,茶资也不贵,青梅去了几次后不想去了,感觉太嘈杂。有时还有男生主动过来和她搭讪,她异常尴尬。方后乐倒是习惯了,他觉得茶馆就是小社会。青梅看他不时去茶馆,有一天问他:"你是不是去约会?"方后乐哈哈大笑说:"你不去,我就是失恋了,在那里闷头喝苦茶。"黄青梅还是有点不放心,有天突然跑到方后乐常去的茶馆门前,方后乐确实坐着看书,便悄悄离开。她隔天跟方后乐说:"你把我的茶水费省下来,你请我吃酱鸡腿。"方后乐说:"去南屏街看电影吧。"

方后乐无论如何也没有想到,他在茶馆会邂逅王恺夫。听到有人喊"方后乐",他还埋着头翻书,喊的人推了他一下胳膊,他这才抬起头来。是王恺夫,怎么会是王恺夫?方后乐兴奋地说:"老王,你在昆明啊?"1939年王恺夫失踪,方后乐从没有想到会有机会再见面。到昆明之前,他最后一次见到张若溪,知道了王恺夫是清华大学的毕业生,他当时还有些惊讶,清华学生怎么到书店做个小店员。王恺夫曾帮他代购过鲁迅的书,他一直记得这份情谊。王恺夫也很兴奋地说:"三年过去,你念大学了。"方后乐请王恺夫坐下来喝茶,王恺夫说出门走一会儿?方后乐跟老板说位置留着,出去一会儿就回来。

　　王恺夫告诉他,上个月就看到他和黄青梅在这里喝茶,想招呼的,觉得太突然。方后乐问王恺夫什么时候来昆明的,王恺夫没有直接回答,说在昆明做些小生意,住在大西门。方后乐知道王恺夫的身份也就没有多问,他主动告诉王恺夫,出来前见过张若溪,还提到了你。王恺夫问张若溪怎么样,这些年没有什么联系。方后乐看看王恺夫说:"你还是做以前的事吧。"王恺夫笑笑:"我有时也去联大,民主墙上的各种壁报很有意思。"方后乐说他几乎每天都去那里看看,民主墙确实很民主,各种消息在墙上传来传去。"有没有什么需要帮忙的,这里条件艰苦。"王恺夫问他,他说没有,适应了这里了。"那就好。联大的老师有正义感,进步学生多,你和青梅在这里读书,我放心的。"王恺夫带了一包点心,让他分些给青梅。这也算是他乡遇故知,方后乐心生温暖,问如果有事找他,怎么联系。王恺夫说:"我有时也不在昆明,你告诉我哪栋宿舍,我会找到你的。"

　　临别时,方后乐说:"来联大快半年了,学术和政治的关系,我很困惑,你怎么看?"

　　王恺夫想了想说:"我在清华念书时也是这样。学术与政治,也就是问题与主义。现在的政治是抗日统一战线,要赶走日本侵略者。"

　　"那以后的政治呢?"

　　"以后的政治?以后的政治是选择什么样的道路建设新中国。"

　　"同学中有专心念书的,有热衷政治的,也有吃喝玩乐的。

我和青梅算是用心读书的一类。每天看民主墙，我对政治也很好奇。"

"哦，你们苏州的旁边无锡，东林书院有副对联，你肯定熟悉的：风声雨声读书声声声入耳，家事国事天下事事事关心。"

"老王，我看你不像是做生意的。"

"哈哈，商人也爱国的。"

方后乐第二天在食堂见到黄青梅，黄青梅听说他见到了王恺夫并不兴奋，淡淡说了一句："在苏州，你见一次老王和阿溪，就靠近左翼一点。"


## 77


周兰已经习惯了方后乐和黄青梅到北仓坡，方后乐独自一人过来时，她倒反而有点落寞，觉得单独和方后乐说话有些吃力。青梅这位甜美的苏州女生给周兰非常舒服的感觉。她喊黄青梅"姐"，青梅说，你就喊我青梅，我也叫你周兰。她原来以为苏州姑娘比较糯，几个月下来，发现黄青梅和她一样直率，偶尔也会犟。最让她发笑的是，黄青梅偶尔会指着方后乐说："你又傻了。"

黄青梅和周兰闲聊到兴奋处会蹦出几句苏州话，周兰只能用诸暨方言回应几句，她们彼此都知道，对方没完全听懂。黄青梅和周兰开玩笑说：遥想当年，越国诸暨的西施和吴国人怎么交流的？她们俩在一起时，方后乐基本插不上话。周兰虽然知道后乐和青梅在同一座城市、同一个区域，但分不清桃花坞与桃花坞大街。周兰问青梅：你们都是桃花坞大街的？青梅说：不是，我们都是桃花坞的，桃花坞大街和廖家巷都是桃花坞的街巷，桃花坞大街东西向，廖家巷南北向，两条街巷像丁字。青梅的回答有点像绕口令，周兰不觉笑起来。

周兰弄清楚了，桃花坞是一个区域的名字。不管是哪条街，方后乐黄青梅都在桃花坞长大，他们的屋前或屋后都有一条河流过。方后乐说，桃花河从他家的屋后流过，青梅屋后是护城河，护城河的北面是苏州站。周兰最大胆的一次想象，方后乐和黄青梅在后窗看桃花河流水时，她把黄青梅换成了自己，这位高一女生听到了自己的心跳。每当想起这个细节，周兰便害羞地闭上了眼睛。她搜寻了记忆中的方后乐，跟着父亲去安徽庐江的那个少年，冷不丁到了北仓坡，她寄出去的那张明信片竟然成了他认识昆明的开始。方后乐第一次到北仓坡后，父亲感叹地说：能从苏州到昆明是一种能力，孺子可教。周兰当时感觉父亲的说法似乎有些夸张，周青和方后乐喝茶回来后也称许方后乐温和沉着，她这才觉得后乐确实与她生活中的男性不太一样。方后乐的沉着是她在父亲、姐夫身上都见到的，但那种细心和温润，则似乎是江南人特有的气质。

圣诞节那天，周鹤声也回家吃晚饭了。他突然想方后乐来昆明半年了还没有见过。周青说，我在学校见到方后乐，约他今天来吃晚饭的，他说下午有课。周鹤声笑道："你们学生逃课的也不少，这孩子可能还是怕我吧。"周兰问父亲什么时间在家，就约人家。周鹤声看了看自己的记事簿，说只能元旦了。周兰说，和方后乐一起从苏州来的还有黄青梅。周太太说，喊上青梅，这孩子我也喜欢的。周鹤声想起毕业证书上的那个女生，方梅初写信咨询报考联大时提过。确定了元旦在家里聚会，周青说他这几天就约方后乐黄青梅。

方后乐也想着元旦期间去螺翠山庄看看。圣诞节后的礼拜二晚上回到宿舍，方后乐看到周青给他留了条子，约他和青梅元旦中午去螺翠山庄吃饭。到昆明后，方后乐差不多一个月去周家一次，青梅看心情，有时跟着一起去。方后乐想，这次应该会见到周鹤声先生。看时间还早，他就拿着周青的纸条去找黄青梅了。青梅说，还没有见过周先生呢，去吧。方后乐没有想到青梅这么爽快，说明天早上请你吃鸡蛋煎饼。黄青梅抬抬脚说，你看我的鞋子，不能穿了。方后乐说，文林街新开了一家鞋店，听说有各种鞋子，我们现在就去看看。

两人到文林街，找到了那家鞋店。鞋架上确实是各式各样的鞋子，黄青梅试穿了几双，最后看中了一双棕色的平跟皮鞋。方后乐故意说，不穿高跟的？黄青梅说：你又傻了，这昆明能穿高跟鞋吗？两人要结账时，柜台没有人，方后乐喊了一声买鞋子啦，在后面鞋柜前照顾顾客的一个小伙子说来了。这小伙子走到柜台前，方后乐和黄青梅都愣住了：这不是阿龙吗？几乎同时，方后乐喊一声"施小狗"，阿龙喊一声"方后乐"，黄青梅不知所措，结结巴巴说：这这这……

"真像做梦，做梦也梦不到你们。"施锁龙异常激动，一手拉着方后乐，一手拉着黄青梅，"说来话长，我们先到了香港，施先生待了几个月，觉得香港经商也不错，未必要去南洋。不到两年辰光，眼看香港也要沦陷了，我们就在沦陷前到了昆明。开始还在滇缅之间做些生意，先是南洋沦陷，几个月后，日本人又攻占了仰光，我们就只能在昆明了。生意难做，施先生说，大钱赚不到，小钱也要赚，这就在昆明开了几家鞋店。想给后乐写信，不是忙碌，就是这里那里沦陷，我也是丧家犬。你们两人是考上联大了？这一路过来，肯定磨破几双鞋子了。"

方后乐说了他们分别后的情形，施锁龙不胜唏嘘，说自己也很想家，不知什么时间能回去，没想到在昆明会见面。看店里没有顾客了，施锁龙整理了一下鞋架，问方后乐有没有吃饭，青梅说吃过了，肚子还有点饿。施锁龙笑了，青梅是想让我请客。方后乐说，你比我们早来昆明，是地主，得请我们消夜。三人一路上嘻嘻哈哈，仿佛又回到了养育巷补习班，回到了范庄前。回新校舍的路上，黄青梅说，施小狗还是施小狗。方后乐依然兴致勃勃，说真的是人生无处不相逢，一个月之内竟然见到了王恺夫和施小狗。看方后乐激动的样子，黄青梅意有所指地说："一喜一忧。"

过了几天，方后乐黄青梅如约到了螺翠山庄周家。周兰看见他们，先抱了抱青梅，问她这么久了怎么不来玩，青梅说，不是上课，就是到图书馆抢位置，一个礼拜下来，人都瘫了，就想躺在床上不动。这次青梅没有说方后乐傻，反而问周兰："你看我是不是有点傻傻的。"周兰笑着说："你还是水灵灵的，这方后乐看上去有点傻。"方后乐摸摸自己的脸说："我一直傻傻的。"方后乐问周兰："周先生呢？我们还没有见过周先生。"周兰说父亲早上去公司了，周青去街上买红酒了，他们中午都回来吃饭。方后乐每次到周家都有一个疑惑，之前听说周云也在联大念经济系，怎么一直没有见到，觉得很奇怪，这次憋不住了，便问："我怎么一次也没有见到周云姐？"

周兰没有回答，让他们等等。一会儿她从周先生书房拿来一本相册，是周云结婚时的照片。周兰翻开一张合照，青梅认出了穿旗袍的周兰。方后乐认出了穿白色婚纱的新娘周云，几乎不像他多年前在周先生合家照上见到的样子，拉着周云的手站在旁边着西装的男子应该就是周云的先生了。青梅说，你姐姐穿婚纱真好看。周兰说，你以后结婚，我帮你选婚纱。黄青梅露出羞赧，捶了周兰一拳。方后乐说："周云姐结婚了。"周兰低声说："我姐姐大二就结婚了，姐夫许清泉是永善县人。结婚不久，皖南事变，姐夫离开昆明了，也不知道去了重庆还是延安。姐姐去哪里了，也没有说。"方后乐明白了，周云的先生是共产党，他一下子想到也在延安的竹松伯伯。黄青梅再看看相片上的新郎，觉得不像革命者的样子，倒像大学里的教书先生。"姐姐去哪里了，我们也不知道。"说完这话，周兰又提醒方后乐："等会儿我爸爸回来，不要提我姐姐的事。"

方后乐在杭州第一次见周先生，周先生穿着长袍。在庐江，周先生穿的是中山装。这次出现在他面前的周先生西装领带，虽然有点老了，但精神矍铄。看见方后乐，周先生说：几年不见，你长成风流倜傥的小伙子了，好像比你爸爸高很多。方后乐原本有点紧张，看周先生满面笑容，也就放松许多。青梅听方后乐描述过周先生，见面感觉不像后乐说的那么严肃，腼腆地喊声："周先生好。"周鹤声说："你就是青梅，看过你的相片。"他向二位抱歉说，你们来昆明这么长时间了，我还没有见过你们，梅初知道了会怪我的。

周先生询问他们在学校的情况，方后乐说已经适应了，让先生放心。他问黄青梅在哪个系读书，青梅说外文系，又问后乐听过哪几位先生的课。方后乐告诉周先生，朱自清先生、闻一多先生、罗常培先生的课都选了，还旁听过冯友兰先生、吴宓先生、冯至先生的课。

"闻先生上课抽烟吗？"

"抽烟的，下课时还问我们同学要不要抽一支。"

"吴宓先生很有趣。"

"是的,是的。旁听生多,他发现座位不够,到隔壁教室给同学搬长凳。"青梅插话说。

"联大大师云集,各有秉性。"周先生哈哈大笑后问道,"朱先生身体可好?"

"朱先生有胃病,最近看上去还好。我告诉他我父亲叫方梅初,是一师的学生。他想起来了,说是周先生的高足。"

"民国十四年,朱先生到清华任教,我到昆明高等师范,一别十几年,去年年底我们才见了面。"周先生感叹流年逝水,"我们开始老了,你们正当年。联大也复杂,你们多研究些问题,少谈些主义。"黄青梅觉得周先生的提醒很有道理,看看毕恭毕敬坐着的方后乐。方后乐起身说:"谢谢周先生教诲。"

方后乐黄青梅离开周家时,周先生让方后乐带了几包滇红茶送给朱自清先生,说红茶养胃。出门后黄青梅说:周先生这么细心,不像周青和你说的那样。方后乐说,年纪大了,人就慈祥了。

春节开学以后,方后乐见到了朱自清先生,先生请方后乐转达他对周先生的谢意。他说,同在昆明,也一年多不见了。说到学业,朱自清先生问方后乐的兴趣,方后乐告诉先生,之前喜欢新文学,现在对中古文学也很有兴趣。朱先生说:你如果喜欢新文学,可以去师范学院选沈从文先生的课。方后乐谢了朱先生,说自己也很喜欢先生的散文,那年避难时,还在码头上读先生的《荷塘月色》。朱先生笑笑说:你多看其他先生的作品。

方后乐几天没有和黄青梅单独见面,周一在食堂吃饭,遇到黄青梅和她的几个同学,只是点了点头。周五傍晚,方后乐又在食堂门口等了等,姗姗来迟的黄青梅说,今天下课后见到吴宓先生了,大家围着先生说话,先生太有趣了。有同学问先生有没有到文林街怒砸牛肉馆"潇湘馆"？先生嗯嗯嗯了几声。方后乐告诉黄青梅，他见过朱先生了，先生建议他去师范学院旁听沈从文先生的课，问青梅愿意不愿意一起去。青梅说，沈先生是我们苏州的女婿呢，岳母家在九如巷。方后乐即刻想起母亲，初一时他跟母亲去过九如巷。那年他开始念诗经，母亲说，你跟我去一个地方。到了九如巷，母亲说，这条巷子以前叫"狗肉巷"，现在的九如巷得名于诗经《天宝》。母亲随即诵道："天保定尔，以莫不兴。如山如阜，如冈如陵，如川之方至，以莫不增……如月之恒，如日之升，如南山之寿，不骞不崩。如松柏之茂，无不尔或承。"

黄青梅知道此事，看方后乐不吭声，抱了抱他说："我也很想惠姨。"

## 78

方后乐和黄青梅是在西仓坡5号附近遇见梅贻琦校长的，这是他们第一次近距离见到传说中的人物。身着深色西装的梅校长，走路时似乎也在沉思。看见迎面而来的梅校长，黄青梅拉了一下方后乐的衣角，梅校长已经走到他们的面前。两人止步，喊了一声"梅校长"，梅贻琦朝他们点点头。他们也听说梅校长刚经丧母之痛，方后乐紧张中说了一句："请校长节哀顺变。"梅贻琦驻足，问了他们的学系和籍贯，听说是从苏州来的，便说："你们是何泽慧的同乡，苏州还有条九如巷。"黄青梅说："我就是振华女中毕业的。"梅贻琦说："那何泽慧是你的学长了。"方后乐告诉梅贻琦，他是苏州桃坞中学的初中生，梅贻琦说："你知道钱锺书先生在桃坞中学读过书吧。"方后乐说："知道的。"梅贻琦想了想说："在昆明的苏州人还有费孝通先生。"两人不敢耽误梅校长，赶紧说："打扰校长了。"梅贻琦朝他们挥挥手："有机会去苏州，跟你们听昆曲。"两人见过梅校长，颇感兴奋，发现校长不像很多人说的那样严苛。

转眼便到了1944年。国民党政府把"三二九"改成青年节后引起了联大师生的愤慨，5月联大纪念"五四"的活动高潮迭起。方后乐和黄青梅选了3日闻一多先生参加的一场座谈会。方后乐匆忙吃过晚饭，便往新舍南区十号教室赶。黄青梅在教室门口等方后乐，说已经没有位置了，两人挤进过道，找了个空当站着。方后乐左右张望，发现最右一排中间边上坐着的人有点儿像王恺夫，两人目光一触及，王恺夫模样的人便低下头来。方后乐明白，这意味着王恺夫不想和他打招呼。

周炳琳先生先报告了"五四"时北大的情形，方后乐知道周先生是当时全国学联秘书，五四运动的骨干。接下来是张奚若先生等发言，说辛亥革命是形式上的革命，五四则是思想革命。方后乐很喜欢张先生讲话，尖锐、深刻，就像一刀砍下来。到联大后，他听说张先生在国民参政会议上抨击当局，惹恼蒋介石，发言后愤而离席，此后再未参加参政会。参政会给他寄通知和路费，他回电云："无政可议，路费退回。"

几位先生发言后，闻一多先生说话了："五四运动的中心在北大，而清华是在城外，五三那天的会不能去参加。至于后来的街头演讲，清华倒干得很起劲，一千多人被关起来，其中有许多是清华的。"刚才周炳琳先生说五三晚上北大学生在第三院大礼堂集会，商量次日的游行示威。方后乐想，闻先生那几天在干什么呢？闻一多先生继续说道："我那时候呢？也是因为喜欢弄弄文墨，而在清华学生会里当文书。我想起那时候的一件呆事，也是表示我文人的积习竟有这样深：五四的消息传到清华，五五早起，清华的食堂门口出现了一张岳飞的《满江红》，就是我夜里偷偷地去贴的。"

闻先生用了"呆事"这个词，教室里一下子有了笑声。方后乐看看闻先生得意的神态，想象先生五四夜里偷偷摸摸张贴《满江红》的样子。闻先生接下来说，周炳琳先生代表北大，他代表清华，到上海听了孙中山先生的演讲。方后乐好羡慕闻一多先生，低声对黄青梅说：先生可爱吧，青梅示意他不要说话。闻一多先生自然不是来讲故事的，说完五三、五四、五五几天的事，他回应了张奚若先生的发言。张奚若先生讲五四是思想革命，没有展开，方后乐很想知道闻一多先生如何理解五四是思想革命。

"方才张先生说五四是思想革命时正中下怀。但是你们现在好像是审判我，因为我是在被革的系——中文系里面的。"闻一多环顾了教室，看大家默不作声，他继续说道：

"但是我要和你们里应外合！张先生说现在精神解放已走入歧途，我认为还是太客气的说法，实在是整个都走回去了！是在开倒车了！现在有些人学会了新名词，拿他来解释旧的，说外国人有的东西我国老早就都有啦！我为什么教中国文学系呢？五四时代我受到的影响是爱国的、民主的，觉得我们中国人应该如何团结起来救国。五四以后不久，我出洋，还是关心国事，提倡 Nationalism，不过那是感情上的，我并不懂得政治，也不懂得三民主义，孙中山先生翻译 Nationalism 为民族主义，我以为这是反动的。回国以后在好几次集会中曾经和周先生站在相反的立场。其实现在看起来，那是相同的。周先生，你说是不是？"周炳琳微笑着点点头。闻一多略为停顿了一下,方后乐感觉先生似乎要谈特别的话题。

"我在外国所学的本来不是文学,但以为这种 Nationalism 的思想而注意中文,忽略了功课,为的是使中国好,并且我父亲是一个秀才,从小我就受诗云子曰的影响,但是愈读中国书就愈觉得他是要不得的;我读的中国书史要戳破他的疮疤,揭穿他的黑暗,而不是去捧他。我是幼稚的,但要不是幼稚的话,当时也不会有五四运动了。青年人是幼稚的,重感情的,但是青年人的幼稚病,有时并不是可耻的;尤其是在一个启蒙的时期,幼稚是感情的先导,感情一冲动,才能发出力量。所以有人怕他们矫枉过正,我却觉得更要矫枉过正,因为矫枉过正这才显得有力量。封建社会是病态的生活,儒学就是用来维持封建社会的假秩序的。他们要把整个社会弄得死板不动,所以封建社会的东西全是要不得的。"

方后乐觉得整个人都兴奋起来,他也跟着鼓掌。闻一多先生朝大家摆摆手,教室安静下来。先生继续说道:"负起五四的责任是不容易的,因为人家不许我们负呀!"

闻一多先生起身表示发言结束了,方后乐感觉意犹未尽。方后乐想起几年前他和父亲的争论。是的,他当时真的是幼稚的,但就像闻一多先生说的,青年人的幼稚病并不可耻。现在他理解父亲、嘉元叔叔救国心切的动机和无奈,但他还是觉得他们在方向上是错误的。闻一多先生的观点一下子让他豁然开朗,他心里模模糊糊的东西越来越清晰了。座谈会结束时,许多人围着闻一多先生,方后乐想靠近一点都没有办法。他回头寻找王恺夫,没有见到身影。

回去的路上,方后乐对黄青梅说:"闻先生真的是个演说家、思想家,听君一席话,胜读十年书。"黄青梅知道方后乐在想什么,问他:"如果现在见到方叔叔,你还会和他争论吗?"

"我只想见到他,不会争论了。"方后乐停步说,"我父亲也受过五四影响,最终回到了传统,回到了孔家店。我思想上和他有抵牾,但我很想念他,伦理上我也受儒学影响。"

"没想到你脑子这么清楚。"

"也不晓得我爸爸和奶奶最近怎么样了,很久没有收到家里的信了,暑假如果回苏州,又不是很方便。我们离开苏州两年了。"

"我们熬到毕业回去吧。我爸爸来信了,他和叔叔经常在一起喝酒,说叔叔的酒量大增呢。"

"我前天梦到妈妈了,是相片上年轻时候的样子,朝我笑笑,不说话,手搭在我肩上,我好像在哭。"方后乐知道不爱酒的父亲是借酒消愁。

"你想哭就哭出来。"透过月光,黄青梅看到方后乐眼睛湿润了,她转身抱住了他,他很久不说母亲的事了,她知道他把悲伤压在心头。

5月间的联大和昆明几所大学学术活动频繁。3日晚上听了闻先生、周先生、张先生几位的讲座,方后乐觉得意犹未尽,又赶去冬青社的自由论坛。论坛上闻一多先生说了一个"人民文学"的概念,方后乐觉得耳目一新。闻一多先生以自己的创作和研究为例,提出应从英美有闲阶级文学的小圈子里解放出来。方后乐服膺先生的见解,在那一刻,他想起明月湾,想起消泾,想起桃花坞大街、阿发、阿鸣还有阿荷、阿溪,都在他眼前闪现。是的,他们就是人民。

黄青梅本想去论坛的,被同学拉着逛街去了。第二天黄青梅问闻一多先生讲了什么，方后乐告诉她，先生作了自我批判，说过去为英国作家所囿，盲从做了与中国读者凿枘不相入的英国作家的奴隶，而要创作中国作风中国气派的人民文学，这一步的解放是少不了的。

"你很兴奋啊。"黄青梅说。

"那是那是，我们的圈子太小了。我很喜欢人民和人民文学这两个概念。"

"那你要不要学闻先生蓄须，留圈山羊胡子，就不是白面书生了，更像人民了。"

"哈哈，你说的是形似，我要神似。"

"你闭上眼睛。"

"为什么？"

"你先闭上。"

方后乐闭上眼睛的瞬间，黄青梅迅速掏出钢笔，在他两侧食禄上涂了起来。方后乐知道黄青梅给他画胡子了，睁开眼说："你不要把我画成日本鬼子。"

两人都哈哈大笑起来。黄青梅说，你老了留胡子也好看的。方后乐说，那太麻烦了，我成不了闻一多先生。青梅说："其实我也很崇拜闻一多先生。之前听学长说，刘叔雅先生宁愿坐三年牢不愿看一句新诗，闻一多先生说写旧诗是制造假古董的无聊手艺。后来我知道了，闻一多先生反对的是无病呻吟的旧诗。你喜欢新诗，我学着写旧诗，这可有趣。"

"你没有误解闻一多先生。你听他课上念唐诗，那么投入，就像背他自己的作品。闻一多先生说诗里有不死的灵魂，他发现了，感染了，这是灵魂之间的碰撞。"

"不过，你的专业兴趣有点变了。新文学之外，也喜欢中古文学。"

"闻先生朱先生都是通古今之变的。"

"你好像更受闻先生影响,"黄青梅意识到方后乐这一年变化之大,但她还不能判断会变化到什么程度,"我感觉你是左翼青年了。"

"你不要担心啊,我做不了张若溪和伯伯那样的人,"方后乐认真地说,"我没有想到图书馆有马克思主义的书,我借了几本看了,不是很懂。"看黄青梅的眼神,好像在询问他什么,但没有说出来,他又补充了一句:"我也不会丢下你去革命的。"

黄青梅当然希望方后乐说出这句话,其实她担心的不是她和后乐之间的关系。来联大两年,她和方后乐一样,也有过失望和迷惘。这一年,学风好转了但政治气氛越来越浓。在对时局的看法上,她和方后乐并没有分歧,可她一直记住父亲说的那句话,关心而不介入。现在她感觉方后乐处于关心和介入之间。

## 79

周青到方后乐宿舍,说周云从婆家回到昆明,不久要去重庆,问他和青梅礼拜天可有时间去家里聚聚。方后乐说,好啊,很想见见周云姐姐。第二天方后乐问青梅要不要一起去,青梅想了想说:"你一个人去吧。"

"为什么不一起去呢?"

"我做不到她那样,放弃学业,去什么地方隐藏几年。见到她,我会有压力。"

方后乐觉得黄青梅说的倒是实话，也就不再动员。看方后乐好像有些不快，青梅说："代我问好，就说我有事。"

周云悄悄回到北仓坡螺翠山庄后，家里人才知道她在永善县井底坝镇的婆家蛰伏了差不多近三年。在婆婆家闲居读书，偶尔陪婆婆去庙里烧香。特别闲着的时候，婆婆问周云：要不去对门看人家怎么做豆腐花？周云倒是有些兴趣，一个月的时间差不多在对门的店里帮忙。她学会了磨黄豆，也学会了点卤。周云的气质和镇上的人不一样，街坊说这家店真的来了位西施，生意好了许多。许清泉到重庆后只来过一封信，而且是寄给父母的，里面一张折叠好的纸是写给周云的。信纸上只有两句话：想念。你的任务是静默。周云接信后，再也没有去店里。此后三年多，她再也没有收到许清泉的只言片语。她无法想象自己是如何熬过这日复一日年复一年的时光的，直到上个月突然有位交通员来找她，她才知道许清泉在延安。交通员通知她，经重庆去延安。

周云见到方后乐，喊他"后乐学弟"。方后乐说，我见过周云姐两次，这是第三次。周云觉得奇怪，她和方后乐这才第一次见面。方后乐笑着说："在杭州见过你们的全家福照片，后来又见过你的结婚照，这不有了两次吗？"周云哈哈大笑，说学弟很幽默。方后乐问周云在昆明待多久，周云说一周后去重庆。

"我伯伯也在你去的那个地方，不知道他有没有回延安。"

"哦，你伯伯叫什么名字？"

"叫方竹松。不，现在改名叫方延了，延安的延。如果见到，代我问好，我还是刚学会说话时见过他。他给了我一支钢笔，我到现在还舍不得用。"

"我记住了，方延，方延。"周云沉默了一会儿，没有再问下去，"在联大感觉怎么样，适应吧。"

"还好。也有很多困惑,我第一次见周先生时,他提醒我多研究些问题,少谈些主义。去年还能做到,今年有些困难了。"

"没事的,我也是这样走过来的。"方后乐的这句话给周云很深印象,"多思考,答案就有了。"

方后乐走后,周云对周青和周兰说:"这位学弟,日后应该会成器。"

# 卷十

## 80

黄青梅晚餐时问方后乐今天是什么日子。

"1945年4月14日。"

"农历呢？"

"要看台历的。"

"今天是三月三，桃花节。"

方后乐明白了黄青梅约他一起在食堂晚餐的原因。他没有说"女孩节"，说了"桃花节"，肯定是想桃花坞了，残破的桃花庵几株桃花应该开了，父亲会去天赐庄东吴大学校园看桃花吗？明天是礼拜天，方后乐说："我们明天去南屏街看场电影？"青梅想想，有些犹豫："这么好的天气，我们去郊外走走吧。"

第二天方后乐和黄青梅午餐后出了小西门，走到大观河。他们秋天来过，方后乐喜欢岸边的滇朴树，渐渐黄了的叶子让他想起银杏树。青梅则喜欢坐在草甸上看海鸥起落，在苏州她只见过鸽子、麻雀和喜鹊。两人在河岸走了一会儿，黄青梅说有点累了，便在杂草丛生的河坡上坐下来，看看四周还比较干净，就顺势躺下来。方后乐在她身边坐下："是不是没有睡好觉？"他细看青梅，眼泡好像有点肿，伸手摸摸她的眼皮。闭上眼睛的黄青梅说:"你又傻了。"方后乐好久没有听青梅这样说他,在想自己这几天哪里错了,青梅侧身双手抱住了他的腰。方后乐觉得这个姿势有点别扭,也就靠着青梅躺下。他们彼此都听到对方开始急促的呼吸,方后乐明白了青梅为什么说他傻。平躺着的他们差不多同时侧过身来,额头相抵,后乐轻轻吻了吻青梅。青梅说:"你总是听讲座,我们都没有时间单独在一起。"方后乐愧疚地平躺下来,青梅说:"你好傻,你就不会抱抱我、哄哄我。"方后乐这才将右手插到青梅的背后,左手搁在她的胸前。好像有行人的脚步声,两人坐了起来。方后乐看看左右,惊讶地说:"刚才坐着,我们两边的花还没有开,你看,现在怎么开花了。"青梅说:"可能是你眼睛花了。"

"我前几天参加一场沙龙活动,听几位先生分析,抗战应该很快会胜利了。他们的根据是,苏联红军攻占了柏林,纳粹宣布无条件投降,世界反法西斯战争的形势变化了。其中一位先生还说到延安,中共开了七大,毛泽东先生说中国面临两个前途和两个命运的斗争。"

黄青梅在联大三年,记住了父亲说过的话,关心而不介入政治。抗战关乎所有人的命运,当方后乐说抗战即将胜利时,她坐到了他的背后,双手搂住了他的脖子:"这一天总算快要来了。"她没有想过胜利以后的问题,听方后乐说前途和命运的斗争,她突然担心会不会发生内战,便问方后乐:

"是哪两个前途和命运?"

"那位先生讲,毛先生说是光明的前途和光明的命运、黑暗的前途和黑暗的命运。"方后乐回答说。

"如果发生内战,我们怎么办呢?我不想再逃难了。"黄青梅又说。

"我回答不了怎么办的问题,但我们肯定无法置身事外。"

"我们的命运是什么呢?"黄青梅告诉方后乐,她父亲来信了,说还有一年多就大学毕业了,需要考虑接下来的打算。

"难怪你这几天没有睡好,我们确实是要想想。"方后乐停顿了一会儿问青梅:"你现在是怎么想的呢?"

"我在问你呢?"

"我想,我想,要么在国内,要么出国。我知道你是想出国的,黄伯伯也是这个意思吧。"

"如果我出国,你是一起走,还是留下来?"

方后乐没有立刻回答,黄青梅以为他在回避这个问题,其实他也接到了父亲的来信,父亲没有直接提醒他思考毕业后的去向,但父亲的一句话让他彻夜难眠:"我们都还好,但奶奶老了,我也老了。"方后乐想,如果他再次远走高飞,他的腿脚上已经有了一根连着桃花坞大街的绳索。他对青梅说:"这事我再想想,我当然想我们在一起,如果你在国外,我在国内,我岂不是又得重新恋爱,不停写信追你。"

黄青梅捏住了方后乐的耳朵说:"我在国内,你就不追我啦?"

方后乐说:"你趴在我背后,我哪里追得动。"

黄青梅指着从河面上飞过的几只海鸥说:"你看,海鸥飞得多轻盈。"

方后乐站了起来,黄青梅问他最近有没有见到周青,周兰告诉她,周青准备出国了。方后乐明白青梅的意思,笑着说:"周青没有女朋友。"他捏了捏青梅的耳垂:"我没看见过你戴妈妈那副耳环的样子。"

黄青梅说:"在宿舍里试着戴过一次,大学毕业我戴给你看。"

## 81

施锁龙到北区时,方后乐正在操场上拉单杠。

"我估计你在学校,夏天到了,带了两双凉鞋来。青梅在哪儿呢?"

"不知道,等会儿我们在食堂门口等等看。"

施锁龙让方后乐坐下试试凉鞋,方后乐穿上走了几步,很合脚。他看看青梅那双,感觉也差不多。他问多少钱,锁龙说送给你们的。"我那年从你们家出来时,惠姨送给我一双布鞋,我从苏州到香港,再到仰光,都穿着。"听施锁龙这样说,方后乐眼睛湿润了:"你真是好兄弟。"

两人在食堂门口等到了黄青梅,她看方后乐一手提着胶鞋,一手拿着凉鞋,问道:"你在这里卖鞋子?"

"哈哈,阿龙给我们送凉鞋来了,这双是你的。"

黄青梅朝施锁龙说了声"谢谢",又对方后乐说:"那你今天要请阿龙吃饭,我陪同。"

"在食堂呢,还是去街上?"

"天天吃食堂,你还没有吃够啊。"

见青梅这样说,方后乐和施锁龙都笑了。三人出了校门,走到文林街,找了家米线店坐下。方后乐看到周青也在吃米线,就坐到一起了。他把施锁龙介绍给周青,周青看黄青梅换上凉鞋,跟三位说道:"今天我请客,出国前呢,我倒是要买两双鞋子,施老板便宜一点。"施锁龙赶紧说:"我不是老板,你叫我阿龙,肯定便宜的。"

黄青梅对周青出国一事很感兴趣，问申请的哪所大学，周青告诉他们："芝加哥大学。"方后乐说："芝加哥冬天太冷了。"青梅讽刺了方后乐一句："东三省就不冷，苏州的冬天也很冷的。"一直不语的施锁龙插话说："我出来几年了，觉得还是家乡好，你们为什么一定要出国呢？"这话让三人愣住了，桌上只听到喝汤的声音。

"我这人没有什么家乡概念，我在武汉出生，在杭州长大，到重庆待了几个月，又到了昆明。"过了一会儿周青笑着说，"当然，我念的专业，芝加哥大学比较强，所以想去看看。"周青不单是回应施锁龙的话，他刚才听方后乐黄青梅说芝加哥冷不冷时，预感到这两人对毕业后的去向可能有分歧，又说道："阿龙兄弟说的也是，不一定非要出国，念中国文学，也许在国内继续念比较好；念英文的，可能出国合适。"

方后乐黄青梅都没有接话，施锁龙倒是谈兴很浓："外国人到店里来买鞋子，适合他们的尺码很少。青梅到国外，要买到合脚的鞋子可能也不容易。"

"那我出国前，到你店里带几双走。"

"你出国时，我可能回苏州了。"施锁龙告诉他们，施先生说日本鬼子快撑不住了，抗战胜利他们就回上海。方后乐问周青的判断是什么，周青说："德国法西斯已经无条件投降，中国抗战胜利为期不远了。"大家这样说着时，黄青梅突然捂着脸哭起来。

## 82

出乎方后乐的预料,两人在计划暑期安排时,黄青梅说,这个暑假就不去李庄了。他们之前打算去李庄看看,青梅想拜访林徽因的想法持续几年了。方后乐有些惊讶:

"怎么不去了?"

"大家都说抗战快胜利了,就在昆明等待这一时刻吧。我们俩在最困难时到了昆明,三年熬过去了,最欢乐的日子也在昆明过吧。"黄青梅认真地回答方后乐,"再说,如果不出国,我们也得好好准备报考研究所要提交的论文,听学长说,这篇论文很重要。"

黄青梅这句话更让方后乐诧异,他谨慎地问道:"你说的如果不出国,是指我们俩?"

"方后乐,你又傻了,不是我们俩还有谁?"

方后乐赶紧打招呼说:"没有思想准备,刚才我确实傻了。"

"你就这么怕出国?"

无论如何,黄青梅今天这个意思至少为明年的选择留下了两条路。既然她这样说了,方后乐说,我们做两种准备,报考研究所的论文先准备起来。他问黄青梅:"是不是想家了?"黄青梅"嗯"了一声,递给方后乐一页纸:

**蝶恋花**
  时雨时晴寒又暖,最怕登临,送目山河遍。坐困春城音信断，斜光到晓依孤馆。

　　绿蚁一杯心绪乱，总是离人，斟出情深浅。明日凭栏期塞雁，江南不似云南远。

　　黄青梅看方后乐读自己的词时眼睛湿润了，依偎着他，落下泪水。感同身受的方后乐想起三年前的这个时间，他在路上梦到母亲了。青梅知道后乐心里的疼痛，她轻轻对他说："我昨天戴惠姨的耳环了。"

　　从7月到8月，方后乐从低回情绪中走出来的方式是专心写论文，闲时看报纸，如果感觉状态可以，他就在操场上跑步。晚上，方后乐黄青梅从茶馆出来时，街上已经有爆竹声，他们赶紧问行人，行人递给他们一张《朝报》号外，通栏标题是：《日本已无条件投降》。两人先是一愣，然后大叫起来。回到校舍，已经有同学在放爆竹。

　　此后几日，无心看书的方后乐搜索报纸上各种关于抗战胜利的消息。8月12日，他看到了中央社重庆十一日的电讯：据美新闻处华盛顿十一日电，美国国务卿贝尔纳斯送交瑞士公馆代办葛拉斯里，托其转达日本政府之对日投降建议覆文。他跑步到了黄青梅宿舍门口敲门。黄青梅说，我不想看书了。又过了两天，14日中午方后乐在茶馆读到了《中央日报》的号外：最后胜利今日届临，日本投降覆文发出，接受无条件投降之条款，天皇听从盟国统帅命令。下午，又读到《中央日报》重庆14日下午急电：据旧金山十四日广播，日本内阁于十三日晚举行会议，历时甚久，最后决定：接受盟国建议，天皇听从盟国最高统帅之命令，无条件向盟国投降，此项覆文已发出，惟盟方尚未收到。中央社14日重庆电，和《中央日报》的急电大致相同：据美新闻处旧金山急电：美联社日本消息，联邦委员会及美国广告公司称，据同盟社广播，日本已接受同盟国之投降条件，据讯未经任何盟方证实。当晚，中央社重庆的电讯在昆明传开：据东京十四日广播：日本政府昨收得同盟国覆文后，立即开始讨论其中条件，正如路透社外交记者所云："此事对于日本人民，已造成极严重之问题。"内阁不时开会，至三十日深夜。据悉：日本政府之覆文，一俟法律手续完毕，可立刻发出。

方后乐在这些电讯中确认，那个伟大的日子就要到来了。1945年8月15日，日本正式宣布投降了。黄青梅在食堂门口等着方后乐，看到他走过来，冲到前面抱住了他。方后乐说不哭不哭，但自己也哭了起来，苍天都喜极而泣了。细雨中黄青梅的衣服也有些潮湿了，方后乐把雨伞扔到地上，抱起青梅转了几个圈，两人齐声大叫起来：胜利了，胜利了。

他们走到文林街，爆竹声不绝，欢呼的人群拥挤得几乎水泄不通，有人在游行的汽车上鸣放信号枪。天气放晴，虽然细雨已经洗过鞭炮的烟雾，空气中还是弥漫了火药一样的味道。昆明城的鞭炮声此起彼伏，这个压抑已久的城市和人们像鞭炮般把自己的耻辱炸开。方后乐和青梅走到翠湖，湖边上也是游行欢呼的人群。方后乐说，我们也买些鞭炮放一放。母亲失踪后，方后乐再也没有放过鞭炮，青梅也想到了这一点："我们尽情地放吧。"看到升空的爆竹，后乐想想，如果母亲还在什么地方，也应该能听到鞭炮的声音。

在人群逐渐散去后，方后乐和黄青梅找了家临街的米线店坐下。老板说：你们也是常客，抗战胜利了，今天我请客，你们吃碗米线，不收费了。方后乐觉得不好意思，老板说真的，吃吧。黄青梅说，方后乐，你慢一点吃，狼吞虎咽的样子。方后乐肚子确实饿了,又请老板加了半碗。出门时,鞭炮声仍然此起彼伏,方后乐站在门口说:桃花坞大街肯定也在放鞭炮了。青梅说,我爸爸那性格,肯定上街游行了。

在街上狂欢的方后乐黄青梅晚上回校时,西南联大学生自治会组织的"从胜利到和平"座谈会刚刚结束。同学告诉方后乐,闻一多先生等在座谈会演讲了。他问讲了什么,同学说几位先生分析了局势,强调要民主、反内战。方后乐坐在床边,一天的兴奋顿时消失,他心里出现一个问题:内战会发生吗?

同学看方后乐不吭声,又说:"方后乐,你知道吧,闻一多先生今天刮了胡子啦。"

## 83

临近开学时,国共在重庆谈判,到了10月,国共两党签订了"双十协定"。方后乐和黄青梅都觉得这是好消息,两人又开始商量毕业后的安排。黄青梅说,如果不打内战,我确定跟你一起报考研究所。方后乐问是不是都考清华,青梅说,你肯定清华了,我再想想是考清华还是北大。方后乐说,两所学校相距不远,清华的老师北大的老师都是我们的老师。

在方后乐和黄青梅都觉得轻松起来的时候,他们没有料到内战的氛围在弥漫着。10月3日,云南省政府突然开组,驻军发生冲突,无辜的市民被惊扰,甚至发生了多起死伤事件。"双十协定"并没有减弱内战的风暴,方后乐突然觉得暴风雨要来了。11月5日,中共发出了"以一切方法制止内战的呼吁",得到了昆明师生的响应。方后乐对青梅说:"你看,共产党反对内战,这就看国民党如何了。"青梅说:"我很紧张,恐怕又要打仗了,万一打仗怎么办呢。"

11月25日晚上,方后乐和黄青梅都坐在新校舍草坪上,这是他们俩到联大以后看到的最大的集会,四五千人在微弱的灯光下会聚在一起。黄青梅起初有些犹豫,想想既然是反内战呼吁和平的座谈会就参加吧。走进来后,青梅看到会场四周围着许多军警,不由自主拉住了方后乐的手,问方后乐会不会出事。方后乐心里也有点慌张,他想这些人不至于开枪吧,便安慰青梅说,这是和平座谈会。

钱端升、伍启元、费孝通、潘大奎等四位教授先后演讲,方后乐听到费孝通先生演讲时,悄悄跟青梅说,费先生是我们同乡,我们还没有拜访过他呢。就在教授们演讲声中,会场周围突然响起了枪声,草坪边上的人开始大叫,黄青梅赶紧抱住了方后乐。

昆明学生罢课了。黄青梅和方后乐去图书馆看书,方后乐有些烦躁,青梅说我们出去走走吧。两人坐在草坪上,黄青梅问:会不会出大事?方后乐说,我也担心呢。青梅说,这样下去肯定要游行了,我们怎么办?方后乐说,同学若是上街,我们不能躲在宿舍里吧。

像黄青梅预感的那样,12月1日再次出现了暴力事件。大批军人和特务闯进云南大学、中法大学、联大工学院、联大师范学院和联大附中,暴力对待师生,"一二·一"惨案发生了。黄青梅哭了,她认识联大遇难学生中的潘琰。方后乐忍不住了,说:"我们上街游行抗议吧。"黄青梅说:"好,游行以后怎么办呢?"方后乐说:"总有办法的。你也听到闻一多先生说了,死难四烈士的血给中华民族打开了一条血路。"青梅又哭着说："我害怕流血。"

"一二·一"运动后，学生社团"除夕社"应运而生，方后乐想加入，黄青梅建议他慎重些，她听老师说这个除夕社中左翼青年学生多。方后乐说，我会把握好的，听说吴晗先生、闻先生很支持除夕社，我也就和几个同学编编《除夕副刊》。黄青梅看方后乐主意已定，说了一句："你本来就是左翼青年。"

临近"五四"，几个同学说去访问闻一多先生吧，我们把先生的谈话做个记录，再整理出来。方后乐和他们去了司家营清华大学文科研究所，这里距麦地村北大文科研究所只有五六百米。清华文科研究所租借的是民居，三间两耳四方形，之前闻先生一家住在左边耳房楼上，朱先生等住在右边耳房楼上。方后乐他们到了以后，闻先生先带他们到楼上看了文学部研究室，里面有七八张书桌，先生说这张是朱自清先生的，那张是浦江青先生的。

天气很好，闻先生说就在天井坐着聊吧。剃去长髯的闻先生显得很精神，方后乐有点不习惯。看大家拘谨，闻先生掏出烟盒，问他们几位："哪位吸烟？"方后乐见过闻先生抽烟斗，第一次看见他抽纸烟。先生的烟瘾确实很大，猛吸了几口开始说话。他告诉同学，前些日子辞去系主任，是不想因为自己的政治倾向影响学术。他问几位学生，谈什么呢，要么谈谈这八年的经历和感想吧。

闻先生真的是坦率，说初到长沙，教授们和一般人一样，只有着战事刚爆发时的紧张和愤慨，没有想到战争是否可以胜利，既然我们被迫得不得不打，只好打了再说。闻先生说的"紧张和愤慨"，让方后乐不禁想起1937年他们逃难到明月湾的心情。闻先生说到文学院在蒙自半年办学期间的"受罪",方后乐才知道几位先生的境遇并不比他们避难时好,而先生们的争论也有点像父亲和嘉元伯伯他们在祠堂的闲话。先生告诉他们,前几年教授和同学都注重学术的研究和学习,不像现在这样整天谈政治、谈时事,他先讽刺了中国人的"真命天子"观,直接抨击说:"《中国之命运》一书的出版妙在一个人是一个很重要的关键。我简直被那里面的义和团精神吓一跳,我们的英明的领袖原来是这样想法的吗?五四给我的影响太深,《中国之命运》公开地向五四宣战,我是无论如何受不了的。"回想去年5月3日闻先生的谈话,方后乐明白了先生思想转变的原因。

方后乐他们想知道闻先生如何看待联大的同学,请先生给他们指点。先生掐掉烟蒂,重新点了一支烟,说道:

"联大风气开始改变,应该从三十三年算起,那一年政府改三月二十九日为青年节,引起了教授和同学们一致的愤慨。抗战期中的青年是大大地进步了,这在'一二·九'运动中表现得尤为清楚。那几年同学中跑仰光赚钱的固然有,但那究竟是少数,并且这责任归根究底,还应该由政府来负。这两年来,同学们对学术研究比较冷淡,确是事实,但人们因此而悲观,却是过虑。政治问题诚然是暂时的事,而学术研究是一个长期的工作。有些人主张不应该为了暂时的工作而荒废了永久的事业,初听这种说法很有道理,但暂时的难关通不过,怎么能达到永久的阶段呢?而且政治上了轨道,局势一定安定下来,大家自然会回到学术里来。"

闻一多先生"暂时"和"长久"的话让方后乐心中的困惑清晰了很多,这正是影响他和黄青梅分歧的核心问题。和闻先生告别时,先生握住他的手说:"听说你要考研究所,好好准备,也许北平能放得下一张平静的书桌。"

看同学依依不舍,闻一多先生说:"到北平后,我们再细谈。"

## 84

1946年5月4日上午,昆明天气阴沉,学生陆续进入图书馆时,细雨纷纷。这雨仿佛是为联大最后的结业典礼落下的。在苍茫的烟雨中,方后乐感觉温暖而悲伤。他想起父亲和母亲,想起从桃花坞大街走出的那一天。

梅贻琦校长还是身着长袍马褂,头发整齐光亮,目光透过深度近视眼镜扫过全场。方后乐对黄青梅说,你注意没有,梅校长有个特征。黄青梅说:我知道,那次我们见到梅校长后,你就说他的嘴巴总是向外张着。方后乐说,梅校长太瘦了,脸像刀削过一般。说完,两人各自回到自己的座位上。

当梅校长说出"联大是勉强开始,也勉强结束"时,会场寂静得能够邻座彼此听见呼吸声。校长的开场白如此低沉,出乎方后乐的预料,他体会到个中的甘苦和无奈。在向地方当局和各界人士致谢后,梅校长继续说道:

"八年相处,一旦离开,惜别意思大家都是一样的。希望这离别只是暂时的,但不希望学校再迁来。八年来,自从三校联合办联大,虽三校各有各的作风而终能大家互相谅解。过了这八年,回忆八年来,深深感到了合作的意义,也感到了合作的需要。西南联大所以能够成功,就是因为参加分子都了解这一点,都能互相谅解。"

代表北大和南开发言的汤用彤教授和蔡维藩教授都在简短的致辞中提到了"五四"。汤先生说:"联大开课是五月四日,结束又是五月四日,这正是联大精神,不要忘记这个节日。"蔡先生要求大家带着五四精神北上:"联大由五四开始,五四精神是重科学、重民主、重学术,联大北上,要怀着爱国家的心及重科学、重民主、重学术的精神北上。"

典礼的最后议程是冯友兰先生宣读纪念碑文,先生最后念道:

痛南渡,辞宫阙。驻衡湘,又离别。更长征,经峣嵲。望中原,遍洒血。抵绝徼,继讲说。诗书器,犹有舌。尽笳吹,情弥切。千秋耻,终已雪。见仇寇,如烟灭。起朔北,迄南越,视金瓯,已无缺。大一统,无倾折,中兴业,继往烈。维三校,兄弟列,为一体,如胶结。同艰难,共欢悦,联合竟,使命彻。神京复,还燕碣,以此石,象坚节,纪嘉庆,告来哲。

方后乐不禁潸然泪下。典礼结束后,黄青梅问方后乐:
"联大就这样结束了?我怎么觉得联大不应该这样散了。"
"周虽旧邦,其命维新。"方后乐想起刚才宣读纪念碑文引述诗经的那句话,也学着冯友兰先生的口吻说。

黄青梅又问:"怎么维新呢?"方后乐也说不清楚,他现在只明白"维新"的结果就是"新中国"。看方后乐没有再说,黄青梅感伤地说:"明年的五四我们在哪儿呢?"

清华大学和北京大学复原北平,同学们纷纷开始准备行程。方后乐和黄青梅商量,他们在昆明待到7月底,再去北平参加研究所报名和考试。黄青梅问,要不要回苏州,如果回,是去北平报名后回吧。方后乐建议索性等考好了，8月底回苏州等录取消息。青梅觉得这样也好，四年都熬过了。方后乐告诉青梅，除夕社准备做一本《联大八年》的书，他还要花点精力。青梅说，你们若是采访闻一多先生，我也跟着去。方后乐说，他前几天见到朱自清先生，先生6月要去成都了。青梅说，你有没有请朱先生什么时间到苏州看看？方后乐说，到北平后我们一起邀请先生。

除夕社联系闻一多先生，先生说，这次就不采访了，你们可以把上次我在文科研究所跟你们的谈话收进去。几个同学觉得有点遗憾，问先生能不能给《联大八年》题签？先生说这没有问题，你们过几天来取。黄青梅说，那不方便去看闻一多先生了。方后乐说，我们若是考上研究所，见闻先生的机会也多。黄青梅问《联大八年》会有哪些内容，后乐告诉她，最好玩的是学生写先生，青梅想看，后乐把同学写吴宓先生的那段文字给她了：

> 吴先生平常讲课，常常一面敲黑板或桌子，一面有节奏地念着讲词。每逢考试，吴先生总是半小时前就到讲堂，穿着非常正式的服装，如临大典，同学进去时，他很谦和地递一份考卷给你，并且有点抱歉地向你微笑，好像今天不得已要委屈你一下，到下课钟响时，吴先生不像别的先生催你交卷，相反的，他很紧张地向同学说：不要慌，慢慢写，不要紧。

黄青梅读完捧腹大笑说，太传神了，太传神了。她问同学怎么写闻一多先生、朱自清先生，还有梅校长，后乐说，给你看写闻先生的吧，其他先生的"画像"等出版后再看吧。

清华中文系主任，我觉得他是治古代文学最有功夫和见解的一位。楚辞，诗经，乐府，庄子，他都下过十年以上的功夫，有很多发现将是不朽的。他的课最叫座，没有一门课不挤拥。闻先生近年来眼见着国家的危亡，曾以一个纯洁的诗人的心情，作过大声疾呼，于是就有人造谣说闻先生是共产党了。闻先生在抗战声中，一直是留着胡子的，到胜利时才剃去。

方后乐问青梅写得怎样，青梅说很好，但没有写闻先生爱抽烟。方后乐开玩笑说："写闻先生的同学可能反感抽烟的人。"

两人都没有想到，"联大八年"墨迹未干，7月15日这天闻一多先生被暗杀了。消息传来时，方后乐几乎崩溃了，这个感觉在他母亲失踪时有过。之前方后乐也担心过，但他没有想到国民党特务竟然如此卑劣。黄青梅知道方后乐难过，说我们去先生的遇难处凭吊先生。黄青梅准备了一束花，到了西仓坡，两人鞠躬后，方后乐长跪不起，她流着泪把他拉起。方后乐说："闻先生没了，我们还有闻先生这样的导师吗？"黄青梅说："有，有，朱先生是，很多先生都是我们的导师。"

黄青梅和方后乐一样敏感的是，内战可能避免不了了。她从来不多想时局的问题，因为抗战胜利，和平到来了，她觉得就在国内念书吧。现在闻先生被暗杀了，北平或者其他地方还能放得下一张平静的书桌吗？她的内心开始晃动起来。回学校的路上，黄青梅说："后乐，我知道你心情不好，这几天我们各自做事，你散散心，心情平复一点，我们再一起去看书。"方后乐觉得自己是要静下来思考一些问题。

方后乐和黄青梅再见面时，已是七八天之后。中间他去过黄青梅宿舍几次，她都不在，很是疑惑，这次见面是青梅到他宿舍来的。方后乐问道：

"这些天你到哪里去了，急死我了。"

"没有去哪里。"

"是不是出什么事了？"

"后乐，对不起。"

"究竟出什么事了？"黄青梅这句对不起的话让方后乐更加糊涂了，他不知道这几天发生了什么。

"我不去北平了。"

"啊，你怎么突然改变主意了？"

黄青梅告诉方后乐，她父亲来信了，国民党军队进攻中原解放区，内战爆发了，务必出国念书。她把手里的信递给方后乐："你看看信吧。"

方后乐没有接黄青梅手中的信件，他一下子蒙了。母亲失踪是突然的，闻一多先生被杀是突然的，现在黄青梅突然说不去北平了，去美国。看方后乐失态的样子，黄青梅知道他是被自己改弦易辙冲垮了。当她再一次说"对不起"后，方后乐没有再说话，傻傻地坐在地上。过了一会儿，方后乐说：

"我不是反对你出国，也不是我不愿意出国，如果妈妈没有失踪，我肯定毫不犹豫和你一起去美国。现在，爸爸在家，奶奶风烛残年。我如果这个时候出去了，我爸爸等于失踪了唯一的孩子。"

黄青梅点点头，也坐到地上，依偎在方后乐身旁，轻轻说道："要么我先去，我在那里等你，好不好？"方后乐没有说好与不好，黄青梅憋在心里的一句话终于蹦了出来："你是想留在国内做一个革命青年？"方后乐没有争辩，他的口吻比刚才温和许多，青梅还是感觉到了其中的情绪："你想做林徽因，好，林先生还不是和梁先生一起回国了吗？"

两人都没有再吭声，黄青梅想说什么，看着不语的方后乐，突然大哭道："你以为我想离开你啊。"这句话击中了方后乐内心的柔软，他意识到自己刚才有些激动了，亲了亲青梅的额头说："我知道，我也是不想和你分开，才说了这些话。"

"那我出国后，你会追我吗？"

"追，追到天涯海角，把你追回来。"

"这两年我不在你身边，你怎么办呢？"黄青梅擦擦眼泪说。

"我更担心你怎么办呢。"


## 85

方后乐独自一人到北仓坡时，周兰有些惊讶。她问方后乐："青梅怎么没有一起来？"

"她突然决定不去北平了。"

周兰知道他们原本计划随学校复员回北平，一起报考清华研究所，看考试结果，再商量后面的选择，青梅现在怎么会突然改变主意了。方后乐跟周兰解释，内战打响后，黄伯伯坚持要青梅去美国念书，青梅虽然任性，但这次拗不过父亲，准备先去香港她哥哥那里，再申请去美国。

"那你去不去美国呢？"

"我先考一下研究所再说。"

在方后乐低头的瞬间，周兰感受到了他内心的挣扎，安慰他说:"你们好好商量。"

"这就是商量的结果。"

"我本来想过几天约你们一起吃饭,看场电影的。现在怎么安排呢?"

"这几天忙乱,青梅在收拾行李,这个月8日就去香港了。她知道我过来,让我谢谢你们这几年的照顾,说到香港后会给你写信。"

周兰问他怎么安排的,方后乐告诉她,月底去北平。周兰奇怪他为什么不先回苏州,毕竟离开苏州四年多了。方后乐解释说,他和青梅一起出来的,他无法一个人回苏州,而且他现在一事无成,真的无脸见父亲和奶奶。周兰觉得方后乐没有说出的另一个原因,可能是他母亲失踪了,苏州成了他的伤心之地。当方后乐说他无法一个人回苏州时,周兰被他的真情打动了。她看看方后乐,没有再说这个话题,转身去了房间。一会儿出来时,周兰递给后乐一包鲜花饼,说青梅喜欢,带给她。

方后乐问周兰如何打算,她说,他们很快回上海了,她爸爸要到上海一家银行去工作,她准备报考复旦大学。方后乐突然想起周云,周兰告诉他,周云和她先生5月到哈尔滨了,在办哈尔滨大学。方后乐没有听说过这所学校,他让周兰代问周云姐好。周兰算了一下时间,他们22日飞上海了,看来没有机会送方后乐和黄青梅了。

在螺翠山庄大门口,周兰伤感地说:"这可能是我们最后一次见。"

"在昆明的最后一次见吧。我们都在国内,肯定会再见面。"

看周兰异样的眼神,方后乐不知所措,他想和周兰握手告别,周兰突然上前抱住了他。

## 86

  昆明没有直飞香港的航班,黄青梅先飞重庆,再转机香港。
  方后乐想起1943年暑假,如果不是打摆子,他准备和青梅去重庆看看奶奶的,现在青梅独自一人去重庆了。奶奶回到了苏州,竹松伯伯又回了遥远的延安。他从来没有想过,大学毕业后,他和黄青梅突然分开。从母亲和黄妈妈在桃花桥上晒太阳开始,他和青梅就像桃花坞大街的那些老房子一样,看日出日落,听风声雨声,再从苏州到昆明。
  "我怎么也不习惯我们突然分开。"
  "分开了,你才知道不能没有我。"黄青梅这样说了以后,又补充道,"还不一定分开呢?"
  "啊,你去香港,再去北平,不会吧。"方后乐以为黄青梅又改了主意。
  黄青梅没有立刻回话,方后乐双眼盯着她。看他紧张的样子,她便说:"万一你考不上研究所呢?"
  方后乐这才明白,他已经接受了青梅要出国的事实,但青梅还在幻想他能一起出国。他回答青梅说:"考不上的可能倒是有的,谁也没有绝对把握考上。"
  "万一考不上,你怎么办?"
  "8月底就确定能不能考上了。万一考不上,我想,"方后乐停顿了一下说,"我先回趟苏州,我再去香港找你了。"
  "当真?"

"当然。"

"那我真的希望你落榜呢。"

方后乐不知道如何回答青梅这句话,这句听上去晦气的话,却让他感受到青梅虽然没有说出口,但心里和他一样不习惯突然分开。

"我不想你考取,是真心话。我想你考取也是真心话,若是考取了,过两年我们再商量,看看国内的局势,我没有说不回国。"

"也就这两种可能,现在就顺其自然了。"

方后乐和青梅商量,两天后就去重庆了,这两天要不要在街上逛逛,重走那几条街?

"不用,重走两天,我去香港的决心就崩塌了。我们就在宿舍待着。你也不要跟我唠叨出国后怎么照顾自己,我现在听不了软话。你就陪我静静坐着。我知道你在想什么?"

方后乐想说什么,黄青梅说:"不要说,你等一下。"

黄青梅从箱子里找出了那对耳环,然后戴上,走到方后乐面前:"好看吗?"

方后乐没有说话,他使劲抱住了黄青梅。青梅又说:"我明天戴上耳环,我们一起在学校门口拍张照,你带回去,这样,你就不是一个人回桃花坞大街了。"


## 87

1946年秋冬之间几乎没有过渡。方梅初夹着皮包下车时,尘土和落叶在风中旋转,好像要渗透进低沉下来的天空里。方梅初过了桃花河桥，站在街口朝东望去，天空似乎把桃花坞大街的房子压得趴下了。他知道，要落雪了。之前下班坐黄包车，总是从护龙街由南向北，再左转到桃花坞大街。汽车通了以后，他在阊门下车，不变的路线是走西中市大街，再到阊门横街，然后在桃花桥上伫立片刻。这是他和周惠之一起最早走过的路和桥。他每天这样走过，内心悲凉而充实，惠之仿佛还贴在他身边。站在桃花河桥上，他时常恍惚，惠之好像就在面前微笑，他有时伸出手去捋她的头发。

他今天有些沮丧，皮包里放着方后乐的来信。这是方后乐到北平后的第三封信，第一封信说虽然大学毕业了，但一事无成，先集中精力准备报考研究所。收到第二封信是10月中旬，方后乐欣喜地说，他考取了，清华的开学典礼也举行了。收到第三封信时，方梅初以为方后乐笃定回来过年，但信中的意思说应该能回来。他看了几遍，应该回来和确定回来，是不一样的意思。母亲问他，后乐回来过年吧。他说，应该回来的。他习惯了一个人的生活，孤独和压抑成了习惯，母亲回到苏州，这种孤独和压抑多少有些缓解，但母亲是母亲，惠之是惠之。有时他会拿着周惠之的照片坐在床边和她说话，说了好多话，随后又忘记了。

他从来没有像现在这样等待下雪的冬天，他蜷缩在被窝里，他感觉这空空荡荡的房子也像他傍晚街头所见，灰蒙蒙的天空像一块漫漶了淡墨的幕布覆盖到他身上。无数这样的冬天，凝固的空气中弥漫着周惠之和方后乐的气息，方梅初从不同的方向想象着惠之和后乐的方位。他感觉自己的躯体在僵化，他愿意自己像蛇一样冬眠，不是为了等待春天的复苏，而是想把之前的一切冻结在此时此刻。

他还没有推开窗户，便从蒲草的色泽上察觉到了小院子积雪了。这是他奇特的感觉，以前周惠之问他为何知晓下雪了，梅初说这只是他的感觉，自己也说不清楚。这个时候，周惠之拉开窗帘，窗台上已经积雪寸许。到了冬天，方梅初会把蒲草从小院子移到客厅，周惠之失踪后，他又把蒲草移到房间的桌子上。"太阳出来了，要不要拿出去照照阳光？"他好像听到周惠之在说话。

黄道一夫妇是踏雪造访的。黄太太手提一只袋子，黄道一皮帽和皮衣上沾着雪花，他手中的褐色桐油伞应该是为青梅母亲撑着的。黄太太递过袋子，方梅初觉得有些沉，赶紧用手托住。黄太太说："我们昨天炖了羊肉汤，下雪了就没有送给你。"黄道一补充说："藏书乡下的亲戚赶在下雪前送过来的。"方梅初感觉雪花在他的眼眶里融化了，这些年黄道一夫妇对他照顾甚多。黄太太问奶奶呢，方梅初说在房间休息。杨凝雪听到客人来了的声音，从房间里出来，问黄道一夫妇是不是就要去香港了。黄太太说，明天去上海，后天坐船去香港。她想起一件事，又出客厅走到院子里，提着黄青梅的那把小木椅过来了。方梅初接过来，黄太太说，其他家具不留了，这张椅子留着青梅以后回来坐。

方梅初请他们坐下，转身去了厨房，用盘子端来两碗红枣汤。这是母亲早上做的，她夜间醒来听到他的咳嗽声，便煮了红枣汤送过来，里面还放了板油。他请二位分享，黄太太感觉奶奶做的红枣茶很有滋味，汤里面的板油似化未化，恰到好处，便感慨地说："香港人阿吃红枣茶？"

黄道一接过话说："梅初兄，我们准备元旦过后去香港了。"

方梅初有些惊讶："我本来想今天晚上去送你们的。"

黄道一摇了摇头，沉默一会儿说："如今局势动荡，难以预测。我思虑再三，觉得还是乘现在可以走动时索性走吧。"

方梅初知道黄道一不是来和他商量的，也说不出任何劝阻他们的理由："竹青在香港可好？青梅还在香港，估计什么时间能去美国？"

"他还是在报馆供职，算是站稳脚跟了。"黄道一看着太太说，"青梅签证顺利的话，过了年可以飞美国了。"

"这样也好，你们和两个孩子也好多年不见了，一家人可以在香港团聚。"说起苏州的房子，方梅初问，"请谁托管？"黄太太告诉梅初，已经请中介在物色能够付现的买主。

"那你们不准备再回苏州了？"

"竹青无力购买房子，我只能这样处理了。我想在香港总得有个自己的居所，需要一间画室。是不是回来，还要看青梅在美国读完书后如何打算。以后若是短暂回来住，就租房子吧。"

"那也不用租房子，就住这边吧，本来两家就要并一家。"方梅初意识到黄道一关于青梅是否回来的话只说了一半，另一半是：要看看青梅和后乐会结出什么样的果实。方梅初知道，方后乐暂时不去美国，多半是因为他和奶奶的原因。

黄太太接过先生的话问梅初："乐儿最近怎么样？"

"正要告诉你们，他寒假应该回来。"方梅初说昨天收到了后乐的信，他猜测应该也给青梅写信了。

"我们做不了孩子的主，当初我就不同意青梅去美国念书。"黄太太叹了口气说，"再过两年，就看后乐和青梅他们的决定了。"

"我晓得青梅想做林徽因，林徽因不也和梁思成一起回国了。如果青梅不回来，后乐肯定要去美国。"方梅初宽慰黄太太说，"我当然希望青梅回来。"

方梅初第一次这样直接说出自己对两个孩子未来的想法，黄道一也持这样的想法，但两人从来没有说明白，道一对梅初说：

"梅初兄，你的意见也很重要，我们俩的想法是一致的。过几年局势明朗了，我们再商量两个孩子的归去来回。"

"我会写信告诉后乐你们去香港的事。"方梅初点头同意。

黄道一起身问方梅初的打算，梅初说："看来我只能终老这里了。后乐这次没有和青梅一起去美国，是被我拖累的。"黄道一夫妇表示理解，方梅初想起他们进来时就谈到时局，便问道："你看，国共又打仗了。"

"我看到了。国共必有一战。"

"你的预测是？"

"国民党政府必亡。"黄道一用手弹了弹皮帽说，"我们先去香港待一段时间，再作打算。说老实话，国民党撕毁'双十协定'后，我才让青梅去美国的，孩子们不能再流浪了。"

"我明白，你们放心去吧，我明年也找机会去香港看你们。"

辞别时，黄道一夫妇默视了周惠之的相片片刻。

方梅初说："惠之，道一他们去香港了。"

卷十一

## 88

青石板也老了,这是方后乐踏上桃花坞大街的第一感觉。

消融的雪淌走了青石板上的污垢,露出了不易察觉的痕迹。阔别近五年重返苏州,方后乐走出火车站后僵在那里,一瞬间说不出的滋味,浑身有些发抖,他深深吸了一口气再吐出,努力让自己平静下来。

他和黄青梅从这里出发,他一个人回来了。他带着他和黄青梅在西南联大的合照,但他们俩不是站在苏州火车站门口。送别的黄伯伯黄妈妈去了香港,青梅在香港等他们。桃花坞大街只有父亲和奶奶了,他自己无论在哪里都在等母亲,母亲在哪里呢?他出了广场,走过平门桥,再从平四路进了廖家巷。房子易主了,在熟悉的门口,方后乐听到小鞭炮在残雪里的闷炸声和几个孩子的嬉笑声,好像还夹杂着他和青梅在院子里说话的声音。他默默注视着大门,似乎在凭吊过往的岁月。

方梅初第一眼见到方后乐就发现周惠之活在儿子身上,儿子眉宇间散发着母亲的气息。在方后乐喊"爸爸"和"奶奶"的那一刻,方梅初漫长的思念和等待仿佛云淡风轻。杨凝雪哭了,方后乐从未见奶奶哭过,爷爷去世时,奶奶抑制住了悲伤,她说哭了,爷爷就不会安息。她围着方后乐转了一圈说:"你长高了,比你爷爷还高。"方梅初冷静下来,再次确认站在面前的是儿子方后乐。他问道:"你回来怎么不发电报,我好去车站接你。"方后乐解释说:"想给你和奶奶一个惊喜。"方梅初没好跟方后乐说,这些年他已经没有什么惊喜了。

一切不知从何说起,仨人你看我,我看你,终于笑起来。奶奶重复地说:"乐儿,你回来了,小丫去买菜了,等会儿做好吃的。"又说:"乐儿,你回来了,想奶奶吧。"方后乐说:"要多想有多想。我肚子不饿,说说话。"他拉奶奶坐下,问奶奶:"伯伯在哪儿呢?"

"我是三十二年秋天回苏州的吧,竹松当时说,他可能要回延安了,应该在延安了。那年暑假,他还问我,你会不会从昆明去重庆。"

"我想去的,打摆子的人很多,我也睡了好几天,不敢出远门了。说不定哪天我去延安呢,奶奶。"

方后乐这后一句话让方梅初吓一跳,虽然他知道这是儿子安慰奶奶的。方梅初问儿子:"周先生一家都好吧。"

"周先生他们去年秋天回到上海了,听周兰说,周先生在一家银行工作。这几年多亏周先生家照顾。周青联大经济系毕业后去美国了,在芝加哥大学。周云我只见过一次,她先生是延安那边的,可能和伯伯也熟悉。前年周云从昆明去重庆,我告诉她,我伯伯也在重庆。后来就没有消息,不知道他们是在重庆,还是去了延安。你的老师朱自清先生回北平了,我回苏州前去看他,让我向你问好。"

"青梅知道你回苏州吗?"

"动身前我给她写信了。"

"黄伯伯他们的房子卖掉了,只留了青梅那张小木椅拿过来。走之前过来,说了你和青梅的事,我们后面再说。"

"青梅告诉了我房子的事。那我替她坐一下,也算回来了。"黄青梅的小木椅上扎着一根红线,方后乐坐过后,又坐到自己的小木椅上,感叹说:"做梦一样。"他起来时,看到了墙上母亲的相片,沉默不语。在火车上,在走进大门的那一刻,他心里都幻想母亲突然出现在他面前。看母亲相片时,他突然平静下来,回到家,就是回到母亲的怀抱。这种时间对伤痛的消炎让方后乐感到恐惧,相片上的母亲微笑着,似乎在说:"乐儿,你放下。"

方后乐路过黄阿婆家门时,看门上没有贴对联,问父亲黄阿婆家出了什么事。方梅初说,抗战胜利后,黄天荡被当作伪政府人员关起来了,黄阿婆一急,病倒不起。等黄天荡放出来时,黄阿婆已经归天。"还有这事?"方后乐说,"他就是个伙夫。我明天去看看鹤鸣。"说起黄天荡被关,方后乐突然想起父亲的同事邱复生,问这人后来怎么样了,方梅初说:"你还记得这人,抗战胜利后坐牢了,还没有出来,善恶终有报。"方后乐又问:"黄伯伯那年遇袭,与他有关吗?"方梅初说没有确认此事,估计脱不了干系。

晚餐后三代人又凑在一起聊天,奶奶不停打哈欠,还是不肯睡觉。方后乐去北平后,曾给张若溪写信,但没有收到回信。他问父亲阿溪有联系吗。"联系少,好像是腊八节后的一天来过,说是后面有些事,短时间可能来不了苏州。他说收到你的信了,让我转告你,你这次回来,他没有办法见你了。"方后乐知道张若溪的身份,肯定有自己的事要处理。原本想这次见到阿溪,或许能知道阿发的情形。

他问父亲,我要不要去消泾和明月湾看看?父亲说,你暑假回来再去吧,天成从木渎来过,秀姨年纪也大了,腿脚不好。方后乐又问老根姨夫他们如何,父亲答非所问,说苏云阿姨还是没有消息,偶尔见到阿祥,都不提这事了。奶奶记挂的是黄青梅,那天黄妈妈来,匆忙之中忘记把自己的一个玉镯带给青梅了。方后乐宽慰奶奶说:"你留好,青梅回来时,你当面给她。我先代青梅谢谢奶奶。"奶奶回到房间,捧着一个小铜炉给方后乐:"我的被窝捂暖了,你用吧,我睡觉了。"

从昆明到北平,几年未遇寒冬的方后乐在北平完成了从南方到北方的过渡。当他从北平回到苏州,阴冷的江南唤醒了他寒冷的记忆,也复活了他御寒的能力。太阳出来后,方后乐出门了。他站在桃坞中学门口,抗战胜利后,沪苏两校合并,在这里复校了。正好是上课时间,他没有看到同学。他从这里开始逃难的,他渴望"逃难"这个词在这一代命运中消失。在崇范中学,他想起他和黄青梅准备去昆明前的一次聊天。黄青梅问他,如果没有战争,我们会怎样?他说这个国家积贫积弱,即便没有外侮,也是内战不断,我们无法幸免。黄青梅说,你爷爷给你取的这个名字太沉重了,先忧后乐。他记得他回答青梅说我现在徒有其名,青梅则以特别的眼神说,你越来越像左翼青年了。

真的被黄青梅说中,回到桃花坞大街的方后乐以一个左翼青年的眼光,打量着桃花坞大街、桃花坞,他感觉这座小城似乎处于另一种黑暗中。方梅初告诉儿子,日本投降的那天,他和黄伯伯喝得酩酊大醉,他们的鞋子掉了,光着脚在街上呼号狂奔,黄伯伯的墨镜掉落地上都被行人踩碎了。奶奶从杭州去重庆,再从重庆到苏州,近三年没有回杭州,小丫从杭州过来帮忙照顾。10月间,奶奶回趟杭州,到爷爷的墓地烧香。即便是迟钝的方梅初,也逐渐闻到了内战的气息。他在桃花坞大街上看到了很多来回走动的人，黄道一说这些人是国民党的便衣，桃花坞大街的看守所关押了延安那边的人。在父亲说起这事时，方后乐才知道，这里原来有了看守所，他想黄伯伯决定去香港，或许是这事刺激了他。尽管回来只有几天，方后乐已经觉察到这座小城内在的紧张。前天夜间，他听到枪声，父亲从楼上下来说，这段时间经常这样，是在抓捕延安那边的人，看来还要打仗。方后乐联想到张若溪的"失踪"应该与"抓捕"有关，阿溪，在哪里呢？

方梅初觉察到了儿子的变化，学问的长进不必说，喜欢新文化，也不偏废旧文化，古书读了不少，这让他很是安慰。那年收到《桃花坞赋》后，方梅初对儿子如何问学已无担心。这几天谈到朱自清先生时，父子俩异常契合。

"朱先生认真严谨，我很喜欢他深入浅出的文章。"

"研究旧文学，创造新文学，朱先生贯通古今。"

"我知道您的意思，希望我新旧兼容，我做不到先生那么好。"方后乐笑着说，"联大的诸位先生都是大才，冯友兰先生的专长是哲学史，他的白话散文也是大手笔。我很佩服闻一多先生，学问好，新诗好，义无反顾，是位大先生。"

说到闻一多先生时，方后乐哽咽了。他告诉父亲："闻先生豪放，朱先生温婉，一个直率，一个敏感。闻先生被暗杀后，朱先生在成都率先号召捐款，现在又抱病整理闻先生的文集。他们的道德文章，我终身受益。"随后，他又背诵了两句朱先生的《挽一多先生》："你是一团火照彻了深渊；指示着青年，失望中抓住自我。"方梅初看看儿子说："我看你已经燃烧了。"

方后乐情不自禁从椅子上站起来，走到祖父的相片前凝视许久。回到苏州后，他重新整理了书房，动员父亲回到自己的房间，他劝父亲说："你在哪儿，都会想妈妈。你住楼上，奶奶住楼下，奶奶年纪大了，万一有什么事，你还要从楼上冲下来。"方梅初想想，觉得儿子的话也有道理，便回到了自己的房间。方后乐让奶奶不动，就跟小丫睡在他的房间，自己则睡到楼上的客房。环顾书房，方后乐想起母亲在的时候，他们仨坐在这里，各自手里拿着一本书，交谈一些话题。母亲似乎还坐在那里微笑，但方后乐和父亲不再争论了。

儿子的这些变化也在方梅初的预料之中，说到新旧文化时，方后乐回忆了1944年5月3日晚闻一多先生的演讲，先生关于"五四"思想革命为何要打倒孔家店的理由，对他如醍醐灌顶。方梅初问方后乐："闻先生说的理由是什么？"方后乐脱口而出："先生说，当时要打倒孔家店，现在更要打倒，封建社会是病态的生活，儒学就是用来维持封建社会的假秩序的。"方梅初没有完全接受方后乐转述的观点，他说要想想闻先生话的深意。方后乐的思想轮廓越来越清晰，朝着方梅初原先担心的那个方向发展了，越来越像他的伯伯方竹松。

方后乐跟奶奶说："竹松伯伯太神秘了。"奶奶笑着说："不要说你了，我住在重庆磁器口，也不容易见到他，他媳妇有时过来看我。他们也有两个孩子，都比你小，在延安念中学。我问什么时候能见到这两个孩子，他媳妇说，等打败鬼子。鬼子打败了，我还是没有见到，现在好像又要内战了。我在红岩村见过他们的周副主席，他也留学过日本，但比你爷爷晚好多年。这是位很有魅力的人，当年北伐时，我也听你爷爷说过周先生。这次见到他，我明白了竹松为什么会追随共产党。"

方后乐明白父亲的担心，其实他现在充其量也只能说是思想上的半个革命者。他对父亲说，这几年常常想起浙江一师学生集会时的口号，方梅初说："那是很多年前的事了，什么我们情愿为新文化而牺牲，不愿在黑社会中做人。"方后乐说："现在要这句口号改为：我们情愿为新中国而牺牲，不愿在黑社会中做人。"方梅初瞪大眼睛看着儿子："你真的要去延安？"方后乐挨着父亲坐下来说："我想去，人家还不一定要我。我还在念书，以后回苏州，看看能不能在东吴大学谋个教职。"方梅初悬着的心这才放下。

方后乐不免感慨岁月的造化，二十几年过去了，父亲被祖父安排了另外一种生活，而这种生活其实也是父亲内心选择的结果。父亲就是一个被"黑社会"压迫的人，他逐渐认可父亲的中道，同情父亲的卑微。在远离父亲后，他才在自己的挣扎中明白，一个人一生都是在卑微和不甘卑微中度过的。到了北平，昆明也成了背影，他曾经把父亲和朱自清先生、周鹤声先生、闻一多先生和伯父方竹松几个人放在一起思考自己的人生道路。他觉得父亲更接近朱自清先生的中道，周鹤声先生则在父亲、朱自清先生与闻一多先生、方竹松伯伯之间，自己最终会像谁，他自己也不知道。

一位不速之客的到来，打乱了方宅这些天的节奏。年初八午餐后，方后乐整理行李，初九他要回北平了。突然有人敲门，方后乐开门一看，站在他面前的竟然是周兰。他非常诧异，周兰怎么知道他回来，一个人跑到苏州了？在北平和周兰通过一次信，这次回苏州没有见面的打算也就未写信告诉她。刚回来时父亲还问要不要去上海看看周先生，他说等暑假吧。站在门口的周兰看方后乐的神态说："不欢迎我啊。"方后乐回过神，赶紧把周兰拉进院子："喜出望外，喜出望外。"

方梅初听到有客人的声音，也从客厅走出来。方后乐没有介绍，跟父亲说："你看看，这是谁？"方梅初愣了一下，感觉似曾相识，但又想不起在哪儿见过。周兰见方后乐这样问父亲，也微笑不语。方梅初还是想不起来，方后乐大声说："这是周兰，周先生家的周兰。"方梅初不敢相信周兰会在这个院子里出现，九年前在庐江见过一面，印象中只有一个小女生模模糊糊的轮廓，惊讶地说："贵客贵客，你长这么大了。我听后乐说，你在复旦大学念书了。"

周兰告诉他们，她不知道方后乐回苏州，这几天在家闲着，一个念想就坐火车来苏州了。她说一直想看桃花坞年画，准备写篇谈民间艺术的文章，下车后就走到了桃花坞大街。买好年画后想，方叔叔家就在这条街上，索性来看看，没想到后乐真的回来了。周兰说得淡然，方后乐却感受到了她内心的热情，他和黄青梅对昆明最初的念头是从周兰那张贺新年的明信片萌生的。他伸出双手拥抱了周兰，矜持的周兰一下放松，恢复了往日的明快活泼。奶奶初看周兰还以为是青梅，青梅怎么会从香港回来呢，再细看，确定是另外一位姑娘。知道是周先生家的女儿后，奶奶说："刚才差点儿把你当青梅了，我和令尊熟悉的，在杭州见过。"周兰搀着奶奶到客厅，奶奶想起几年前青梅也是这样和她一起走进客厅的。

方后乐和黄青梅无数次叙述过桃花坞和方宅，周兰身临其境后仍然有一种难以言说的感觉。在一楼客厅，她看见了周惠之的照片，方后乐确实更像他妈妈。那两张小木椅和客厅的家具风格迥异，方后乐说，明月湾的秀姨送给他和青梅的。不用说，扎了红绳子的那张应该是青梅的。二楼书桌上的地球仪让她想起方后乐的庐江之行，她轻轻拨了一下说："你还留着。"

午后的阳光下，大街还有几堆残雪懒洋洋地消融着。方后乐先是陪周兰去了廖家巷，告诉她青梅家以前的房子。他问周兰和青梅有没有联系,周兰说,在昆明说了要写信的,但那时地址无法确定。方后乐说,她快去美国了,到时我告诉你她的地址。站在桃花桥上,周兰说,你和青梅的小灯笼就挂在这栏杆上?方后乐惊讶周兰还记得这个细节,应该是青梅说的这事。周兰告诉他,她父亲在银行待了几个月,又去一所专科学校教书了。方后乐说,这动荡年代,周先生去教书是最合适的。

方后乐问周云和周青近况如何,周兰说周青在美国正常读书,时有书信。周云联系甚少,哈尔滨大学的事可能很忙吧。周兰感叹道:"做一个革命者不容易,我做不了我姐姐,爸爸在家也很少说他们的事。"

"我们家和你们家一样。"

"还不一样,我们家几个阵营呢。"

说到后面的打算,方后乐直言,他还要看黄青梅的情形。周兰点点头,问方后乐:"内战的结果会怎样?"

"看人心向背,国民党必败,我到北平后体会更深了。"

"那你就没有必要出国了。"

方后乐笑笑,没有再说下去。

周兰原本当晚回上海的,方梅初和杨凝雪再三挽留,方后乐也说:"住一晚上,我们明天一起去车站吧,你向东,我向西。"

## 89

方后乐隔着两条轨道和周兰挥手。

他说不清自己是失落还是什么,心里还有不是压抑住的疼痛。从桃花坞大街拐弯到桃花河路欲向北时，他回头看了看桃花坞大街。这次重返，他发现那个在他骨架和血液里的桃花坞已经有些变形和再生长。父亲问他，妈妈会不会回来？他不想说出那个在他心里盘桓已久的答案，而是跟父亲说："我们等妈妈。"他没有再追问阿荷的状况，父亲的避而不答实际上已经给了答案。张若溪的隐形让方后乐意识到局势的紧张。第一次离开桃花坞出远门去庐江，是一次选择；第二次离开桃花坞远征昆明，是一次选择；这次离开桃花坞，他是不是又面临了选择？方后乐把打开的书遮到自己的脸上，一路昏睡过去。

去年夏末秋初方后乐到了北平，这是他第一次到北方。京城的壮阔和京味与他熟悉的江南完全不一样。秋天的天空比江南高远，冬天又比江南低矮。他读过郁达夫的《故都的秋》，寻找了文章说到的几处风景：陶然亭的芦花，钓鱼台的柳影，西山的虫唱，玉泉的夜月，潭柘寺的钟声。他摘了芦花，采了红叶，随信寄给了黄青梅。信中写了几句话：红叶上的秋，晃动着芦花的影子，月亮听着钟声睡去。青梅回信问：这是你的新诗吗？他知道这是在嘲笑他。青梅又问：你一个人秋游的吗？他知道这是在故意敲打他。这样的闲情逸致很快被冬天打断，北平的风和沙渗透到每一个角落。

他去看朱自清先生，先生说北平这么萧瑟了。他想起许多年前鲁迅先生说过的话，我已经讨厌了这古老的虚伪的大城。积贫积弱的旧中国若是铁屋也已锈迹斑斑，方后乐在北平的几个月听到了铁屋嘣嘣崩塌的声响。12月28日，他在《新民报》上看到北大先修班女生沈崇被美军强暴的消息，震惊和耻辱感在体内膨胀。清华学生响应北大学生的呼喊，他也走在游行抗议的队伍里。1945年昆明"一二·一"运动后，他再也没有上街游行过。

在苏州说起这事,周兰说她和复旦的同学一起游行了,这让他刮目相看。他写信告诉青梅,在街上游行时,仿佛又回到了昆明。青梅回信说,这样的游行我当然支持你参加。敏感的方后乐读出了青梅的弦外之音,她不是很赞成他介入太多的政治活动。那天在北大看民主墙上抗议的壁报,他在簇拥的人群中看到一张熟悉的面孔,好像是王恺夫,这位神龙见首不见尾的朋友会到北平吗?方后乐没有贸然去招呼,若是王恺夫,说不定哪一天会突然出现在他面前。他想起青梅说过的话:只要王恺夫出现,你就往左翼靠一点。

这次回到北平,方后乐又去看朱自清先生。他听说朱先生也被列入了国民党的黑名单,心里有些紧张。朱先生的身体比他想象的还要羸弱,应该是胃病加重了。知道方后乐刚从苏州回来,朱先生问起苏州的情形,方后乐说覆巢之下。

朱先生回忆起民国二十五年夏,他是坐苏嘉铁路到苏州的,叶圣陶先生陪他看了几个花园。方后乐告诉先生,苏州沦陷后,苏嘉铁路就废了。他问先生,在重庆写的《赠圣陶》,有几句是回忆苏州之行吧。朱先生说是,随即轻吟道:"曾几何时参与商,旧雨重来日月将。君居停我情汪洋,更有贤妇罗酒浆。"

"这次回去,我父亲还让我邀请您什么时间再到苏州看看。"方后乐看先生温和平静,明白"黑名单"没有影响先生心情,便邀先生今年秋天或者明年春天再去苏州看看。朱先生说:"看我这身体,不知道能不能出远门。梅初若有时间,可以到北平来。"朱先生指着书桌上的一堆文稿说,他开始整理闻一多全集的工作了。方后乐问能不能协助先生做些事情,朱先生说,你追随过闻先生,若有需要协助的,我会跟你说。他问方后乐论文准备如何,方后乐说:

"请教先生,我原想做中古文学,最近想研究鲁迅,有些犹豫。"

"你是不是更倾向于研究鲁迅?"

"是的。"方后乐点点头。

"中古文学也是研究鲁迅的参考,你看鲁迅先生的《魏晋风度及文章与药及酒之关系》。"

"我记住先生的话,再想想。"

此后数天,方后乐一直在图书馆查阅资料做笔记。芒种那天他从图书馆出来,迎面而来的果然是王恺夫,他们俩昆明最后一次见面是在文林街邂逅,王恺夫问他毕业后的打算,他说准备考清华研究所,王恺夫说了声"好"。两人好像总是不期而遇,说话也简单。

方后乐不知道王恺夫这次到清华园是什么事,王恺夫说:"我是清华的校友,若溪跟你说过吗?"方后乐说:"你到北平一段时间了吧?"王恺夫有点诧异:"你怎么知道?"方后乐告诉他,在北大看民主墙壁报,看见他了。王恺夫说好多年不到水木清华了,去荷塘那边看看。两人在一块石头上坐下来,方后乐问他此番来清华,是看老师还是找他?王恺夫说:"专门来看你的。"方后乐明白王恺夫一定是有什么事,王恺夫没有直接说,先问黄青梅去哪里了。方后乐告诉王恺夫,她在宾夕法尼亚大学念书。

"她以后准备回国吗?"

"现在还不能确定,应该会回来。"

"你打算呢?"

"青梅回国最好,她不回来,我可能就要考虑去美国。"

"那是以后的事,你还记得周云吗?"

"你们有联系?我只见过她一面,1944年她从昆明去重庆,我在她家聊了几句。寒假回苏州见过周兰,听说周云和她先生去了哈尔滨。"

"我是从哈尔滨到北平的。他们现在都在哈尔滨大学,这是我们在东北解放区成立的第一所大学。周云问你好。"

"我晓得了,你和周云的先生在昆明就熟悉。"

"哈尔滨大学缺老师,我想问问,你是否愿意去那里教书?"

"这太突然了,我得想想。让我去哈尔滨大学?"方后乐确实毫无思想准备,发愣地看着王恺夫说。

"确实突然,你想想。解放区很需要你这样的进步青年,你想想,不急的,想好了告诉我你的决定。"王恺夫让方后乐记住一个地址,一个礼拜后在那里见面。临走时,王恺夫拍拍方后乐的肩膀说:"不要有压力,写信时代问青梅好。我想说,你们不要错过迎接新中国诞生的时刻。"昆明几次见面,王恺夫和方后乐的交谈很少涉及政治,这告别时的一句话猛地撞击了方后乐。

方后乐陷入了矛盾和痛苦中。之前无论是去昆明,还是和黄青梅离别,都还算不上他人生的抉择,充其量只是在为抉择做准备,王恺夫的几句话却把他拉到了十字路口。如果中断学业,有点愧对老师和父亲;若是去了哈尔滨大学,他和青梅之间的关系便从简单到复杂了。但王恺夫说的"不要错过迎接新中国诞生的时刻"又热烈地蛊惑着他,以什么样的方式迎接新中国诞生呢?方后乐彻夜未眠,他起来给青梅写信,写了一段便揉碎了信纸。

一个礼拜后,在去见王恺夫的路上,方后乐想他的决定肯定会让王恺夫失望。他又宽慰自己,再过两年,他或许还有青梅,可以一起去解放区教书。临近胡同口,突然传来两声枪响,方后乐怔了一下。到了胡同口,他看到一群人在杂货店门前围着。他走过去,挤进人群中看了看,是王恺夫,王恺夫倒在血泊中。

## 90

方后乐出现在哈尔滨大学校园时,周云异常惊喜,她原以为方后乐来不了哈尔滨。看到兴奋而疲倦的方后乐,周云使劲握住了他的双手说:"后乐,你到底还是来了,欢迎你!"

1944年周云从永善县井底坝镇回到北仓坡后,和方后乐有一面之缘,对方后乐留下深刻印象。她从昆明到重庆时,方延已经奉命回到延安。到延安后,和她谈话的领导恰恰是方延。过了十几天她才见到了阔别多年的许清泉,她在学生时代就喊他老许。在延安中学任副校长的老许告诉她,方延的两个儿子就在延安中学念书。偌大的世界,变得如此之小。她以为过几年会在延安迎接新中国的到来,革命形势的发展远远超出她的估计。东北民主联军进驻哈尔滨,东北局势变了,她又随老许跟着蒋南翔从延安到了哈尔滨。兼任哈尔滨大学副校长的许清泉谈到学校缺少优秀教员时,周云突然想到了方后乐,大学毕业去哪里了?许清泉听周云介绍后,也认为方后乐是非常合适的人选,但他会来哈尔滨吗?她致信周兰,获知方后乐已经在清华念研究所。怎么联系方后乐呢,让周兰写信肯定不合适,周云突然想起王恺夫,他们去年到哈尔滨时见过。她问老许,王恺夫现在在哪里。老许说,去北平了。

"周姐,三年未见,恍若昨天。"方后乐感慨地说。看方后乐还在打量自己,周云笑着说:"我是不是不像之前的样子?"方后乐在校园第一眼看到周云是有些迟疑,在周云果断地喊出"后乐"后,他确认面前站着的是周云。周云说,她在井底坝几年,就是躲着,出门也很少,吃得胖胖的,就像个村妇。到了延安,工作状态精神状态不一样,长发也剪掉了。方后乐在昆明见到周青时,周青说姐姐周云性格上像他们的父亲,这也是方后乐的第一印象。这次见到周云,他觉得她是位细心体贴的大姐。周云跟方后乐说,这次来哈尔滨,你肯定很矛盾吧。方后乐坦率地说,确实是这样,几天没有睡好觉。周云说,理解的,你父亲和奶奶都好吧。方后乐告诉周云,寒假回苏州,还见到了周兰,这次出来还没有来得及给家里写信,等这边安顿好了再联系。周云说,我以前听父亲说起你们,方叔叔这么多年不容易。让方后乐意外的是,周云问他:

"你那个女同学现在怎么样?"

"在宾夕法尼亚大学念书。"

方后乐这一路上都在想怎么写信给黄青梅。周云看出了方后乐的心思,说好好和青梅解释。她和老许结婚不久,皖南事变爆发,老许从昆明撤回重庆,再去延安,她在井底坝隐居了几年。尽管方后乐和黄青梅与他们的情形不同,大学毕业后天各一方,但方后乐突然由北平到哈尔滨是脱离了两人默契的轨道。周云安慰道:"你们俩不远万里,从苏州到昆明,这黄青梅不是一般的女子,肯定能理解你的。"方后乐说:"我想想怎么写信说这事。"

晚餐时老许回来了。见到这位传奇般的人物,方后乐开始有点紧张,喊了声"许校长"。

老许说,我是你的清华学长,大家都喊我老许,你也就叫我老许吧。他回忆了自己在清华园的读书生活,说自己差几个学分就可以拿到硕士学位了,为了革命只能放弃,现在想起来,这样做还是值得的。方后乐明白,老许这番话是在鼓励自己。他急切地问怎么安排自己的工作，老许说，你先好好休息，看看学校，看看哈尔滨，感受一下解放区的气象，后面我们再商量工作。周云插话说，方延同志如果知道我们在这里见面，会多高兴。话题转到了延安，方后乐仍然习惯说"竹松伯伯"，他们说"方延"时，他要转换一下："听周云姐说，你们和我伯伯很熟悉。"老许告诉他，1941年到重庆后就熟悉了，周云到延安后才知道你们家和周家有这样的渊源，方延同志知道你在联大读书，也见过你长大后的相片。老许看看方后乐，笑着说："后乐，你和你的两个堂弟真的有些像。"

"我奶奶去重庆前，我们拍了合影。这次寒假回苏州，看到奶奶带回来的相片，是兄弟们的样子，也不知道什么时候能见到他们。"

"不会很久。昨天，我还没想到我们会在这里见面。中国革命的形势正在发生大的变化，我想，解放全东北、解放全中国应该为期不远了。"老许随后给方后乐分析了东北的形势，说得东北，就得天下。他介绍了毛泽东同志关于建立巩固的东北根据地的思想，以及哈尔滨在全国解放战争中的地位。方后乐被老许所描述的前景感染了："我能亲历这样的变化，也是幸运的。"尽管只是初次接触，方后乐很佩服老许几句话就把复杂的形势讲得简洁明了。他从京哈铁路过来，一路上便感受到了国内形势的变化。

老许问起朱自清先生的近况，方后乐告诉他，朱先生胃病严重，还在抱病整理闻一多全集，他出发前给朱先生留了一封信。老许说："闻先生不在了。等北平解放了，我去看看朱先生。我念书时，也喜欢文学，见过朱自清先生、闻一多先生。上个月，有位清华的校友，给我带了一本《联大八年》，我读了闻一多先生的最后一次演讲。你知道,我在昆明做过地下工作,对联大的情况有所了解。"

"我参加了这本书的一些编辑工作。可惜,闻一多先生没有看到这本书。我听严令武、西奎安两位同学说,他们是6月中旬请闻先生题字的。一个月后闻先生被国民党特务暗杀了,我们在《联大八年》扉页上印了'谨以此书志念闻师一多'。"

"我去年冬天到哈尔滨后读到朱自清先生的诗《挽一多先生》。你是一团火,照亮了魔鬼;烧毁了自己!遗烬里爆出个新中国!朱先生写得真好。后乐,我们现在就是要烧毁自己,爆出个新中国!"老许鼓励方后乐既来之则安之,投身到革命洪流中:"后乐同志,你以前同情革命,现在参加革命了,这是一次飞跃。"方后乐听到老许称他"同志",心里一颤。谈到闻一多先生时,他的眼睛已经湿润。周云想起暑期太阳岛有青年培训班,建议方后乐参加。老许觉得很好,让周云给方后乐报名。方后乐问培训班内容,老许说主要是政治报告,他也会去讲一次,蒋南翔同志可能也要去。方后乐听周云说过,老许是在蒋南翔领导下参加"一二·九"运动的,没想到会在哈尔滨见到这几位传奇人物,抑制不住自己内心的激动。

回到辽阳街1号的宿舍,方后乐感觉自己处于混沌状态,清醒又模糊,怎么就到了哈尔滨。如果王恺夫没有倒在血泊中,他现在应该从清华园回到桃花坞大街过暑假了。在哈尔滨下车的那一刻,他知道自己的冲动改变了人生方向。就像下完一盘棋,他在火车上不停复盘,还是找到了冲动背后的蛛丝马迹。他还不能说自己是革命者,但从"一二·一"运动开始,自己成了一个左翼青年。之前青梅说他是个左翼青年,他当时觉得自己不是。饭桌上老许的一番话,似乎让他找到了不后悔的理由,就像王恺夫说的那样，不要错过迎接新中国诞生的时刻。朱先生、闻先生都说过新中国，他心中的新中国是模糊的。所以，他想在哈尔滨好好生活、工作、观察和思考，看看这个新中国的雏形如何。他寒假里跟父亲说，如果青梅回来，他就到东吴大学教书，做一个像朱先生闻先生那样的先生，这不是戏言。现在，他突然到了革命的前线，到这样一所大学教书，青梅的理解对他而言太重要了。他坐下来，准备给青梅写信。这信怎么写呢？

方后乐开始喜欢上大直街和大学校园。东西向的大直街位于哈尔滨市中心，以圣·尼古拉教堂为中心的广场将笔直的大街分为东大直街和西大直街。哈尔滨大学坐落在南岗东大直街25号，是日伪时期哈尔滨医科大学的校舍。7月，校园丁香花盛开，扑鼻而来的花香给方后乐以精气神。几天下来，他熟悉了这所学校的历史。哈尔滨光复后，伪满王道书院哈尔滨分院改为"哈尔滨国学院"，1946年9月哈尔滨工商界出资在"哈尔滨国学院"基础上成立了私立哈尔滨大学。此时的哈尔滨大学位于新阳区沙曼屯，破旧不堪的校园已无法继续办学，1947年2月东北行政委员会决定将哈大迁至东大直街25号，成立市立哈尔滨大学。这座简洁的校园只有两幢大楼，主楼40间房，办公室、教室、礼堂，另一幢楼是宿舍。主校区之外，还有一幢宿舍在辽阳街1号。老许说，现在假期，方后乐先住到辽阳街1号的宿舍楼，开学前再调到这边来，这样上课方便。

哈尔滨是一座和苏州、昆明、北平不一样的城市，它的欧陆风情留下了这座城市半个世纪沧桑变迁的痕迹。具有巴洛克建筑风格的东铁俱乐部，也给方后乐留下深刻印象。方后乐很诧异，这条街上既有圣·尼古拉教堂，也有离学校不远的佛教圣地极乐寺、普照寺和七级浮屠塔。孔圣文庙大成殿重檐庑殿顶，很像北平故宫太和殿的屋顶,据说曲阜孔庙的大成殿也是这样的屋顶。他又给青梅写信说,你一定会喜欢这条大街,喜欢哈尔滨。他跟青梅开玩笑说,如果他父亲也过来,我们仨的选择,青梅去圣·尼古拉教堂,父亲去文庙,他自己拿不定主意是去东铁俱乐部还是去极乐寺。青梅,你还好吧。

出乎方后乐的预料,终于回信的黄青梅除了对他的选择表示一时诧异外,并没有直接说指责他的话。青梅说:"我不赞成,但我尊重你的选择。回想这么多年来,我何时影响过你的选择。我在美国,你在国内任何一个地方,和我的距离都是一样远一样近。如果你的选择不影响我们最终的结果,我没有理由干预你。但是,你现在靠近战争了,这让我担心,让我在担心中想你。"就像周云说的那样,青梅没有责怪他,但他知道这是无奈中的理解。青梅一句"让我在担心中想你"的话,让方后乐疼痛起来。他打开窗户,室外的丁香花散发出来的好像不是那个味道了。

## 91

去太阳岛之前,方后乐走到了哈尔滨松花江大桥上。他颇有感慨,最初悄悄学唱《我的家在东北松花江上》还在苏州,那时他根本没有意识到自己会来到松花江滨。青梅在贵阳发烧,凌晨醒来,两人哼起了这首歌的旋律。那个悲怆的夜晚,似乎也刻在青梅心里,她在信中问方后乐,松花江是歌中唱的那样吗?方后乐借照相机拍了几张松花江的照片给青梅,青梅回信说,哪一天,我们在桥上合影。方后乐完全没有想到青梅会如此通情达理，这反而让他愧疚不已。黄青梅越是包容，方后乐内心的张力越大。

夏令营营地在太阳岛民娘久尔酒店和周边的别墅区。民娘久尔大概是俄语的汉译，这幢临江而起的两层楼俄式建筑，是俄籍犹太人加兹开办的中央大街民娘久尔的分店。二楼屋顶四周的栏杆以两条铁链相连，方后乐凭栏眺望，犹如站在江轮的甲板上。在这里举办的夏令营分为中国问题、文学和社会科学三个队，老许跟方后乐说，你随便参加哪个队。方后乐以文学队为主，也参加了几次中国问题队的活动。老许很有意思，讲社会发展史，用了"猴子是怎样变成人的"这一讲题。听了几次讲座，方后乐一个重要收获是明白了什么是旧民主主义什么是新民主主义。他在这个脉络里，重新想了想他的鲁迅研究。

让方后乐惊讶的是，夏令营的很多学生能歌善舞。他第一次听到《太行山上》和《游击队歌》，《喀秋莎》的旋律也让他情不自禁击掌。更让他钦佩的是老许是位唱男低音的歌手，在夏令营结束的晚会上，老许一曲苏联的《工人之歌》让晚会达到了高潮："工人阶级团结起来，破坏这个旧世界，为了光明新的社会，快把斗争来展开。"在江边散步时，老许问方后乐收获如何。方后乐告诉老许，这一个月收获很大，他感觉自己有革命激情了。老许笑着说："好，革命需要激情的。"

方后乐的日常工作就是教书和参与编辑《民主青年》杂志，闲一点也会跟老许和其他同志下乡。他开始不习惯，一个月后他听到别人喊"方先生"，知道是喊他。第一次走进教室，跌跌撞撞。同学们感觉到了他的紧张，班长站起来说：欢迎方先生，先生随意讲课。方后乐讲授的这门课是《中国文学史》，从唐宋讲起。班长这一说，他调整了之前准备的开头，先说了自己在昆明北平读书的经历，一下感受到同学们好奇的眼神。有同学举手问：能说说朱自清先生闻一多先生怎么讲课吗？方后乐说：闻一多先生讲课，从唐诗宋词讲到自己的新诗。先生讲课会抽烟，有时还掏出纸烟问前排同学抽不抽。我坐在后排，若是坐在前排，可能也学会抽烟了。课堂气氛轻松下来，方后乐感觉自己进入状态了，开始了他的授课："中国文学史，不是每个朝代文学史之简单相加，我们要讨论文学演变之脉络。"

哈尔滨的秋天比北平还辽阔和深沉，但秋天很快被大雪覆盖。尽管在北平待过一段时间，方后乐还是承受不了哈尔滨零下四十摄氏度的严寒，他这才体会到冰天雪地的含义。青梅信中问他，哈尔滨的冬天是不是像童话一样，他告诉青梅，如果我们俩站在外面就成雪人了，你想象一下吧。周云知道方后乐这位南方人肯定不习惯北方的冬天，冬天到来时就给他准备了狗皮帽子、军大衣和热水袋，给房间的窗户糊了塑料布。第一次下雪后，方后乐戴着狗皮帽穿上军大衣，拍了一张照片。青梅看了照片说，你像狗熊了。

冰雪融化后，哈尔滨的春天就来了。从冬天到春天待在室内的时间多了，方后乐想着后面几期《民主青年》的组稿。鲁迅逝世近十二周年了，他想组几篇文章，做一个"鲁迅先生逝世十二周年祭"。去年春天见了朱自清先生后，他已经动手准备写鲁迅的论文，到哈尔滨后这事就搁下来了。他找出带出来的几页提纲，心里有些失落。这篇论文什么时候能完成呢？

方后乐非常喜欢东北邮电管理总局发行的"五四"青年节纪念邮票，主图上的东北青年一手持有"5·4"字样的红旗，一手高举火炬。他随信给青梅寄了一套，青梅说看到邮票，就把邮票上的东北青年当作他了。她说她现在很喜欢费城和宾大了，就像你已经习惯了哈尔滨一样；你在哈尔滨参加"五四"青年节，我又去看了自由钟。这句话让方后乐愣了一下，这一年来的通信，从北平到哈尔滨，特别是到哈尔滨后，两人都回避了青梅毕业后的去向和他的道路选择问题。这个点就像葫芦一样，暂时被按到水下了。方后乐到哈尔滨后，方梅初回的第一封信就直接问儿子，你在哈尔滨，青梅在费城，之后怎么办？方后乐无法回答父亲，但他心里有一个答案：他只能等青梅学成回国了。

获悉朱自清先生去世的消息，方后乐在第六次劳动代表大会的会务上。他最后一次见到朱先生是1947年6月24日，在新林院附近遇见了朱先生，先生请同事在反内战宣言上签字后回住所。他想告诉朱先生，他很快要去哈尔滨了，但没有说出口。朱先生问他的近况，他说在准备论文的文献，朱先生说好。看朱先生远去的背影，方后乐异常惭愧和不安，他第一次撒谎，但又觉得抱病在反内战宣言上签字的朱先生一定会理解他。

周云看他泪流满面，宽慰说："朱先生不死！回到北平，我们一起去凭吊先生。"方后乐说："我愧对先生。"周云不同意他这样说："朱先生、闻先生，都渴望新中国，你现在是在为新中国奋斗，先生地下有知，会给你打出好成绩。"她想起1944年回昆明时在父亲书房看到朱自清先生送的《背影》便说：

"我们家里那本朱自清先生题赠的《背影》，等全国解放了，我让父亲送给你。"

"那年周先生让我带滇红茶给朱先生，朱先生后来跟我说，这茶不错，很养胃。"

周云说："好，等回到北平，我们泡杯滇红茶去扫墓。"

方后乐问周先生他们可好，周云说："你知道吧，周兰来信说，她毕业后也想到这边来教书，等她毕业，全国应该解放了。"

平时方后乐也很难见到老许,隔天老许约他到办公室见面,他想可能会有什么任务。到了以后,老许递给他一张《东北日报》,说你看看这篇文章:《别了,司徒雷登》。读着读着,原本心情压抑的方后乐感觉内心在燃烧。他感叹地说:"毛先生真是大手笔。"

"后乐,等全国解放了,你应该写闻一多颂,写朱自清颂。"

"我现在还没有这样的笔力。我最后一次看朱先生,说自己犹豫是研究中古文学还是研究鲁迅。先生好像是赞成我研究鲁迅的。我现在明白了,读懂闻先生,读懂朱先生,才能读懂鲁迅。"

"你现在参加革命了,就是在写一篇大文章。"

说到鲁迅,方后乐向老许报告,《民主青年》第 44 期 10 月出版,组了一组纪念鲁迅先生逝世十二周年的文章。老许说:这很好。去年暑期你在太阳岛上听了《新民主主义论》的辅导报告,应该对鲁迅先生有了新的理解。他问这个栏目有哪几篇文章,方后乐说,有草明的《鲁迅的旗帜》等四篇文章。老许说,我等着拜读。方后乐说,我怕你失望呢,几篇文章都是批评萧军的,我想约一篇系统论鲁迅先生的文章,但一时找不到合适的作者。老许说:"那你以后写一篇。"

方后乐告诉老许,他少年时期和父亲争论,就是从鲁迅和章太炎开始的,现在想想,自己当时很幼稚。老许笑笑说:这没有什么,成长都是从幼稚开始的,但你思考的方向是对的。方后乐想想,1944 年 5 月闻一多先生在新南舍教室演讲时,也说年轻人幼稚但不世故。

"我的方向是对的?"他问老许。

"当然是对的,鲁迅先生的方向,就是新文化的方向。"老许拍拍他的肩膀说。

"今天您找我是不是有什么工作安排？"

"没有，你把报纸带回去再看看。我感觉东北大决战就要拉开帷幕了，解放全中国应该为期不远了，你要有思想上的准备。"

"我要不要上前线？辽沈战役一个多月了。"

"不用的，你现在的工作也是解放全中国的一部分。"

方后乐好久不见周云，老许说她在参加辽沈战役的后勤工作，基本不回家。"是不是有什么话不好跟我说？"老许笑着说。"没有没有。想念大姐了，看不到她，心里不踏实。"


## 92


北平和平解放的那天，老许约方后乐晚上到他家吃饭，说一起喝杯酒。方后乐过来时，周云已经备好酒菜，老许从不喝酒，家里没有，她今天特地上街买了瓶酒。方后乐说自己没有酒量，在苏州偶尔陪父亲喝口黄酒，今天一定陪老许好好喝几杯。

老许告诉方后乐，据他所知，方同志随党中央到了西柏坡。方后乐很是兴奋，他应该有机会见到伯伯了。

"我好久睡不好觉，担心北平发生战事。"老许很有感慨，说到北平，如同说到故乡一样，"我阔别北平十几年了，北平终于回到人民的怀抱了。"老许对周云说："你没有去过北平吧？"周云说："我跟你结婚没有几个月，就到你老家藏起来了。"

"我在苏州读到的鲁迅先生的书，都是王恺夫在觉民书社帮我买的。我没想到在昆明会见到他，又没有想到会在北平见到他。来不来哈尔滨，我当时很犹豫，我去找他，本来是告诉他暂时不来哈尔滨的。"

老许沉吟片刻，问方后乐："如果重回北平，你想做什么工作？"

"我原来想念完书，回苏州，到东吴大学教书，我不太习惯北方的生活。现在这事有点复杂，还要看青梅怎么打算。"方后乐如实说了他和青梅的现状，"当然，我还得服从组织安排。"

老许点点头，端起酒杯跟方后乐说："有情人终成眷属。"

周云插话说："我们和周青联系也不方便，看来我要写信给周兰，让她提醒周青做好回国的准备。"

"辽沈战役结束了，淮海战役结束了，北平也和平解放了，这意味着新生的人民政权就要建立起来。以我的判断，美国对新中国一定会采取敌视的态度。所以，周青、青梅，都得做好回国的准备，参加新中国的建设。"

方后乐回到宿舍，寻思着怎么给青梅写信。青梅做什么准备呢，回还是不回，若是回，何时回。他还不敢设想，若是不回，怎么办？方后乐回忆了青梅出国后他们的信件往来，青梅没有说过不回。他在床上辗转反侧，他想青梅了。世界似乎就是这样，本来是一个圆，怎么就变成两条线了。如果两人手里各拿一条线，又是相向而行，还能结成一个同心圆。现在他和青梅好像无力掌控这两条线了。青梅回信了，她已经知道国内形势发生了重大变化，特别是北平古城未遭战火让她特别开心。她问方后乐，你在哈尔滨体会到的是不是闻先生朱先生他们说的"新中国"？如果是，她就认真考虑回国的事。青梅还说，若是回国，她想跟着林徽因老师做古建筑保护。青梅随信抄录了她新写的一首词《南歌子——月夜不成眠》：

柳色年年绿，芳菲岁岁红。

月华夜半照珠栊,多少故人前梦转头空。

收到黄青梅这封信时,苏州解放了。方后乐还低回在黄青梅不成眠的月夜,先是周云告诉他苏州解放的消息,然后又收到父亲的信。方梅初随信寄来了报道苏州解放的报纸,在那张市民欢迎解放军进城的照片旁边,特地写了一行字:那个画圆圈中的头像就是我。照片有些模糊,但方后乐看出了,或者想象出了父亲兴高采烈的样子。这座小城终于结束了她屈辱的历史,他仔细辨识照片上的每一张人脸,这个时候他又想起母亲,他幻想站在父亲身边的是母亲,母亲也是那样兴高采烈地挥舞着小红旗。父亲还告诉他,张若溪随大军一起到苏州了。这个消息也让方后乐异常兴奋,他不知道阿发是不是也在大军的队伍中。

方后乐给黄青梅回信了,以坚定的口吻说:闻先生朱先生期盼的那个新中国即将诞生了。他说了之前没有说清楚的话,他是看到王恺夫倒在血泊中决定到哈尔滨的,在这之前王恺夫跟他说:不要错过迎接新中国诞生的时刻。

5月,方后乐没有等到黄青梅的回信。6月又过去一段时间了,方后乐还是没有等到青梅的信。倒是周兰来信了,告诉他,她又去了苏州,见到方叔叔和奶奶,他们都很好。她问方后乐什么时候回苏州。方后乐回信给周兰,谢谢她去看老人,他坦承这段时间焦虑万分,已经两个月没有收到黄青梅的信了。

细心的周云发现了方后乐的焦虑。她问方后乐:"你是不是有什么心事?"

"怎么说呢?"

"你可以跟我说。"

"我快两个多月没有收到青梅的信了。我给她写过三封信,一封回信也没有收到，这很不正常，也不知道她怎么样了。"

周云也觉得奇怪，突然想起北平解放那天，老许喝酒时讲过的一句话，美国对新生的人民政权一定会采取敌对的态度。她问方后乐："你最近一次收到黄青梅的信是什么时间？"方后乐告诉她，苏州解放不久。

"你还记得北平解放那天，老许说美国一定对新生的人民政权采取敌对的态度。我怀疑，你的几封信可能被拦截了。或者，青梅收到你的信，也回信了，但她的信很有可能也被拦截了。这是我的分析。如果不是这种情况，青梅怎么可能不给你回信？"

方后乐从未往这方面想，周云这样一说，他觉得很有道理。他想了想说："我要么给黄伯伯写信，让他从香港转寄我的信给青梅。"周云觉得可以试试。她告诉方后乐，他们也联系不上周青了，正在想其他办法。方后乐拜托周云，如果联系上周青，也请周青联系青梅，他们在美国见过面。看方后乐心情稍有些缓解，周云说："你放宽一点心，青梅肯定没事的，若真有什么事，她爸爸妈妈怎么可能不告诉你，香港和哈尔滨的邮政还是通的。你知道的，皖南事变后，老许撤出昆明，我回到他老家，直到组织上通知我去重庆，我们将近四年没有联系。我到了延安，也是两个礼拜后才见到他。你要有信心，也要定心。"

尽管周云的话让方后乐稍许宽慰，但他还是焦虑了，他不想在革命成功时和青梅失去联系，那是太可怕了。即便是崭新的生活已经塑造了他，但在对青梅的相思中他觉得自己分裂在新旧生活之中，他的困境是如何把他和她曾经的状态延续到新的生活中。这段时间他常常做梦，梦到青梅。他好像是在冬天和青梅重逢的，他说不清地点，周围都是黑色，只有地上和屋顶上的雪是白的。他们俩相视的片刻冷静得如同瓦上的雪。他知道，她已

361

经无法从脸上揣度他的感情。她也知道，他已经无法从她的眼神里发现她对世界认知的变化。就在他们的眼神温暖起来时，枝叶上的霜雪开始融化了。在这个梦没有结束时，方后乐好像又看见青梅蜷缩在被窝里，她突然听到了一个苍老的声音发出的英文：Hale……他想起这是他的英文名字，他自己几乎忘记了。她平躺着看天花板时，那几个英文字母从她烧干了的嘴唇里清晰地吐出来。后乐无声地重复着他听到的几个字母，想起这是自己遥远的英文名字。

方后乐下课时，老许的秘书站在教室门口，说老许请他去办公室商量工作。方后乐夹着讲义到了老许的办公室，老许请他坐下，说今天代表组织谈话。方后乐看老许严肃认真的样子欲起身，老许按了按他的肩膀，自己也坐下。

"根据组织的决定，我要回北平，参与筹备新民主主义青年团，你协助我的工作。"

"啊，我适合做青年工作吗？"方后乐忐忑地问老许，他几乎没有任何思想准备。

"你在西南联大就参加青年运动，到哈尔滨后也参与青年工作，组织考察了你在这两年的表现，对你编辑《民主青年》的工作也是肯定的。"老许说，"我已经是老青年了，你还是新青年。"

"如果组织决定了，我服从。"

"好。当然，这是一项全新的工作，你先边干边学，以后适合做什么，组织上会考虑。新中国的大学，也需要你这样的青年才俊。"

"什么时候出发？"

"后天，你抓紧准备。"

"周云姐也一起回北平吗？"

"是的。还要告诉你,我们已经联系上周青了。"

"我跟周云姐说,如果联系上周青,也请周青联系青梅。"

"我们知道,会设法的。"

一切都是突如其来,匆匆离开北平,又匆匆返回北平。方后乐回到宿舍,久久不能平静,他没有想到这么快就重返北平。闻一多先生不在了,朱自清先生不在了,王恺夫也不在了,他们期待的新中国就要诞生了。他提着一只行李箱到哈尔滨的,又提着这只行李箱回北平。那时装着犹疑、向往、冲动,现在装着期待、坚定,也夹带着他的一丝失落。他开始整理行李,他从抽屉里拿出青梅写给他的信,那些他读了无数遍的信,他又拿出来重读了。

已经是黎明时分。方后乐睡不着了,他要与这座城市告别了。他走出宿舍楼。大门传达室的工友看见方后乐这个时候还独自出门,问他是不是有什么急事,要不要帮忙?方后乐说,睡不着,出来走走。工友笑着说,你们这些先生,夜里不睡觉,白天还有精神上课。方后乐说,白天也困的。工友说,我看你这几天好像有什么事?方后乐说没有。工友说,你以前进门出门,都跟我招呼,这段时间你进门出门都低着头。方后乐不得不佩服工友观察细致,谢了谢他的关心。工友又说,我老家有座庙,我小时候经常去玩,有天来了个什么人物,我听见和尚跟他说:放得下的事情原本就不在你身上,放不下的事情本来就在你身上。方后乐没有想到工友会这么说,他朝工友笑笑说:我回去睡觉了。

出发前的晚上,他突然想起什么,又去了一趟学校。在传达室门口,他轻轻敲了敲窗户。工友推开窗户说:方先生,有你一封信。他心里怦然跳动,工友又说,好像是上海寄来的。

## 93

到北平了。

是的,到北平了,老许说。

方后乐感觉自己做梦了。他在长安街上狂奔,又好像在清华园。他看到红旗飘飘,又听到母亲在明月湾月牙地喊他和青梅。他看到朱自清先生,又看到闻一多先生了,两位先生谈笑风生,等他走过去时,他们又不见了。是竹松伯伯在等他。好像在长城,是的,他写信给黄青梅说,等她回国后一起登长城。青梅在放风筝,怎么又在写生了。母亲怎么突然又出现了,问青梅,你在画什么呢?青梅说,让后乐猜,猜对了,我就回国。方后乐想了想,他好像在梦中跟青梅说:

一棵是桃树,一棵还是桃树。